VOYAGE AVEC MOI

UNE ROMANCE ROAD TRIP

SYNERGY
TOME 3

MICHELLE MCCRAW

lazy dog
books

1

SAM

TOUT LE MONDE n'aurait pas fait entrer son chien en douce à un déjeuner de charité. Son adorable chien, qui n'aboie presque jamais et qui — enfin, pour l'essentiel — ne perd absolument pas ses poils.

Mais, au grand dam de ma mère, je ne suis pas tout le monde.

Tout le monde rêverait d'avoir vos avantages.

Tout le monde devrait épouser quelqu'un qui s'intègre à son cercle social. Par là, elle voulait dire riche.

Tout le monde veut être un Jones.

Mais à un moment donné au cours des vingt-cinq dernières années, elle aurait dû se rendre compte que j'étais un peu... différente.

— Bilbo Baggins, ai-je sifflé en soulevant la nappe blanche d'une grande table ronde.

— Sam !

Grimaçant, j'ai laissé retomber la nappe et me suis retournée vivement vers ma sœur cadette. Juchée sur ses talons vertigineux, elle me regardait de haut, une main sur la hanche et l'autre tenant un cocktail rose qui s'accordait au rose layette de sa robe en soie. Elle avait toujours l'air si à l'aise à ce genre d'événements.

— Qu'est-ce que tu fabriques ? a-t-elle chuchoté.

— Euh, je cherche une boucle d'oreille ?

Natalie a plissé les yeux.

— Tu ne portes pas de boucles d'oreilles.

— Oh. Alors je suppose que j'en cherche deux.

— Des perles. Tu devrais porter des perles. Elle m'a toisée de la tête aux pieds, et j'ai poussé mon énorme sac fourre-tout noir dans mon dos. Ce tailleur date d'il y a deux saisons. Mère ne t'en a pas envoyé un nouveau ?

J'ai fixé le bout arrondi de mes chaussures à petits talons, me souvenant avoir déposé la monstruosité rose vif dans la boîte à dons. Ce tailleur n'était pas si mal. Je l'avais acheté à l'époque où j'avais encore de l'argent pour des vêtements neufs, et il était de ma couleur préférée : le noir.

La voix de Natalie était plus douce que je ne l'avais entendue depuis longtemps.

— La prochaine fois, dis-lui ce que tu veux.

— Ce que je veux, c'est ne pas être ici, ai-je marmonné.

— Ah, vraiment ? Comment Papa aurait pris ça ? Ses yeux sont devenus inhabituellement brillants avant qu'elle ne pivote sur ses sandales scintillantes et ne s'éloigne d'un pas sec.

Papa ? J'ai commis l'erreur de jeter un œil à sa photo sur la bannière à l'entrée du musée. Il aurait été bien trop occupé par son travail pour venir à un événement comme celui-ci, même s'il portait son nom. J'ai frotté l'endroit sur ma poitrine qui me faisait encore mal, même après quatorze ans.

Je n'étais pas là pour lui. Bien que j'aurais préféré faire des recherches, me blottir contre Bilbo Baggins sur mon canapé ou me faire enlever l'appendice une nouvelle fois, j'étais là pour ma mère. Elle exigeait que sa famille se présente sous son meilleur jour aux événements de la fondation.

Et ça m'a rappelé qu'il fallait que je trouve Bilbo Baggins avant elle. Où avait-il bien pu passer ? D'habitude, il n'était pas timide.

Il ne se cacherait pas sous une table. Contrairement à moi, il serait en plein cœur de l'action, à se faire des amis. J'ai tourné sur moi-même, balayant la salle du regard.

Un long buffet occupait un côté de l'espace du musée aux hauts plafonds. D'habitude, Mère détestait l'idée que les gens tiennent leur nourriture, mais des tables de salle à manger n'auraient pas cadré avec les grandes sculptures. L'autre côté de la salle était parsemé de tables plus petites servant des hors-d'œuvre. Peut-être était-il allé mendier une aile de poulet. Non pas que Mère servirait un jour des ailes de poulet salissantes, mais Bilbo Baggins, lui, ne le savait pas.

J'avais fait un pas dans cette direction quand une main douce comme de la soie mais ferme comme l'acier s'est refermée sur mon poignet.

— Samantha, *qu'est-ce que* c'est que ça ?

Affolée, j'ai inspecté les environs. L'avait-elle vu ?

Des doigts pâles aux ongles manucurés ont tiré sur la lanière de mon sac fourre-tout.

— Pourquoi n'avez-vous pas laissé votre sac d'étudiante au vestiaire ?

Je me suis tournée lentement pour lui faire face.

— Mère, c'est là que j'ai mon portefeuille et mes clés. Et mon chien aussi, avant qu'il ne fasse sa grande évasion.

Ses lèvres rouges se sont pincées.

— Qu'est-il advenu du sac que je vous ai offert pour votre anniversaire ?

— Il n'allait pas avec mon tailleur. J'ai fait un geste vers mon tailleur-pantalon noir et ma chemise blanche. Je n'ai pas mentionné que lorsque j'avais vendu le sac à main fuchsia à fleurs sur eBay, ça avait couvert la visite annuelle de Bilbo Baggins chez le vétérinaire ainsi que son traitement préventif contre le ver du cœur et ses médicaments pour les allergies.

— Ne me lancez pas sur ce tailleur, a-t-elle marmonné en balayant une poussière sur mon épaule. Maintenant, où est votre cavalier ?

— Mon cavalier ?

— Oui, souvenez-vous, je vous ai dit que William Winford voulait vous rencontrer.

— Vous n'avez pas précisé que c'était un rendez-vous.

Ses yeux bleus, plus pâles que les miens, se sont posés sur mon col, qu'elle a redressé.

— Il est très respecté. Et brillant. D'après ce que j'ai entendu, il a triplé son fonds en fiducie.

Ne la laissez pas se lancer sur les fonds en fiducie.

— Il travaille dans quel secteur, baron de la drogue ? Trafiquant d'armes ?

Sa bouche a formé un O rouge de stupéfaction.

— Samantha Renée Jones, vous savez très bien que nous ne fréquentons pas ce genre de personnes.

— Mère, c'était juste une plai…

— Vous pouvez faire confiance à votre famille pour ne pas vous laisser être la victime de ce genre de personnes.

Mes lèvres se sont entrouvertes. Elle n'allait tout de même pas parler de mon horrible erreur ici, n'est-ce pas ? Mon cœur s'est emballé.

— Samantha. Elle a posé une main sur ma manche. Vous devez faire confiance aux gens qui vous aiment. Nous vous aiderons à trouver un partenaire qui puisse subvenir à vos besoins.

— Je peux subvenir à mes propres besoins. Je prenais peut-être des décisions merdiques en matière d'hommes, mais je n'avais pas besoin qu'elle me trouve un partenaire. J'avais un plan pour ma vie. J'ai croisé les bras. La dernière chose dont j'ai besoin, c'est d'un partenaire.

— Vous avez besoin de sécurité. J'ai vu ce taudis dans lequel vous vivez. Ce n'est pas…

— Mère. La grande main de mon frère aîné s'est posée sur l'épaule de sa veste.

— Ah. Jackson. Sa voix s'est adoucie au nom de mon frère, comme elle ne le faisait jamais quand elle prononçait le mien.

Il s'est penché pour lui embrasser la joue, mais son sourire en coin n'était que pour moi.

— J'ai besoin de Sam une minute.

— Mais j'allais la présenter à William Winford. Vous savez, le *banquier d'investissement.* Elle a pincé les lèvres dans ma direction.

— Elle pourra rencontrer ton type plus tard. J'ai quelqu'un d'autre en tête.

J'ai plissé les yeux en le regardant. Mon frère ne cherchait pas à me caser ou à m'utiliser comme un pion dans son jeu d'affaires. Mais il n'a rien laissé paraître sous le regard de Mère.

— Très bien. Je vous retrouverai plus tard, Samantha. Avec William. Elle s'est éloignée au son du claquement de ses talons sur le parquet.

— Mais c'est quoi ce bordel, Jacks…

— Tu n'aurais pas, par hasard, amené ce rat surdimensionné que tu appelles un chien ? Il a donné une petite tape sur mon sac fourre-tout.

J'ai eu le souffle coupé.

— Tu l'as vu ?

— Près de la table de charcuterie.

— Oh, non. Jackson sur mes talons, je me suis précipitée vers la table remplie de plateaux de viandes et de fromages. Je me suis accroupie et j'ai soulevé la nappe, mais l'espace sous la table était vide. Il n'est pas là.

— Sam, pourquoi amènerais-tu ton chien à la fête de Mère ?

Je me suis relevée et j'ai tapoté mon sac comme si Bilbo Baggins avait pu réapparaître par magie là où il devait être. Avec mon chien contre moi, mes mains avaient cessé de trembler, et mon rythme cardiaque était passé de la vitesse d'un colibri à celle d'un lapin effrayé.

— Je ne sais pas. Mais je n'ai pas pu m'empêcher de jeter un coup d'œil à la bannière géante avec le visage plus grand que nature de mon père.

Son sourire s'est affaissé.

— Je déteste ça aussi, Sam-le-sage. Mais les gens paient une fortune pour venir ici et manger du fromage de luxe, et l'argent va à une bonne cause.

La cause préférée de Papa, il n'avait pas besoin de le dire.

— Je sais, mais… Les événements de la Fondation Jones étaient les pires. Les gens voulaient parler de livres, que je ne lisais plus, ou de Papa, ce qui me serrait le cœur comme s'il n'était parti que depuis un an et non depuis plus de la moitié de ma vie. Pourquoi ne peuvent-ils pas simplement faire des chèques et me laisser en dehors de ça ?

Il a haussé les épaules.

— Que ça te plaise ou non, tu es une Jones.

Je ne pouvais pas échapper à mon nom, pas ici à San Francisco. Mais un jour — dans un an, si je parvenais à redresser mon projet de thèse — je pourrais m'en sortir. Je trouverais un poste de professeur-chercheur quelque part loin, au milieu du pays, où Mère n'irait pas. Le Dakota du Sud, l'Iowa ou même l'Arkansas. Peu m'importait l'endroit, tant qu'il n'y avait pas de boutiques de créateurs ou de donateurs. Tout ce dont j'avais besoin, c'était d'un laboratoire informatique et d'un appartement assez grand pour moi et…

— Bilbo Baggins, ai-je de nouveau sifflé, à voix basse. Avec ses oreilles géantes, il aurait dû pouvoir m'entendre même sous le brouhaha des convives.

— Écoute, on va se séparer et chercher. Tu couvres cette moitié de la salle, et je vais vérifier du côté du buffet.

— Et s'il est sorti en courant ? Il y avait des renards et des faucons, peut-être même des coyotes, dans le parc environnant.

— Ce chien ne te quitterait jamais, Sam-le-sage. Il est juste parti chercher un en-cas. On va le trouver.

L'intérieur de mon nez m'a un peu brûlée alors que je tendais la main pour presser le bras de Jackson.

— Merci.

— Ne t'en fais pas. C'est beaucoup plus divertissant que de parler à des intellos coincés. Hé, tu te souviens comment on chassait les gnomes dans ce jeu qu'on avait créé ensemble ?

— Gnome Dome ? C'était il y a des années. Ça remonte à la préhistoire. Et Bilbo Baggins est bien plus malin que les gnomes qu'on a programmés.

— Il est assez prévisible quand il y a des en-cas. Il m'a fait un clin d'œil avant de se diriger vers le buffet.

Je me suis retournée vers les tables de hors-d'œuvre. Il devait être là-bas, en train de mendier une friandise. J'ai scruté le sol. Aucun signe de sa fourrure noire.

Un rire, riche et profond, a attiré mon attention. Ce n'était pas le petit rire poli que les gens utilisaient pour signaler leur amusement, généralement feint, à ce genre d'événements. C'était un rire pur et sans retenue. Et bruyant. J'ai jeté un coup d'œil pour voir qui avait violé le contrat social.

Il était grand et… et rayonnant, comme s'il était en feu de l'intérieur. Ses cheveux étaient de la même couleur que le ciel pendant les incendies de l'été dernier, un roux profond. Des taches de rousseur dorées recouvraient sa peau. Il avait le physique de quelqu'un qui pratiquait un de ces sports où l'on porte un ballon sur un terrain, large d'épaules et fuselé en dessous. Quelqu'un qui aurait l'air plus naturel dans une cape doublée de fourrure et tenant une hache que portant un costume gris anthracite et tenant un…

— Bilbo Baggins ! J'ai dérapé pour m'arrêter juste devant le Viking.

— Pardon ? D'une main surdimensionnée et couverte de taches de rousseur, il a serré Bilbo Baggins plus fort contre sa poitrine. Il m'a foudroyée avec une paire d'yeux bleus. Non. Ils étaient verts. Des mouchetures d'or les illuminaient comme des étincelles. Ses cils étaient roux. Existait-il un dieu nordique de la flamme ? Parce que ce type était un brasier, agréablement chaud mais crépitant aussi de danger.

J'ai vérifié à droite et à gauche avant de m'approcher. Plus doucement, j'ai dit :

— C'est mon chien. Bilbo Baggins.

— Ce petit gars ? Il a baissé les yeux vers les yeux bruns

globuleux de Bilbo Baggins. Bilbo Baggins a sorti sa langue rose pour lécher le menton fraîchement rasé de l'homme, puis s'est tortillé dans ses bras. Il ressemble plus à Toto qu'à un Hobbit.

Je ne savais pas arquer un sourcil comme Natalie, mais j'ai levé les deux.

— Et ça fait de toi la Méchante Sorcière de l'Ouest, qui kidnappe mon chien ? Les références cinématographiques, je maîtrisais. Ce type ressemblait plus à un footballer américain qu'à un bibliothécaire ; si on restait en terrain connu, je n'aurais pas à trahir mon ignorance littéraire.

Un sourire s'est étalé comme du miel sur son visage.

— Kidnapper ? Plutôt le mettre en sécurité. Il semble que Bilbo Baggins était prêt pour une quête. Pour mettre un peu de piment dans sa vie monotone.

— Le piment est surfait. Mon estomac s'est noué. Je ne pouvais même pas croiser le regard de Bilbo Baggins. Je sais que je n'aurais pas dû l'amener. C'est juste que… J'ai serré les lèvres. Je ne pouvais pas dire à cet inconnu que j'avais besoin de mon petit chien pour repousser les émotions qui me menaçaient ici.

— Hé, hé. Il a attendu que je lève à nouveau les yeux. Ce n'est pas grave. Il est en sécurité maintenant. Tu vois ? Je l'ai. Bilbo Baggins a soupiré et s'est blotti contre sa poitrine.

J'aurais aimé pouvoir me blottir contre lui, moi aussi.

L'homme a gloussé.

— Bien sûr, il y a plein de place pour vous deux.

— Merde, j'ai dit ça à voix haute, n'est-ce pas ?

— « Nul héritage n'est si riche que l'honnêteté. » Il a balayé la salle du regard. Bien qu'on ne puisse pas en dire autant de cette foule.

J'ai penché la tête sur le côté.

— On dirait du Benjamin Franklin.

— Shakespeare, en fait.

— Oh. Malgré son apparence, malgré son opinion sur les participants à la collecte de fonds, c'était un des intellos. Je vais reprendre Bilbo Baggins maintenant.

Ses sourcils roux se sont froncés, mais il a tendu Bilbo Baggins vers moi, et mon chien a agité ses petites pattes poilues droit dans mes bras. Je l'ai serré contre ma poitrine. Trop fort, ai-je découvert quand il a lâché un rot.

— Tu ne lui aurais pas donné du fromage, par hasard ?

Le Viking a déplié son autre main et m'a montré une serviette en papier froissée contenant un unique cube orange.

— Juste un ou deux morceaux.

J'ai grimaqué.

— Je vais le sortir d'ici avant qu'il ne ch… avant qu'il n'ait des troubles gastriques, je veux dire. J'ai plissé le nez. Il ne tolère pas les produits laitiers.

— Désolé pour ça. Il avait l'air d'aimer. Sa voix, comme son rire, était grave et riche. Je ne reprochais pas à Bilbo Baggins d'avoir couru vers lui. Bon sang, je me serais blottie contre cet homme pendant qu'il me donnait des friandises.

Une légère odeur de fromage puant m'est montée au nez. J'ai fait entrer Bilbo Baggins dans mon sac.

— Il aime le fromage, jusqu'au moment où ses petits intestins se relâchent. Était-ce trop d'informations ? Probablement. Quand j'étais nerveuse, ma bouche était plus incontrôlable que les intestins de Bilbo Baggins après avoir mangé du muenster.

Il a grimaqué.

— Je suis vraiment désolé.

— Ce n'est pas grave. Ça me donnera une excuse pour partir plus tôt. Mais mes pieds sont restés plantés là, devant le géant amical qui avait sauvé mon chien.

— Je suis Niall Flynn. Il a tendu la main droite.

— Samantha. Ma main a disparu dans la sienne, beaucoup plus grande, ses doigts si longs qu'ils ont effleuré la peau sensible de mon poignet. Mon rythme cardiaque s'est accéléré, et j'ai inspiré brusquement.

Il a grimaqué.

— Désolé. Mains calleuses.

C'était vrai. Des callosités rendaient sa paume et chacun des doigts qui couvraient le dos de ma main rugueux. La plupart des hommes à ces événements ne faisaient rien de plus fatigant que de cliquer sur une souris, et leurs mains étaient plus lisses que les miennes. Niall devait être un athlète. La fondation s'associait à quelques sportifs professionnels.

— Ce n'est rien. J'… J'aime bien. J'ai lorgné la façon dont les manches de sa veste de costume se tendaient sur ses biceps. Mon amie Marlee m'aurait dit de foncer. De flirter. De prendre un verre avec lui. Mais je n'étais pas Marlee. Je devais être au laboratoire informatique quand on donnait les leçons sur la façon de jouer avec ses cheveux et de faire la conversation. Sur l'échelle de la conversation allant du badinage léger au sérieux mortel, je me situais généralement à onze – intense.

Réalisant qu'il tenait toujours ma main, je l'ai retirée de son emprise.

— Eh bien, merci d'avoir sauvé Bilbo Baggins de se faire empaler par le talon de quelqu'un.

— Attends. Il m'étudiait, un examen lent de mon visage, comme certaines personnes regardent une œuvre d'art, pas comme le calcul mental que la plupart des gens font quand ils regardent une Jones.

J'ai cligné des yeux.

— J'ai quelque chose sur le visage ?

Il a secoué la tête.

— Désolé, je… je suppose que j'étais juste surpris de trouver quelqu'un comme toi ici.

— Quelqu'un comme moi ? J'ai plissé le nez. Qu'est-ce que ça veut dire ? Qu'avait-il deviné sur moi en dix minutes de conversation ?

— Quelqu'un… de vrai. Et pourtant pas. C'est comme si tu allais te transformer en créature des bois au coucher du soleil. Son visage est devenu rouge, même ses taches de rousseur.

— Comme dans *Ladyhawke* ?

— Ouais, comme…

— Niall ! Te voilà. Une femme de ma taille environ, avec des cheveux noirs bouclés et une peau mate, a saisi la manche de Niall. Une rafale de clics derrière elle m'a appris qu'elle avait amené un photographe. J'ai grimacé et tourné le dos au bruit. Qu'est-ce que tu fais à te cacher ici ? Il faut qu'on te fasse circuler.

— Je parlais à Samantha. Il a tendu la main vers moi. Pas question que je me laisse entraîner dans sa séance photo. Chaque déclic de l'obturateur ajoutait au poids froid dans mon ventre. Comment avais-je pu me tromper à ce point ? Ce n'était pas un gentil géant. C'était une petite célébrité venue claquer de l'argent pour se faire de la pub.

Ou pire, il était comme Stephen, m'attirant dans son piège, attendant de le refermer. D'une manière ou d'une autre, il m'avait reliée à la famille Jones même si je ne lui avais pas donné mon nom de famille. Maudit soit ce ridicule portrait de famille qu'ils mettaient sur un chevalet pour ces événements. J'avais dix ans, les cheveux noirs et raides avec une raie en zigzag, un sourire bouche fermée cachant mon appareil dentaire, et des yeux trop grands pour mon visage. Maintenant, mes cheveux étaient attachés en une queue de cheval basse et l'appareil dentaire avait disparu, mais je ressemblais toujours à cette gamine prépubère trop naïve pour savoir qu'elle était sur le point de perdre son père.

Le regard de la femme s'est posé sur moi, encore plus perçant que celui de Niall.

— Quel est votre nom de famille, Samantha ?

— Gabi, a dit Niall, j'ai besoin d'une minute de plus avec Samantha. D'habitude, je n'aimais pas mon prénom complet, mais la façon dont il a roulé dans sa voix grave m'a fait frissonner. Ou peut-être que c'était un tremblement d'avertissement de Bilbo Baggins. Qu'est-ce que Niall pouvait bien avoir besoin de faire en une minute de plus ? Enlever les poils de chien de mon tailleur pour une photo ? Autrefois, j'avais accepté d'être une décoration au bras d'un homme, souriant pour des photos que je ne voulais pas. Plus jamais.

J'ai levé les paumes devant ma poitrine comme si je pouvais les repousser tous les deux.

— C'est bon. On a fini. Ravie de t'avoir rencontré, Niall. J'ai marché d'un pas décidé vers la sortie, laissant Niall et son entourage devant la charcuterie.

Quand nous avons atteint une parcelle d'herbe à l'extérieur du musée, Bilbo Baggins a sauté de mon sac pour se débarrasser du fromage diabolique, me fixant comme si je l'avais trahi.

— C'est ton nouvel ami, Niall, qui t'a empoisonné, ai-je dit en nettoyant le désordre. Et il n'en valait absolument pas la peine. Il est comme ce Winford Machin. Il veut m'utiliser comme un badge d'identification pour entrer dans des fêtes merdiques comme celle-là. J'ai secoué le sac en plastique rempli de merde de chien. Je ne suis le ticket d'or de personne. Je vais obtenir mon doctorat et me tirer d'ici. Compris ?

Bilbo Baggins a penché la tête.

— Je sais. Tu as compris. J'ai jeté le sac à la poubelle et étalé du gel désinfectant sur mes mains.

Alors que j'attachais la laisse à son collier, mon téléphone a vibré dans la poche extérieure de mon sac. La sonnerie du Dr Martell. D'habitude, il respectait mes week-ends. Peut-être avait-il oublié des copies qu'il voulait me faire corriger.

— Bonjour, Dr Martell.

— Samantha. Je pensais tomber sur votre messagerie vocale. N'aviez-vous pas une fête cet après-midi ?

— Je... J'ai terminé. J'ai conduit Bilbo Baggins jusqu'à un banc et je me suis assise, enlevant mes talons.

— Bien. Bien. Je pouvais presque entendre son cerveau se remettre en mode recherche. J'avais toujours aimé que mon directeur de thèse se concentre sur ce qui était important.

Nous devons parler de votre recherche. Lundi matin à neuf heures, dans mon bureau.

Mon estomac a gargouillé comme si j'avais aussi mangé le mauvais fromage.

— Je sais que ça ne s'est pas très bien passé, mais...

— Ne vous inquiétez pas, Samantha. C'est une opportunité.

La dernière opportunité qu'il m'avait donnée m'avait menée

dans une impasse, et j'essayais toujours de remettre le projet sur la bonne voie.

— Une opportunité.

— Vous allez adorer. À lundi.

Il n'y avait aucune question dans sa voix. Il supervisait non seulement ma bourse, mais aussi mon doctorat. Sans sa signature sur ma thèse, je serais la version sans doctorat de Samantha Jones, incapable d'obtenir le poste de chercheur dont j'avais besoin pour m'échapper.

— D'accord, ai-je dit.

Il avait déjà raccroché.

J'ai laissé tomber le téléphone dans ma poche.

— On rentre à la maison, Bilbo Baggins. J'ai renfilé mes chaussures et je me suis levée. Passant devant la rangée de Mercedes noires, de Bentley et de la Lamborghini jaune criarde de Jackson, j'ai marché péniblement vers l'arrêt de bus le plus proche.

2

NIALL

JE NE POUVAIS PAS le nier en entrant dans ma suite d'hôtel et en jetant la carte magnétique sur le comptoir de la kitchenette.

J'avais des picotements dans les doigts.

Pourtant, je n'osais pas espérer. C'était peut-être à cause du champagne que j'avais bu ou de ces vêtements de cérémonie étouffants.

Alors que je tiraillais sur la cravate que Gabi ne m'avait pas laissé enlever, même dans la voiture, elle a jeté son sac à main à côté de la carte magnétique et a tapoté sur son téléphone. — Tu boudes toujours ?

— Bien sûr que non. J'ai tripoté les boutons de ma chemise et j'ai tenté de lui sourire, mais elle n'a pas levé les yeux de son appareil. Elle avait tant fait pour moi : le contrat de publication, la série télé. M'accompagner pendant ce long marathon promotionnel. Je n'aurais pas dû lui en vouloir. Jusqu'à ce que je me souvienne de la façon dont les grands et beaux yeux de Samantha étaient devenus aussi froids que de l'ardoise quand ce photographe avait commencé à prendre des clichés.

Grands ? Beaux ? J'étais écrivain, je pouvais faire mieux que ça.

Ou peut-être que je n'étais plus écrivain. L'est-on encore quand on n'a pas écrit un mot depuis plus d'un mois ? Était-ce une qualification qu'il fallait renouveler, comme une certification d'agriculture biologique ? Ou était-ce quelque chose qui vous collait à la peau toute la vie, comme le statut d'ancien combattant de Papi ? J'avais l'impression que c'était un muscle que j'avais laissé s'atrophier par manque d'usage, trop faible pour fonctionner comme avant.

Sauf que… j'avais des picotements dans les doigts.

— Tiens, tiens, tiens. Gabi m'a parcouru du regard, enfin distraite de son téléphone. — Ce n'est pas comme si je n'avais jamais vu ça, mais la plupart de mes clients préfèrent rester habillés devant leur agent.

Sans même y penser, je m'étais débarrassé de ma veste, de ma chemise et de mes chaussures, et je me tenais au milieu de la chambre d'hôtel, vêtu seulement de mon pantalon de costume.

— Merde. Désolé. J'ai ramassé les vêtements jetés au sol et je me suis dirigé vers la plus petite chambre de la suite. Une fois habillé d'un jean, d'un t-shirt doux et d'une chemise en flanelle ouverte par-dessus, comme une veste, je suis retourné dans le salon.

Gabi était assise sur le canapé, portant toujours sa robe rouge piment. Elle tapotait sur son téléphone. — On a eu de bonnes photos aujourd'hui. Qiana va être aux anges. Toi et Audrey et Natalie Jones, toi avec cette autrice de science-fiction… — Elle a claqué des doigts.

— Tamarah Starr.

— C'est ça. Même si j'aurais aimé que tu puisses en avoir une avec cette femme, Samantha. Je crois qu'elle est une Jones, elle aussi. Elle en avait l'air.

— Une Jones ?

Elle a levé les yeux au ciel. — La famille qui s'occupe de la fondation pour l'alphabétisation ? Le père, Jasper, est mort jeune avant que son entreprise ne décolle vraiment, mais maintenant ils roulent sur l'or. On dit que le père aimait les livres, et c'est pour ça qu'ils ont créé la fondation. Ou peut-être que c'est juste une déduction fiscale. Qui sait ? Bref, la mère, Audrey, dirige la fondation. Les filles sont des mondaines, et les fils sont dans la tech, comme leur père.

Samantha n'avait pas l'air d'une mondaine. Elle avait eu l'air aussi mal à l'aise que moi. Son chien minuscule trottinant vers moi et grattant mes chevilles avait été le moment fort de mon après-midi... jusqu'à ce que Samantha elle-même dérape jusqu'à moi.

Elle ne parlait pas non plus comme une mondaine. Elle avait été spontanée, authentique. Contrairement à tous ces gens en plastique, ces poupées mécaniques, qui étaient là. Y compris moi.

Jusqu'à ce que Gabi et son photographe arrivent et qu'elle se fige comme un cerf effarouché. Que se serait-il passé si Gabi ne nous avait pas interrompus ? Aurions-nous creusé un peu plus, exposé une parcelle de nous-mêmes, créé une véritable connexion qui n'était pas basée sur ce que je pouvais faire pour elle et ce qu'elle pouvait faire pour moi ? *Synergie.* C'était le mot qu'on se balançait ici comme mes amis et moi nous lancions des pommes de pin dans les bois.

En parlant de gens en plastique... — Pas d'e-mail de... de lui ?

Gabi a arrêté de tapoter sur son téléphone et a levé les yeux, la pitié adoucissant ses yeux bruns. — Non, désolée, mon grand. Mais j'ai reçu l'avis d'expédition confirmant que l'exemplaire de ton livre a été livré à son bureau.

J'ai secoué la tête comme Sally, notre chèvre, pour chasser les mouches. — Ça n'a pas d'importance. Je suis sûr qu'il est occupé.

— J'en suis sûre. — Elle a pincé les lèvres une seconde, puis a lâché : — Mais c'est ton père. Il aurait pu envoyer un texto.

Ironique, n'est-ce pas ? Mon père était le PDG de l'une des entreprises de technologie téléphonique les plus prospères au monde, et il ne pouvait pas daigner envoyer un texto à son fils. Ou plutôt, il n'avait pas envoyé de texto à mon agente, puisque les restes du dernier téléphone qu'il m'avait donné gisaient au fond de l'étang de notre ferme.

À côté de Gabi, sur la table d'appoint, sous un exemplaire de *Publisher's Weekly* et le roman policier qu'elle lisait, la couverture rouge trop neuve et trop rigide de mon carnet d'écriture dépassait. J'avais des picotements dans les doigts.

Je me suis approché de la table, avec précaution, comme je l'aurais fait avec un veau effrayé ou un chien blessé. Quelque chose qui pourrait m'attaquer et me blesser si je n'étais pas prudent. J'ai posé une main sur le livre et le magazine et j'ai lentement fait glisser le carnet.

Gabi m'a observé. Peut-être qu'elle retenait son souffle, elle aussi.

— Tu vas écrire ce soir ?

— Je sais pas. Mieux vaut ne pas me porter la poisse, au diable ces picotements. Ils m'avaient déjà trompé par le passé.

Elle s'est avancée et a pris l'un de mes stylos préférés sur la table basse, du genre avec l'encre qui séchait vite et ne bavait pas quand je passais la main sur les mots. — Tiens. Puis elle a hésité une seconde, comme si elle ne voulait pas briser la bulle de magie qui m'entourait. — Tu veux que j'aille ailleurs ?

— Non, je... — Je n'avais pas pensé à où j'allais emmener le carnet. Mais une bouffée d'eucalyptus, réelle ou imaginaire, a scellé ma décision. — Je vais au parc.

Elle a jeté un œil par la fenêtre. — Il ne reste que quelques heures de jour.

— Ce sera suffisant. Je n'oserais pas présumer que ma muse resterait avec moi plus de quelques secondes, et certainement pas des heures.

— Quand même, tu ferais mieux de prendre une lampe de poche. — Elle s'est levée d'un bond, est allée dans sa chambre et en est ressortie avec une lampe de poche de la taille d'une poche. Elle me l'a tendue. — Juste au cas où.

J'ai hoché la tête comme si elle m'avait donné le détonateur de la bombe qui allait faire sauter le repaire du génie du mal. Même si nous avions mis ça sur le compte du contrat télé et de mon rôle de consultant pour les scénarios, nous savions tous les deux à quel point mon syndrome de la page blanche était sérieux. Déjà en retard d'un mois sur mes pages, je lui avais demandé de négocier une prolongation avec mon éditrice. Malheureusement, cela signifiait un retard dans notre avance. Maman et Papi avaient besoin de cet argent pour acheter de l'engrais bio. Gabi aurait besoin de sa part pour le loyer et les courses quand nous aurions enfin terminé cette tournée. Et elle ne le dirait pas, pas maintenant que j'avais attrapé mon carnet pour la première fois en un mois, mais les gens de la télé commençaient à s'inquiéter. Sans un deuxième livre, ils ne pouvaient pas prévoir une deuxième saison de la série. Et nous savions tous les deux ce que Heidi dirait si nous demandions une autre prolongation.

J'ai glissé la lampe de poche dans la poche de mon jean et j'ai fait coulisser le stylo dans la spirale. Ramassant la carte magnétique sur le comptoir, je me suis éclipsé, me déplaçant à pas de loup dans le couloir et par la porte comme si le moindre bruit pouvait effrayer ma muse.

Dehors, le soleil se tenait à quelques paumes au-dessus de la cime des arbres du parc de l'autre côté de la rue. J'ai perçu une autre bouffée d'eucalyptus. Les arbres m'appelaient.

Esquivant les voitures, j'ai traversé la rue. Je ne me suis pas soucié de trouver une entrée ; à la place, j'ai escaladé le talus pour entrer directement dans la forêt. Les arbres m'ont accueilli avec les caresses de leurs branches feuillues. Moins d'une minute de marche dans le parc, et les bruits de la ville se sont tus.

Des moineaux s'interpellaient. Des écureuils pépaiaient. J'ai erré parmi les chênes verts épineux et les eucalyptus odorants, me frayant un chemin à travers les fougères, remplissant mes narines de l'odeur âcre du pin et de l'humus.

Un papillon a glissé près de mon épaule et j'aurais presque pu imaginer que c'était une fée sylvestre venue me murmurer à l'oreille. Il s'est envolé en piqué dans la pénombre, me laissant seul.

Le tronc profondément fissuré d'un pin de Monterey, pas si différent des pins blancs de chez nous, suppliait d'être caressé. Mes mains s'étaient adoucies, les callosités de la ferme toujours là mais plus lisses après des mois sans travaux agricoles. Seul le cal sur le côté de mon majeur gauche subsistait, et même lui avait rétréci.

Je me suis adossé au tronc et je me suis laissé glisser pour m'asseoir à sa base. J'ai pressé mon dos contre les crêtes de l'écorce. La terre humide a imprégné mon jean, et si j'ignorais l'eucalyptus, l'odeur était exactement celle d'un été dans les bois de la ferme. Quand j'étais gamin, à chaque occasion, je filais dans les bois pour m'allonger sur le sol de la forêt et rêver d'elfes des bois, de fées sylvestres et de trolls.

Si seulement un de ces elfes des bois pouvait surgir et me dire comment finir l'histoire.

Inclinant la tête, j'ai scruté la canopée. Une citadine comme Gabi aurait pu prendre la tache pommelée pour la lumière du soleil filtrant à travers les arbres, mais c'était une chouette tachetée. Elle était assise, parfaitement immobile, sur la branche.

Jusqu'à présent, je n'avais pas inclus de chouettes dans l'histoire. L'une d'elles pourrait arriver en volant pour sauver Nieven, qui, dans la dernière scène que j'avais écrite, était tombé avec son cheval, Winter, à travers un trou dans l'antre d'une araignée géante. Pouah, non. J'entendais déjà les mots des critiques : sans inspiration, prévisible, dérivé. Paresseux. En plus, il y avait le cheval. La suspension d'incrédulité était une chose, mais jamais les lecteurs n'achèteraient l'idée d'une chouette tirant un cheval hors d'un trou.

Les taches de la chouette, blanches sur fond brun, ont remué quelque chose dans mon cerveau. Pas blanc sur brun, mais brun sur blanc. Des taches de rousseur. Une constellation d'entre elles, sans maquillage pour les dissimuler, sur le nez de Samantha. Ce nez qu'elle avait plissé quand j'avais comparé son chien à Toto.

Et ses yeux.

Personne ayant rencontré Samantha ne pouvait oublier ses yeux. Bleu foncé. Non, putain, j'étais un écrivain, un orfèvre des mots. Je n'avais pas besoin d'une foutue carte de membre ou d'une certification. Indigo. Violet. Les montagnes lointaines. Le ciel nocturne au-dessus de la ferme. Les lobélies qui débordaient des pots que Maman plantait chaque printemps.

Lobélia. Un nom parfait pour une elfe. Non, une fée. Samantha aurait pu en être une, avec sa silhouette élancée et ses traits délicats. Le tailleur noir qu'elle portait comme une armure. Un peu plus de cuir, et peut-être une cape, et elle aurait parfaitement eu sa place dans une de mes histoires. Une fée ? Une pixie ? Je chauffais.

Une fée sylvestre. Voilà. Et si je donnais des ailes à la fée sylvestre, elle pourrait voler jusqu'à l'antre de l'araignée.

Que dirait Lobélia à Nieven ? Samantha et moi avions parlé de fromage. De son chien. Et, brièvement, de *Ladyhawke, la femme de la nuit*. Seulement le plus grand film de fantasy de tous les temps. Peut-être que si Gabi ne m'avait pas trouvé si vite, nous aurions pu parler de livres. Ou de la raison pour laquelle elle était à cette collecte de fonds, apparemment contre son gré. De nos espoirs et de nos rêves. Quelque chose de vrai. Si le photographe ne l'avait pas fait fuir, j'aurais pu avoir son numéro.

Mais le cheval en question s'était déjà sauvé de l'écurie et, merde, j'avais oublié — encore — Winter. Comment une minuscule fée sylvestre pourrait-elle sortir un elfe adulte et sa monture du piège ?

Je fixais la chouette qui agrippait la branche de ses serres. Une fée sylvestre aurait une sorte de magie des arbres, peut-être. Les fées sylvestres aidaient les arbres à bourgeonner au printemps et faisaient virer les feuilles de couleur en automne. Elle pourrait faire pousser une racine d'arbre à l'intérieur du trou et créer une échelle — non, un escalier — pour que Nieven et Winter puissent s'échapper. Ajoutez la grosse araignée velue à leurs trousses, et…

J'ai ouvert mon carnet, je l'ai retourné pour que la spirale métallique ne me rentre pas dans la main, et j'ai posé le stylo en haut de la page. *Chapitre 17*, ai-je écrit, *L'Évasion*. Mais même mon rituel ne parvenait pas à me faire me concentrer sur Nieven et sa situation difficile, ni à dissiper l'image de ses yeux bleus qui riaient en me regardant. Alors j'ai commencé à écrire sur eux. Sur elle.

Mes mains picotant, les mots ont coulé.

Comme le ruisseau qui babillait à la ferme, comme le vent salé de l'océan Pacifique qui s'enroulait entre les arbres du parc, les mots se sont déversés de mon stylo dans le carnet. Peut-être que Lobélia était là dans la forêt, me les murmurant à l'oreille. À ce moment précis, je m'en foutais royalement de savoir à qui appartenaient ces mots.

C'étaient des mots.

Quand j'ai griffonné un mot sur une page qui résistait à mon stylo, j'ai plissé les yeux pour faire le point sur le carnet, mes yeux brûlants et embués. J'avais atteint la couverture rigide. La fin de l'épais carnet. J'ai feuilleté en arrière des pages pleines de mots gribouillés que je ne pouvais pas lire. Le ciel était devenu violet dans les trouées de la canopée feuillue, et des ombres épaisses dissimulaient le sol de la forêt. La chouette tachetée était partie.

Quand je me suis levé, l'air frais a frappé mon jean, humide de terre. Le froid avait pénétré mes muscles, et je me suis étiré pour les décontracter, en secouant ma main gauche. Mais le froid, les courbatures, les picotements qui s'estompaient dans mes doigts étaient tous la meilleure forme d'inconfort. Celle qui se méritait.

Mais je n'avais pas fini. Il me fallait plus de pages. Tandis que je trottinais vers l'hôtel, mon cerveau est resté dans la forêt mythique avec Nieven, qui devait maintenant la vie à Lobélia et était sur le point de lui donner son cœur, également.

3

SAM

J'AI POUSSÉ le cintre avec le costume noir au fond de mon placard, là où se trouvaient les robes ridicules et féminines que Maman me forçait à porter pour le brunch du dimanche, ainsi que la robe de soirée noire et brillante que je ne voulais plus jamais avoir à porter. Du milieu du placard, j'ai sorti un pantalon cargo, acheté d'occasion et déjà usé jusqu'à en être doux, d'un noir si délavé qu'on aurait pu le croire gris.

Je portais déjà un t-shirt noir à manches longues, tout aussi délavé et usé. Après avoir enfilé le pantalon, j'ai lacé mes bottes de combat.

Bilbo Baggins dansait près de la porte de mon appartement. Il savait ce que les bottes signifiaient.

— On doit faire vite aujourd'hui, d'accord, Bilbo Baggins ? Il faut que j'aille sur le campus. Pour le rendez-vous avec Martell. À propos de l'*opportunité*. La lourdeur dans mon estomac vide me disait que cette opportunité n'allait pas me plaire.

Bilbo Baggins a frémi pendant que j'attachais son minuscule harnais autour de lui. Il a caracolé dans le couloir, ses petites pattes s'agitant si vite que j'ai dû trottiner pour le suivre. Il m'a menée en bas des escaliers et dans la rue, où les gens lui souriaient et lui faisaient des signes de la main. Moi, ils m'ignoraient pour la plupart. Je n'étais que celle qui tenait la laisse de ce chien charmant à la personnalité hors du commun.

Je l'ai pressé et, quinze minutes plus tard, je l'ai enfermé dans mon appartement avec de l'eau fraîche et son panier placé là où le soleil le réchaufferait. Puis j'ai marché péniblement les quelques pâtés de maisons jusqu'au campus.

De quoi Martell pouvait-il bien vouloir parler ? Il voulait probablement un rapport d'étape sur mon projet, puisque je l'avais évité. Mon I.A., CASE, était censée prendre des résultats de recherche et les transformer en un article universitaire. J'avais imaginé des universitaires du monde entier téléchargeant leurs données dans CASE, qui produirait en quelques secondes un article prêt à être soumis. Fini les semaines ou les mois passés à écrire, qui leur prenaient un temps précieux sur leur recherche. À quel point CASE pourrait-il rendre les chercheurs plus efficaces ? À quelle vitesse la science progresserait-elle ? Les possibilités me donnaient le vertige.

Mais CASE avait son propre caractère. Au lieu d'un résultat acceptable comme, « *La structure sphérique creuse du C60, avec ses trente doubles liaisons carbone-carbone conjuguées et son orbitale moléculaire la plus basse inoccupée, lui permet d'éliminer les radicaux libres en excès* », il écrivait, « *La structure étrangement belle du C60 n'aurait pu être conçue que par des créatures mythiques* ».

Alimenter l'I.A. avec des œuvres de fiction pour lui donner une meilleure maîtrise de la langue avait peut-être été une erreur.

Puis, tard un soir, j'avais oublié de télécharger les données factices. Je me suis réveillée le lendemain matin devant un roman à part entière que CASE avait intitulé *Magicien dans la Machine*. Quand CASE me l'avait lu à voix haute, j'avais ri de cette histoire absurde, centrée sur un magicien qui vivait dans le paysage du processeur d'un ordinateur et combattait un nécromancien maléfique et son armée de zombies. Le Magicien était mort à la fin de l'histoire, non sans avoir héroïquement vaincu Le Nécromancien.

Les zombies avaient survécu et pris le contrôle du royaume de silicium.

Je l'avais envoyé à Martell pour plaisanter. Mais le lendemain, il m'avait trouvée dans mon minuscule bureau et m'avait demandé si CASE pouvait produire d'autres histoires comme celle-là. J'avais haussé les épaules. À quoi bon ? La seule façon pour *Magicien dans la Machine* d'aider les chercheurs, c'était de les aider à s'endormir le soir pour qu'ils aient les idées plus claires en reprenant leur travail.

Martell n'allait tout de même pas annuler ma bourse, si ? Mon ventre s'est noué. Mais, comme mon père me le disait à propos des difficultés à l'école, le seul moyen de s'en sortir était de foncer. Et je devais passer par cette réunion avec mon directeur pour échapper à l'emprise du nom des Jones.

J'ai montré mon badge à l'entrée du bâtiment d'informatique, à l'ambiance agréablement fade, et j'ai monté les escaliers jusqu'au troisième étage. Alors que je martelais le sol du couloir avec mes bottes, Kyle s'est penché à l'embrasure de la porte de notre bureau commun.

— Hé, Sam, on est plusieurs à sortir plus tard. Tu veux venir ?

— Je ne crois pas. Ma réponse était devenue automatique. À la seconde où j'avais roulé sur le côté le mois dernier, j'avais compris qu'ajouter des avantages à mon amitié avec mon collègue de bureau était une terrible idée. Bien sûr, je préférais les orgasmes qui ne demandaient pas de piles, mais coucher avec Kyle n'avait rien à voir avec mes coups d'un soir de l'autre côté du campus.

Le regret m'avait envahie dès que la poussée d'endorphines s'était estompée. J'avais ressenti quelque chose en plongeant mon regard dans les yeux bienveillants de Kyle. De l'affection, peut-être. Mais l'affection était un sentiment, et je n'en voulais plus. Je ne me laisserais plus jamais être vulnérable. La douleur inévitable n'en valait pas la peine.

Stephen m'avait tellement déstabilisée que j'avais failli ne pas obtenir mon diplôme. C'est pour ça que j'étais encore en Californie pour mes études supérieures et non sur la côte Est comme je l'avais prévu. Comment pouvais-je savoir que Kyle ne voulait pas quelque chose de moi, quelque chose qu'il utiliserait en profitant de mes barrières abaissées par le sexe pour l'obtenir ? Rien, ni Kyle ni personne d'autre, n'allait m'empêcher de finir ma thèse et d'obtenir mon premier poste de chercheuse post-doctorale à des centaines de kilomètres du premier vol direct depuis SFO.

— D'accord, peut-être la prochaine fois. Avec un sourire ironique, il est retourné à son bureau, et je me suis traînée jusqu'au bout du couloir et à la porte de Martell.

J'ai frappé, et à son « Entrez » bourru, j'ai tourné la poignée et suis entrée.

Le Dr Martell avait poussé ses quatre grands écrans d'ordinateur pour avoir une vue dégagée sur les chaises des invités de l'autre côté de son bureau. Celle de droite était vide. Mais quelqu'un était assis sur celle de gauche.

Elle s'est levée quand je suis entrée, son carré poivre et sel oscillant tandis qu'elle se tournait. Elle était plus petite que moi, menue, mais une énergie flottait autour d'elle comme un halo.

— Samantha. Martell s'est également levé. Je vous présente mon amie, Heidi Lentz. Heidi et moi étions ensemble en premier cycle…

— Ne parlons pas du nombre d'années que ça fait. Le sourire d'Heidi était acéré. Disons simplement que John et moi, nous nous connaissons depuis longtemps.

J'ai serré sa main glaciale. — Vous travaillez aussi en informatique ? Mon directeur avait mentionné une opportunité. Heidi était-elle une investisseuse en capital-risque qui voulait nous donner de l'argent pour CASE ?

— Non. Elle a laissé échapper un petit rire qui aurait eu sa place à l'un des événements de ma mère. Je me suis lancée dans l'édition quand John est parti en cycle supérieur. J'ai gravi les échelons dans plusieurs grandes maisons d'édition jusqu'à ce que je fonde la mienne il y a quelques années.

— Ah ? Mon attention avait déjà commencé à se porter sur la pile de papiers maintenue par un élastique sur le bureau par ailleurs impeccable de Martell. J'aurais eu du mal à le lire de toute façon, mais à l'envers, c'était sans espoir.

Martell a désigné la chaise vide et, alors que je m'asseyais, il a dit : — Samantha, Heidi dirige Happy Troll, une petite maison d'édition de science-fiction et de fantasy en pleine croissance.

— Nous sommes avant-gardistes. Innovants. Nous repoussons les limites, a ajouté Heidi, en haussant les sourcils vers moi comme si je devais comprendre pourquoi elle était là, à me parler.

Je n'ai rien compris. — C'est bien.

Les narines d'Heidi se sont dilatées. — John m'a fait lire un manuscrit très intéressant. *Le Magicien dans la Machine.*

Mon souffle s'est coupé, comme si elle m'avait donné un coup de poing dans l'estomac. — Quoi ?

— Je crois comprendre qu'il a été généré par une intelligence artificielle. Il est sorti de l'ordinateur comme ça ? Vous ne l'avez pas édité, ou demandé à un ami de le faire ?

— Non, je… Qu'est-ce qui était en train de se passer ? CASE l'a produit, tel que je l'ai envoyé au Dr Martell.

— Et CASE est votre I.A. ?

— C'est un acronyme pour Computer Analysis and Synthesis Engine. Pour produire des articles universitaires.

— Mais il a produit *Magician.*

— Oui. J'ai froncé le nez. On tournait en rond.

— Je crois savoir — Heidi s'est tapoté le menton — que la plupart des programmeurs utilisent des documents sources pour apprendre à l'I.A. comment écrire. C'est comme ça que vous avez programmé CASE ?

— Euh, ouais. Enfin, oui. Heidi était drôlement intelligente pour quelqu'un qui n'avait pas fait d'études d'informatique.

— Les auteurs de ces documents sources — elle a haussé ses sourcils sombres — sont-ils morts ?

— Oui. Les favoris de Papa étaient les classiques, J.R.R. Tolkien, C.S. Lewis, Octavia Butler, Madeleine L'Engle, alors c'est ceux-là que j'avais chargés. Sauf… Le dernier que j'avais entré, celui que le bibliothécaire de l'université m'avait recommandé, était un titre récent. Les lettres sur la couverture tourbillonnaient dans ma mémoire. Quelque chose sur les elfes. Par Nail Flying.

Ses lèvres se sont courbées en un sourire. « *Les Secrets des Elfes des Bois of the Wood* » de Niall Flynn, vous voulez dire ?

Mon visage s'est échauffé pendant que je luttais avec les lettres dans ma mémoire. Je connaissais ce nom. L'image d'un homme costaud aux cheveux roux tenant Bilbo Baggins dans ses bras lors de la collecte de fonds du week-end dernier a bloqué mon cerveau. — Niall Flynn, le… sportif ?

— Non, c'est un écrivain.

Un écrivain ? On avait parlé de films. *Ladyhawke.*

La voix sèche d'Heidi m'a ramenée dans le bureau de Martell. — C'est le seul auteur vivant que vous avez utilisé ?

— C'est exact.

— Pas de problème, alors. J'aimerais publier *Magician in the Machine.* Avoir le premier roman au monde entièrement généré par une I.A. serait parfaitement dans l'image de marque de Happy Troll.

— Le publier ? Vous voulez dire un article à son sujet dans une revue universitaire ?

Ses narines se sont à nouveau dilatées. — Non, Samantha. Je veux dire, le mettre sur les étagères de fiction des librairies. Vendre l'e-book en ligne. Produire un livre audio avec une voix générée par ordinateur si j'y arrive.

Le Dr Martell a dit : — Comme CASE fonctionne sur les serveurs de l'université, *Magician in the Machine* appartient techniquement à l'université. J'ai déjà accepté de laisser Happy Troll le publier.

— Oh. D'accord. Je pouvais presque sentir la vibration de la salle des serveurs au sous-sol à travers les étages. Des milliers de serveurs y vrombissaient, et l'un d'eux faisait tourner le code de CASE. Donc j'étais là pour information ?

— Vous vous demandez probablement pourquoi on vous a fait venir ici, a dit Heidi, sa voix s'adoucissant d'une manière qui, je le savais, annonçait une demande.

J'ai hoché la tête. Voulait-il que CASE écrive un autre livre ? Une suite ? Ce serait un problème intéressant à résoudre, puisque *Magician in the Machine* était sorti par hasard, et que les personnages principaux étaient tous morts. Et si je…

— Je ne suis pas encore prête à révéler la provenance du roman. Je veux m'assurer de son succès avant de le faire. J'ai donc besoin d'un auteur. Elle s'est adossée à sa chaise.

J'ai cligné des yeux, chassant mes pensées sur la mise en place des paramètres de la suite. — Vous êtes éditrice. Vous n'avez pas des tonnes d'auteurs ?

— Mes auteurs sont tous en train d'écrire d'autres livres. J'ai besoin de vous.

Tout, du bout de mon nez à mes orteils, s'est engourdi, comme si elle m'avait plongée dans de l'eau glacée. — De moi ?

— J'ai besoin d'un nom d'auteur à mettre sur la couverture.

— Pourquoi faut-il que ce soit mon nom ?

Elle a échangé un regard avec Martell. — En raison de votre lien avec le livre. C'est plus simple comme ça.

J'ai plissé les yeux. — Qu'est-ce qui est plus simple ? Les choses simples de Maman — comme la collecte de fonds de samedi — avaient toujours une complication, comme Winford Machin-Chose.

— Pour vous motiver, Martell s'est penché en avant, je serais prêt à accélérer l'approbation de votre thèse. Il ne serait pas nécessaire de terminer le projet initialement prévu. Vous pourriez commencer à rédiger votre thèse maintenant, sur la base de ce que vous avez déjà fait.

— Maintenant ? J'ai massé mes doigts pour y faire revenir la sensation. J'économiserais des mois de travail sur CASE, à chercher et corriger les bugs qui le faisaient écrire des mots si fleuris. Il n'y aurait aucune question de savoir si je traverserais la scène au printemps prochain, pour recevoir mon diplôme des mains du président de l'université, puis de sauter dans un avion avec Bilbo Baggins — deux ou trois avions seraient encore mieux — vers une université éloignée, où je pourrais tout recommencer. Sans cette sombre histoire et cette méfiance, je serais libre d'avoir un impact sur le monde, selon mes propres termes. Si je pouvais éliminer les bugs de CASE, peut-être qu'il aiderait des chercheurs.

Bonus : j'échapperais pour toujours aux machinations de Maman.

Cette pensée heureuse a dû se voir sur mon visage, car Heidi s'est adossée. — Il y a une condition à notre accord.

— Une condition ? Je me suis penchée en avant.

— Vous direz que vous avez écrit le roman. Vous ne ferez aucun lien entre *Magician in the Machine* et CASE ou l'intelligence artificielle jusqu'à ce que je l'annonce.

Je détestais mentir. De plus, personne qui me connaissait ne le croirait. J'ai imaginé le visage de ma mère en face de moi à la table du brunch du dimanche, disant : « Samantha, comment *toi*, tu as pu écrire un roman ? »

Mais au final, ce mensonge m'éviterait de nombreux brunchs du dimanche. Et des rendez-vous arrangés avec des types comme Winford. Comme Stephen.

— On peut utiliser un faux nom ?

— Bien sûr que nous pouvons utiliser un nom de plume. Tout ce dont j'ai besoin, c'est que vous soyez la personne derrière ce nom. Heidi a joint le bout de ses doigts sous son menton.

C'était pour la science. Pour CASE. Je pourrais emporter mon idée originale dans un autre laboratoire, très, très loin, et en faire ce que j'avais imaginé : un gain de temps pour les scientifiques. Cela accélérerait tant de recherches. Comme la prévention des maladies cardiaques. Pour éviter à d'autres petites filles de perdre leur papa.

— D'accord. Je le ferai.

Les lèvres d'Heidi se sont retroussées pour former l'équivalent d'un sourire. — Excellent. J'enverrai les documents à John pour votre signature.

Cela ressemblait à un congédiement. — Je peux y aller mainte-nant ? ai-je demandé à Martell. Ma peau me tiraillait, comme lorsque j'étais sortie en courant de l'appartement de Kyle alors qu'il se tenait en caleçon sur le seuil, les sourcils froncés.

— Bien sûr, Samantha. Je suis sûr que vous êtes d'accord que ce sera une excellente opportunité pour le département et l'université.

— Bien sûr. À ce stade, je me fichais du département ou de l'université. J'ai ignoré la lourdeur dans mon ventre. Pour la science.

Mais j'aurais dû m'en soucier. J'aurais dû me soucier des papiers que j'allais signer sans les lire et des mensonges qui commençaient déjà à m'envelopper comme une proie dans la toile d'une araignée.

4

NIALL

J'AI SUIVI Gabi à travers le labyrinthe de nappes blanches du restaurant en bord de baie, vers la table près de la fenêtre où Heidi était assise et nous faisait signe. Les notes entraînantes de la chanson des années 90, *Breakfast at Tiffany's*, jouaient en contrepoint du tintement des couverts sur la porcelaine.

Accélérant pour rattraper Gabi, je lui ai murmuré à l'oreille :

— Ne mentionne pas que j'étais bloqué, d'accord ? Tout est rentré dans l'ordre.

Ce n'était qu'un demi-mensonge. Mes doigts m'avaient picoté pendant quelques jours après cette collecte de fonds. Mais ma muse était capricieuse, prompte à m'abandonner quand j'avais le plus besoin d'elle.

— T'as putain d'intérêt à ce que ce soit reparti. J'ai besoin de mes quinze pour cent en octobre. Mes nièces et neveux veulent des cadeaux de Noël de la part de tía Gabi.

Ma poitrine s'est resserrée. Gabi prenait ça à la légère, mais ma famille et ma meilleure amie et agent avaient toutes deux besoin d'argent. Je me serais enfermé dans un placard pendant une semaine avec une caisse de Red Bull avant d'accepter un autre report qui repousserait encore la date de paiement.

— Niall !

Heidi s'est levée quand nous avons atteint sa table et m'a fait signe de me pencher pour une étreinte. Je me suis penché et j'ai tapoté doucement ses épaules délicates. Elle était forte, cependant, et ses petits bras nerveux se sont enroulés autour de ma poitrine. Après qu'elle a étreint Gabi, j'ai pris la chaise la plus proche de la fenêtre d'où je pouvais jeter des coups d'œil furtifs aux nuages qui s'amoncelaient dehors. Leurs dessous étaient sombres, prometteurs de pluie. Est-ce qu'il pleuvait à la ferme ? Il fallait que j'appelle à la maison bientôt.

Dans l'arbre en pot de l'autre côté de la vitre, un bruant chanteur s'est perché et a ouvert le bec. Dommage que je ne puisse pas entendre son chant par-dessus la musique forte du restaurant, qui a enchaîné sur *Take On Me* de A-Ha. Gabi s'est glissée sur la chaise à côté de moi, en face d'Heidi.

— Merci de me rencontrer avant que je doive retourner à New York, a dit Heidi, en consultant son téléphone. Quelle est votre prochaine destination ?

Gabi a tapoté sur son téléphone.

— Nous partons pour le Comic-Con samedi.

— Mieux vaut vous que moi. J'ai besoin d'être dans mon bureau pour pouvoir travailler.

Heidi a levé les yeux de son propre téléphone.

— Comment avance le livre, Niall ?

Je me suis étouffé avec l'eau que j'avais osé siroter, et Gabi m'a tapé dans le dos. Finalement, j'ai bredouillé :

— Bien.

— Bien, bien. Dans les temps pour respecter votre date butoir ?

— J'y arriverai.

Au son de mon grognement, Heidi a arraché son regard de son téléphone.

— Bien sûr qu'il y arrivera.

Gabi m'a fusillé du regard avant d'adresser un sourire étincelant à Heidi.

— Vous allez adorer le nouveau personnage qu'il a introduit. Il est juste en train d'ajouter ces dernières touches magiques.

— Ah oui ?

Heidi m'a transpercé de son regard le plus perspicace.

— Une intrigue amoureuse pour Nieven ?

Elle insistait pour une intrigue secondaire romantique depuis qu'elle avait acheté mon premier livre.

— Peut-être.

Je n'en étais pas encore sûr. Après que Lobelia a libéré Nieven et Winter de l'antre de l'araignée, elle était devenue froide et silencieuse. Nieven avançait tant bien que mal, comme d'habitude, mais jusqu'à présent, Lobelia n'avait rien eu à dire, ni à l'elfe des bois, ni à moi.

— Je pensais que Nieven finirait peut-être avec Greva.

Le téléphone d'Heidi a vibré, et elle y a jeté un œil.

Je n'ai pas regardé Gabi. À la place, j'ai pris mon menu. Elle savait que j'avais modelé l'amitié de Nieven et Greva sur la nôtre. Et bien que nous soyons sortis ensemble à l'université — brièvement, jusqu'à cette visite malheureuse à la ferme sans wifi — nous fonctionnions mieux comme amis. Et comme partenaires professionnels. Comme Nieven et Greva.

— Qui a dit qu'il devait y avoir une intrigue amoureuse ?

Le générique de *Friends* a commencé à jouer. Cette musique allait me couper l'appétit.

— Personne, a dit Heidi, d'un ton neutre. J'ai hâte de découvrir ce nouveau personnage.

— Est-ce qu'on prévoit toujours la sortie pour l'été prochain ? a demandé Gabi.

— En fait…

Le sourire d'Heidi cachait un secret.

— On avance votre sortie.

— On avance ?

Gabi a laissé tomber son menu sur la table et a pris son téléphone.

— Envoyez-moi le nouveau planning ?

— De combien ?

Mon cœur s'est logé dans ma gorge, me coupant le souffle.

— Nous avons l'occasion de faire un coup double.

Heidi tapotait sur son téléphone. J'aurais aimé pouvoir le jeter par la fenêtre.

— Je ne peux rien dire avant l'annonce officielle, mais j'ai signé un Livre Très Excitant.

Heidi avait cette façon de mettre des majuscules dans ses phrases.

— C'est un crossover fantasy urbaine / science-fiction, et il aura une Synergie avec votre lectorat. Il sort dans quelques mois, et j'en attends beaucoup de Buzz. Peut-être même un Contrat pour un Film. Votre studio est en train de le lire, et ils ont accepté de cofinancer une Tournée Commune. J'ai demandé à Qiana de l'organiser. En février. C'est une excellente Opportunité pour vous.

Je ne pouvais plus déglutir. J'allais m'évanouir si je ne prenais pas l'air bientôt.

— Février ? a répété Gabi.

— Nous faisons déjà la promotion de *Trahison des Elfes des Bois*. Nous allons devoir accélérer le processus, mais je ne veux pas rater cette Opportunité.

— Bien sûr que non.

Gabi rayonnait, mais sous la table, elle m'a donné un coup de pied dans le tibia. Un bon. J'ai hoqueté, ce qui a relancé ma respiration.

J'ai avalé le reste de mon eau d'un trait et j'ai reposé le verre avec un bruit sec. Février, c'était dans neuf mois. Je ne pouvais manquer aucune échéance, pas même d'un seul jour. Je me suis levé.

— Je vais aller me rafraîchir.

Torn jouait alors que je passais devant le pupitre de l'hôtesse. J'ai regardé avec envie la rue dehors, les feuilles vertes des arbres rabougris qui poussaient sur le trottoir. Mais je n'allais pas m'enfuir. Je ne pouvais pas. Papy, Maman et la ferme dépendaient de moi pour que je finisse ce satané livre à temps.

En plus, je devais bien trop à Gabi pour échouer. Elle avait cru en moi. Même après notre rupture, elle venait à ma table à la bibliothèque où je gribouillais mes histoires. Elle les lisait. Certaines lui plaisaient ; d'autres, elle me forçait à les passer à la déchiqueteuse.

Après notre diplôme, elle m'écrivait — elle m'écrivait de vraies lettres parce qu'elle savait que je détestais les e-mails — et me poussait à finir mon roman. Quand j'avais voulu le jeter au compost, elle m'avait obligé à le lui envoyer, l'avait corrigé et me l'avait renvoyé par la poste. Puis elle avait parlé à des gens qu'elle connaissait. Avant que je ne m'en rende compte, j'avais un contrat pour trois livres avec Happy Troll et l'intérêt d'Hollywood. Je lui devais tant de choses.

Y compris la crise cardiaque que j'étais sur le point d'avoir.

— Février, ai-je soufflé dans le couloir devant les toilettes pour hommes.

— Ne panique pas, Niall.

La petite main de Gabi a serré la mienne. Je pouvais toujours compter sur elle pour veiller sur moi.

— Tu vas assurer.

— Je… je ne sais pas.

— Si, tu sais. Tu as juste besoin d'inspiration. On va te remettre dehors, à te rouler dans la nature et ce genre de trucs. Quoi qu'il faille, d'accord ?

— Je ne pense pas que j'aie vraiment besoin de me rouler dans des trucs pour être inspiré.

Elle a souri.

— Quoi que tu aies besoin, tu me le dis, d'accord ?

Peux-tu me trouver Samantha et ses yeux violets ? Non, je ne pouvais pas demander ça. Parce qu'elle le ferait, et ce serait vraiment gênant. Elle avait raison. J'allais passer l'après-midi au parc et essayer de canaliser ma muse.

Je le devais. Pour Gabi. Et Papy. Et Maman. Et, putain, pour moi aussi. Je n'étais pas l'artiste d'un seul tube comme Natalie Imbruglia. J'avais un contrat pour trois livres et une série télé qui voulait une deuxième saison. J'ai essuyé mes paumes moites sur mon pantalon.

— Ça va aller. Je te le promets.

Le sourcil levé de Gabi m'a dit qu'elle non plus, elle ne me croyait pas.

5

SAM

J'AI TAPÉ des pieds sur le paillasson juste à l'entrée du café et j'ai passé mes mains sur mes manches pour enlever une partie de l'eau. J'ai jeté un coup d'œil dans mon sac en toile, que j'avais fourré sous ma veste.

— Ça va, Bilbo Baggins ? ai-je murmuré.

Le sac a été secoué par la force de son popotin frétillant.

— Bien. Moi aussi. *Pour l'instant.*

J'ai balayé le café du regard, mais je n'ai encore vu ni Heidi ni le Dr Martell. Mon estomac s'est un peu détendu alors que je choisissais une table loin du groupe d'adolescents hilares et près d'une fenêtre, avec en bruit de fond le crépitement de la pluie. Peut-être qu'ils n'allaient pas venir. De quoi pourrions-nous bien avoir à parler, de toute façon ? J'avais signé les papiers, exactement comme ils me l'avaient demandé.

La porte s'est ouverte et j'ai levé les yeux, mais ce n'était qu'un couple, chacun la main dans la poche arrière de l'autre. Ils se sont assis dans le coin opposé, près des adolescents. J'allais laisser quinze minutes à Martell et Heidi. N'était-ce pas la règle pour les professeurs ? Il était toujours à l'heure, donc ça n'avait jamais eu d'importance. J'ai vérifié ma montre et j'ai jeté une friandise pour chien dans mon sac en toile. Bilbo Baggins l'a croquée de ses petites dents.

Dix minutes plus tard, Heidi est entrée en secouant un parapluie noir. Quand elle m'a repérée, elle a eu un sourire acéré et s'est avancée d'un pas décidé vers la table.

— Samantha ! Elle a ouvert grand les bras.

Je me suis immobilisée pour son accolade et je l'ai laissée me faire des bises sonores dans le vide près de chaque joue. Là où j'allais avec mon doctorat, il n'y aurait pas de bises dans le vide. Pas de cafés. Juste mon laboratoire tranquille et Bilbo Baggins qui m'attendrait à la maison.

Elle a fait signe au serveur avant de s'asseoir de l'autre côté de la table ronde. Après que nous avons passé nos commandes, j'ai laissé échapper :

— Où est le Dr Martell ?

— Sa présence n'est pas nécessaire pour ça. Notre discussion d'aujourd'hui ne concerne que vous et moi.

J'ai dégluti.

— Avez-vous tout ce dont vous avez besoin ? Dois-je vous envoyer le manuscrit dans un format différent ? Ou, euh, y passer le correcteur orthographique ? Non pas que CASE fasse des fautes d'orthographe. Mais je ne connaissais rien à l'édition de livres. Les quelques articles universitaires sur lesquels j'avais travaillé avec le Dr Martell avaient nécessité beaucoup de maniaquerie sur le format et la grammaire, ce qui était l'une des choses que nous essayions — que nous avions essayées — de simplifier avec CASE.

— Non, non. Elle a eu un petit rire cristallin et a balayé mes questions d'un geste de la main, comme pour chasser une mouche. Nous devons parler de la promotion.

— La promotion ? Mon cerveau s'est mis en branle pour trouver un contexte à ce mot, mais il a fait chou blanc.

Elle a pincé les lèvres comme si elle essayait de retenir à la fois des mots et un sourire. Ses yeux pétillaient.

— Nous vous envoyons en tournée de promotion au printemps prochain.

Mon cerveau a de nouveau cherché une prise, mais il a glissé sur ces mots absurdes.

— Une… une tournée de promotion ? Et vous avez besoin que ce soit *moi* qui y aille ?

— Le livre ne peut pas partir en tournée tout seul. Son rire a de nouveau tinté comme du verre brisé. Les lecteurs veulent rencontrer l'auteur.

— Mais je ne suis pas… Le Dr Martell connaissait mes difficultés de lecture, il m'avait donc montré les clauses du contrat qui précisaient les conséquences en cas de rupture de l'accord de confidentialité. Et comme j'avais fait don de mon fonds en fiducie à mes vingt-cinq ans, je n'avais pas l'argent pour poursuivre qui que ce soit en justice. La nervosité est montée de mon estomac à ma gorge, me forçant à murmurer : Je ne suis pas l'auteur.

Le regard étincelant d'Heidi est devenu mortel.

— Bien sûr que si, Samantha. Votre nom de plume sera imprimé sur la couverture. Vous êtes Sam Case.

Le serveur est revenu avec nos tasses de café, et j'ai blotti la mienne entre mes mains pour cacher leur tremblement.

— Qu'est-ce que je dois faire ?

Elle a baissé l'intensité de la flamme dans ses yeux.

— Nous travaillons encore sur le programme. J'estimerais une douzaine de villes sur trois semaines. La plupart des événements auront lieu dans des librairies. Vous ferez une présentation du livre, puis une séance de dédicaces.

— Une présentation du livre ? Je n'avais rien à dire sur les livres. Mes poumons avaient oublié comment fonctionner. J'étais en train de me noyer, là, dans le café.

Ses yeux se sont écarquillés.

— J'ai failli oublier de vous dire le meilleur ! Vous aurez un partenaire de tournée, Niall Flynn.

Cette nouvelle a suffi à réanimer mes poumons.

— Quoi ? Mais je…

— Il se trouve que Niall est un auteur de Happy Troll, et il sort un nouveau livre ce printemps. Elle a glissé une main dans son sac de marque et en a sorti un épais livre cartonné. La couverture me disait quelque chose, une illustration d'une personne aux oreilles pointues portant une cape vert foncé et assise sur un cheval blanc comme neige. Une longue épée brillait à son côté. Il m'a fallu quelques secondes pour déchiffrer le titre en haut. *Les Secrets des Elfes des Bois.* Vous avez lu celui-ci, n'est-ce pas ?

— Oh. Merde. Bien sûr que je ne l'avais pas lu. Je n'essaierais jamais de lire quelque chose d'aussi épais. Plus maintenant. J'avais juste chargé le fichier dans CASE. Est-ce qu'elle essayait de me punir pour ça ? À quel point ça allait être gênant quand j'allais débarquer en tournée et dire : *Alors, salut, ton livre a aidé à créer ce roman que je n'ai absolument pas écrit, mais faisons comme si ?*

Comme si elle pouvait lire les pensées sur mon visage, elle a dit :

— Ne vous inquiétez pas pour Niall. Je m'occuperai de lui. Souvenez-vous simplement de l'accord de non-divulgation. Il vaudrait mieux que vous ne parliez pas avec lui de… Son regard a parcouru la salle du café avant qu'elle ne murmure la fin de la phrase : l'I.A. Son père, c'est Paul Swift, le créateur du Swift-phone, vous savez.

J'avais rencontré Paul Swift quelques fois lors des événements où Mère me traînait. Les gens de la tech gravitaient autour de lui comme des planètes piégées dans le champ gravitationnel du soleil. Pas étonnant que Niall soit si éclatant. Son père l'était aussi.

Elle a de nouveau souri.

— Donc, comme je le disais, vous et Niall vous poserez des questions mutuellement et parlerez de vos livres. Qiana, notre attachée de presse, vous enverra une liste de sujets. Et ensuite, vous prendrez les questions du public. Oh, mais d'abord, vous lirez un bref extrait du livre.

— Lire ? À voix haute ? La partie pensante de mon cerveau s'est éteinte, ne laissant que la partie qui faisait battre mon cœur, transpirer mes paumes et trembler mon corps. La partie qui se souvenait de lire devant la classe à l'école. Les ricanements. Les gloussements. Le regard impatient de l'institutrice.

— Bien sûr, à voix haute. Juste un court passage. Vous pouvez l'apprendre par cœur si vous voulez. Nous espérons attirer quelques centaines de personnes à chaque événement. Niall est merveilleux à ce genre d'exercice. Vous n'avez aucun souci à vous faire.

Aucun souci à me faire ? Chaque aspect de cette tournée était un sujet d'inquiétude. Pour cacher le tremblement de mes doigts, j'ai ouvert le livre à la fin. Sur le rabat arrière se trouvaient un ou deux paragraphes de texte, et au-dessus, une photo en noir et blanc. Un homme accroupi dans un champ à côté d'un chien. Si je ne l'avais pas vu en vrai, j'aurais supposé que c'était un homme aux cheveux bruns avec un chien de taille normale. Mais je connaissais ce visage et la chevelure d'un roux flamboyant qui le couronnait. Et vu la taille de Niall, ce chien devait être une sorte de bête infernale, car il était aussi grand que l'homme accroupi à ses côtés.

J'ai fermé les yeux très fort. Niall était un auteur célèbre qui attirerait la plupart de l'attention loin de moi, ce qui était une bonne chose. Mais il y aurait de l'attention, et on s'attendrait à ce que je parle — que je lise — en public. Deux choses terrifiantes.

— Bilbo Baggins vient en tournée avec moi. C'était la seule façon pour moi de survivre.

— Qui ? Enfin, j'avais réussi à mettre Heidi en difficulté.

J'ai tendu la main et j'ai tiré mon sac sur mes genoux. Les oreilles pelucheuses de Bilbo Baggins sont apparues en premier, puis son visage souriant.

— Bilbo Baggins.

Sa lèvre s'est retroussée.

— Ce n'est pas un rongeur, j'espère ?

— C'est un croisé chihuahua. Et il va là où je vais. Ma voix était plus forte que ce à quoi je m'attendais.

— Je ne pense pas que ce soit possible. Quand elle a froncé les sourcils en regardant Bilbo Baggins, il s'est recroquevillé dans le sac en tremblant.

— Vous avez besoin d'un auteur. Soit il vient, soit je ne viens pas. Je n'avais aucun argument juridique, et Martell serait furieux contre moi si je me retirais. Pourtant, j'ai avancé le menton et j'ai gardé la tête haute, de la même manière que je l'avais fait lorsque l'avocat de notre famille avait essayé de me dissuader de faire don de mon fonds en fiducie.

— Très bien. Mais tous les lieux ne seront pas favorables aux chiens. Il devra rester dans votre chambre d'hôtel.

— D'accord. Et aussi, pas de photos.

— Que voulez-vous dire, pas de photos ? Vous voulez dire pas de photos publicitaires, ou vous voulez aussi dire…

— Pas de selfies. Pas de photos avec les lecteurs. Pas de réseaux sociaux. Aucune image de moi ne sera publiée en lien avec la tournée.

Elle a cligné des yeux.

— Je ne sais pas si c'est…

— Faites en sorte que ça se produise, ou je n'y vais pas. J'avais juré de ne plus jamais prendre de photo après ce qui s'était passé avec Stephen. Peu importait que je sois prudente et habillée cette fois. N'importe quelle photo pouvait être truquée. Je savais exactement ce que l'I.A. pouvait faire.

Elle a pincé les lèvres.

— Très bien. Mais plus de conditions. Si vous demandez ne serait-ce qu'un oreiller supplémentaire, nous vous poursuivrons pour rupture de contrat.

Mince. Maintenant, je regrettais vraiment de ne pas avoir lu le contrat. Mère m'aurait tuée si elle avait su que j'avais signé des papiers que son équipe juridique n'avait pas examinés. Mais je m'étais concentrée sur une seule chose — mon doctorat — et sur le chemin le plus court entre moi et la liberté.

À part me sortir complètement de la tournée, emmener Bilbo Baggins avec moi et éviter les photos me donneraient ma meilleure chance de survie.

J'ai hoché la tête. J'avais épuisé tout mon courage. J'ai serré Bilbo Baggins dans le sac. J'étais intelligente. Je pouvais trouver un moyen de me sortir du pétrin dans lequel je m'étais je ne sais comment fourrée.

6

NIALL

IMPOSTEUR.

C'était le mot inscrit sur la pancarte que j'imaginais suspendue à mon cou. Chaque fois que je répondais à l'une des questions des étudiants, elle prenait un kilo de plus et me pesait sur les épaules. Comment pouvais-je parler d'écriture à ces jeunes ? Après cette journée glorieuse du week-end dernier, ma muse m'avait abandonné.

La veille, j'avais erré, fébrile, à travers le parc. La forêt. La plage. La prairie. Aucun de ces lieux ne m'avait inspiré. Aucun ne m'avait murmuré les mots de Lobelia. J'avais gribouillé quelques idées sur une page de mon carnet, mais au final, je l'avais arrachée et jetée. Elles étaient toutes nulles.

Pourtant, ces étudiants universitaires s'attendaient à ce que je leur dise comment écrire.

Comment le pouvais-je si je ne savais pas comment faire moi-même ?

Quand mon intervention a pris fin et que les étudiants se sont dispersés, j'ai traversé l'auditorium puis la bibliothèque d'un pas vif jusqu'à l'extérieur, où j'ai humé l'air frais à pleins poumons, comme si c'était un remède à mon imposture.

J'ai aperçu un éclair noir dans ma vision périphérique, et mon index gauche a eu un soubresaut. J'ai balayé du regard le portique de la bibliothèque. Deux étudiants gravissaient les marches. Un écureuil gris était agrippé au tronc d'un arbre voisin. J'ai secoué la tête. J'imaginais des choses. J'allais trouver un autre parc. Peut-être que Lobelia me parlerait là-bas.

Mais avant que je puisse quitter l'abri du portique de la bibliothèque, un petit obstacle à l'abondante chevelure sombre s'est interposé devant moi.

— Bonjour, Niall, je suis Kari Singh, et j'écris un blog people ici sur le campus.

J'ai froncé le front.

— Je ne peux pas vous dire grand-chose sur le blogging, mais j'imagine qu'écrire, c'est écrire. Sur quoi butez-vous ?

Sa lèvre s'est retroussée.

— Je me débrouille très bien. Mais j'ai quelques questions pour vous.

— Pour moi ? ai-je demandé en plissant les yeux. —Je ne suis pas une célébrité.

— Écoutez, vous êtes ce qu'on a eu de plus proche depuis des mois, depuis qu'une des sœurs de Mark Zuckerberg s'est perdue et a atterri sur le campus. C'est une fac de geeks. Ils savent qui vous êtes.

—Oh. D'accord. Le diagramme de Venn des geeks et des lecteurs de fantasy avait une intersection bien fournie. De plus, Qiana et Gabi m'avaient préparé à ça. Je devais être positif mais vague : *Oui, le livre est presque terminé. Oui, vous retrouverez tous vos personnages préférés. Oui, il y aura de nouveaux personnages et des surprises. Oui, les producteurs de la série en auront une copie dès qu'il sera fini.*

En tant qu'auteur, j'aurais dû être ravi qu'on me pose des questions sur une série télé basée sur mes livres. J'aurais dû être aux anges d'avoir cette chance que tant d'autres écrivains n'avaient pas. Mais la peur qui s'enroulait dans ma poitrine a étranglé mon enthousiasme. Et si je n'arrivais pas à le finir ?

— Avez-vous vu votre père récemment ?

— Mon… quoi ? J'ai reculé d'un demi-pas. Personne ne me posait de questions sur lui. Pas depuis longtemps.

Elle a souri, l'air d'une prédatrice.

— Vous êtes à San Francisco, et il est juste à côté, dans la Silicon Valley. L'avez-vous vu ?

— Non. Ma voix s'est brisée comme la dernière fois que je l'avais vu à la ferme, quand j'avais environ douze ans. Je me suis raclé la gorge. —Non, je ne l'ai pas vu. Nous ne sommes pas proches. C'était un euphémisme. Il était sorti de nos vies et s'était construit une nouvelle famille, une famille légitime, qui allait de pair avec son entreprise technologique multimilliardaire.

Un mouvement derrière elle a attiré mon regard, mais quand j'ai jeté un œil dans cette direction, il n'y avait rien d'autre que l'écureuil.

— Et pourquoi donc, Niall ? Elle a tendu son téléphone vers moi pour enregistrer ma réponse. C'était un des siens. Je l'ai reconnu à l'icône argentée d'un oiseau en vol au dos. —Pourquoi n'êtes-vous pas proches, vous et Paul Swift ?

Je n'allais pas expliquer à cette parfaite inconnue comment il s'était effacé de nos vies si lentement que je l'avais à peine remarqué. Comment ses voyages d'affaires s'éternisaient de plus en plus longtemps. Comment, au lieu de se pointer à Noël comme il l'avait promis, il avait envoyé une boîte. À l'intérieur, il y avait trois Swiftphones dernier cri, flambant neufs.

Un de mes amis avait mis le mien aux enchères en ligne pour moi, et j'avais fini par convaincre Papy de prendre l'argent pour les semences de la saison. Même à douze ans, j'avais apprécié l'ironie de faire payer à mon père la vie rurale qu'il détestait.

J'avais été plus en colère et plus égoïste quand il avait envoyé le deuxième, quand j'avais quinze ans. Je l'avais fracassé, j'avais utilisé le téléphone de mon ami pour prendre une photo et l'avais textotée à mon père. Il n'en avait pas envoyé d'autre.

Mais rien de tout ça ne regardait cette blogueuse. J'ai haussé les épaules.

— Les gens s'éloignent. Il a sa vie, et j'ai la mienne.

Sa bouche s'est crispée, mais une lueur est apparue dans ses yeux.

— Sortez-vous avec Lulu Bridges ?

J'ai reculé d'un autre demi-pas et j'ai heurté l'une des colonnes de la bibliothèque. C'était l'idée de Gabi d'être vu dans un restaurant avec une actrice quand j'étais à L.A. le mois dernier. L'équipe de Lulu avait accepté — Qiana, l'attachée de presse de Happy Troll, avait tout arrangé — alors nous nous étions assis à la terrasse d'un café et avions laissé les paparazzis prendre des photos.

— Non, je ne vois personne, et Lulu est une amie. C'était beaucoup dire. Ça avait été deux heures d'un ennui mortel. Elle avait voulu parler de ma routine sportive, de mon régime, de mes créateurs préférés. Et, bien sûr, de la série et de si je pouvais lui obtenir une audition. Je lui ai dit que je glisserais un mot en sa faveur la prochaine fois que je verrais les producteurs, et elle m'a donné le nom de son gourou de la méditation.

Gabi avait essayé de me le cacher, mais un magazine avait publié une photo de nous à côté d'une photo encore plus grande de mon père sur scène, dans l'une de ses chemises noires brodées du logo SwifTech, un micro sans fil longeant sa mâchoire.

Cette fois, j'ai bien vu l'éclair noir alors qu'il traversait l'esplanade. Et bien que je ne l'aie vue qu'une seule fois, j'avais rejoué notre interaction si souvent dans mon imagination que je connaissais cette silhouette élancée. Ces longs cheveux sombres relevés en un chignon tombant. Si elle s'était retournée, j'aurais vu une constellation de taches de rousseur et les yeux les plus incroyables que j'aie jamais rencontrés.

Lobelia. Non, Samantha.

— Excusez-moi, Kari.

— Attendez, j'ai…

Mais je dévalais déjà les marches de la bibliothèque et descendais le sentier qui bordait l'esplanade. Je ne pouvais pas la laisser disparaître dans l'un des bâtiments à accès par badge. Heureusement, ses enjambées n'étaient pas de taille face à mes longues jambes, et je l'ai rattrapée juste au moment où elle quittait l'esplanade pour un trottoir étroit.

— Samantha.

Elle s'est arrêtée, les épaules affaissées. J'ai couru deux pas de plus pour me planter devant elle.

— Rebonjour.

— Je-je ne te suis pas.

J'ai senti mes lèvres s'étirer en un sourire.

— Ah non ?

— Non. J'étudie ici. Je t'ai vu en passant.

— En passant, hein ? Je ne la croyais pas, pas vraiment. Mais la petite possibilité qu'elle ne m'ait pas cherché m'a pincé le ventre.

Elle a rajusté son sac à dos sur son épaule.

— Tu ne m'as pas dit que tu étais écrivain.

J'ai haussé les épaules.

— J'en suis un.

Elle m'a lancé un regard noir.

— Un écrivain célèbre. Avec une série télé basée sur ton roman.

J'ai croisé les bras.

— Je ne sais pas à quel point je suis célèbre. Toi, tu ne savais pas qui j'étais.

Elle a imité ma posture.

— Tu n'as pas non plus mentionné que tu es le fils de Paul Swift. Ou que tu sors avec des actrices.

J'ai écarté les bras.

— On a parlé moins d'une demi-heure. Je n'ai pas eu le temps de te raconter ma vie. Et je ne sors pas avec des actrices. C'était une opération de com, rien de plus. Je ne savais pas pourquoi je ressentais le besoin de dire ça. Je connaissais à peine Samantha. Je n'avais pas à me justifier auprès d'elle.

C'était la façon dont elle s'était redressée. Elle était toute petite, comparée à moi, mais elle parvenait à paraître plus grande, comme si elle se tenait sur une estrade au-dessus de moi et que j'étais un serf implorant une faveur de sa dame. Mes doigts m'ont picoté.

— Qui es-tu ? ai-je marmonné, plus pour moi que pour elle. Elle n'avait rien d'une mondaine, quoi qu'en dise Gabi.

— Je suis doctorante. J'allais à mon bureau quand je t'ai vu. Elle a relevé le menton.

— Vraiment ? Elle avait l'air d'une doctorante. Pantalon cargo noir, t-shirt noir, rangers. Ça ne collait pas avec le portrait de la mondaine que Gabi m'avait dépeint.

— En informatique. Elle a agité la main, et la grâce de ce geste m'a coupé le souffle.

— Hein. Mes doigts m'ont à nouveau picoté. J'ai jeté un regard en arrière vers le bâtiment trapu en briques beiges avec trop peu de fenêtres. Ce n'était pas un palais de conte de fées.

Un esprit analytique. Était-elle aussi accro à la technologie, comme Gabi ? J'ai essayé de superposer l'image de Samantha aujourd'hui — méfiante, laconique, sur la défensive — à celle de la femme séduisante et drôle à qui j'avais parlé à l'événement. Et puis j'ai essayé d'ajouter par-dessus ce que Gabi m'avait dit sur sa famille de la haute société. J'ai échoué. Jusqu'à présent, Samantha Jones était une énigme.

— Comment va ton chien ?

— Bilbo Baggins ? Un lent sourire s'est étendu sur son visage. —Il s'est remis de l'incident du fromage. Il va bien maintenant.

— Tant mieux. Je me suis balancé sur mes talons. Elle était un puzzle, et je n'arrivais pas à assembler toutes les pièces. Peut-être que je pouvais les secouer un peu pour les voir différemment.

— Je connais ton secret.

Ses joues ont pâli, et la constellation de taches de rousseur sur son nez a semblé s'assombrir.

— Quel secret ?

— Ton identité secrète.

— Comment est-ce que tu…

— Gabi me l'a dit. Tu es Samantha Jones, de la famille de la Fondation Jasper Jones pour l'alphabétisation.

Elle s'est dégonflée.

— Jasper Jones était mon père.

J'ai grimacé. Dans mon désir d'être Hercule Poirot, j'avais oublié qu'il pouvait lui manquer.

— Je suis désolé pour ta perte. C'est sorti d'une voix mécanique. Jasper Jones avait probablement été un meilleur père que le mien. Il n'aurait pas fallu grand-chose.

— Merci. Mais elle ne m'a pas regardé. Son regard était dans le vague, comme si elle voyait quelque chose que les autres humains — moi — ne pouvaient pas voir.

Mes doigts m'ont à nouveau picoté. *Plus tard,* leur ai-je dit. Samantha était plus qu'une source d'inspiration. C'était quelqu'un que je voulais apprendre à connaître.

— Dis, est-ce que je peux t'offrir à déjeuner ? Ou un café ? Si je pouvais passer un peu plus de temps avec elle, je pourrais percer ses secrets.

Elle a cillé et a de nouveau jeté un coup d'œil au bâtiment avant de croiser mon regard. Je n'avais jamais vu des yeux de cette couleur. Si j'étais peintre, quelles teintes mélangerais-je pour la reproduire ? Et comment ferais-je pour qu'ils paraissent si clairs, intelligents et vifs, comme s'ils me jugeaient et me trouvaient insuffisant ?

— Je… ah. Je ne suppose pas que… Elle a grimacé. —Bien sûr que non. Ou tu aurais… J'aimerais bien. Mais je dois vraiment aller travailler. J'ai une pile de copies qui ne vont pas se corriger toutes seules. Elle m'a gratifié d'un sourire. Un coin de sa bouche s'est levé plus haut que l'autre, comme si des secrets pesaient sur l'autre côté.

Je voulais tous les découvrir.

— Demain, alors. Merde, non, on part demain. Quand est-ce que je serais de retour à San Francisco ? Pas avant un moment, pas avant... —Le printemps prochain. Je sais que c'est loin, mais je serai en tournée de promotion pour mon prochain livre, et je suis sûr qu'on s'arrêtera ici.

Les rideaux sont tombés sur ses yeux opaques juste avant qu'elle ne baisse le regard vers la pointe de sa botte.

— Je... j'aurai peut-être un engagement à ce moment-là. J'essaie de m'en défaire, mais...

Ma poitrine s'est serrée.

— Je ne t'ai même pas donné les dates.

— Je sais, mais c'est ce genre d'empêchement, tu sais, qui va forcément tomber en même temps. Mais si je peux, je viendrai te voir quand tu seras de retour à San Francisco. Promis.

— Si tu me donnes ton numéro ou ton... ton e-mail — j'arriverais bien à me souvenir comment me connecter à mes e-mails d'ici là, n'est-ce pas ? — je t'enverrai le programme. On pourra s'arranger pour se voir.

— Je viendrai simplement te trouver. C'est plus excitant comme ça, non ?

— L'excitation, c'est surfait. Quand on s'était rencontrés, elle avait dit qu'elle voulait se blottir contre moi. D'où venait cette nouvelle distance ?

Elle a plissé le nez, éclipsant quelques-unes de ses taches de rousseur.

— Je pense que le mystère t'attire, Niall Flynn. Gardons les choses ainsi. Et sans même une bise sur la joue ou une poignée de main, elle s'est éloignée de moi en direction du bâtiment beige.

Mon cerveau a mis quelques secondes à rattraper le retard. Enfin, j'ai cillé et je l'ai regardée monter jusqu'à l'entrée, passer son badge devant le capteur, tirer la porte pour l'ouvrir et disparaître à l'intérieur, le tout sans un regard en arrière pour moi.

J'ai attendu une demi-minute, m'attendant à ce qu'elle... *fasse quoi, au juste, Niall ?* Ressortir en trombe et me crier son numéro de téléphone ? Passer les portes dans son costume de super-héroïne après s'être débarrassée de son déguisement de doctorante discrète ?

Mes doigts m'ont à nouveau picoté, la sensation vive cette fois. Repérant un banc sous un arbre à quelques dizaines de mètres, je me suis dirigé vers lui, sortant déjà mon carnet de ma sacoche. Elle avait raison. Ce n'était pas de comprendre Samantha qui m'inspirait ; c'était le mystère. Avec mon imagination, je pouvais résoudre l'énigme moi-même.

J'ai tourné les pages du carnet jusqu'à la prochaine page blanche, et avant même d'y avoir posé mon stylo, une image s'est formée. Une princesse déguisée, en quête d'aventure. Protégeant non seulement son identité, mais aussi son cœur.

J'ai rempli page après page du carnet jusqu'à ce que ma main soit prise de crampes. La secouant, j'ai continué malgré la douleur jusqu'à ce que Lobelia révèle ses secrets à Nieven — et à moi, son créateur.

7

SAM

J'AI RESSERRÉ mon manteau pour me protéger du froid humide de janvier et j'ai péniblement remonté l'allée en pente menant à la maison de Mère et Charles. Il me semblait que c'était une autre Sam qui avait passé ses années de collège et de lycée dans la chambre à l'étage que Mère appelait encore la mienne.

La seule fois où Mère m'avait rendu visite dans mon studio près de l'université, elle m'avait demandé pourquoi j'insistais pour vivre dans un taudis. Malgré les fissures au plafond, le robinet de la salle de bains qui fuyait et le claquement fantomatique occasionnel des tuyaux, je l'adorais parce qu'il était à moi, payé par mon allocation de recherche et non par l'entreprise qui n'avait finalement réussi qu'après que Papa s'était tué à la tâche pour elle.

J'ai monté les marches menant à la porte d'entrée et je me suis accordé un instant pour prendre sur moi. Pendant des mois, j'avais prétexté mon travail pour sécher le brunch. Mais ma thèse était désormais entre les mains du Dr Martell, et ce depuis juste après le Nouvel An. Ça faisait des semaines. Quand je lui ai posé la question, il a dit que c'était une bonne première ébauche, mais qu'il voulait voir si nous pouvions obtenir des « résultats plus concrets ». D'après Heidi, les ventes étaient bonnes depuis la sortie de *Magician in the Machine* trois mois plus tôt, mais Heidi s'attendait à un « boom » grâce à la tournée.

J'avais eu beau le supplier, Martell n'avait pas voulu m'en dispenser. Il voyait la tournée comme un élément clé de l'expérience, voulant mesurer comment les gens réagissaient à un livre qu'ils pensaient écrit par un humain, et comment cette réaction changeait lorsqu'ils découvraient qu'il avait été écrit par une machine. C'était un argument valable.

Mais il avait ignoré l'aspect personnel, en ce qui me concernait. À quel point la tournée allait-elle être gênante alors que j'avais omis de mentionner mon nom de plume à Niall Flynn quand je l'avais traqué à la bibliothèque du campus l'été dernier ? À l'heure qu'il est, Heidi ou l'attachée de presse, Qiana, avaient dû lui dire que j'étais Sam Case. Je ne lui avais pas donné mon numéro, donc au moins, je n'avais pas reçu une flopée de SMS accusateurs de sa part. Mais le rencontrer à notre première étape dans l'Ohio dans quelques semaines allait être un beau merdier. Surtout quand j'essaierais de lire.

Mais avant de pouvoir affronter ce cauchemar, je devais surmonter celui-ci : annoncer à ma famille que je quittais la ville sans enfreindre l'accord de confidentialité.

La porte s'est ouverte et mon amie Marlee est sortie.

— Qu'est-ce que tu fais là ? Ma mère ne considérait pas Marlee, qui travaillait pour Jackson, comme faisant partie du cercle du brunch du dimanche.

— Salut à toi aussi. Marlee a serré son manteau rose contre son cou.

— Désolée, je… J'ai grimacé. — Je pensais à autre chose, et tu m'as surprise.

Elle a souri. — Ne t'en fais pas. N'oublie pas que je travaille pour ton frère. Je sais comment vous, les génies, vous fonctionnez. Je devais déposer des papiers. De la part de Weston. Elle a froncé les sourcils.

— Rien de terrible, j'espère ? Jackson m'avait raconté des histoires sur son ennemi juré, le PDG de son entreprise.

— Aucune idée. C'est pas de mon ressort. Hé, tu m'as manqué depuis la fin de ton stage. On devrait déjeuner ensemble. La semaine prochaine, peut-être ? Non, pas la semaine prochaine. Grosse échéance au travail. La semaine d'après ?

La tournée commençait cette semaine-là. Mon estomac se nouait chaque fois que j'y pensais. — Désolée, je ne peux pas. Je pars en voyage. *Pitié, ne pose pas de questions.*

— Un voyage ? Dis-moi que c'est quelque part où il fait chaud et beau pour que je puisse vivre par procuration à travers toi. Enfin, jusqu'à notre lune de miel l'été prochain. Est-ce que je te l'ai dit ? On va à Hawaï ! Elle a agité la main, et sa bague de fiançailles a étincelé.

— Ça a l'air génial. Comment va Tyler ? Si je pouvais la faire parler de son fiancé, je serais à l'abri de ses questions.

— Super bien. Elle a jeté un œil derrière moi et a fait un signe de la main. — Il m'a déposée. Et en fait, je devrais y aller. On a, euh… des plans. Ses joues ont rougi.

Normalement, je l'aurais interrogée sur leurs plans, mais l'échappatoire facile pour ne pas avoir à cacher la tournée promotionnelle était trop tentante.

Elle m'a serrée dans ses bras. — Appelle-moi après ton voyage ?

— Bien sûr. Peut-être que d'ici là, Heidi aurait fait l'annonce et que je pourrais lui en parler. Marlee adorait autant les livres que l'informatique. Ce que CASE avait fait l'intéresserait.

Avec un signe de la main, elle a descendu l'allée en trottinant jusqu'à l'entrée, où une Mustang bleue tournait au ralenti.

Quand je me suis retournée vers la porte, Jackson me souriait de toute sa hauteur. — Tu entres, ou tu vas rester plantée là toute la journée ?

— Option B. Définitivement rester plantée là.

Il a jeté un coup d'œil par-dessus son épaule. — J'aurais bien aimé rester dehors aussi, mais Mère a un radar à petits-enfants ces derniers temps. Elle peut sentir Alicia arriver.

J'ai tendu la main et lui ai serré la sienne. Il avait de nouveau ce regard affolé dans les yeux. — Tu vas être un père formidable, Jackson. Tout comme Papa.

— Espérons que j'arrive à rester dans les parages plus longtemps. Il a essayé de sourire, mais ses lèvres ont tremblé.

— Tu as un bien meilleur équilibre entre vie professionnelle et vie privée que lui. Et toi et Alicia, vous prenez soin l'un de l'autre. Depuis qu'il s'était mis avec Alicia, j'avais vu les petites attentions rassurantes qu'ils s'échangeaient, la façon dont Alicia penchait la tête vers lui quand il tendait la main vers ce verre de trop, la façon dont il massait la tension de ses épaules pour la dissiper. Je l'enviais presque.

— C'est vrai. Il a serré ma main et l'a relâchée. — J'espère juste que je ne vais pas…

— Tu ne le feras pas. Il était bien connu pour son comportement extravagant quand il était stressé. — Et si tu es tenté, appelle-moi. N'oublie pas que je suis la raisonnable de nous deux. Même si, vu ce qui s'était passé avec Stephen, et maintenant cette fausse tournée promotionnelle, était-ce vraiment vrai ?

Ses longs bras se sont enroulés autour de moi, et j'ai inspiré l'odeur du cuir alors qu'il m'étreignait à m'en couper le souffle. — Merci, Samwise.

Il a pris mon manteau humide, l'a glissé sur un cintre et l'a rangé dans le placard du hall. — Prête pour ça ?

Je lui ai adressé un sourire ironique. Des années plus tôt, nous étions complices, les deux brebis galeuses de Mère qui faisaient toujours tout de travers. Jackson avait encaissé le plus gros de son attention, renchérissant sur mes conneries avec une autre, encore plus extravagante. Mais maintenant, il était un fils en or, lui aussi. Non seulement il avait fondé une entreprise de logiciels en plein essor, mais il avait été le premier à se marier et à produire le premier petit-enfant à naître de Mère. J'étais maintenant la seule déception des Jones.

— Je ne serai jamais prête pour un brunch en famille, ai-je dit. — Mais je suppose qu'il est trop tard pour faire marche arrière, maintenant.

— Je te couvrirai autant que possible.

— Ne renverse pas de café par terre cette fois, d'accord ?

— Tu dois admettre que c'était efficace.

— Je portais ces stupides ballerines qu'elle m'avait achetées, et ça m'a brûlé les pieds.

— Mais elle a arrêté de te harceler à propos du don de ton fonds en fiducie.

— Temporairement. Elle ne laisserait jamais tomber. — Et est-ce que ça valait le coup de devoir lui racheter un tapis ?

— Samwise. Il m'a arrêtée juste avant que nous ne passions le coin menant à la salle à manger. — Tout ce que je fais pour toi en vaut la peine.

Je lui ai donné un coup de poing à l'épaule comme il me l'avait appris, les phalanges à plat, le pouce à l'extérieur de mon poing.

— Aïe ! Il s'est frotté l'épaule. — C'était pour quoi, ça ?

— Pour avoir essayé de me faire avoir… J'ai plissé le nez. — Des sentiments.

Il a pris ma main et l'a serrée une fois. — C'est normal d'avoir des sentiments. Tu n'as pas besoin de faire comme s'ils n'existaient pas.

C'était un mensonge. Cette maison en était la preuve. Les émotions que j'avais étouffées — la tristesse pour Papa, l'humiliation et la trahison face à ce que Stephen avait fait, la solitude — suintaient pratiquement des murs avec leurs doigts fantomatiques, me rappelant à elles.

Plus jamais. Ces émotions ne m'avaient jamais fait aucun bien, et j'en avais autant fini avec elles qu'avec cette maison. Avec cette famille. En grande partie, du moins.

J'ai serré la main de Jackson puis je l'ai lâchée. — Allons-y.

Tout le monde était déjà rassemblé dans la salle à manger quand nous sommes entrés. — Jackson, où étais-tu… Samantha.

Le visage de Mère a eu une réaction étrange quand elle m'a vue. Peut-être qu'elle avait encore fait du Botox.

— Mère. Je me suis dirigée vers le bout de la table et j'ai embrassé sa joue douce et lisse. Elle avait un léger hâle doré de leur voyage de Noël à Hawaï. Elle sentait le coton fraîchement repassé et la lavande, comme toujours.

Charles n'a pas attendu que j'arrive à l'autre bout de la table. Le temps que je m'éloigne de Mère, il était là, la paume de sa main une chaleur lourde entre mes omoplates. Il a souri, sa peau sombre se plissant selon ses rides familières. Quand j'étais venue il y a deux mois pour Thanksgiving, j'avais remarqué quelques cheveux gris de plus parmi ses boucles noires. Ça lui donnait un air distingué, comme une photo de banque d'images pour un cadre supérieur prospère. Ce qui était exactement ce qu'il était.
— Content de vous voir, Samantha.

— Salut, Charles. Comment va le, euh, golf ? Charles avait été une présence amicale dans ma vie depuis qu'il avait épousé Mère un an après que nous ayons perdu Papa. J'avais essayé de le détester — j'avais douze ans — mais personne ne pouvait détester Charles. Il était trop gentil. Pourtant, nous ne parlions jamais de rien de plus substantiel que le golf ou ses affaires.

— Je n'ai pas joué depuis notre retour de Lanai. J'aurais aimé que vous veniez avec nous.

— Ça t'aurait fait du bien, Samantha. Tu as l'air si… pâlotte. Mère a tendu la main vers ma joue, mais je me suis reculée et je me suis dirigée vers ma chaise à l'autre bout de la table.

— Salut, Nat, ai-je dit en passant devant sa chaise.

— Sam. Elle a gardé ses mains sur ses genoux, exactement là où elles devaient être, et ses épaules fines étaient pressées contre le dossier de sa chaise comme si elle avait une barre d'acier à la place de la colonne vertébrale. Ses cheveux blonds soyeux cascadaient sur une épaule de sa robe fourreau rose. Mère n'aurait jamais songé à la traiter de pâlotte.

— Sam ! Andrew s'est levé et m'a tendu le poing pour que je

le checke. Après que j'ai touché ses phalanges, il a tiré ma chaise et m'a aidée à glisser la lourde chose sous la table.

J'ai fait un signe de la main à Noah, qui était assis entre Alicia et Jackson de l'autre côté de la table. Il avait douze ans, alors il a essayé un de ces hochements de menton dédaigneux avant de rebaisser les yeux sur ses genoux. Il devait avoir un téléphone ou une console de jeu là-dessous. J'aurais aimé pouvoir m'en tirer avec ça.

À la surprise de tous, Mère avait accueilli le neveu d'Alicia dans la famille comme un petit-fils de son sang. Et elle était si folle de joie à propos du bébé qu'Alicia portait qu'Alicia était passée à la place d'honneur à la droite de Mère. Jackson a pris sa place en face de moi, au bout de la table de Charles.

Il a donné un coup de coude à Noah. — Souviens-toi de ce qu'on a dit à propos des livres à table.

— Qu'est-ce que tu lis, Noah ? a demandé Charles. Charles avait souvent un livre à la main, surtout après le dîner dans sa bibliothèque, ses lunettes de lecture perchées sur le nez et un verre de quelque chose de brun dans l'autre main.

— Ce nouveau livre, *Magician in the Machine*. Il a brandi la couverture verte familière, et mon cœur a bondi dans ma gorge.

— Ça parle d'ordinateurs ? Charles a plissé les yeux en regardant la couverture, examinant le motif de circuit imprimé sous le titre.

— En quelque sorte. C'est de la fiction. C'est un peu difficile à comprendre, mais tout le monde le lit.

— Tout le monde ? Ma voix est sortie en un croassement, et j'ai attrapé la tasse de café la plus proche, qui se trouvait être celle d'Andrew.

— Laisse-moi t'en verser une fraîche. Andrew a froncé les sourcils et s'est dirigé vers la cafetière sur le buffet.

— Oui, surtout les élèves des classes supérieures.

Jackson lui a ébouriffé les cheveux. — Noah a un niveau de lecture de seconde.

— Je l'ai lu aussi. La voix de Natalie a résonné à travers la table. — Il a raison. Tout le monde le lit.

— Qu'est-ce que tu en as pensé ? Pourquoi, pourquoi, *pourquoi* est-ce que j'attirais l'attention sur moi comme ça ? J'allais cracher le morceau, puis Mère ferait quelque chose de ridicule comme aller voir Heidi et exiger que ce soit moi, et non l'université, qui reçoive les droits d'auteur.

Natalie m'a fait face par-dessus la chaise vide d'Andrew. — Pourquoi ça t'intéresse ? Tu ne lis pas.

J'ai pris ma fourchette et j'ai piqué les œufs dans mon assiette pour ne pas montrer ma blessure. — C'est juste pour faire la conversation.

— Je suis d'accord avec Noah, a-t-elle annoncé. — Le style d'écriture est dense. Mais il soulève des questions intéressantes sur notre obsession pour la technologie.

Ah bon ? Je pensais que ça parlait juste du Magicien et du Nécromancien. Et de zombies.

— Oui, a dit Noah. — Et de savoir si l'intelligence artificielle peut être plus intelligente que les humains.

Natalie s'est penchée en avant. — Le Magicien semble dire que non, mais le Nécromancien y croit. Je pense que le message est qu'ils sont tous les deux… Elle s'est arrêtée comme si elle venait de prendre conscience que tous les yeux étaient rivés sur elle. Je n'avais jamais entendu Natalie parler de livres, à moins que ce ne soit une autobiographie de célébrité. Elle a pris son café. — Nous devrions inviter ce Sam Case à la prochaine soirée caritative de la fondation.

— Je suppose que nous devrions, si tout le monde lit son livre, a dit Mère.

Andrew a posé une tasse de café fumant devant moi et a placé une deuxième tasse hors de ma portée. — Comment ça se passe, l'université ?

J'ai fermé les yeux et j'ai inspiré par le nez. Je savais que ça allait arriver. Autant y faire face directement.

— Ça se passe bien. Je n'allais pas mentionner le retard dans l'approbation de ma thèse. — Je suis en bonne voie pour être diplômée ce printemps.

— Dieu merci, tu vas pouvoir tourner cette page et passer à autre chose dans ta vie. Mère a siroté sa tasse en porcelaine. — La misère que tu gagnes est honteuse. J'ai essayé d'en parler à John, mais il a dit que c'est ce que tout le monde gagne.

— Vous avez parlé à mon *directeur de thèse* de mon allocation ? Je sentais mes narines se dilater pour aspirer l'air qui avait déserté la pièce.

— Bien sûr que oui. Je m'inquiète pour toi.

— Que comptez-vous faire après l'obtention de votre diplôme ? La voix de Charles a grondé à côté de moi.

— Je cherche des postes de recherche. J'ai aspiré mes lèvres entre mes dents pour éviter de leur dire que j'avais reçu une offre pour un post-doc dans une université de l'Idaho la semaine précédente. J'avais des mois pour préparer le terrain.

— Eh bien, je suis sûre que Charles ou Jackson seraient ravis de te recruter. Mère l'a prononcé comme la réponse à un problème de maths.

— De la recherche, Mère. Pas de la programmation.

— La recherche ne semble pas très… lucrative. Sa bouche s'est tordue comme si elle avait goûté quelque chose de mauvais.

— Il y a d'autres récompenses qui en valent la peine. En dehors de l'argent.

Un silence est tombé sur la table comme une couverture. Une couverture mouillée.

— Comme la famille. Jackson a passé son bras autour des épaules de Noah.

J'ai grimacé.

Comme prévu, Mère a dit : — Tu vois quelqu'un, Samantha ?

— Non, Mère. Je n'avais même pas eu une aventure d'un soir depuis des mois. Pas depuis Kyle. Tout le stress lié à CASE avait anéanti ma libido.

— Et Cooper, l'ami de Jackson ? Je t'ai vue lui parler à la fête de Noël de la fondation.

— Coop ? Le rire de Jackson a été bruyant. — Aucune chance.

— C'est comme un autre grand frère, Mère.

— Il est très convoité. Mais peut-être qu'il irait mieux avec Natalie.

Pendant qu'elle et Natalie se disputaient pour savoir si Cooper Fallon était trop vieux pour Nat, j'ai enfin eu l'occasion de manger mes œufs et mes pancakes qui refroidissaient. Mais le répit n'a pas duré longtemps.

— Samantha, je t'ai trouvé la robe parfaite pour le bal de la Saint-Valentin. J'ai commandé la noire, car je sais que c'est la seule couleur que tu portes. Mais elle existe aussi en or rose, ce qui serait beaucoup plus festif.

Et maintenant, il fallait que je crache le morceau. — Mère, je ne pourrai pas venir au bal cette année. Je pars en voyage.

— Un… voyage ? Elle a cligné des yeux. — Une autre conférence académique ?

Donc, elle avait prêté attention au cours des quatre dernières années. — Non, c'est différent. Je devais choisir mes mots avec soin. La clause de confidentialité d'Heidi ne prévoyait pas d'exception pour la famille. — C'est une sorte de road trip. Avec un… ami.

— Un ami ? Ses sourcils se sont arqués vers la naissance de ses cheveux.

— Ou un collègue ? J'aurais aimé connaître les bons mots à utiliser pour ne pas la déclencher.

— Lequel des deux : un ami ou un collègue ?

J'ai hésité. — Un collègue qui est aussi un ami.

— Un ami homme ?

J'ai grimacé. — Oui.

— Samantha. Sa bouche s'est incurvée vers le bas. — Ce n'est pas une autre situation à la Stephen, n'est-ce pas ? Il ne vise pas un poste dans l'entreprise de Jackson ? Ou celle de Charles ? Il doit savoir que tu n'as pas d'argent à toi.

Ma poitrine s'est échauffée. — Non, Mère. Ce n'est pas comme ça. Nous sommes amis. Et collègues. Rien de plus. Nous voyageons ensemble pendant quelques semaines pour faire des choses liées à l'université. C'était en quelque sorte vrai. La tournée promotionnelle était liée à l'université pour moi.

Son front ne se plissait plus, mais ses sourcils ont tressailli. — Des choses liées à l'université.

— C'est très technique. Vous voulez que je vous explique ? Ça suffisait généralement pour qu'elle me lâche. Mère avait la bosse de la finance, pas celle de l'informatique.

— Combien de temps dure ce voyage ?

— Environ trois semaines. Vous pourrez m'envoyer un message si vous avez besoin de prendre des nouvelles.

— Sois prudente, Samantha. Tu ne veux pas te retrouver dans une autre situation malheureuse.

Elle ne me le pardonnerait jamais. Non pas que je le puisse. — Je le serai.

Avec un dernier regard de faucon dans ma direction, elle s'est tournée vers Alicia et lui a posé une question sur la chambre d'enfant que Jackson et elle étaient en train d'aménager.

Je me suis affalée sur ma chaise. Mon appétit avait disparu, et même mon café était trop froid pour être bu.

Sans lever les yeux de ses propres pancakes, Andrew a marmonné : — Si ce type essaie quoi que ce soit, Jackson et moi, on s'occupe de lui.

J'ai levé les yeux au ciel. — Je suis une grande fille, Andrew. Je peux me débrouiller seule.

À ces mots, il a levé la tête. Son regard était rempli de la même pitié que celle qu'il avait eue ce soir-là, il y a six ans, quand j'étais assise à la table de la salle à manger devant ma famille, sanglotant que j'avais besoin d'un accès anticipé à mon fonds en fiducie pour pouvoir rembourser Stephen avant qu'il ne publie les photos de nu que j'avais été assez idiote pour le laisser prendre. — Vraiment ?

J'ai poussé les œufs froids dans mon assiette. — C'était il y a des années.

— Tu as un cœur si tendre, Sam. Je ne veux pas que tu sois à nouveau blessée.

Il avait eu raison, autrefois. J'avais passé les six dernières années à construire couche après couche sur cette partie tendre de moi. Maintenant, mon cœur était comme l'une des perles de Mère, solide à l'extérieur et cachant le défaut à l'intérieur. Rien ne pouvait le traverser.

Peut-être qu'après avoir obtenu mon doctorat et déménagé loin de tout endroit où les Jones étaient un nom connu de tous, je laisserais quelqu'un s'approcher assez pour l'effriter. Mais d'ici là, je devais me concentrer sur mes objectifs.

Objectif numéro un : survivre à la tournée sans me ridiculiser.

8

NIALL

JE SUIS ENTRÉ par la porte de service de la cuisine de ma mère, laissant tomber mes bottes couvertes de neige sur le paillasson, à côté de sa plus petite paire. Thorin a bondi devant moi, ses pattes mouillées dérapant sur le parquet rayé jusqu'à ce qu'il trouve son adhérence et ralentisse juste avant de s'écraser contre les placards de la cuisine. Il s'est mis au trot pour aller s'asseoir aux pieds de Maman, devant la cuisinière. L'arôme du bacon qui grillait et des biscuits au beurre nous a accueillis.

Tout comme le sourire de Maman quand elle s'est retournée.

— Niall. Tu t'es levé tôt pour écrire ?

J'ai serré la mâchoire.

— J'ai essayé.

J'ai haussé les épaules pour ôter mon manteau et l'ai accroché au crochet près de la porte. J'ai posé mon carnet presque vide sur le comptoir et j'ai mis le pot de lait frais dans le réfrigérateur.

— Ne t'en fais pas pour ça.

Elle a fait glisser mon carnet hors de portée des projections de graisse.

— Tu viens de finir ton livre. Tu devrais profiter de ton temps libre avant de devoir repartir en tournée.

— Bien sûr, Maman.

Je l'ai embrassée sur la joue, ridée et rêche à cause de l'hiver. J'avais rendu *Trahison* il y a des mois. Il était plus que temps que j'aie au moins une ébauche pour le troisième livre, *La bataille des Elfes des Bois.* J'avais griffonné quelques idées. Aucune n'était bonne. Et certainement pas assez marquante pour ce qui serait peut-être le dernier livre de la série.

J'avais pensé que revenir à la ferme m'inspirerait. Mais mon cerveau était aussi en jachère que les champs enneigés dehors. Même le ruisseau qui coulait à côté de mon coin d'écriture préféré était opaque et paresseux. J'avais besoin d'autre chose. Une paire d'yeux violets a traversé mon imagination comme une hirondelle. Je la reverrais lors de l'arrêt de la tournée à San Francisco. Ma muse raviverait sûrement mon imagination à ce moment-là.

— Tu as vu ton grand-père dehors ?

J'ai chassé l'image de ces yeux et des mèches de cheveux sombres qui tombaient dessus lorsque je l'avais vue sur le campus l'été dernier.

— Il va bientôt rentrer. Il était en train de discuter avec Sally au sujet de sa production de lait.

— Papa et ses chèvres.

Son visage s'est plissé en un sourire tendre.

— Ça a marché la dernière fois. Il a une sorte de magie avec les chèvres.

Elle a éteint le feu sous la cuisinière et m'a fait face.

— C'est l'une des choses que j'aime chez toi, Niall. Tu as toujours vu de la magie partout où tu regardes.

Pas ces derniers temps. Les ombres de la forêt ne ressemblaient plus à des griffes, des épées ou des trolls. Elles ressemblaient à des branches nues sur des feuilles sèches et mortes.

— Frank Turner est passé tout à l'heure. Il a apporté un colis pour toi de la poste.

Elle a hoché la tête en direction de la table de la cuisine.

— Un colis ?

C'était une petite boîte en carton, de la taille d'un gros dictionnaire. L'adresse de l'expéditeur était à New York. Qiana, probablement. J'ai sorti mon couteau de poche et j'ai coupé le ruban adhésif.

Un mot écrit de la main pleine de boucles de Qiana se trouvait sur le dessus. En dessous, il y avait une liasse de papiers agrafés. Et tout au fond, deux livres, un de poche et un cartonné. Le cartonné, environ deux fois plus épais que l'autre, avait l'illustration de couverture aux teintes rouges désormais familière, mon nom, et *La trahison des Elfes des Bois* en haut. Mon premier exemplaire d'auteur. Une chaleur s'est diffusée depuis ma poitrine jusqu'au bout de mes doigts tandis que je caressais les mots en relief.

— Qu'est-ce que c'est ? a demandé Maman en posant l'assiette de bacon.

— Mon exemplaire d'auteur.

J'ai pris le livre et le lui ai tendu.

Elle a levé les mains.

— Laisse-moi me laver les mains d'abord. Je ne veux pas mettre de graisse sur la couverture.

Se dirigeant vers l'évier, elle a fait couler l'eau.

— Qu'est-ce qu'ils ont envoyé d'autre ?

— Le programme de la tournée. Et le livre de mon partenaire de tournée.

Je l'ai sorti de la boîte. La couverture du livre de poche était verte. Pas un vert forêt comme *Secrets,* mais un vert vénéneux, presque acide. Comme celui du python arboricole que j'avais vu au zoo de Columbus lors d'une sortie scolaire il y a longtemps. Le titre, *Magician dans la Machine,* s'étirait sur l'image de quelque chose d'anguleux et d'aspect technique. Le nom de l'auteur, en blanc en bas, était Sam Case. Je l'ai retourné. Pas de photo de l'auteur, juste le résumé et les informations de l'éditeur. Je l'ai parcouru. *Un techno-thriller fantastique ?* Heidi pensait-elle vraiment que nos publics se croiseraient ?

Maman est revenue à la table en s'essuyant les mains. Je lui ai passé mon livre. Ce premier craquement de la reliure quand elle l'a ouvert a de nouveau fait monter la chaleur en moi. *Mon livre.* J'avais réussi, encore une fois. Mes mots remplissaient les pages. Bientôt, des gens liraient ces mots. La nervosité a percé cette chaleur, comme des bulles dans une casserole d'eau bouillante.

— Il est magnifique, Niall. J'ai hâte de le lire.

Elle a pris l'autre livre de mes mains.

— Ça a l'air… intéressant. Assez différent du tien.

— Heidi a parlé de synergie. Je suppose qu'il faudra le lire pour comprendre ce qu'elle voulait dire.

J'ai pris le programme et l'ai parcouru. Nous commencions à Columbus, comme Qiana l'avait dit. J'avais voulu lancer le livre à la bibliothèque Enchanted Forest comme nous l'avions fait pour mon premier roman, mais Qiana avait dit que le lieu n'était pas assez grand. La salle de réception de la bibliothèque pouvait accueillir vingt-cinq personnes. Combien de lecteurs pensait-elle qu'il viendrait à mon lancement ? Pour *Les secrets des Elfes des Bois*, il y en avait eu quatre : Maman, Papy, Gabi et mon professeur d'anglais du lycée. Peut-être s'attendait-elle à ce que Sam Case attire une plus grande foule avec son premier roman.

J'ai tourné les pages. Chicago, la côte Est, le Sud-Ouest, la Californie. Nous n'arrivions à San Francisco qu'à la fin de la tournée. Pas de chance. Il faudrait que j'attende ma dose d'inspiration. Si tant est que Samantha vienne. Avait-elle pu se libérer de ses obligations ? M'attendrait-elle à la librairie de San Francisco ?

La voix de Maman m'a tiré de ma réflexion sur la constellation de taches de rousseur sous ces yeux enchanteurs.

— C'est une sacrée discussion que ton grand-père a avec Sally. Ça te dérangerait d'aller voir ce qu'il fabrique ?

— Tu sais comme elle est têtue. Elle est sans doute en train de lui répondre.

J'ai remis les papiers dans la boîte et je suis retourné vers la porte. Pas de signe de Papy dehors. J'ai enroulé mon écharpe autour de mon cou, enfilé mon manteau et glissé mes pieds dans mes bottes froides.

— Je reviens dans quelques minutes.

Fermant soigneusement la porte derrière moi pour garder la chaleur à l'intérieur, j'ai traversé les champs enneigés, suivant mes propres empreintes jusqu'à la grange. J'ai fait coulisser la porte, je suis entré et j'ai laissé ma vue s'habituer à l'obscurité après la luminosité aveuglante du dehors.

— Papy ?

Sally et Susie m'ont répondu en bêlant. J'ai frotté leurs oreilles douces de ma main gantée. Papy n'était pas dans leur enclos. J'ai marché jusqu'aux enclos des alpagas et je les ai trouvés vides. Nous les avions laissés sortir dans le pâturage plus tôt ce matin-là. J'ai tourné sur moi-même, balayant la grange du regard.

— Papy !

Un gémissement est venu du coin, à côté de l'échelle qui n'était pas là quand j'étais parti.

— Papy !

J'ai couru jusqu'à l'échelle. En dessous, Papy gisait sur le ventre, un bras coincé sous lui et l'autre étendu sur le côté, ses doigts recouvrant le manche d'un vieux balai.

— Papy !

J'ai agrippé son épaule.

— J'ai glissé, a-t-il dit d'une voix rauque. Son dos s'est soulevé, a tressailli, puis est retombé.

J'ai touché son cou, doucement. L'angle semblait bon.

— Ça fait mal, ici ?

— Non. Mon bras.

Le bras que je pouvais voir semblait intact. Je l'ai palpé.

— L'autre bras.

C'est sorti comme un grognement.

J'ai saisi son épaule et sa hanche et je l'ai tiré vers moi, le berçant avec mon propre corps. Il n'était pas frêle, loin de là, et il était plus lourd qu'il n'en avait l'air. Il a eu le souffle coupé quand il a atterri sur le dos.

J'ai grimacé. Le bras replié sur sa poitrine était tordu dans un angle anormal. Le poignet pendouillait comme celui d'une marionnette.

— Papy.

Le mot est sorti de ma gorge comme le couinement d'un des jouets de Thorin juste avant qu'il ne le déchire.

Je me suis relevé péniblement.

— Tu sais que c'est mon travail d'enlever les toiles d'araignée.

Le travail que j'avais oublié de faire ce matin-là, trop concentré sur mon histoire qui ne prenait pas forme. J'ai attrapé la trousse de premiers secours dans l'armoire près de la porte de la grange et j'ai ramassé un morceau de bois d'une trentaine de centimètres dans le bac.

— Tu peux t'asseoir ?

Ses yeux m'ont lancé un éclair.

— Je me suis cassé le bras, pas le dos.

— Te voilà, mon vieux.

Par derrière, je l'ai poussé pour le redresser, en faisant attention à son bras blessé. Puis, aussi doucement que possible, je lui ai fait une attelle au poignet.

— Je ne t'avais pas entendu jurer comme ça depuis que tu t'es coincé le pied dans la moissonneuse-batteuse.

J'ai enroulé le bandage une dernière fois et j'ai fixé l'extrémité avec un morceau de ruban adhésif.

— Ça fait des années que je ne m'étais pas cassé un os. J'avais oublié à quel point ça fait mal. Tu as une aspirine dans cette trousse ?

J'ai trouvé un flacon et l'ai pris dans ma paume.

— Tu es sûr de ne pas vouloir attendre quelque chose de plus fort à l'hôpital ?

— L'hôpital ? Je suis comme neuf.

— Ton poignet est cassé. C'est juste pour t'empêcher de l'abîmer davantage jusqu'à ce qu'ils puissent réduire la fracture et le mettre dans un plâtre.

— Un plâtre ?

Ses yeux étaient grands ouverts et son regard vague. Peut-être qu'il s'était cogné la tête aussi.

J'ai passé ma main dans ses cheveux blancs et épais. Je ne sentais aucune bosse, mais ça ne voulait pas dire qu'il n'avait pas de commotion.

— On est quel jour, aujourd'hui ?

— Le 31 janvier. Mardi.

— Qu'est-ce que tu faisais quand tu es tombé ?

— J'enlevais les toiles d'araignée. Il faut le faire, surtout près des lumières. C'est inflammable. Un danger pour les animaux.

Ok, donc il n'avait pas perdu la mémoire à court terme.

— Depuis combien de temps j'habite à la ferme ?

— Depuis que tu étais un gamin. Depuis que ton père…

— Ta tête va bien. Allons, je t'emmène dans le pick-up.

J'ai saisi sa main valide et son coude et je l'ai tiré pour le mettre debout.

Bien plus tard, après l'hôpital, après le dîner et les corvées du soir, après que Papy se soit endormi grâce aux bons analgésiques, Maman et moi étions assis sur le vieux canapé devant le feu. Nous avions chacun un livre — *Treachery* pour Maman et le livre de Sam pour moi — mais ils gisaient, abandonnés, sur nos genoux alors que nous fixions les flammes. Thorin dormait aux pieds de ma mère, agitant ses pattes géantes dans son sommeil.

J'ai rompu le silence le premier.

— Je ne pense pas que je devrais partir en tournée. J'appellerai Qiana demain pour annuler.

Elle s'est secouée et a tourné ses grands yeux vers moi.

— Non, Niall. Tu ne peux pas.

— Je ne peux pas vous laisser ici, toi et Papy. Pas pendant que son bras guérit. Il essaiera d'en faire trop. Vous en ferez trop tous les deux.

— On a un peu d'argent de côté. On peut engager un des fils de Frank Turner pour venir aider aux corvées.

— Cet argent est pour les semences du printemps. Et la facture d'hôpital de Papy.

Elle a suivi du doigt le titre en relief de mon livre.

— La meilleure façon d'aider, c'est de partir en tournée. De vendre des livres. Tu es toujours si généreux avec…

— Ce n'est pas de la générosité que de m'assurer que ma famille a un toit sur la tête, de la nourriture dans son assiette. De vouloir aider. Je ne suis pas comme… pas comme lui.

Ni dans la façon dont il avait abandonné sa famille, ni dans sa réussite. Il faudrait plus que quelques livres et une émission de télévision pour devenir un nom aussi connu que celui de mon père.

Elle a souri, mais la douleur assombrissait ses yeux.

— Tu lui ressembles plus que tu ne le penses.

Elle m'a caressé l'épaule.

— Beau. Talentueux. Plein de fougue et de détermination. Tous ceux qui vous rencontrent, l'un ou l'autre, tombent amoureux.

J'ai ricané.

— Si c'était vrai, je ne serais pas…

J'avais failli dire *seul*. Mais je n'étais pas seul. J'avais Maman et Papy. Mon amie Gabi. *Seul* me faisait paraître ingrat envers les gens qui m'aimaient et me soutenaient.

— On peut être entouré de gens — de gens qui vous aiment — et se sentir seul quand même, Niall.

— Est-ce que tu te sens seule, Maman ?

Elle a replié sa jambe sous elle et s'est tournée pour me faire face.

— Parfois. Mais j'ai des amis. Ton grand-père. Mon fils, quand il n'est pas en train de jouer les écrivains célèbres.

Elle a souri et m'a serré l'épaule, mais son sourire s'est ensuite estompé.

— Je ne me suis jamais sentie aussi seule que lorsque j'étais avec ton père. Même quand il était avec moi, il gardait une partie de lui en retrait. Il pensait toujours à son travail, à l'avenir.

Quand il venait nous rendre visite, il m'avait toujours semblé énorme — bien que je sache que j'étais plus grand que lui mainten-nant — et plein de vie. Parlant son langage technologique étranger, il était si différent du calme de la ferme, où nous n'avions ni télévision ni ordinateur. Le seul moment où la technologie me manquait, c'était quand Papa venait et passait la plupart de son temps penché sur son ordinateur portable. Peut-être que si j'en avais eu un aussi, nous aurions pu nous asseoir côte à côte. Peut-être qu'il n'aurait pas décidé que je ne valais pas la peine qu'il reste.

J'avais été si naïf que je n'avais jamais pensé, même alors que ses visites à la ferme se raréfiaient jusqu'à une fois par an, qu'il cesserait de venir. Je n'avais donc jamais envisagé que chaque fois que je voyais Papa pourrait être la dernière. Si je l'avais su, aurais-je essayé de préserver ces souvenirs ? De rendre le dernier spécial ?

La paume chaude de Maman a bercé ma joue comme elle l'avait fait quand elle m'avait annoncé que Papa ne reviendrait pas. Il avait épousé un mannequin hongrois de dix ans plus jeune que ma mère, et ils avaient acheté un manoir à Monterey.

— Il t'aimait à sa façon. Je sais que ce n'était pas la façon dont tu voulais être aimé. Et ça t'a rendu hésitant à donner ton amour. Un jour, tu trouveras la bonne personne. La personne à qui tu pourras confier ton cœur. Et j'espère que tu te permettras d'être ouvert. Que tu risqueras la douleur. Parce que l'amour en vaut la peine.

— Vraiment, Maman ?

C'était une question cruelle à poser, mais je n'ai pas pu m'empêcher de la laisser m'échapper.

Une lumière brillait dans ses yeux.

— Ces premières années, quand nous nous sommes rencontrés, quand il était si charismatique, si plein de passion et de grandes idées ? Ce furent les années les plus excitantes de ma vie. Et puis nous t'avons eu. Je le voyais chaque fois que je regardais ton visage. Je le sentais chaque fois que je tenais tes petits doigts dans les miens. Tu as grandi et tu es devenu ta propre personne, une personne que j'aime de tout mon cœur. Je n'aurais manqué rien de tout ça. Ni l'amour, ni même la douleur. La douleur en fait partie, tu vois. Sans elle, je n'apprécierais pas les moments heureux.

J'ai fixé le feu. Est-ce que je croyais ça ? Trouver quelqu'un qui ne me ferait pas de mal semblait être une stratégie plus judicieuse. Quelqu'un qui serait heureux de vivre une vie tranquille ici à la ferme. Qui n'aurait pas besoin de la gloire — ma gloire — ni même de la sienne.

— Pour l'instant, je suis heureux d'être ici.

Mon sourire était presque sincère.

— Mais tu pars quand même en tournée ? Tu n'annules pas ?

Elle avait raison sur beaucoup de choses. Promouvoir mon livre était la meilleure chose que je pouvais faire pour elle et Papy. Ça, et écrire le prochain livre.

— Je n'annule pas. Tant que je sais que vous irez bien tous les deux.

— On ira bien. Je parlerai à Frank demain pour avoir une paire de bras en plus ici. Ne t'inquiète pas pour nous. Profite simplement de la tournée. Sais-tu beaucoup de choses sur ton partenaire de tournée ? L'as-tu déjà rencontré ?

— Non. Et son livre…

Je l'avais emporté avec moi à l'hôpital. Peut-être que c'était l'anxiété et la distraction là-bas qui m'avaient empêché de m'immerger pleinement dans l'histoire. Le style semblait décousu, chaque phrase ouverte à de multiples interprétations, plus comme une œuvre de fiction littéraire que de la fantasy de genre.

— Son livre est inhabituel.

— La tournée devrait être inhabituelle, alors.

Probablement pas. Les villes et les tournées se ressemblaient toutes. Librairie après librairie, à lire les mêmes mots usés jusqu'à ce qu'ils perdent leur sens. J'avais hâte de laisser tout ça derrière moi et de retourner à la ferme, là où était ma place.

Seulement cette fois, j'avais quelque chose à attendre avec impatience : revoir Samantha à San Francisco. Et retrouver ma muse.

9

SAM

JE M'ATTENDAIS à l'homme blanc à l'air blasé qui attendait juste après le contrôle de sécurité de l'aéroport de Columbus, tenant une pancarte où était inscrit « S. CASE ». Je ne m'attendais pas à la femme noire qui se tenait à côté de lui, sautillant sur la pointe des pieds, ses tresses aux pointes rouges formant un halo autour de son visage, illuminé par un grand sourire ravi.

Quand j'ai timidement levé la main qui ne serrait pas la caisse de transport de Bilbo Baggins, elle a ouvert les bras en grand. — Sam ! a-t-elle couiné.

Elle n'a pas attendu que je fasse les derniers pas qui me séparaient d'eux. Elle a couru vers moi et m'a serrée dans une étreinte à m'en briser les côtes. Je me suis accrochée à elle. Depuis combien de temps n'avais-je pas eu un câlin aussi réconfortant que le sien ? Trop longtemps.

Elle m'a relâchée et a reculé d'un pas. — Je suis Qiana. On s'est envoyé, genre, une centaine d'e-mails. Et j'avais trop hâte de te rencontrer, alors… surprise ! Elle a agité ses mains de chaque côté de son visage. — Tu préfères Sam ou Samantha ?

— Sam, s'il vous plaît.

— Ton vol s'est bien passé ? Pas de problèmes ? Ils n'ont pas fait d'histoires pour M. Baggins, j'espère ? Elle s'est penchée et a regardé Bilbo Baggins à travers le filet. Sa queue qui remuait faisait basculer le sac. — Oh, adorable petite chose ! On va te sortir de là très vite. Il y a un coin pour les animaux juste dehors, et ensuite on filera au lancement du livre de Niall.

Puisque c'était l'événement de Niall, je n'aurais rien d'autre à faire que de signer quelques exemplaires du *Magicien* dans l'arrière-salle. J'en étais heureuse. Pourtant, je n'étais pas emballée à l'idée de rencontrer Niall pour la première fois en tant que Sam Case. Surtout pas en public, devant des dizaines de smartphones. J'avais dit pas de photos, mais Happy Troll ne pouvait pas tout contrôler.

Quand Niall et moi nous retrouverions face à face, serait-il en colère que j'aie utilisé son œuvre pour CASE ? Ferait-il une scène ? Il avait eu l'air plutôt décontracté lors de la collecte de fonds. Mais c'était aussi le cas de Stephen, jusqu'au moment où il avait trahi ma confiance. Il serait bien préférable de rencontrer Niall pour la première fois à l'hôtel, de préférence dans un coin tranquille du hall.

— Avez-vous vraiment besoin de moi au lancement ? ai-je demandé en simulant un bâillement à m'en décrocher la mâchoire. Je suis assez fatiguée après le vol. Bilbo Baggins aussi.

En entendant son nom, Bilbo Baggins a poussé une série d'aboiements aigus et a gratté la porte en filet de sa caisse de transport. *Traître.*

Les yeux sombres de Qiana se sont écarquillés. — Bien sûr qu'on a besoin de toi ! C'est votre tournée commune. Vous êtes une équipe maintenant, et vous vous soutenez mutuellement. Tu pourras faire une sieste éclair sur le trajet. Promis, je serai silencieuse. Bon, peut-être pas silencieuse — ce n'est pas vraiment mon genre — mais j'essaierai de te laisser dormir. D'accord ?

— D'accord. Je pourrais me cacher derrière Qiana et son flot de paroles. Niall n'aurait aucune chance de me crier dessus si elle continuait à parler.

Après que j'ai décrit ma valise au chauffeur, Qiana m'a conduite vers un coin d'herbe à l'extérieur, et j'ai sorti Bilbo Baggins de sa caisse. Il a fait ses petites affaires, puis s'est mis à gratter les chevilles de Qiana jusqu'à ce qu'elle le prenne dans ses bras.

Il lui a léché le menton. — Ouh là, petit bonhomme. Attention au rouge à lèvres. Je n'ai pas mis le sans transfert aujourd'hui. Je ne m'attendais pas à embrasser qui que ce soit. Elle l'a tenu un peu plus loin de son corps, et il s'est tendu vers elle. — Bon, d'accord. Je le rattraperai avant qu'on entre. Elle l'a blotti contre elle.

Mon petit cœur de pierre a triplé de volume. Peut-être que la tournée ne serait pas si terrible. Pas si tout le monde était aussi gentil que Qiana.

Une voiture noire s'est arrêtée au bord du trottoir. — Shawn est là, a-t-elle dit. C'est parti !

Elle s'est assise à l'arrière avec moi, caressant toujours Bilbo Baggins, qui s'était pelotonné sur ses genoux. — Bon. Je sais que je t'ai envoyé beaucoup d'informations. Quelles questions as-tu sur la tournée ?

J'avais parcouru le dossier en diagonale, espérant encore ne pas avoir à y aller. Le meilleur ami de Jackson, Cooper, disait toujours que l'espoir n'est pas une stratégie. Je l'avais appris à mes dépens. — Est-ce que vous venez avec nous ?

Ses lèvres rouges ont formé une moue boudeuse. — Si seulement ! Ce serait tellement amusant. Niall est un véritable dynamo, et je sais que toi et moi, on va être les meilleures amies du monde. Je ne suis ici que pour le lancement. Mais je te verrai à New York. Je serai à tous les événements là-bas.

Voyant mon expression, elle a ajouté : — Mais ne t'inquiète pas ! Niall est fabuleux. In-cro-yable. Je n'ai jamais vu quelqu'un faire le show pour les caméras — je veux dire, pour les lecteurs — comme il le fait. Bien sûr, il n'y aura pas de caméras aux événements, conformément à vos exigences. Son sourire s'est encore élargi. — Vous, les écrivains, avez tendance à être plutôt timides. Mais pas Niall. Il gère. Et il prendra soin de toi. C'est le mec le plus gentil…

Le bourdonnement dans mes oreilles était devenu trop fort pour que je l'entende. *Vous, les écrivains.* Donc, Heidi ne lui avait rien dit sur moi. Elle ne lui avait pas dit que j'étais seulement là pour prouver que CASE pouvait écrire un roman que les gens voudraient lire. Que je n'étais pas du tout une écrivaine, et pas non plus une grande lectrice. Si Qiana savait qui j'étais vraiment, est-ce qu'elle m'apprécierait toujours ? Probablement pas. Si nous n'avions pas les livres en commun, que resterait-il ? Je me suis décalée de quelques centimètres d'elle et j'ai tourné mon regard vers l'avant de la voiture.

— Hé, Sam, ça va ? Je suis désolée. Tu as dit que tu étais fatiguée, et me voilà, à jacasser sans arrêt.

— Ce n'est rien. J'ai agité la main mollement. Ne vous inquiétez pas pour moi.

Elle a pincé les lèvres. — C'est un peu mon travail. De m'inquiéter pour toi. De prendre soin de toi. Si tu as besoin de quoi que ce soit, tu me le dis, d'accord ? Je ne serai pas toujours avec toi, mais tu auras un accompagnateur dans chaque ville. Je suis responsable de toi pendant cette tournée, et s'il arrive quoi que ce soit, je m'en occuperai.

J'avais l'habitude que les gens essaient de prendre soin de moi. Quand ma mère le faisait, je détestais ça. Mais avoir Qiana de mon côté, c'était différent. C'était mieux.

— À ce propos… Elle a fouillé dans son sac à main et en a sorti un minuscule harnais rouge avec les mots CHIEN D'ASSIS-TANCE brodés en blanc sur des patchs noirs de chaque côté. Comme ça, Bilbo pourra venir aux événements avec toi.

— Mais il n'est pas vraiment…

— Ah-ah. C'est ton chien de soutien émotionnel. Tu as besoin de lui, non ? Ses yeux bruns me transperçaient, comme si elle pouvait voir cette partie de mon cerveau que Bilbo Baggins apaisait.

J'ai laissé mon regard se poser sur sa fourrure noire et soyeuse.

Même cela a ralenti les battements affolés de mon cœur. — Oui. Mais ça me met mal à l'aise de prétendre que c'est un animal d'assistance dressé.

— C'est un bon chien. Qiana lui a gratté le dessous du menton. Et c'est juste pour t'aider à traverser cette tournée. Elle lui a passé le harnais par la tête et l'a bouclé autour de son ventre. — Tu as la classe, Bilbo. Elle a passé ses doigts sur ses grandes oreilles, lissant les poils longs.

— Merci. Les mots sont sortis en un murmure, bloqués par la boule que j'avais dans la gorge.

— Je suis là pour toi, ma belle.

Si c'était vrai, elle serait la seule personne à part Jackson et le Dr Martell à l'être.

10

NIALL

JE FIXAIS à travers le pare-brise du pick-up la librairie de banlieue à deux étages de Columbus. De gros flocons de neige flottaient dans l'air, fondant en touchant la vitre. Mes mains tremblaient, et j'ai serré le volant plus fort pour le cacher.

— On sort, ou tu lances le livre depuis le pick-up ? a demandé Grand-père en se penchant entre les sièges avant. Il fait peut-être un peu frisquet dehors, mais j'imagine que tu pourrais te mettre dans la benne et faire ton discours de là.

— Papa, laisse-lui une minute. Il a juste besoin de se mettre en condition. N'est-ce pas, chéri ? Le front de Maman s'est plissé, mais ses yeux brillaient de fierté.

Me mettre en condition. Je me suis redressé sur mon siège. J'ai redressé les épaules. J'ai hoché la tête. — Je suis prêt. Si je le disais, ça pourrait devenir vrai.

J'ai sauté du véhicule et j'ai ouvert la petite portière arrière pour Grand-père, restant près de lui au cas où il trébucherait. Il manquait encore un peu d'équilibre avec son bras en écharpe.

Son humeur était instable, elle aussi. — Recule, mon garçon. Je ne suis pas un vieux débris fragile.

— Bien sûr, bien sûr. Il faut juste que je prenne mon sac. Quand il s'est tenu bien droit à côté du pick-up, j'ai attrapé ma sacoche usée sur la banquette arrière et je l'ai passée en bandoulière.

Maman nous a rejoints à l'avant du pick-up, et nous avons traversé le vaste parking. Il était plein de voitures, mais il était partagé par quelques restaurants et un Tractor Supply. La librairie devenait de plus en plus imposante jusqu'à remplir mon champ de vision, brillamment éclairée et bondée de clients un mardi soir. Pourquoi, mais *pourquoi* n'avaient-ils pas organisé le lancement à la bibliothèque d'Enchanted Forest ? Jamais je n'arriverais à remplir le moindre espace dans cette monstruosité. Peut-être qu'ils avaient une petite salle de réception sur le côté qui ne ferait pas paraître minuscule ma petite troupe de supporters.

J'ai tenu la porte pour Maman et Grand-père et je les ai suivis à l'intérieur.

— Niall, regarde. Maman a montré une affiche. Mon visage en format géant nous a souri en retour. Est-ce que j'avais vraiment autant de taches de rousseur ? J'ai grimacé. On n'aurait peut-être pas dû faire la couverture dans les tons rouges. L'affiche ressemblait à Enchanted Forest en automne, toute en rouges, oranges et or. La regarder me brûlait les yeux.

— Un jour, tu auras les cheveux blancs comme moi, a dit Grand-père. Tout ce roux te manquera.

— Ce jour n'est pas encore arrivé, Grand-père.

— Il est écrit que c'est à l'étage, a dit Maman. En haut du large escalier, des voix bourdonnaient comme ce nid de frelons qu'on avait trouvé dans la grange il y a quelques étés.

Prenant une profonde inspiration, j'ai monté les escaliers avec la même appréhension que lorsque j'avais grimpé à l'échelle pour enlever le nid. J'espérais recevoir moins de piqûres.

— Niall ! Qiana m'a percuté comme un boulet de canon dans la poitrine, ses bras s'enroulant autour des miens. C'est tellement excitant ! N'est-ce pas excitant ? Regarde tout ce monde ! Regarde mes cheveux ! Elle a secoué la tête, agitant ses pointes rouges. Je me suis assortie à ta couverture ! Attends, où est Gabi ? Elle a regardé autour de moi comme si mon agente pouvait se cacher derrière moi.

Ma poitrine s'est serrée à ce rappel. — Elle n'a pas pu venir. Un imprévu avec un autre client.

— Oh. Je sais que tu aimes l'avoir avec toi. Elaine ! Et Jerry ! Vous êtes là ! Je vous garde des places devant. Laissez-moi d'abord vous présenter à Sam.

Sam. C'était une autre pièce qui s'ajoutait à la tour Jenga de nerfs en moi. Quand j'avais fini son livre, j'étais une épave envieuse et irrationnelle. Comment diable avait-il fait ? Écrire un chef-d'œuvre littéraire qui était aussi une œuvre de fantasy époustouflante ? Je n'aurais jamais pu produire quelque chose de semblable, même si j'avais peiné pendant vingt ans. Pas même avec une salle pleine d'assistants et de dactylos. J'avais attendu ce jour avec impatience — bon, et je le redoutais un peu — pour pouvoir mettre un visage, une personne, derrière cet incroyable talent littéraire.

Mais quand Qiana a attiré la personne dans notre cercle, mon cerveau s'est arrêté. Ce n'était pas Sam Case. C'était quelqu'un que je connaissais. Quelqu'un dont les yeux magnifiques avaient hanté mes rêves, mon imagination, mon fichu manuscrit, pendant des mois. Lobelia. Mais elle avait un autre nom. Samantha. Samantha Jones. Était-elle ici pour représenter la fondation ?

— Niall !

J'ai cligné des yeux.

— Niall, ça va ? Qiana s'est agrippée à mon bras. Tu as vacillé une seconde. Tu as besoin d'une chaise ? D'un peu d'eau ? D'huiles essentielles ? Je crois que j'ai de la lavande dans mon sac.

J'ai cligné des yeux à nouveau, fortement. Samantha était toujours là. — Ça va. Qu'est-ce qui se passe ? Où est…

— Bonjour, Niall. Elle m'a tendu la main, pâle et tremblante. Vous vous souvenez de moi, Samantha Jones ? Mais je suis Sam Case pour cette tournée.

Maintenant, j'avais vraiment besoin d'une chaise. — Vous êtes

Sam Case. Elle était étudiante en master, pas écrivaine. Elle n'était même pas en lettres. Elle avait dit informatique. Elle ne pouvait pas avoir plus de vingt-cinq ans. Quand avait-elle eu le temps, ou la formation, pour écrire un chef-d'œuvre comme *Magicien dans la machine* ? Mon cerveau était au point mort, incapable de traiter la nouvelle information. Je la dévisageais, bouche bée, essayant de réorganiser ce que je croyais savoir avant d'entrer dans la librairie.

— Sam. Maman m'a donné un coup de coude dans les côtes en s'avançant et en secouant la main toujours tendue de Samantha, celle que je n'avais pas touchée. C'est un plaisir de vous rencontrer. J'ai lu votre roman. Il est si intéressant. J'adorerais en savoir plus sur la façon dont vous avez eu cette idée.

Si c'était possible, Samantha est devenue encore plus pâle. — Merci. Mais ce soir, il s'agit de Niall et de son livre.

— C'est vrai, n'est-ce pas ? Maman a relâché la main de Samantha et a passé son bras autour de ma taille. Pour Samantha et Qiana, cela devait ressembler à un câlin mère-fils. Pour moi, c'était plutôt un « redresse-toi tout de suite, espèce de chenapan ». À proximité, le faux bruit d'obturateur du téléphone de quelqu'un a cliqué. Qiana s'est détournée pour murmurer à la personne.

J'ai affiché mon sourire publicitaire, le même que celui que j'avais utilisé pour mon portrait d'auteur en bas. J'ai tendu la main, et la petite paume douce de Samantha s'est posée dans la mienne. Je l'ai secouée une fois et l'ai relâchée. — Ravi de vous revoir. Désolé, je ne m'attendais pas… Vous n'aviez pas dit que vous… Vous m'avez pris un peu au dépourvu.

— Attendez, vous vous connaissez ? Le regard perçant de Qiana ne manquait rien. Pas la goutte de sueur qui perlait à la naissance de mes cheveux. Pas ma main droite que j'avais crispée en un poing parce qu'elle pulsait encore comme si j'avais touché un câble électrique dénudé dans le moteur du tracteur. Pas ma respiration qui râlait dans ma gorge. Pas les yeux effarés de Samantha, me fixant comme si j'étais une vipère mocassin, enroulée et prête à frapper.

— Nous nous sommes rencontrés à San Francisco. Lors d'une collecte de fonds, a dit Samantha.

— Et une autre fois à l'université de Samantha. Elle n'a pas mentionné qu'elle avait écrit un livre. N'est-ce pas quelque chose qu'on penserait à mentionner quand on parle à quelqu'un dont on sait qu'il est écrivain ?

— Niall. Maman m'a pincé sous ma veste comme si elle pouvait me sortir de mon comportement de rustre.

— J'essaie juste de comprendre. Samantha avait semblé ouverte, honnête. Et j'avais écrit Lobelia de cette façon, moi aussi. Était-ce là mon problème ? Je me l'étais imaginée d'une certaine manière, et quand elle agissait différemment, je me mettais en colère ? J'avais eu hâte de la voir à San Francisco et… attends. Elle avait dit qu'elle essayait de se soustraire à une obligation. Voulait-elle parler de cette tournée ?

Je lui poserais la question plus tard. Quand elle ne me lancerait pas le même regard qu'elle avait eu lorsque tous ces photographes s'étaient approchés de nous à la collecte de fonds l'année dernière. J'avais des torts à réparer.

— Désolé. J'ai grimaçé et je me suis désigné du doigt. Le trac d'avant-lancement. Laissez-moi réessayer. Bonjour, Samantha. Je suis ravi de vous revoir.

Méfiance, elle a scruté mon visage. Puis elle a ouvert son sac, et une tête noire et duveteuse en est sortie. — Quand je suis nerveuse, Bilbo Baggins m'aide. Elle l'en a sorti et me l'a tendu.

Je l'ai serré contre ma poitrine pendant que ma mère caressait son oreille démesurée. Mon rythme cardiaque a ralenti. Ça, *ça*, c'était ma Lobelia. Ou Samantha. Offrant de l'aide quand on en avait besoin. J'ai souri. — Merci.

— De rien.

— Niall, c'est l'heure. Qiana a tendu les mains pour prendre le chien et l'a rendu à Samantha. Pourquoi n'iriez-vous pas vous asseoir ? Ce sont les places de devant avec un carton *Réservé* dessus. Pendant ce temps, je vais équiper Niall de son micro.

Qiana s'est agrippée à mon poignet. Ses longs ongles étaient assortis à la couverture de mon livre, eux aussi.

— Allons-y, Sam. Ou est-ce Samantha ? a demandé Maman.

— Sam. S'il vous plaît.

— On a eu un coq une fois, qui s'appelait Sam… La voix de Grand-père s'est éteinte alors qu'ils se frayaient un chemin à travers la foule vers l'avant de la salle.

Qiana m'a tiré par le poignet jusqu'à ce que mon oreille soit à côté de ses lèvres rouges. — Qu'est-ce qui se passe, bon sang ? Je ne t'ai jamais vu te comporter comme ça avec qui que ce soit, et certainement pas avec un collègue auteur. Un *auteur débutant* pour sa première tournée.

Elle m'a fusillé du regard pendant une seconde, en attendant.

— J'imagine que j'étais juste surpris. De la connaître. Qu'elle…

— As-tu envisagé, Niall, qu'elle ait pu être un peu intimidée par un auteur de best-sellers avec un contrat télé ? Surtout par quelqu'un avec autant de… — elle a fait une pause pour me toiser de haut en bas — … de prestance que toi ?

Un frisson m'a parcouru comme l'eau du ruisseau en janvier. Je me suis senti tout petit. Qiana aurait pu m'écraser avec ses talons aiguilles noirs brillants.

— Je suis déso…

— Ne t'excuse pas auprès de moi. Excuse-toi auprès de Sam. Plus tard. Maintenant, tu dois te ressaisir.

Pour la première fois, j'ai jeté un coup d'œil autour de moi alors qu'elle me tirait vers le pupitre. Une mer de chaises alignées faisait face à un mur de l'étage supérieur. Il devait y en avoir deux cents. Et elles étaient presque toutes occupées. D'où venaient tous ces gens ?

Qiana m'a relâché quand nous sommes arrivés au pupitre. Elle m'a tendu le boîtier de batterie, que j'ai clipsé à ma ceinture. Elle a pris le micro dans sa main. — Tu es sûr que tu n'as pas besoin de quelque chose pour t'aider à te détendre ?

J'ai secoué la tête. Le chien de Samantha — et sa volonté de le partager avec moi — m'avait calmé.

Pinçant à nouveau les lèvres, elle a tapoté le micro pour vérifier qu'il était éteint avant de le clipper à mon col. — Tu sais ce que tu vas lire, n'est-ce pas ?

J'ai sorti mon exemplaire d'auteur de ma sacoche. Un marque-page rouge en dépassait.

Son expression s'est détendue un tout petit peu. — Tu es un pro, Niall. Maintenant, agis comme tel. Elle a gardé son visage figé dans un sourire et a articulé les phrases suivantes entre ses dents. Il y a, genre, dix blogueurs littéraires dans le public. Et deux équipes de télé locales. Ne te retourne pas. Leur reportage pourrait être repris par les blogs littéraires nationaux et les sites web lifestyle. Ne laisse pas ce qui se passe entre toi et Sam gâcher ça. Tu me suis ? C'est une grande soirée pour toi.

J'ai acquiescé, content d'avoir le dos tourné au public et aux caméras de télévision. Elle avait raison : c'était une grande soirée pour moi. Non seulement je lançais mon livre, mais j'étais de nouveau en présence de la femme qui avait inspiré Lobelia, qui m'avait inspiré à terminer le livre.

J'ai fixé la peinture aux tons rouges sur la couverture. Dans le coin, voletant près de l'oreille de Nieven, se trouvait la forme minuscule d'une dryade. La détermination de sa petite bouche m'a rassuré. *Courage, Niall.*

Je pouvais le faire. Et maintenant, avec la source de mon inspiration voyageant avec moi pour les trois prochaines semaines, je pouvais faire encore plus. Alors que je caressais le bout des petites ailes de Lobelia, mes doigts ont picoté.

Je pouvais écrire.

11

SAM

HIER, à Columbus, tout avait tourné autour de Niall. Aujourd'hui, c'était notre tour à tous les deux. Enfin, à Niall et à Sam Case, qui qu'elle soit.

Depuis la voiture, la librairie de Chicago avait l'air parfaitement accueillante. Dans la vitrine à droite de la porte, un ours en peluche était assis sur un rocking-chair, un livre d'images calé entre ses pattes, flanqué de piles d'autres livres pour enfants. Comme on était en février, la vitrine à gauche de la porte exposait des romans d'amour, certains avec des couvertures vives, d'autres montrant des femmes aux jupes de soie tombant en cascade autour d'elles, l'encolure de leurs robes glissant sur leurs épaules.

J'ai remonté les revers de ma veste. Le bouton du haut manquait. Je n'en avais pas eu besoin à la maison. Mais il allait me falloir plus qu'un meilleur manteau pour survivre à une tournée avec Niall Flynn. Du genre, une armure complète et une épée. Et peut-être une ceinture de chasteté.

La nuit dernière, après le lancement de son livre à Columbus, il avait eu l'air de vouloir parler. Mais, en lâche, je m'étais éclipsée avec Qiana, prétextant la fatigue. Et j'étais fatiguée. Mais en réalité, j'avais été secouée par la flamme dans ses yeux et l'étincelle de notre contact. J'avais merdé en ne lui parlant pas du livre et de la tournée quand je l'avais rencontré sur le campus. Au début, il avait semblé en colère. Mais ensuite, son regard avait brûlé avec une intensité qui ne semblait pas être de la colère.

Et ma libido disparue ? Boum, retrouvée. Mais c'était aussi le cas de toutes les femmes dans cette pièce qui n'étaient pas la mère de Niall. Une femme derrière moi avait essayé de poser une question mais n'y était pas parvenue, secouée par un fou rire qui l'empêchait de parler. Et la foule de femmes autour de la table après sa séance de dédicaces ? Je n'aurais pas pu l'approcher même si je l'avais voulu.

J'aurais aimé lui avoir parlé de la tournée quand on était sur le campus. Ou avoir essayé de le joindre depuis. Mais jusqu'au moment où Bilbon Sacquet et moi étions montés dans l'avion à San Francisco, j'avais espéré pouvoir me défiler de la tournée et de tous ces mensonges.

Comme celui de faire passer ce livre pour un livre que j'avais écrit. Surtout après avoir utilisé le livre de Niall comme données pour CASE. Heidi avait dit qu'elle s'en occuperait et que je ne devais pas parler de l'IA à Niall. Et maintenant que Heidi avait le pouvoir de décider si oui ou non je traverserais la scène en juin pour recevoir ma toque et mon diplôme de doctorat, je devais faire ce qu'elle disait.

Un papier a tourbillonné devant la librairie. J'ai coincé Bilbon Sacquet sous un bras et je me suis préparée à piquer un sprint de la voiture à la librairie.

Un bruit semblable à un feu d'artifice lointain, qui éclatait et crépitait, a commencé. J'ai baissé la tête.

— C'est quoi, ça ?

— Juste un peu de grésil. Si vous allez vite, vous le sentirez à peine.

Kathy, notre accompagnatrice, a fait un signe de tête vers le pare-brise, où de minuscules flocons blancs frappaient la vitre avant de rebondir.

Mais hors de la protection de la voiture, le grésil était comme de minuscules poignards sur ma peau exposée. J'ai mis une main sur les yeux de Bilbon Sacquet et j'ai couru vers la porte.

Niall, avec ses longues jambes, est arrivé le premier, sans même être essoufflé. Luttant contre la rafale de vent qui voulait refermer la porte, il l'a ouverte à la volée et me l'a tenue pendant que je me faufilais à l'intérieur avec Bilbon Sacquet. J'ai tiré la porte intérieure et je suis restée bouche bée.

La librairie avait l'air petite de l'extérieur, mais à l'intérieur, le centre avait été vidé de ses tables et de ses étagères pour faire place à des rangées et des rangées de chaises. Au fond de la salle, une estrade surélevée supportait deux fauteuils et quelques fougères en pot. Juste devant se trouvait une longue table avec deux chaises et deux piles de livres, l'une avec des couvertures vertes et l'autre avec des rouges.

Presque toutes les chaises de la salle étaient occupées. Mes yeux ont balayé les dizaines de têtes pour se poser directement sur les deux micros sur pied sur l'estrade, un devant chaque fauteuil.

J'allais devoir parler dans l'un de ces trucs.

J'ai fermé les yeux en les serrant très fort et j'ai essayé d'oublier les ricanements de mon groupe de lecture à l'école primaire. Les yeux levés au ciel de mes camarades de lycée chaque fois que nous devions lire — beurk — du Shakespeare. La façon dont les mots dansaient sur la page et dont je me démenais pour les immobiliser et les réciter.

— Je ne me sens pas très bien.

J'ai serré si fort Bilbon Sacquet qu'il s'est tortillé.

— Ça va aller. Tu vas t'en sortir.

La voix lente et grave de Niall était presque apaisante.

— Qiana t'a envoyé la liste des questions, n'est-ce pas ?

— Des questions ?

— Elles étaient à la fin de mon itinéraire. Tu ne les as pas reçues ?

J'avais espéré ne jamais avoir à monter dans cet avion, et encore moins à répondre à des questions.

Il a ouvert sa sacoche et en a sorti une liasse de papiers. Il a tourné quelques pages et me l'a tendue.

— Lis ça. Il n'y a rien d'extraordinaire. Et s'il y en a auxquelles tu ne veux pas répondre, barre-les simplement.

Il m'a tendu un stylo.

Pouvais-je toutes les barrer ? Lire le passage que j'avais mémorisé et passer ensuite à la partie dédicaces ? Je m'étais entraînée à signer mon nom de plume, Sam Case. Un grand *S*, un grand *C*, avec des lettres tortueuses après les majuscules. Rapide. Efficace.

En faisant bien attention de ne pas toucher ses doigts, j'ai pris la liste et je l'ai parcourue. Quelques mots m'ont sauté aux yeux. *Inspiration* — c'était ce que la mère de Niall m'avait demandé la nuit dernière. *Processus d'écriture. Prochain livre.* Comment allais-je répondre à tout ça ? C'était ridicule, sachant qu'une erreur avait poussé CASE à produire *Magicien en machine* et que mes projets consistaient à me cacher dans un laboratoire de recherche pour le reste de ma vie.

Un homme blanc et mince, aux cheveux gris tirés en chignon sur la nuque, plus soigné que le mien ébouriffé par le vent, s'est précipité vers nous.

— Bienvenue, bienvenue. Monsieur Flynn, je vous reconnaîtrais n'importe où. Et Mademoiselle Case.

Il nous a serré la main avec entrain.

— Je suis Peter Pettingill, le gérant de la boutique. Nous allons d'abord faire quelques photos, et ensuite…

— Pas de photos, ai-je dit, d'une voix plate et automatique. C'est dans le contrat.

— Pas de photos ?

Il a secoué la tête.

— Nous faisons toujours des photos.

Il a fait un geste vers le mur derrière la caisse, où des dizaines de photos étaient punaisées.

J'ai eu l'estomac noué. Cela semblait anodin de poser pour une photo à côté de Niall. Elle ne quitterait probablement pas la librairie. Peter Pettingill n'avait pas l'air de savoir utiliser Photoshop pour mettre ma tête sur le corps nu de quelqu'un d'autre.

— Tu veux le faire ?

La voix de Niall était un murmure dans mon oreille, son souffle me chatouillait la nuque.

— Tu n'es pas obligée.

— D'accord.

Ma voix n'était qu'un souffle. Je me suis éclairci la gorge.

— D'accord.

Pettingill a brandi son téléphone.

— Prêts ?

La façon dont le téléphone cachait la moitié de son visage m'a renvoyée brutalement en arrière. Pas dans une librairie bondée et bien éclairée, mais dans la chambre de l'appartement chic de Stephen, près du campus. J'étais une simple étudiante de première année, essayant encore de comprendre ce que cet étudiant de dernière année si sûr de lui, quelqu'un que même ma Mère appréciait, me trouvait. Alors, quand il m'avait suppliée, j'avais fait un strip-tease maladroit. Les souvenirs étaient des flashs percutants comme les vidéos en boucle sur les réseaux sociaux de Natalie. La lampe trop vive éclairant les draps blancs et ma peau nue. Les cheveux sombres de Stephen et un œil derrière son téléphone, prenant photo après photo. Ses supplications pour que je me touche et mon hochement de tête embarrassé.

Mais ça n'avait eu aucune importance. Après, quand Jackson avait piraté l'ordinateur de Stephen, il n'avait pas supprimé les photos assez vite. J'avais regardé par-dessus son épaule et je les avais toutes vues. Et sous la rangée de vrais nus, Stephen avait photoshoppé ma tête sur le corps d'une actrice dans une image tirée d'un porno. À côté de celles que je l'avais laissé prendre, elles n'avaient pas besoin d'être réalistes pour être accablantes.

— Non. Non.

J'ai secoué la tête et j'ai reculé jusqu'à ce que mon dos heurte une table de présentation.

— Non.

— Hé.

Niall était là, devant moi, bloquant l'appareil photo de l'homme.

— Ça va ?

J'ai fixé le bouton blanc de sa chemise à carreaux, un gris croisant un gris plus foncé, superposé par des paires de fines lignes rouges.

— Je ne peux pas.

— Tu ne peux pas faire les photos ? Ou tu ne peux pas faire la conférence ? Je peux la faire seul si tu as besoin d'aller à l'hôtel.

Pendant une seconde, j'ai fantasmé sur le fait de sauter la lecture. De ne pas avoir à me tenir devant tous ces gens. De me réfugier à l'hôtel et de me cacher sous la couette avec Bilbon Sacquet. Mais que dirait Heidi si je faisais ça ? Est-ce que Martell prendrait son parti ou le mien ? Il n'avait pas réussi à m'éviter la tournée. Si tant est qu'il ait essayé.

— Je ferai la conférence. Juste… juste pas de photos.

— Tu es sûre ?

J'ai alors osé le regarder. Ses yeux verts n'avaient pas la couleur criarde de la couverture de *Magicien en machine*, mais étaient doux et délavés comme un morceau de verre poli par la mer. Peut-être que j'allais tout foirer. Mais je devais essayer. Pas seulement à cause de ce que Heidi me ferait si je ne le faisais pas, mais parce que Niall Flynn pensait que j'en étais capable.

— Je vais le faire.

— Bien.

Il a tendu la main vers mon épaule, comme pour la caresser, mais il a finalement posé sa grande main sur la tête de Bilbon Sacquet.

— Je m'occupe de Pettingill. Prends une minute. Respire.

Niall a affiché ce sourire parfait pour les caméras, a passé un bras autour des épaules de Pettingill et l'a emmené sur le côté. Pendant qu'ils parlaient, le gérant me jetait des regards furtifs.

— Je peux caresser votre chien ?

Les mots sont venus en même temps qu'une traction sur le bas de ma veste. J'ai baissé les yeux sur le visage d'un enfant surmonté de cheveux noirs et bouclés.

— Bien sûr. Il s'appelle Bilbon Sacquet.

J'ai desserré ma prise pour exposer davantage la fourrure de Bilbon Sacquet. Il a frétillé d'anticipation.

L'enfant a enfoui une petite main dans la fourrure soyeuse de Bilbon Sacquet.

— Comme le Hobbit ? Il est si doux.

— C'est vrai. Quand je suis nerveuse, le toucher me fait toujours du bien.

— Tu es nerveuse ?

Des yeux ronds et sombres se sont levés vers moi.

— Oui. Je dois monter là-haut — j'ai pointé le menton vers l'estrade — et lire.

— Mon père et moi, on est venus voir les auteurs parler. On a lu *Les Secrets des Elfes des Bois* ensemble. Ce n'est pas toi, cet auteur, si ?

— Non, c'est lui.

Mon regard s'est posé sur Niall, qui se penchait comme un arbre sur le gérant de la librairie, plus petit que lui, et les yeux de l'enfant ont suivi.

— Je ne pensais pas que c'était un livre pour enfants.

— Papa m'a aidé avec les mots difficiles. Il dit qu'on n'est pas obligés de lire que des livres pour enfants. On peut lire tous les livres qu'on veut.

— Mon père me lisait des histoires aussi. J'espère que ton père et toi continuerez à lire ensemble pendant longtemps.

J'ai essayé de me souvenir des moments heureux, quand je me blottissais contre mon propre père et que, pendant quelques minutes chaque soir, son temps n'était ni pour son travail, ni même pour mes frères et ma sœur, mais juste pour moi. J'ai essayé de ne pas penser au fait que, sans lui, lire n'en valait plus la peine.

— Si tu es nerveuse, fais comme Nieven et pense à chez toi. Ça te fera te sentir mieux.

Qui diable était Nieven ? Et penser à la maison me rendrait plus nerveuse, pas moins. Que dirait ma Mère si elle savait que je devais lire, parler de manière impromptue, devant tous ces gens aujourd'hui ?

Pourtant, j'ai dit :

— Merci.

Niall s'est interposé entre nous.

— Prête à y aller ?

Il avait dû raisonner Pettingill, car le gérant avait rangé son téléphone.

— J'ai rencontré un de tes fans.

J'ai tendu la main vers l'enfant.

Il s'est accroupi pour se rapprocher de la taille de l'enfant.

— Salut. Comment tu t'appelles ?

— Hero.

— Ah, tes parents doivent être fans de Shakespeare. *Beaucoup de bruit pour rien*, c'est ça ?

L'enfant a hoché la tête.

— « S'il en est ainsi, l'amour est un jeu de hasard : Cupidon tue les uns de ses flèches, les autres avec des pièges. »

Le regard aux yeux verts de Niall s'est posé sur moi, puis a filé si vite que je n'étais pas sûre qu'il l'ait fait exprès. Shakespeare sonnait de manière à faire trembler les genoux dans la voix profonde de Niall, rien à voir avec la lecture de mon professeur d'anglais.

— J'aime mieux *Les Secrets des Elfes des Bois* que Shakespeare. Ils parlent comme des gens normaux.

Niall a adressé un sourire radieux à l'enfant.

— Et qui est ton personnage préféré ?

— Greva. Elle arrive toujours juste à temps pour sauver Nieven.

— C'est ce que j'aime aussi chez elle. C'était sympa de te rencontrer, Hero. On se reverra quand je signerai ton livre, d'accord ?

— D'accord.

Le regard adorateur de Hero brillait en direction de Niall.

Je l'adorais un peu aussi, pour sa conversation sérieuse avec ce petit. Et pour le Shakespeare. Et pour la façon dont il avait repoussé le gérant de la boutique et son téléphone comme un chevalier d'antan.

— En piste.

Niall a soutenu mon regard.

— Tu es prête ?

J'ai frissonné. Il était une fois, avant que je ne fasse cette terrible erreur avec Stephen, j'avais espéré que des enfants m'admireraient. J'avais voulu être une programmeuse et une entrepreneuse comme Jackson. Je n'avais pas voulu de la notoriété qu'il avait créée comme mécanisme de défense, mais j'avais voulu que des petites filles voient ce que j'avais fait et pensent : *Je pourrais faire ça, moi aussi.*

Mais tout ça, c'était du passé. La célébrité n'était pas pour moi. Après cette tournée et une fois la vérité révélée, le Dr Martell et l'université pourraient s'attribuer le mérite de CASE et me laisser en dehors de ça. Je ne voulais plus jamais avoir à me tenir devant un auditorium rempli de savants pour expliquer ce que j'avais fait.

Et cela m'a ramenée brutalement à la réalité. Je ne voulais pas être dans cette librairie, à parler d'un livre que je n'avais pas écrit.

— Non.

Je n'étais pas prête. Tous ces gens. Leurs regards insistants. Leurs gloussements quand je trébucherais. Mes pieds étaient collés au sol.

— Quand on sera là-haut, regarde-moi. Écoute-moi. Ça va aller. Comme maintenant. D'accord ?

— Je ne sais pas.

J'ai jeté un regard plein d'envie vers la porte d'entrée. Même

des températures glaciales et du grésil me paraissaient préférables
à tous ces yeux et ces oreilles braqués sur moi.

— On va le faire ensemble. Un.

Il a fait une pause.

— Deux.

Il a plongé son regard dans le mien.

— Trois.

Et comme s'ils étaient mus par quelqu'un d'autre, mes pieds
ont commencé à se diriger vers l'estrade. La main de Niall reposait sur mon dos, chaude, stable et sûre. Peut-être que je pouvais
le faire, après tout.

12

NIALL

LES TACHES de rousseur de Sam — d'habitude un si subtil poudroiement, comme des grains de sable éparpillés sur la page d'un livre de poche à la plage — ressortaient crûment sur sa peau trop pâle. Alors qu'elle lisait le passage de son livre, sa voix tremblait et son regard ne quittait pas l'écran de sa tablette. Pourtant, je ne l'ai pas vue tourner la moindre page. Elle serrait le micro, les jointures de ses doigts blanchies.

— Je crois qu'elle est sur le point de rendre son déjeuner, ai-je marmonné.

— Non. Kathy a posé une main sur mon bras pour me retenir. — Elle a son adorable petit chien avec elle là-haut. Elle va s'en sortir.

Sur l'estrade, Sam était assise sur la chaise, les pieds repliés sous elle comme pour se faire encore plus petite. Le chien était blotti à côté d'elle.

Comment diable Sam avait réussi à convaincre Happy Troll de l'autoriser à emmener son chien en tournée, ça me dépassait. Quoique, vu la supériorité de *Magicien dans la Machine*, ils auraient probablement tout fait pour apaiser leur autrice vedette. Même la laisser faire sa diva.

Là-haut, elle n'avait pas l'air d'une diva. Quand sa voix avait retenti dans les haut-parleurs, elle avait sursauté comme une souris effarouchée. Elle avait commencé à parler si bas, avec tant d'hésitation, que les membres du public se penchaient en avant sur leurs chaises. Mais à mesure qu'elle lisait — lentement, prudemment — ses épaules se sont détendues. Bientôt, elle a pris de la vitesse, et même si elle ne deviendrait jamais une narratrice de livres audio ou même une bibliothécaire pour l'heure du conte, sa voix a adopté un rythme plus assuré.

Le public a adoré. Nous avions attiré une foule immense à la librairie près du lac, à Chicago. Les gens étaient assis, silencieux et immobiles, à écouter ses mots. C'étaient peut-être les mots eux-mêmes, ou peut-être le contraste entre l'histoire désolée et dépouillée, pleine d'aspérités et de dialogues crus, et la beauté elfique de celle qui l'avait écrite et la leur lisait.

J'étais tout aussi envoûté qu'eux.

Plus tôt que je ne l'avais prévu, le public a applaudi. *Bien joué, Qiana, de lui avoir conseillé de lire un court extrait pour sa première fois.*

Je me suis avancé vers le devant de la scène et j'ai allumé mon propre micro. — Merci, Sam. N'oubliez pas, si vous n'avez pas encore acheté votre exemplaire de *Magician dans la Machine*, nous en aurons sur la table pour que Sam vous les dédicace à la fin. Maintenant, je vais lire un passage de *Treachery of the Wood Elves*.

La différence entre mes descriptions fleuries et la sobriété de la prose de Sam n'aurait pas pu être plus prononcée. Le passage de *Treachery* était brodé, de style rococo, de détails : l'odeur de la sueur des chevaux, le tonnerre de leurs sabots, la douleur aiguë qui irradiait de la blessure par coup de couteau au flanc de Nieven après la bataille qui concluait le premier livre. Aurais-je dû tout couper pour me concentrer sur l'action comme Sam l'avait fait ?

Trop tard maintenant. J'ai chassé le doute et, m'inspirant de Nieven, j'ai continué sur ma lancée.

Pendant la séance de questions-réponses, Sam s'est recroquevillée comme une rose touchée par le gel, les épaules voûtées et la voix basse et monocorde. Qiana ne l'y avait-elle pas préparée ? Elle s'est figée quand un membre du public a demandé : « Où avez-vous trouvé votre inspiration ? »

Je savais pertinemment que cette question était sur la fiche de Qiana. C'était une question bateau. On pouvait répondre littéralement n'importe quoi : la vie de tous les jours, les rêves, la structure sociopolitique de l'Empire ottoman. Je l'ai dévisagée, la suppliant de dire quelque chose, n'importe quoi.

— Dans d'autres livres, je suppose ? a-t-elle fini par dire. — Mon père me faisait la lecture. Elle a capté le regard d'un enfant dans les premiers rangs. Hero, celui à qui elle parlait avant que nous montions sur l'estrade.

— Des exemples en particulier ? ai-je demandé. Je n'aurais pas dû. J'aurais dû prendre la question suivante et lui laisser un peu de répit. Mais ce qu'une personne lit en dit long sur elle. Et je voulais en apprendre le plus possible sur ma partenaire de tournée, ma muse.

Elle a baissé les yeux, a caressé le chien. — Tolkien. Je me souviens qu'on a lu *Le Hobbit* ensemble. D'ailleurs… Elle a soulevé le chien pour le poser sur ses genoux. — ce petit gars s'appelle Bilbon Sacquet. Il a cinq ans, et je l'ai eu à la SPA de San Francisco. Il aime les longues promenades, les hauts de cuisse de poulet désossés et sans assaisonnement, et être séché au sèche-cheveux après un bain chaud. Il déteste les plages — le sable entre ses coussinets — et la solitude.

Les deux questions suivantes ont porté sur les chiens, et Sam y a répondu avec une aisance qu'elle n'avait pas eue en parlant de son livre.

Puis la question m'est revenue, la même que celle posée à Sam quelques minutes plus tôt. — Où trouvez-vous votre inspiration, Niall ?

J'avais une réponse, bien sûr. Je n'étais pas un novice comme Sam. Mais quand j'ai ouvert la bouche, je me suis figé. En la préparant, je ne m'étais pas attendu à ce que la réponse à la question soit assise à côté de moi. Ma gorge s'est asséchée et ma langue s'est empâtée dans ma bouche. J'ai levé un doigt et j'ai attrapé la bouteille d'eau à côté de ma chaise pour en boire une longue gorgée.

Sam a penché la tête sur le côté. Elle devait penser à la dédicace, elle aussi. Pourquoi n'avions-nous pas eu une explication la nuit dernière à Columbus ? Pourquoi ne m'avait-elle pas fait de reproches à ce sujet ?

Pourquoi ne l'avais-je pas prise à part hier soir, avant qu'elle ne s'enfuie avec Qiana, pour m'excuser ?

Parce que je m'étais comporté en lâche, voilà pourquoi. Et il fallait que ça cesse. Maintenant. Aujourd'hui.

J'ai reposé la bouteille d'eau. Mais je n'étais pas obligé de le faire devant tous ces inconnus. J'ai donc ressorti la réponse que j'avais utilisée lors de ma première tournée. — Il y a une petite forêt dans la ferme de ma famille, et un ruisseau la traverse. Quand j'étais enfant, j'y courais après avoir fini mes corvées, et je m'allongeais sur le sol de la forêt pour rêver aux créatures magiques qui y vivaient.

Tout comme lors de ma première tournée, ils ont bu mes paroles. Tout le monde aime entendre l'histoire d'un garçon de la ferme plein de rêves qui finit par réussir. Parfois, je pensais que c'était mon histoire personnelle, et non mes livres, qui m'avait mené là où j'étais aujourd'hui. Et je détestais cette pensée. Je voulais être apprécié pour ce que je produisais, pas pour qui j'étais. Surtout en sachant qui était mon père.

J'ai mis fin à la séance de questions-réponses après ça, ne voulant pas répondre à d'autres questions de suivi, et nous sommes descendus à la table des dédicaces.

Chaque fois que je signais la page de titre, la page suivante, celle de la dédicace, menaçait de me brûler les doigts. Dieu merci, il y avait Kathy, qui tournait le livre de chacun à la bonne page pour m'éviter de tomber dessus par inadvertance et de prendre feu spontanément. Des perles de sueur pointaient à la racine de mes cheveux et coulaient dans mon dos sous ma chemise en flanelle.

Enfin, la file d'attente de Sam s'est réduite, et elle s'est éloignée de la table. *Bientôt fini.* Ma main n'avait pas encore de crampe — elle était en assez bonne forme après avoir écrit mes manuscrits à la main — mais mes muscles me faisaient mal d'être resté assis si longtemps. Je me suis étiré et j'ai souri au lecteur suivant.

Quand la dernière personne s'est approchée, un choc électrique m'a traversé. Sam se tenait au-dessus de moi, serrant contre sa poitrine un exemplaire de mon premier livre, *Secrets of the Wood Elves*, le ticket de caisse glissé à l'intérieur.

— Tu n'étais pas obligée d'en acheter un, ai-je dit. — Qiana t'en aurait eu un de l'éditeur.

Un coin de sa bouche s'est relevé. — Je suis peut-être nouvelle, mais je sais comment ça marche : on ne gagne pas d'argent avec les exemplaires gratuits de l'éditeur.

— C'est vrai.

— Je me suis dit que je lirais celui-ci en premier. Avant de commencer ton nouveau livre.

Une vague de soulagement m'a submergé. Elle n'avait pas lu la dédicace. Et je pourrais lui expliquer avant qu'elle ne le fasse.

Elle m'a tendu le livre. Malgré tous ceux que j'avais signés, je n'étais pas encore habitué à l'odeur du papier frais et de la colle, ce parfum divin des livres. Mais celui-ci avait quelque chose en plus, une senteur boisée et herbacée superposée à… du romarin.

— Écoute, je suis désolée, a-t-elle dit. — J'aurais dû te dire quelque chose ce jour-là à l'université. Mais j'espérais pouvoir y échapper. À ça. Elle a fait un geste de la main en direction de la librairie, ce geste enchanteur qui rappelait le vol d'un moineau. — Que je n'aurais pas à révéler que j'étais Sam Case. Que je pourrais juste être Sam Jones, et qu'on pourrait être… amis. Elle s'est mordu la lèvre, et je n'ai pas pu en détacher mon regard. Ses lèvres étaient roses comme des pétales de rose. Elles semblaient douces comme des pétales, aussi. Agréables au toucher. À embrasser.

Non. J'ai fermé les yeux très fort. Pas de drague avec ma partenaire de tournée.

Je me suis raclé la gorge. — Pourquoi n'aurais-tu pas... Bien sûr. La prise de parole en public. Elle faisait partie de ces écrivains qui veulent rester dans leur grotte et produire des mots. Comme Cormac McCarthy ou Harper Lee. Elle ne voulait pas incarner sa marque, comme Gabi me poussait toujours à le faire. — Je comprends. Je dois m'excuser, moi aussi.

— Pour quoi ? Elle a plissé le nez.

La voix de Lobelia, basse et mélodieuse, m'a murmuré à l'oreille. *Courage.* Elle avait été courageuse. Je pouvais essayer, moi aussi.

— Regarde. J'ai pris un exemplaire de *Treachery* de la pile et je l'ai ouvert à la page de la dédicace. — Lis. C'est pour toi.

Elle a pris le livre et a étudié la courte inscription. Elle l'a lue lentement, hésitant sur les mots les plus longs. — « Dédié à ma muse aux yeux violets, sans qui cette histoire n'aurait pas trouvé son âme. » Ses sourcils sombres se sont froncés comme je l'avais craint. — C'est moi ? Mais j'ai les yeux bleus, pas violets.

J'ai tendu les mains devant moi, paumes vers le haut. — Je suis un écrivain. Un poète. Je peux me permettre un excès de fantaisie. Mais elle avait tort. Ses yeux étaient plus que bleus. Ils étaient la nuit étoilée. Le plus profond de l'océan. Des fleurs aux pétales délicats qui, si on les écrasait, vous tacheraient les doigts de violet.

— Tu m'as dédié le livre ?

— En quelque sorte. Confronté à la réalité de Sam, j'ai su que je l'avais embellie, de la même manière que je l'avais fait avec ses yeux. J'avais rencontré quelqu'un de nouveau, et cela avait créé des connexions dans mon cerveau qui avaient fait couler de nouveaux mots. Je l'avais transformée en ce que je voulais qu'elle soit : ma muse éthérée, planant dans cet espace crépusculaire entre le rêve et la conscience.

Mais Sam n'existait pas pour mon inspiration.

— J'ai rencontré une femme inattendue et intrigante dans un musée, puis à nouveau sur un campus universitaire. Ma version idéalisée d'elle m'a inspiré. Mais tu es une vraie personne. Avec du talent et ta propre créativité. Je suis désolé.

Elle a penché la tête, tel un oiseau. — Désolé de… ?

— De t'avoir transformée en quelque chose que tu n'es pas. D'avoir fait en sorte que nos interactions à San Francisco ne tournent qu'autour de moi. D'avoir ressenti un peu trop de choses pour Lobelia. — Normalement, je suis meilleur pour distinguer la fantaisie de la réalité. Mais j'avais une date limite. J'ai haussé les épaules comme si ce n'était pas grand-chose qu'elle m'ait sorti de ma panne d'inspiration, inspiré un personnage entièrement nouveau, littéralement sauvé la ferme. J'ai forcé un sourire même si mon estomac se nouait. Je ne lui avais pas dit toute la vérité. Peut-être qu'elle ne commencerait pas *Treachery* tant que nous serions encore en tournée. Peut-être qu'elle ne se verrait pas en Lobelia. Peut-être que Sally la chèvre se mettrait à avoir des ailes et à voler, aussi.

Ses lèvres se sont resserrées. — Peut-être qu'on s'est inspirés mutuellement. Elle a posé le livre sur la table. — Dédicace-le-moi, s'il te plaît. Mets juste pour Sam.

Au-dessus de la dédicace, j'ai griffonné *Pour Sam* et j'ai signé en dessous. J'ai soufflé sur l'encre pour la sécher, puis j'ai refermé le livre.

Elle l'a pris, effleurant légèrement le bout de mes doigts. Ses yeux étaient vraiment le ciel nocturne de l'Ohio en été, bleu d'encre et constellé d'étoiles.

J'ai cligné des yeux et j'ai attrapé le désinfectant pour les mains. Tenant la bouteille au-dessus des mains de Sam, j'ai fait couler du liquide sur sa paume parfaite avant de faire de même avec la mienne, qui était rêche. Non, je ne voulais pas frotter le gel sur sa main et sentir à nouveau à quel point elle était douce.

— Allez, les enfants. La voix de Kathy a brisé l'instant. — Niall a une interview tôt demain matin, et Bilbon a besoin de se dégourdir les pattes.

J'avais besoin de m'étirer, moi aussi. Et d'une baffe derrière la tête pour avoir encore confondu Samantha et Lobelia.

J'ai enfilé mon manteau. Chicago était plus froid que l'Ohio, et le manteau de Sam n'était même pas adapté à l'Ohio. Il était fait pour le climat frais et sans saison du nord de la Californie, et certainement pas pour le vent et le grésil.

J'ai pris mon écharpe en laine, la verte que maman m'avait tricotée pour Noël, et je l'ai tendue à Sam. — Prends ça. Ma voix était aussi rêche que mes mains.

— Mais je ne peux pas…

— Il fait froid dehors. Je ne peux pas te laisser attraper quelque chose et être malade pour le reste de la tournée.

— Mais ce n'est pas comme ça que…

Je lui ai pris l'écharpe des mains et je l'ai enroulée autour de son cou. Les mèches soyeuses de son chignon défait ont caressé mes doigts, et j'ai frissonné. — Fais-moi plaisir, d'accord ? Je ne suis qu'un gars du Midwest qui sait qu'il est important de rester au chaud.

— Je pense que tu es plus que ça. Ces yeux violets ont pétillé.

— Je pense que nous sommes tous les deux plus que ce que nous paraissons, Sam Jones.

Son sourire a vacillé, et elle s'est retournée pour s'occuper de Bilbon. — Peut-être.

13

NIALL

JE NE SAIS PAS qui a trouvé ça drôle — Qiana, Dieu, l'univers — de mettre deux personnes qui avaient passé toute la journée ensemble — aéroport, avion, voiture, séance de dédicaces, voiture, un dîner gênant — dans des chambres communicantes à l'hôtel de Chicago.

Moi, en tout cas, pas du tout.

Pendant que je cherchais ma carte magnétique en tâtonnant, Sam est entrée dans sa chambre, Bilbo sous le bras, traînant sa valise derrière elle sans même me jeter un regard.

Peut-être qu'elle était plus en colère qu'elle ne l'avait laissé paraître à propos de la dédicace. Ou peut-être qu'elle était simplement fatiguée, comme moi.

J'ai fourré la carte dans la fente. Rouge. Je l'ai retirée et l'ai réinsérée d'un coup sec. Rouge. Encore. Un éclair vert, mais j'ai laissé tomber la carte, et le temps que j'appuie sur la poignée, la porte s'était de nouveau verrouillée. Glissement. Rouge. Glissement. Rouge. Glissement. Vert, et cette fois, j'ai violemment baissé la poignée et ouvert la porte. Je me suis glissé à l'intérieur et l'ai refermée d'un coup de pied. Putain de technologie. Pourquoi je ne pouvais pas avoir une foutue clé, tout simplement ?

Je me suis laissé tomber sur le lit, mes paupières s'alourdissant. Ça devait être mauvais signe que je sois déjà épuisé au deuxième jour de la tournée. Donnez-moi une grange pleine de box à curer ou un champ à labourer, et je peux tenir toute la journée. Mettez-moi dans un vol matinal, faites-moi faire des allers-retours en voiture, et faites-moi répondre à une ou deux questions, et j'ai l'impression d'être passé dans une moissonneuse-batteuse.

Ma sacoche était posée à côté de moi, son odeur familière de vieux cuir un petit réconfort dans cette chambre impersonnelle. Gabi l'avait remplie de carnets tout neufs. Il n'était pas si tard, et j'avais des fourmis dans les doigts depuis le matin. Je n'avais pas eu un instant pour prendre un stylo et capturer les mots que Lobelia et Nieven avaient murmurés, et maintenant ma main était trop lourde, mes yeux trop embrumés pour écrire.

Un reflet inattendu sur du verre a attiré mon regard. Le téléphone que Gabi avait insisté pour que j'emporte en tournée. Pas un Swiftphone, mais quand même un smartphone avec ces icônes intimidantes que j'avais refusé de déchiffrer.

J'avais promis d'appeler Gabi ce soir pour lui dire comment la tournée se passait jusqu'ici. Et fatigué ou pas, je tenais mes promesses. J'ai attrapé le téléphone et je l'ai allumé, enlevant le ruban adhésif que Gabi avait placé sur le bouton d'alimentation. Pendant que j'attendais qu'il démarre, j'ai entendu Sam murmurer à côté. Parlait-elle à son chien ? C'était une cadence apaisante. Mes paupières sont retombées.

Des bips furieux m'ont réveillé en sursaut. SMS manqués. Appels manqués. Messagerie vocale. Le téléphone n'était qu'une irritation de plus.

Le numéro de Gabi a été facile à trouver, car c'était le dernier appel manqué.

— Il était temps que tu m'appelles. Ton téléphone était éteint ? sa voix était plus tranchante que les doux accents du Midwest que j'avais entendus aujourd'hui, avec leurs « O » plats et leurs « A » à deux syllabes.

— Je dois l'éteindre quand je suis à des événements.

— Tu sais qu'il y a une fonction vibreur, non ?

— Les vibrations me déconcentrent aussi.

Elle a poussé un son qui ressemblait à un lynx roux frustré. — Alors, comment ça s'est passé ?

— Bien. Ma partie s'est bien passée. Sam était nerveuse, mais elle s'en est bien sortie.

— « Bien ». « Bien sortie ». D'où viennent les mots de tes livres ? Je suis obligée de lire tes manuscrits avec un dictionnaire à côté de moi, et là, tu me donnes des descriptions d'un mot pour deux jours d'événements littéraires.

— Les événements ont attiré beaucoup de monde. Le public était chaleureux et enthousiaste. Contente, maintenant ?

— C'est mieux. Elle est comment, Sam ?

— Tu ne le croiras jamais.

— Croire quoi ?

Je me suis détourné du mur que ma chambre partageait avec celle de Sam. — Sam Case est en fait Samantha Jones. Je l'ai rencontrée à…

— Oh. Mon. Dieu. Samantha Jones la mondaine ? L'étudiante en master ? Mais c'est quoi ce bordel ? Tu ne l'as pas vue deux fois quand tu étais à San Francisco ? Et le fait qu'elle soit aussi autrice, chez ton *même éditeur*, n'est jamais venu sur le tapis ? un clavier cliquetait en arrière-fond.

— Non, mais… Au début, j'ai ressenti la même chose. Mais la colère s'est évaporée à peu près au moment où mes doigts ont commencé à me picoter. — Elle a dit qu'elle pensait pouvoir se désister de la tournée.

— Attends. On rembobine. Elle te plaisait. Tu as dit qu'elle t'inspirait. Tu lui as dédié ce putain de livre, et maintenant elle est en tournée avec toi ? Si sa voix montait encore, seul Bilbo pourrait l'entendre. — C'est peut-être pour ça qu'elle voulait se désister. T'es un vrai psychopathe.

Je me suis laissé retomber sur le lit. — Je sais, ai-je gémi. — Je me suis excusé. À la séance de dédicaces.

— Pour tout ?

— Pour une partie. La dédicace. Elle n'a pas encore lu le livre. Elle lit *Secrets* d'abord. Peut-être qu'elle arrêtera sa lecture avant d'arriver à Lobelia.

Le silence inhabituel de Gabi m'a dit exactement ce qu'elle pensait de cette idée.

— Il faut que je lui dise, n'est-ce pas ?

— Tu m'as demandé mon avis avant de me transformer en naine maniant la hache.

— C'était différent. On était déjà amis. Quand j'ai écrit Lobelia, je ne pensais pas revoir Sam un jour.

— Alors tu en as fait ta « fille de rêve fantasque ».

— Lobelia n'est pas une « manic fille de rêve fantasque » ! Elle a ses propres objectifs, distincts de ceux de Nieven. Et je ne suis pas sûr qu'ils soient intéressés l'un par l'autre. Sentimentalement.

— Ce n'est pas la fille de rêve de Nieven, Niall. C'est la tienne. Regarde cette photo.

— Quelle photo ?

— Je te l'ai envoyée par texto. Retire le téléphone de ton visage et regarde-la. Elle est sur le blog de Kari Singh.

— Kari Singh ? Je l'ai rencontrée. Elle est à l'université de Sam.

— Plus maintenant. Elle a eu son diplôme, et maintenant elle travaille pour *Gossip Grrlz*. Une étoile montante. Elle s'est un peu spécialisée sur toi. Et maintenant, d'autres sites de potins la suivent. Et toi aussi.

J'ai tapé sur l'icône des textos en haut de l'écran, puis j'ai ouvert la photo qu'elle m'avait envoyée. Sam — bien qu'elle ait été Samantha à l'époque — et moi étions debout devant le bâtiment beige de son campus. Cette blogueuse, Kari Singh, a dû la prendre. Le visage de Sam était sur la défensive, comme dans mon souvenir. Mais moi, je lui souriais, complètement dingue d'elle.

Oh, merde.

— Elle te plaît, Niall.

— Non, c'est faux. Les mots sont sortis trop vite pour être crédibles. — C'est une vraie geek. Je ne crois pas que son téléphone ait quitté sa main depuis que je l'ai rencontrée. Elle a même lu son passage sur une tablette. Elle a amené son chien de sac à main sur cette tournée comme une diva. On n'a rien en commun.

— Attends, j'ai déjà vu ce film. Dans l'acte un, ils disent tous les deux : « Jamais de la vie », mais au milieu de l'acte deux, ils sont amoureux.

— Va te faire foutre. Je me suis frotté les yeux avec la main.

— Moi aussi, je t'aime, mon pote.

14

NIALL

EN SORTANT la valise de Sam du coffre de la voiture, j'ai regardé
de l'autre côté de la rue, vers Centennial Park. Il faisait plus chaud
à Nashville qu'à Chicago, et le soleil de l'après-midi illuminait les
arbres encore nus. J'irais bien courir. Peut-être que la sève qui
commençait à monter dans les arbres réveillerait Lobelia et
Nieven de leur sommeil hivernal, et qu'elles me parleraient.

J'ai remercié le chauffeur et j'ai hissé la valise de Sam sur le
trottoir. Serrant la caisse de transport de Bilbo, Sam a tendu la
main vers la valise.

Je l'ai repoussée d'un geste de la main. — Je m'en occupe.

Elle a avancé la mâchoire, l'air buté. — Non, je...

— Sam. Occupe-toi de ton chien. Et de ton... — j'ai désigné
d'un geste vague sa sacoche d'ordinateur en bandoulière sur sa
silhouette menue — équipement. Je gère. — Elle était riche. Elle
devait avoir l'habitude que d'autres personnes portent ses
affaires.

Mais elle a hésité. Même si sa sacoche bombée l'alourdissait et
que son chien gémissait dans son sac, elle m'a foudroyé du
regard. — Je peux me débrouiller toute seule.

— Je sais. — J'ai resserré ma prise sur la poignée de sa valise. — Mais laisse-moi la porter pour toi. Ma mère m'arracherait la tête si je ne le faisais pas.

L'ombre d'un sourire a effleuré ses lèvres. — J'ai bien aimé ta mère.

J'ai desserré ma prise. — Elle t'a bien aimée aussi. Allez, entre. Je te suis.

Elle a jeté un nouveau coup d'œil à la lourde valise, mais elle a ajusté le poids sur ses épaules, a tourné les talons et est entrée dans l'hôtel.

Concentré sur son dos royalement droit alors que je la suivais à l'intérieur, je ne l'ai pas vu avant qu'il ne m'appelle par mon nom.

Non. Il était impossible qu'*il* soit là, dans un Holiday Inn de Nashville. Pas alors que je portais des valises comme un groom, tout fripé et en sueur après notre vol matinal. L'univers ne pouvait pas être aussi cruel.

— Niall. — Mais c'était bien sa voix, ravivant de lointains souvenirs : je me blottissais contre lui sur le canapé usé de grand-père pendant que ma mère et lui parlaient de choses de grands.

J'ai pris une seconde pour revêtir une expression neutre, pour redresser les épaules, avant de me tourner vers lui. — Paul. — Autrefois, je l'appelais papa, mais ça s'était arrêté en même temps que ses visites à la ferme. J'ai tendu la main pour la lui serrer.

Son expression s'est durcie d'agacement avant qu'il ne m'adresse un sourire pincé. Il a saisi ma main, sa paume lisse contre la mienne, plus rugueuse. Il portait une de ses chemises noires caractéristiques, manches retroussées, avec un jean noir impeccablement repassé. — Content de te voir, fiston.

— Qu'est-ce qui t'amène à Nashville, Paul ? — Je l'avais vu quelques fois à San Francisco et à New York. Occasionnellement à L.A. Mais jamais nulle part dans le centre du pays, pas depuis qu'il avait quitté l'Ohio pour la dernière fois quand j'avais douze ans. Il ne pouvait pas être venu me voir, quand même ? À moins qu'il ait enfin lu mon livre. Je ne lui avais pas demandé son avis avant de faire de lui le méchant de l'histoire.

Son regard a glissé derrière moi. — C'est Samantha Jones ?

Je me suis retourné, et elle était à mon coude.

Elle a tendu la main. — Heureuse de vous revoir, Monsieur Swift.

Revoir ? Ah, c'est vrai. Sam et mon père fréquentaient les mêmes cercles de geeks fortunés. Je me suis décalé sur la gauche pour lui laisser plus de place.

Il lui a serré la main. — Quelle surprise de vous trouver ici à Nashville avec Niall.

— On est en tournée de promotion ensemble. C'est Sam Case. — Je l'ai observé attentivement, et bien que ses yeux se soient écarquillés de façon théâtrale, la surprise ne s'est pas étendue au reste de son visage. Il savait. Pourquoi était-il là ?

— J'ai vu Audrey la semaine dernière. Elle n'a pas mentionné votre carrière d'écrivain.

— Non, c'est… — elle a baissé les yeux vers sa botte, les joues roses — plutôt confidentiel.

— Je vois. — Et ces yeux verts perçants, plus durs que les miens, voyaient tout. — Et si on s'asseyait pour prendre des nouvelles ? — Il a montré derrière lui un coin salon isolé par une cheminée à gaz et quelques ficus en pot.

— Bien sûr, je vais juste m'enregistrer. — Sam a fait un pas en arrière vers la réception de l'hôtel.

— Joignez-vous à nous. S'il vous plaît. — Et il a souri, découvrant ses dents.

— Oh, euh… — Son regard a croisé le mien.

— Ce n'est rien, — ai-je marmonné. Sa présence me donnait du courage — et de l'espoir. Allait-il enfin m'accorder l'approbation que je désirais tant ? J'ai redressé le dos et j'ai roulé les valises à côté du ficus, puis je me suis assis sur le canapé rigide. Sam a ouvert la fermeture Éclair de la caisse de transport de Bilbo et s'est assise à l'autre bout, installant le chien sur ses genoux.

— Comment va ta mère ? — Mon père a installé sa grande carcasse dans l'un des fauteuils à oreilles en face du canapé.

— Elle va bien. — Elle était probablement en train de s'attabler pour un dîner simple avec grand-père, ses mains rugueuses et gercées par le dur labeur et ses cheveux sombres, parsemés de gris, bouclant sur ses épaules. La crinière auburn aux reflets ensoleillés de mon père, qui lui arrivait aux épaules, était tirée en arrière en chignon. Étaient-ce des mèches ? J'ai serré le poing sur mon genou.

— Qu'est-ce que je peux faire pour toi, Paul ?

— Pour moi ? Je suis juste venu voir mon fils. — Il a agité un doigt vers moi. — Si tu m'avais envoyé par texto le programme de ta tournée, je n'aurais pas eu à traquer ton attachée de presse.

Mes épaules se sont détendues. Il était venu me voir. J'avais enfin fait quelque chose de bien.

— Je n'ai pas de portable. — J'ai posé ma main à plat et l'ai frottée sur ma cuisse.

Il a eu un sourire pincé. — J'ai vu aux infos que le tournage de la série commençait. Félicitations. Tu penses passer plus de temps à L.A., maintenant ?

J'ai cillé. Voulait-il vraiment qu'on se voie plus souvent ? — Pas vraiment. Je ne suis pas impliqué dans la série, à part comme consultant, ce que je peux faire par téléphone.

— Pas de rôle de producteur ? — Son regard était acéré.

— Non. — J'ai réprimé un frisson. Vivre à L.A., travailler sur la série… je ne finirais jamais mon livre. Pourquoi posait-il des questions sur la série ? On ne pouvait pas faire un placement de produit pour ses téléphones dans une série de fantasy.

— Tu devrais négocier ça la prochaine fois. Juste un petit conseil gratuit de ton père. — Il a eu un petit rire.

J'ai plissé les yeux en le regardant. Quel était son but ?

— Samantha. — Il s'est tourné vers elle. — Des projets hollywoodiens en vue pour vous ?

Ses joues ont rosi. — Non. Les gens du cinéma ont dit que les effets spéciaux seraient trop chers. Donc il n'y a que le livre.

— Ah. Alors vous rentrerez chez vous à San Francisco ?

— C'est exact. — Elle s'est adossée au canapé. Mais le pli entre ses sourcils, celui qui n'était pas là quand je l'avais rencontrée à San Francisco mais qui creusait son front depuis Columbus, est resté.

— Donc vous allez réintégrer l'entreprise familiale.

Elle a serré le chien contre sa poitrine. — P-pas vraiment. J'obtiens mon diplôme ce printemps et je prévois de poursuivre une carrière dans la recherche.

La recherche ? Pourquoi n'écrirait-elle pas d'autres livres ?

— Mais une fois qu'on est une Jones, on est toujours une Jones, n'est-ce pas ? — Mon père s'est penché en avant.

Elle s'est recroquevillée comme un hérisson, et ses mots sont sortis dans un couinement. — J'imagine ?

Voir la confiance de Sam s'effondrer avait transformé ma fierté et mon excitation de voir mon père en une irritation bouillonnante. J'ai tiré sur le col de ma chemise en flanelle.

— Écoutez, — a-t-il dit, — ça fait un mois que j'essaie d'obtenir un rendez-vous avec votre frère Jackson. Nous avons développé un appareil portatif pour les usines, et associé au logiciel de Synergy, ce serait un coup de maître à proposer aux constructeurs automobiles. Vous pouvez l'appeler, faire en sorte que ses collaborateurs contactent les miens.

Mes yeux se sont écarquillés. C'était donc *pour ça* qu'il m'avait — nous avait — poursuivi jusqu'à Nashville ? Pour demander à Sam de vendre une affaire à son frère ?

Je me suis levé d'un bond. — Non.

— Quoi ? — Mon père s'est adossé et a ouvert les paumes. — C'est gagnant-gagnant. Jackson a une nouvelle façon de vendre son logiciel, je vends plus d'unités. Je donnerai même une part du gâteau à Samantha. Une commission d'apporteur d'affaires, on appellera ça comme ça.

Est-ce que Sam voulait une commission d'apporteur d'affaires ? Sa garde-robe de jeans délavés et de t-shirts pendant la tournée ressemblait plus à celle d'une artiste fauchée qu'à celle d'une héritière de la tech. J'avais supposé qu'elle essayait de se fondre dans la masse. Mais si quelque chose était arrivé à son argent ? Je n'avais certainement jamais vu un centime de la fortune de mon père. Non que j'en aie voulu. Tout ce que j'avais désiré, c'était son attention.

Sam s'est levée, serrant son chien contre sa poitrine. — Non, merci, Monsieur Swift. Je ne veux pas m'en mêler. Jackson dirige son entreprise comme il l'entend. — Elle lui a adressé un sourire tendu. — Passez une bonne soirée. — Elle a remis ses sacs sur ses épaules et a tendu la main vers sa valise.

— Attends, Sam. Je viens avec toi. — Je me suis tourné vers mon père, qui s'était levé. Il était grand, mais j'étais plus grand. J'ai repoussé le petit garçon qui avait cherché l'insaisissable approbation de son père. — J'ai l'habitude que tu me traites comme de la merde. Mais n'essaie plus jamais de te servir de moi pour atteindre mes amis. C'est compris ?

— Tu fais une erreur. Elle aussi. — Ses yeux vert émeraude brillaient.

— Je ne crois pas. Je crois que tu as fait une erreur en venant ici. — J'ai attrapé les deux valises et me suis dirigé d'un pas décidé vers la réception pour nous enregistrer. Mon corps vibrait comme si j'avais été frappé par la foudre.

Sentant Sam à mon coude, j'ai marmonné : — Ça va ?

— Ouais. Et toi ?

— J'imagine. — Je me suis frotté la poitrine, juste à l'endroit qui me faisait mal parce que j'avais découvert — encore une fois — que mon père n'en avait rien à foutre de moi.

— Tu as été super, de lui tenir tête. Ça a dû demander beaucoup de courage.

— J'aimerais... — Je me suis arrêté. Sam était branchée technologie comme lui. Elle ne comprendrait pas.

Mais elle a levé vers moi ses yeux d'un autre monde, les mêmes qui m'avaient ensorcelé tous ces mois auparavant lors de cette collecte de fonds où aucun de nous n'avait sa place, et a posé sa main sur mon avant-bras. Des étincelles ont parcouru tout mon bras jusqu'à ma poitrine et ont fait s'emballer mon cœur. Elle a demandé : — Qu'est-ce que tu aimerais, Niall ?

Ce devait être un sort qu'elle m'avait jeté, car ma bouche s'est ouverte et j'ai dit : — Qu'il soit venu pour moi. — La dernière fois que j'avais dit ça, j'avais dix ans et je pleurais sur l'épaule de ma mère parce que le Père Noël n'avait pas ramené mon père à la maison pour Noël. Je ne l'avais jamais, au grand jamais, dit à un autre adulte. Pas même à Gabi.

Sam s'est hissée sur la pointe de ses rangers et a passé ses bras autour de mes épaules. La force de son étreinte m'empêchait de respirer. Ou peut-être que c'était l'odeur boisée de ses cheveux. Quand j'ai baissé la tête pour suivre ce parfum, elle a murmuré à mon oreille : — Paul Swift est un connard qui ne te mérite pas.

Un rire surpris a jailli de ma poitrine, et je l'ai serrée contre moi en retour. — Merci.

Elle n'a pas relâché son étreinte tout de suite, et je me suis permis de savourer ce moment de connexion humaine. J'ai dû me pencher un peu, mais nous nous emboîtions parfaitement, sa tête contre mon épaule, sa colonne vertébrale courbée pour que son torse se presse contre le mien. Les picotements se sont propagés de mon cœur jusqu'au bout de mes doigts. Pouvait-elle les sentir aussi, là où mes mains picotaient contre son dos ?

Peut-être bien, car elle s'est doucement dégagée de mes bras. Elle a penché la tête pour s'occuper de la caisse de transport de Bilbo, mais sa poitrine se soulevait tout comme la mienne, comme si nous venions de courir au lieu de rester immobiles dans le hall de l'hôtel.

Courir. C'était exactement ce dont j'avais besoin pour dissiper cette étrange énergie.

L'employé de la réception nous a tendu les cartes-clés et j'ai suivi Sam vers les ascenseurs, traînant nos bagages.

Qui diable était ma partenaire de tournée ? Ce n'était pas la mondaine écervelée que Gabi avait essayé de dépeindre. Elle n'était pas une femme d'affaires de la tech comme mon père le pensait. Elle était intelligente. Indépendante. Et douce comme un lit chaud par une nuit de neige. Si elle n'avait pas été ma partenaire de tournée, je lui aurais demandé de prendre un verre avec moi, et nous aurions discuté jusqu'à ce que je la cerne.

Mais elle était ma partenaire de tournée. Et bien que ma peau ait de nouveau picoté quand elle m'a tendu ma carte-clé, je l'ai maladroitement insérée dans la porte et suis entré seul dans ma chambre.

15

SAM

J'AI LAISSÉ l'eau chaude couler sur ma peau, pour tenter de me réchauffer de l'extérieur. Nashville n'était pas aussi glacial que Chicago, mais il y faisait quand même plus froid et plus sec que ce à quoi j'étais habituée. Et puis, il y avait ce qui me glaçait de l'intérieur : lire devant des inconnus, la peur de buter sur les mots et de les entendre rire. Sans parler du rappel de Paul Swift que je n'étais bonne qu'à établir des connexions techniques. Comme un routeur.

Il avait traité son fils de la même manière. Il s'était servi de lui, aussi. Je savais ce que ça faisait de n'être qu'une monnaie d'échange pour un parent. Il avait tenu tête à Paul comme j'aurais aimé pouvoir tenir tête à ma mère. À Heidi. Et au Dr Martell. J'avais serré Niall dans mes bras par admiration.

N'importe quoi. Ce n'était pas l'admiration qui avait fait durcir mes tétons contre sa poitrine.

J'ai versé mon shampoing au romarin dans ma main et je l'ai massé dans mes cheveux. L'attirance que j'avais ressentie m'avait prise par surprise. Si je ne lui avais pas menti, Niall aurait pu être un bon ami. Gentil. Prévenant. *Regarde-moi. Tout ira bien.*

Bien ? Pas vraiment. Encore quatorze jours à être exposée,

dans des chambres inconnues, à respirer l'air des avions et à entendre les clics stridents des appareils photo. Je me suis rincé les cheveux en frottant comme si je pouvais tout effacer : le picotement du grésil sur mes joues, les regards des inconnus, le frôlement de la main de Niall qui avait fait naître la chair de poule sur ma peau.

Les aboiements aigus de Bilbo Baggins m'ont surprise.

— Hé, Bilbo Baggins, ça va. J'ai presque fini, ai-je crié à travers la porte ouverte de la salle de bains. Je ne pouvais pas le laisser aboyer trop longtemps. Le directeur de l'hôtel qui nous avait enregistrés avait lancé un sale regard à Bilbo Baggins. Il avait dit qu'ils n'acceptaient pas les animaux, mais qu'ils feraient une exception pour mon animal d'assistance tant qu'il se comporterait bien.

Mais Bilbo Baggins avait oublié cet avertissement, et il jappait à s'en faire péter les poumons. J'ai coupé l'eau et enroulé une serviette autour de moi avant de sortir dans la chambre.

Bilbo Baggins a encore glapi et a gratté à la porte. Merde, il allait la griffer, et alors on aurait des ennuis. Je me suis dirigée vers lui d'un pas décidé. — Ça va, mon petit pote. Ce n'est pas un intrus. C'est juste notre dîner. Quand j'avais passé la commande, j'avais tapé dans les commentaires qu'ils devaient la laisser devant ma porte sans frapper, pour cette raison précise. Mais ils ne lisaient pas toujours les commentaires.

J'ai ramassé Bilbo Baggins et ouvert la porte pour prendre la nourriture. La nourriture n'était pas sur la moquette du couloir. Seulement une paire de baskets. Des chaussettes basses. Une paire de mollets musclés, des gouttes de sueur perlant à travers la forêt de poils auburn. Un short de sport en nylon, plutôt long mais assez court pour dévoiler le bas d'une paire de quadriceps bien dessinés.

Un T-shirt, humide et collant à son torse. Et est-ce que c'étaient… mon regard s'est arrêté là… des abdos ? Le T-shirt n'était pas assez moulant pour que je puisse les compter, mais il y avait du relief. C'était certain.

Et putain, ces pecs. Carrés, les tétons pointés. De chaque côté, les manches pouvaient à peine contenir les biceps qui bombaient en dessous. Est-ce que tous les livreurs de Nashville étaient aussi baraqués ? Ma peau a frémi. Si c'était le cas, je pourrais rester un moment. Et commander beaucoup de plats thaïs.

Un raclement de gorge m'a rappelé qu'il y avait une personne dans le couloir, pas seulement un mannequin de fitness sexy. J'ai levé les yeux vers son visage.

— Je... euh... je ne savais pas si vous saviez... euh... votre serviette... Je veux dire, votre repas. Votre repas est là. Le visage de Niall était devenu aussi rouge que ses cheveux. Quand il a tendu le sac en plastique vers moi, les muscles de son avant-bras ont sailli. J'en ai eu l'eau à la bouche, et pas à cause de l'arôme de mes nouilles à l'ivrogne.

Je le lui ai pris, mais je fixais toujours son avant-bras nu. Je n'avais vu ses bras que recouverts par ces chemises à carreaux qu'il portait toujours. Je n'avais aucune idée qu'il cachait tout... ça. Il était beau dans son costume à cette collecte de fonds quand je l'avais rencontré pour la première fois, mais maintenant ? Délicieux. Mes doigts ont accidentellement frôlé les siens, et j'ai senti une décharge jusqu'au plus profond de mon être.

Sa poitrine s'est soulevée brusquement. — Tu réponds toujours à la porte en serviette ? Sa voix était rauque.

— Je pensais que... peu importe. Bilbo Baggins aboyait.

— Tu devrais faire attention. Il a détourné son regard de mon torse – avait-il fixé Bilbo Baggins ou ma poitrine couverte d'une serviette ? – vers mon visage. — Ce chien ne va pas te protéger de quelqu'un qui a de mauvaises intentions.

J'ai serré Bilbo Baggins contre ma poitrine, maintenant la serviette en place. — Il n'y a que toi à ma porte. Tu as de mauvaises intentions ?

Il s'est léché la lèvre inférieure. — Non. Ses taches de rousseur avaient disparu sous sa peau rougie.

Je me suis appuyée contre le cadre de la porte, laissant le sac de nourriture pendre à mes doigts. Mon dernier coup d'un soir remontait à un moment. Avec Kyle. D'accord, c'était une mauvaise idée. Mais en général, les coups d'un soir, c'était génial. Tout le plaisir, sans la vulnérabilité. — Tu es sûr ?

— Non. Je veux dire oui ! J'en suis sûr. Jamais je ne le ferais. Pas avec… Il a marmonné quelque chose qui ressemblait à *inapproprié.*

— Vraiment ? Je ne voyais rien de si inapproprié. À part le fait que j'étais presque nue sur le pas de la porte. La serviette, trempée en haut par mes cheveux mouillés, s'est relâchée sur ma poitrine. J'ai posé la nourriture pour avoir une main de libre afin de la maintenir fermée.

Son regard a suivi ma main un instant puis est remonté brusquement vers mes yeux. — Sam, je te respecte. Tu es ma collègue. Je sais qu'il y a eu des cas de harcèlement sexuel dans le monde de l'édition, but je ne suis pas un de ces mecs.

J'ai plissé le nez. — Je ne parle pas de harcèlement sexuel. Je parle de deux adultes consentants qui se grattent là où ça démange. La démangeaison de la taille de Niall que j'avais depuis que je l'avais serré dans mes bras plus tôt. Il s'était montré correct avec moi. Qu'est-ce qu'on s'en fichait de cette stupide dédicace ?

Il ne me ferait pas de mal. Il ne le pouvait pas. Je ne le laisserais pas faire. Une tournée promotionnelle avec des avantages, ce n'était pas comme coucher avec mon collègue de bureau. Juste un peu de sexe occasionnel à l'hôtel et puis, bam, deux semaines plus tard, c'est fini, et je ne le reverrais plus jamais. Pas de sentiments compliqués. En fait, plus j'y pensais, plus l'idée me plaisait. Est-ce que la boutique de l'hôtel vendait des préservatifs ?

— Mais tu es ma partenaire de tournée. Je ne pourrais pas…

— Quoi, tu es une sorte de moine ? Ou du genre pas de sexe avant le mariage ? Ton corps est un temple et tout ça ? Le truc du temple fonctionnait bien pour lui. Je voulais y entrer nonchalamment et m'étaler sur son autel. J'ai serré les cuisses.

— Non, ce n'est pas ce que je… Je pense que nous devons maintenant nos limites. Il s'est frotté la main sur le torse, faisant pointer ses tétons. Quel aguicheur. Les miens ont fait de même par sympathie.

— Des limites. D'accord. J'ai haussé les épaules, agrippant fermement la serviette. Son corps disait peut-être oui, mais il avait dit non, et je devais respecter ça. J'avais apporté mon vibromasseur et plein de piles. J'ai examiné son corps en sueur post-entraînement une dernière fois, l'enregistrant dans ma banque à fantasmes. En respectant ces limites, tu sais. — Tu pourrais être coach sportif en parallèle. Les gens paient cher pour ressembler à… J'ai brièvement lâché la serviette pour faire un geste vers son corps. — … tout ça. Tu as pensé à faire des vidéos sur TikTok ?

— Sur quoi ?

— TikTok. C'est drôle, il n'avait pas l'air si vieux. — Tu sais, la plateforme de partage de courtes vidéos ?

L'expression ahurie sur son visage m'a dit qu'il ne connaissait pas. — Je ne fais pas vraiment de sport, à part courir quand je suis en tournée. Travailler à la ferme me maintient en forme.

Merde, maintenant j'allais fantasmer sur lui en train de lancer de grosses bottes de foin. Ooh, ou avec ces gros quads serrés autour des flancs haletants d'un cheval. Bien que ce serait dommage de les couvrir avec un jean. Peut-être un kilt, comme Jamie dans *Outlander* ? Mmm, oui. J'ai serré les cuisses plus fort. Il faudrait que je m'occupe de ces besoins d'abord, avant de dîner.

— Bon, s'il n'y a rien d'autre, je devrais probablement, euh… J'ai incliné la tête vers ma chambre.

— Oh. C'est vrai. Le premier événement demain est à midi. On se retrouve dans le hall à onze heures ?

— Bien sûr. Même si on avait déjà réglé tout ça pendant le trajet depuis l'aéroport.

— Bonne nuit. Bonne nuit, Bilbo. D'un doigt, il a caressé Bilbo Baggins sur le haut de la tête, juste entre les oreilles, là où il adorait. Ça a placé son doigt dangereusement près de ma poitrine. Pendant une seconde, j'ai imaginé ce doigt glisser jusqu'au bord de ma serviette, la faire tomber, avant qu'il ne presse son corps en sueur contre mon corps propre.

Waouh. Il fallait vraiment que je déballe ce vibromasseur.

— Bonne nuit, Niall. La serviette a un peu bâillé quand je me suis penchée pour ramasser mon sac à emporter, et je m'en suis fichée. J'ai laissé la porte se refermer derrière moi, occultant sa mâchoire pendante et ses pupilles dilatées. Ce petit jeu d'aguicheuse pouvait se jouer à deux.

16

NIALL

IL ÉTAIT BIEN TROP TÔT quand je me suis traîné hors de l'ascenseur de l'hôtel à Miami. Avais-je seulement dormi depuis Chicago ? Pas à Nashville, en tout cas. J'avais espéré que mon footing m'aurait suffisamment détendu pour écrire. J'attendais avec impatience une douche bien chaude et quelques heures avec mon carnet, mais j'avais ensuite dû frapper à sa porte.

J'aurais pu passer mon chemin. Elle savait probablement que son dîner était arrivé. J'avais voulu prendre de ses nouvelles. Non, je n'allais pas mentir, même pas à moi-même. J'avais voulu la voir. Loin du stress de la foule, j'avais voulu cataloguer quelques-uns de ses mouvements, les comparer à ce que j'avais imaginé pour Lobelia.

J'ai eu bien plus que ça. Deux jours plus tard, c'était encore gravé sur mes rétines, comme une image rémanente. Une étendue de peau pâle, à peine quelques tons plus foncée que la serviette blanche de l'hôtel. Des gouttelettes d'eau qui s'accrochaient encore à ses joues, à ses épaules, sur le dessus de ses pieds. Ses cheveux sombres, mouillés et non peignés, qui tombaient jusqu'à sa poitrine, que la serviette peinait à contenir. Et je l'avais dévisagée comme un pervers en marmonnant des mots comme *respect* et *limites*. Tout ce que je voulais, c'était lui arracher cette serviette, la plaquer contre la porte et l'embrasser jusqu'à ce qu'on soit tous les deux à bout de souffle.

Je me suis giflé le front pour chasser ces pensées lascives. C'était ma partenaire de tournée. Une novice dans le métier. Peu importait que les gens le fassent tout le temps. Niall Flynn, lui, ne faisait pas ça. Pas après l'exemple que mon père avait donné lors de ses voyages d'affaires. La route était pleine d'opportunités, mais une aventure en tournée n'était pas ce que je voulais. J'attendais quelque chose de vrai. L'engagement. Le respect mutuel. Le grand amour. Le « ils vécurent heureux », comme dans les contes.

Heureusement, j'avais canalisé mon énergie sexuelle dans l'écriture. J'avais rempli un carnet entier. Dommage que j'allais devoir tout relire et rayer tous les sous-entendus sexuels avant de l'envoyer à Gabi.

Un rire — non, un gloussement — a attiré mon attention. J'ai cligné des yeux. L'image mentale que j'avais de Sam ne correspondait pas à la femme qui était lovée sur un canapé dans le hall de l'hôtel, son chien sur les genoux et son téléphone tendu devant elle, en train de glousser.

Comme si j'étais sous l'effet d'un sortilège, je me suis approché. Sam était concentrée sur l'écran et ne m'a pas remarqué. Bilbo, si, et il s'est tortillé dans ses bras.

— Et là, j'ai craqué, a-t-elle dit, en fermant les yeux et en secouant la tête. Je lui ai dit qu'il devrait faire des vidéos de fitness sur TikTok !

Sam a écouté un instant. — Non, désolée, tu vas devoir te contenter des photos de presse. Il a refusé. Elle a haussé les épaules. — Ça m'a pris deux rounds avec mon lapin pour me calmer. Elle a marqué une pause, puis a de nouveau gloussé.

J'étais en feu. Ils allaient retrouver un tas de cendres et ma chemise en flanelle si je me laissais imaginer allongée sur le lit, la serviette jetée de côté, les jambes écartées, et...

Partenaire de tournée, Niall. Je ne serais pas un de ces mecs qui utilisent leur succès pour attirer une débutante. Je me suis raclé la gorge.

Quand elle a levé les yeux, ses joues ont rougi. Pas le rouge écarlate que devait arborer mon visage, mais un rose délicat, pétale de rose. — Oh. Salut, Niall. Viens dire bonjour à mon amie Marlee.

— Quoi ?

Elle a tapoté le coussin du canapé. — Je sais qu'on doit y aller. Ça ne prendra qu'une minute. Elle veut te rencontrer.

De la sorcellerie. Je me suis assis à côté d'elle.

— Plus près. Elle a retiré un de ses écouteurs, l'a essuyé sur l'ourlet de sa chemise, puis me l'a enfoncé dans l'oreille.

— … tellement beau ! La jolie femme blanche à l'écran a mis une main sur sa bouche. Sam ! Tu n'as pas… Bonjour, Monsieur Flynn. Ou devrais-je vous appeler Niall ?

Je lui ai offert mon sourire de photo. On pouvait être normaux. Je pouvais prétendre ne pas avoir entendu la version de Sam de leur conversation. — Enchanté de vous rencontrer, Marlee. Niall, c'est très bien. Si près de Sam, je pouvais sentir le romarin dans ses cheveux. Et une haleine de chien. Bilbo m'a léché le menton, et j'ai caressé sa fourrure soyeuse. Mon autre bras était coincé maladroitement contre mon flanc. Sam m'avait fait asseoir assez près pour qu'on apparaisse tous les deux à l'écran, et il n'y avait pas de place pour mon épaule. Je me suis tourné vers elle et j'ai posé mon bras le long du dossier du canapé. Son épaule s'est nichée contre ma poitrine comme si c'était sa place.

— Vous imaginez, Sam ne m'a même pas dit qu'elle écrivait un livre ? Elle faisait ses recherches de doctorat et son stage en même temps. Elle est incroyable, non ? Marlee a haussé les sourcils.

J'ai jeté un coup d'œil à Sam, qui pinçait les lèvres. — Incroyable. J'écrivais à plein temps et je n'avais pas produit un livre aussi révolutionnaire que le sien. Vous l'avez lu ?

— J'ai… euh… je l'ai commencé. Marlee a joué avec les pointes de ses cheveux avec la main qui ne tenait pas son téléphone. Ce n'est pas ce que je lis d'habitude.

— Tu devrais lire le livre de Niall, a dit Sam. Je lui ferai signer un exemplaire et je te l'apporterai à mon retour.

— Tu l'as lu ? Marlee a penché la tête sur le côté. Qu'est-ce que ça voulait dire ? Pourquoi Marlee était-elle surprise que Sam ait lu mon livre ? Je me suis tourné vers elle, mais son visage était devenu inexpressif.

— Je l'ai commencé. Tout le monde l'adore.

Oh. Elle le détestait. Mon visage a de nouveau brûlé. Au moins, je n'avais pas à m'inquiéter que Sam se reconnaisse dans Lobelia. J'ai jeté un œil à ma montre. — On doit…

— Je dois te laisser, Marlee. Dis bonjour à Tyler de ma part. Sam a souri à l'écran, mais elle avait l'air peinée.

— Je n'y manquerai pas. Appelle-moi ce week-end pour me dire comment ça se passe. Enfin, si tu n'es pas trop occupée à être des OTP. Marlee a pincé les lèvres et a remué les sourcils. Pas samedi matin ; c'est là que je vais voir papa. Enchantée de vous avoir rencontré, Niall. Elle a fait un signe de la main, et l'écran est devenu noir.

Sam a enfourné le téléphone dans l'une des nombreuses poches de son pantalon cargo et a tendu la main. J'y ai déposé l'écouteur. Elle les a de nouveau essuyés tous les deux avec sa chemise et les a laissés tomber dans une autre poche.

— Des OTP ? J'ai pris Bilbo de ses bras pour qu'elle puisse rassembler ses affaires.

Elle s'est affairée avec la caisse de transport du chien. — One couple idéal. Le couple idéal. Marlee est un peu fleur bleue.

— Elle pense que toi et moi sommes… J'ai pointé un doigt entre nous.

Elle s'est levée et m'a pris Bilbo. Quand elle a frôlé ma main, ma peau a frémi. — Elle en voit partout. Legolas et Gimli. Le Burger King et la sirène de Starbucks. Même Bilbo Baggins et le Corgi de ma voisine. Ce n'est rien.

— Rien, ai-je répété. J'étais content que Marlee ne soit pas là en personne pour voir la bosse dans mon jean après avoir entendu Sam parler de masturbation. Mais ce n'était qu'une réaction physique. Ça ne voulait rien dire. Certainement pas que nous étions faits pour être ensemble.

— Il est temps d'y aller, non ? Sans me regarder, elle s'est tournée vers la sortie.

— Absolument. Je n'allais plus penser à Sam de cette façon. Je ne pouvais pas. C'était ma partenaire de tournée, et nous allions être ensemble pendant encore deux semaines.

Elle n'était pas mon OTP.

Peu importe ce que mon corps en pensait.

17

SAM

NEW YORK. Le temps qu'on s'enregistre à l'hôtel après minuit, j'avais les nerfs à vif, bourdonnant comme la salle des serveurs de l'université. Mais le reste de mon corps se déplaçait comme si j'étais dans une baignoire de slime maison, le genre que Jackson, Andrew et moi faisions avec de la colle Elmer et du Borax quand Joelle était notre nounou.

On avait passé la journée à une convention de fantasy en Floride. Entre le fait de devoir surveiller les téléphones portables et leurs appareils photo, de me faire étreindre par des inconnus en spandex ou en fausse fourrure, et Niall qui m'aspergeait les mains de gel désinfectant toutes les quelques secondes en me rappelant les dangers de la « crève de convention », mon pare-feu était en panne. Je me sentais trop ouverte, trop exposée.

Tandis que je glissais le passe dans ma poche, j'ai demandé au réceptionniste : — Pourriez-vous demander au bagagiste de monter ma valise ? J'ai besoin de sortir mon chien.

Le voyage depuis la Floride avait épuisé ce pauvre Bilbo Baggins. Il clignait lentement des yeux en me regardant. Mais s'il ne sortait pas maintenant, il allait se réveiller à une heure indécente du matin, même si on n'avait pas à se lever tôt pour un événement le lendemain.

— Il est presque une heure du matin. Tu ne peux pas sortir seule dans New York. — Niall avait dû forcer sur sa voix à la convention. Elle était rauque comme du gravier, et cela a fait naître une chaleur dans mon ventre.

Oui, sa façon de prendre soin de moi à la convention m'avait un peu trop rappelé Mère. Mais c'était aussi assez adorable d'écouter ses avertissements terribles sur le fait de ramener trop de goodies. Puis, quand il était monté sur scène et avait dit des choses brillantes sur les livres, j'avais eu un petit coup de chaud, si vous voyez ce que je veux dire, et ce n'était pas à cause de la chaleur de la Floride. Dommage que j'aie été trop fatiguée pour y faire quoi que ce soit. J'allais promener Bilbo Baggins puis m'effondrer la tête la première dans des draps blancs et propres.

— Bien sûr que si. J'ai un chien de garde juste ici. Tu me protégeras, hein, Bilbo Baggins ?

Il s'est roulé en boule sur la moquette de l'hôtel.

Haussant les sourcils, Niall a croisé les bras. — Ce chien tient plus du chat que de Cujo.

— Il garde juste son énergie pour toute la protection qu'il va assurer. Allez, Bilbo Baggins. — Je l'ai ramassé et j'ai attrapé un sac en plastique dans sa caisse de transport.

Une fois dehors sur le trottoir luisant de pluie, je l'ai posé par terre. Je me suis étirée, aspirant l'odeur d'ozone et de gaz d'échappement des taxis. L'orage qui venait de passer avait laissé de lourds nuages filant d'ouest en est au-dessus de nos têtes, leur partie inférieure rougeoyant des lumières de Manhattan.

Bilbo Baggins a reniflé une bouche d'incendie. Je m'assurerais de l'emmener à Central Park demain — oups, plus tard dans la journée — pour qu'il puisse jouer avec d'autres chiens. C'était un extraverti, contrairement à moi.

Il s'est immobilisé, penchant la tête pour écouter les pas lourds qui résonnaient sur les bâtiments de pierre derrière nous. Ses pattes maigrelettes tremblaient.

Je savais qu'il ne fallait pas montrer sa peur dans les rues de la ville. — Concentre-toi, Bilbo Baggins. Fais tes besoins pour qu'on puisse aller se coucher. — J'ai tiré sur sa laisse et me suis arrêtée devant un arbre à l'air triste qui poussait sur une petite parcelle de terre sur le trottoir. Bilbo Baggins l'a reniflé, essayant d'évaluer s'il était digne de sa pause pipi. Puis il a levé la tête, a lâché un unique jappement, et a pressé son corps minuscule contre ma jambe.

J'ai jeté un coup d'œil par-dessus mon épaule. Une silhouette sombre et imposante rôdait à quelques mètres. J'aurais aimé laisser Marlee me convaincre d'apporter une bombe lacrymogène. — On y va, Bilbo Baggins.

Je l'ai traîné jusqu'à l'arbre suivant. La silhouette nous a suivis. Une lueur cuivrée a brillé sous un lampadaire.

J'ai soupiré, la tension retombant de mes épaules. — Arrête de rôder comme ça, ai-je lancé. Tu nous as presque fait peur.

Niall s'est approché, lentement. — Tu devrais avoir peur, ici, au milieu de la nuit.

Dès qu'il a parlé, Bilbo Baggins s'est mis à frétiller de tout son corps, dansant jusqu'à ce que Niall se penche pour le gratter entre les oreilles.

— Il y a des gens partout. — J'ai fait un signe à un trio de femmes de l'autre côté de la rue, qui titubaient sur leurs talons hauts. — Et il a peut-être l'air amical maintenant, mais Bilbo Baggins est féroce quand on le menace.

Niall a reniflé. — C'est pour ça que tu l'as amené ? Pour te protéger ? — Comment pouvait-il encore sentir le cyprès et l'eucalyptus après avoir été étreint par tous ces cosplayeurs en sueur ?

— Ha-ha. Je n'ai pas besoin de protection. Je ne pouvais pas le laisser dans un chenil. Sa place est avec moi. C'est mon meilleur ami.

— Tu veux dire comme « le meilleur ami de l'homme » ?

— Non. — J'étais trop fatiguée pour rire et raconter ce mensonge. — Je veux dire, c'est lui qui a été là pour moi à travers… tout. — J'ai fait un vague geste de la main pour exprimer le stress de trois ans d'études supérieures, mes frustrations avec CASE, et le fait de devoir gérer les attentes de Mère. Bilbo Baggins n'attendait jamais rien de moi à part des croquettes et une place à mes côtés. Et ses yeux marron globuleux étaient pleins d'amour, que j'aie fait une brillante découverte en IA ou que j'aie complètement échoué dans tout ce que j'avais tenté ce jour-là. J'aurais aimé l'avoir à l'université, quand ça a explosé avec Stephen.

Bilbo Baggins avait fait ses besoins, et je me suis penchée pour les ramasser. Niall s'est accroupi et a tendu son poing. Bilbo Baggins a trotté vers lui, a reniflé sa main, et lui a léché une articulation. Tandis que Niall le grattait derrière les oreilles, Bilbo Baggins a remué la queue et fermé les yeux.

Bon sang, j'en voulais aussi. Mais à part la main dans mon dos lors de la première séance de dédicaces à Chicago, Niall ne m'avait pas touchée intentionnellement. Pas même une poignée de main. Les gens du Midwest n'étaient-ils pas censés être démonstratifs ? Il avait bien étreint Qiana le premier soir, à Columbus.

Mais il ne voulait pas me toucher.

L'épuisement m'a frappée comme une vague dévastatrice. J'aurais pu ramper sur les premières marches venues et y faire une sieste. J'ai noué le sac et me suis tournée vers l'hôtel. — Allons-y.

Niall s'est relevé et s'est mis à marcher à côté de moi. Bilbo Baggins avait d'autres idées en tête. Confiant maintenant avec Niall comme protecteur, il avançait à pas d'escargot, reniflant des bouts de détritus sur le trottoir. À ce rythme, il nous faudrait une demi-heure pour parcourir les deux pâtés de maisons jusqu'à l'hôtel.

— Toi aussi, tu as un chien, n'est-ce pas ? — Je me souvenais de celui sur sa photo d'auteur au dos de son livre. — Un grand, foncé et poilu ?

Il a souri, ses dents étincelant sous le lampadaire. — Un lévrier irlandais. Thorin Oakenshield.

J'ai ri, le son surprenant la rue calme. — Quelle coïncidence.

— Pas vraiment. Toi et moi, on est tous les deux fans de Tolkien. C'est logique qu'on donne à nos animaux de compagnie le nom de nos personnages préférés.

— J'imagine, que oui. — J'ai baissé les yeux vers Bilbo Baggins au cas où mon expression me trahirait. Je pensais presque toujours à Papa juste avant d'aller me coucher. Je me souvenais de la façon dont je me blottissais contre sa large poitrine, ses pieds en chaussettes noires dépassant du bord de mon lit une place étroit, le livre sur mes genoux. Il restait assis en silence, me laissant lutter pour déchiffrer les mots avant que je ne les crie en triomphe. D'autres fois, quand l'école ou Mère avaient été trop dures, il les lisait lui-même, sa voix basse et régulière tissant des contes de guerriers, d'aventuriers, et d'un cambrioleur.

— Ça va ? a demandé Niall. J'étais pourtant sûr que si je parlais de Tolkien, tu aurais quelque chose à dire.

J'ai grincé des dents, me souvenant de cette première séance de dédicaces où je n'avais pas su comment répondre à la question sur l'inspiration. Depuis, j'avais appris à parler de Tolkien. Ce n'était même pas vraiment un mensonge. J'avais chargé *Le Hobbit* et la série du *Seigneur des Anneaux* dans CASE pour lui apprendre le langage. Bien que la réponse semble trouver un écho auprès des lecteurs, je ne me sentais pas moins une imposture pour autant. — Je suis juste fatiguée.

— Alors, mettons-toi au lit. Ton lit, je veux dire. Seule. Merde, a-t-il marmonné. Il a sifflé, un son perçant dans la rue silencieuse. — Allez, Bilbo.

Bilbo Baggins a trotté vers nous, et nous avons marché plus vite en direction de l'hôtel.

Tandis que nous passions devant la cathédrale Saint-Patrick, Niall a demandé : — Tu es déjà venue à New York ?

— Quelques fois. — Papa venait pour le travail, et quand un voyage coïncidait avec des vacances scolaires, parfois on y allait tous ensemble. Après que Mère a épousé Charles, je suis venue une fois avec eux, mais j'avais refusé leur invitation suivante.

— Tu as des projets pendant que tu es ici ? Quand on n'a pas d'événements ?

— Central Park. J'y emmènerai Bilbo Baggins demain.

— Et le shopping ? Les musées ? Les spectacles ?

— Pas vraiment adapté aux chiens. Bilbo Baggins et moi n'avons pas passé beaucoup de temps de qualité ensemble cette semaine, alors je veux me rattraper.

Enfin, nous avons franchi la porte automatique et sommes entrés dans la lumière du hall de l'hôtel. Niall a dit : — J'aime aussi les parcs. Si tu as besoin d'un… d'un compagnon, fais-moi signe. Je lance bien la balle de tennis.

La porte de l'ascenseur était déjà ouverte, et nous sommes entrés. Niall a appuyé sur le bouton de notre étage. J'avais arrêté de m'interroger sur toutes ces chambres voisines. Ça devait être une politique de Happy Troll.

— Merci pour la proposition. Je vais y réfléchir.

Il a souri, mais ses yeux étaient vitreux de fatigue. Il s'était levé tôt ce matin — hier matin — pour une interview téléphonique. La tournée était tout aussi dure, sinon plus, pour lui. Les attentes étaient plus élevées pour lui que pour une novice. De plus, il était chargé de devoir me coacher à travers ces misérables séances de questions-réponses.

Les portes se sont ouvertes à notre étage, et j'ai sorti le passe de ma poche. — Eh bien, bonne nuit.

Il m'a accompagnée jusqu'à ma porte. — Juste… jette un coup d'œil à l'intérieur. Vérifie que ton sac est bien là et que tout va bien.

— Vraiment ? — Il me protégeait depuis ce premier jour à Chicago, mais là, c'était autre chose. — On a dormi dans des hôtels toutes les nuits cette semaine. Je suis sûre que tout va bien.

— C'est New York. Fais-moi plaisir. — Il s'est appuyé contre le mur.

J'ai ouvert la porte. Jusqu'où allait cette fibre protectrice ? — Tu veux entrer ?

Ses yeux ensommeillés se sont écarquillés. Merde ! On aurait dit que je l'invitais à entrer pour coucher avec lui. Ce qu'il avait clairement fait comprendre ne pas vouloir.

— Je voulais dire pour chercher des trolls ou des tueurs en série, peu importe ce que tu penses qui se cache sous le lit dans cette effrayante ville de New York. Pas, genre, pour un dernier verre. Est-ce que les gens font encore ça ? Tu penses qu'il y a un minibar ici ?

Il s'est décollé du mur avec un souffle qui aurait pu être un rire ou de l'exaspération. — Avec les prix à New York, tu serais peut-être plus en sécurité avec les trolls qu'avec le minibar. — Il a fait deux pas dans la pièce et a enfoncé ses mains dans ses poches, comme pour éviter de toucher quoi que ce soit dans mon espace. La porte s'est refermée avec un bruit sourd et un déclic.

La chambre était minuscule, avec juste assez d'espace pour un lit double, une salle de bain compacte et un placard peu profond. J'ai lâché la laisse de Bilbo Baggins pour qu'il puisse renifler les lieux et j'ai jeté mon manteau sur le lit. J'ai ouvert la porte du placard. Rien que des cintres vides et l'un de ces petits coffres-forts à clavier. J'ai allumé la lumière de la salle de bain et j'ai même tiré le rideau de douche. Ensuite, j'ai vérifié la serrure de la porte communicante.

Ce n'est qu'en me retournant et en voyant Niall me regarder que je me suis souvenue que c'était la porte de sa chambre. Mes joues ont chauffé. — Désolée, je…

— Ce n'est rien. La tournée, c'est beaucoup de promiscuité. On a besoin de limites.

La chambre était trop petite pour des limites. Il la remplissait de sa grande carrure, de sa flanelle et de ce parfum boisé qu'il portait.

— Je suppose que la voie est libre, alors, ai-je murmuré, ne voulant pas troubler le calme nocturne.

— Bien. — Il s'est gratté le menton, le son râpeux résonnant dans la petite pièce. Les manches retroussées de sa chemise à carreaux exposaient les poils roux dorés sur son avant-bras. La flanelle avait l'air douce. Les poils aussi.

L'instant d'après, je touchais son bras. Juste un doigt traînant à travers la forêt de poils souples de son coude à son poignet. C'était aussi soyeux que je l'avais imaginé. La sensation a remonté le long de mon bras pour réchauffer ma poitrine.

Je me suis figée. — Désolée, je…

— Ce n'est rien. Tu peux me toucher.

Goulûment, j'ai glissé le bout de mon doigt sur le dos de sa main et j'ai tracé le contour de ses articulations.

Il a retourné sa main, exposant sa paume. Ce côté de sa main était dépourvu de taches de rousseur, mais il était cerclé de callosités qui accrochaient mes doigts. Quand j'ai tracé un chemin sur la peau lisse à l'intérieur de son poignet, il a frissonné.

Il a déplié son autre bras et l'a levé lentement. Il a posé sa main sur mon épaule par-dessus mon t-shirt, ses doigts se recourbant le long de mon omoplate. — Ça va comme ça ?

— Oui. — S'il serrait un peu plus fort, ça pourrait peut-être dénouer le nœud de stress que je portais sur mes épaules depuis que j'avais vu cette personne déguisée en Le Magicien à la convention.

Au lieu de ça, sa main a glissé dans mon dos, sous ma queue-de-cheval, jusqu'à ma nuque. J'ai frissonné.

— Toujours bon ?

Sa main était chaude, presque brûlante, sur mon cou. Il a pressé, soulageant les muscles tendus. Des picotements de soulagement ont parcouru mon dos. J'ai hoché la tête.

Il a retiré son autre main de la mienne et, d'un doigt, il a relevé mon menton. De si près, les poils de sa barbe sur ses joues et son menton scintillaient d'or dans la douce lueur de la lampe. Ses lèvres étaient du rose tendre des chaussons de danse. Je détestais le cours que Mère m'avait forcée à suivre, mais j'adorais ces chaussons.

Si confortables. Si moelleux. Si désirables.

Quand je me suis mise sur la pointe des pieds, mes bottes ont grincé. Pourtant, je n'étais pas assez grande pour atteindre sa bouche. Son incroyablement grande bouche. Il devrait se pencher pour me rencontrer.

Comme il ne le faisait pas, j'ai détaché mon regard de ces lèvres satinées et j'ai vérifié ses yeux. Je m'attendais à ce qu'ils soient fixés sur mes lèvres. Non, Niall Flynn ne pouvait pas être aussi transparent que les mecs avec qui j'étais sortie à l'université. Au lieu de ça, il me regardait droit dans les yeux, des émotions que je ne pouvais pas lire tourbillonnant derrière le vert tacheté d'or.

Il a laissé tomber sa main et a reculé jusqu'à ce que son dos heurte la porte. Mon menton a regretté le soutien de son doigt, et ma nuque refroidie s'est couverte de chair de poule.

— Je… je serai juste à côté, a-t-il dit.

Je me suis affaissée contre le mur. — Oh. D'accord.

Avant même que j'aie fini de parler, la porte s'est refermée derrière lui. Bilbo Baggins a reniflé, s'est réveillé et a laissé échapper un demi-aboiement ensommeillé.

J'ai cligné des yeux avec force et j'ai secoué la tête. Au lit. J'étais fatiguée. C'était pour ça que j'avais mal interprété les signaux et que j'avais essayé de l'embrasser.

Il n'était pas intéressé. Pas par moi. Comme tous les autres, il avait besoin de quelque chose de moi. Que je fasse une performance lors des séances de dédicaces. Comme Mère avait besoin que je fasse une performance lors de ses événements sociaux.

Et, en vérité, j'avais aussi essayé d'obtenir quelque chose de lui. Satisfaire une envie. En toute sécurité, sans risque de développer des sentiments ou de vouloir plus. Parce qu'il restait moins de deux semaines de tournée. Comme cette chambre d'hôtel, il n'y avait pas de place pour autre chose.

J'ai ouvert ma valise et j'en ai sorti un pantalon de pyjama. Après m'être changée, j'ai tendu la main pour caresser la porte communicante, celle qui menait à la chambre de Niall. Je l'ai imaginé l'ouvrir pour trouver sa silhouette carrée l'encadrant, appuyé contre le montant, les yeux mi-clos comme ils l'étaient avant que je le touche.

Non. Je me suis laissée tomber sur le lit. L'épuisement avait abaissé mes inhibitions, m'avait fait croire que Niall voulait m'embrasser. Bien sûr que non. Il était fait pour la consommation publique, se prélassant sous les flashs des appareils photo. Il avait besoin de bling-bling à son bras, pas de quelqu'un qui portait des pantalons cargo et des t-shirts informes et qui se cachait derrière son chien. Il n'avait pas besoin de quelqu'un qui détournait le visage des photos, qui préférait la solitude d'un laboratoire informatique aux premières de films bondées.

De plus, j'avais des secrets. Des secrets que je risquais de révéler si je laissais Niall s'approcher trop près. Des secrets qui seraient désastreux pour la tournée, pour CASE, pour mon avenir. Ouvrir cette porte était quelque chose que je ne pourrais jamais faire.

Je me suis glissée sous les couvertures, mais aussi fatiguée que je sois, mes yeux refusaient de se fermer. Ma jambe a heurté mon sac d'ordinateur.

Me redressant, j'ai fouillé à l'intérieur et j'en ai sorti l'exemplaire de poche de *Secrets des Elfes des Bois,* celui que Niall m'avait dédicacé à Chicago. Je l'ai ouvert à la première page du chapitre 2, et quand les lettres ont cessé de tourbillonner, je me suis mise à lire.

18

SAM

J'AVAIS MAL AUX DOIGTS. Ma signature — la fausse — s'était transformée en un gribouillis méconnaissable, où seules les lettres S et C restaient lisibles. Mais je faisais de mon mieux. Certaines de ces personnes avaient attendu dans la file pendant plus d'une heure. Elles ne savaient pas que le livre avait été écrit par une I.A. et que son autrice était plus fausse que la surface imitation bois de la table en stratifié.

La présence de Qiana m'aidait. Elle gérait la file d'attente de la librairie et imprimait les noms sur des post-it. J'adressais un sourire rapide à chaque personne, je copiais le nom noté par Qiana, puis je griffonnais *Sam Case*. Dix secondes. Quinze si la personne voulait dire quelque chose comme : « J'ai adoré votre livre » ou « C'est un plaisir de vous rencontrer. » Pas de selfies, s'il vous plaît et merci.

La file d'attente de Niall avançait beaucoup plus lentement.

Quand la dernière personne s'est éloignée, serrant contre elle ses quinze dollars de papier relié fraîchement dédicacé, Qiana s'est affalée sur la chaise en bois dur à côté de moi.

— Pas mal pour un dimanche après-midi.

À en juger par le large sourire sur le visage de Qiana, non seulement ce n'était « pas mal », mais c'était même plutôt bien.

— L'éditeur est satisfait des résultats de la tournée jusqu'à présent ? Nous avions besoin de chiffres de vente pour montrer à quel point le premier roman au monde généré par une I.A. avait été un succès. Avec ces données, Martell approuverait sûrement ma thèse.

— Satisfait ? Le Troll est aux anges. Le livre de Niall se vend bien ; il sera sur les listes de best-sellers la semaine prochaine. Mais tes ventes grimpent aussi. Tu as un excellent bouche-à-oreille.

— Un excellent quoi ?

— Bouche-à-oreille. Les gens disent à leurs amis à quel point ton livre est génial, et ils l'achètent.

J'ai serré le poing et étiré mes doigts endoloris. Les ventes étaient ce que Martell voulait pour prouver le succès de CASE. Parler à tous ces inconnus, prendre la parole en public, même la douleur dans mes mains, tout cela en valait la peine si j'obtenais mon doctorat au bout du compte. Mon cœur a fait un bond d'espoir.

— Tu t'amuses pendant la tournée ? a demandé Qiana en ramassant les stylos éparpillés sur la table.

— Euh… J'ai jeté un coup d'œil à Niall, mais il était occupé à discuter avec une fan. Il avait essayé de faire comme si les choses n'étaient pas bizarres entre nous. Ses mots avaient été les mêmes qu'avant : *Bonjour, Comment as-tu dormi ?* et *Qu'est-ce que Bilbo a pensé du parc ?* Mais ses sourires étaient ceux qu'il réservait aux photos, et il n'avait même pas frôlé mon épaule avec la sienne dans la voiture.

Qiana a gloussé. — Je sais, c'est un boulot harassant, surtout avec un planning aussi serré. As-tu eu un peu de temps pour toi, pour te détendre, regarder Netflix, te faire les ongles ?

Dans la maisonnée Jones-Hayes, se faire les ongles impliquait une visite au spa et précédait la torture d'un événement mondain en dentelle qui gratte ou en satin glissant. Et la dispute avec Mère sur le fait que le vernis à ongles noir devrait être approprié pour une soirée de gala, que je ne gagnais jamais. — Bilbon Sacquet et moi sommes allés au parc ce matin.

— Oh. Le petit Bilbon. Qiana a regardé au loin, vers le présentoir de livres de cuisine. — Et si tu venais à mon appartement après ? Ce n'est pas loin d'ici. Et il y a un resto indien à emporter juste à côté. C'est une tuerie.

J'avais hâte de me blottir contre Bilbon Sacquet dans mon lit à l'hôtel. J'avais moins hâte de m'atteler à mon autre tâche : les SMS mensongers. J'en devais un à Mère pour lui dire que le « road trip » se passait bien. Jackson m'avait envoyé un message, mais je ne l'avais pas encore lu. C'était à lui que je détestais le plus mentir. Au moins, je pouvais être honnête dans mon SMS au Dr Martell. Il savait déjà à quel point je ne voulais pas participer à cette tournée, et il ne s'attendait pas à ce que je mente en lui disant que ça me plaisait.

J'ai ouvert la bouche pour refuser son invitation — poliment, bien sûr — mais sous le rouge à lèvres de Qiana, son sourire était irrésistible. Ça n'avait pas l'air d'une invitation de pure forme du style *je-ne-sais-pas-comment-mettre-fin-à-cette-interaction*, mais plutôt d'une véritable ouverture… amicale ? Est-ce que Qiana voulait sérieusement être mon amie ?

Seulement parce qu'elle croyait que j'étais quelqu'un que je n'étais pas.

J'ai secoué la tête. — Non, je…

— Allez. Ce sera sympa. On va chiller. Et elle m'a fait des yeux de chien battu et une petite moue, comme si elle voulait vraiment que je vienne.

J'avais bien besoin de chiller. Surtout après ce quasi-baiser de la veille. Avoir une excuse toute trouvée pour éviter Niall serait parfait. — D'accord.

Qiana a tapé dans ses mains. — Fantastique ! J'ai une couleur corail bébé qui est trop claire pour moi mais qui sera sublime sur tes ongles. On peut y aller dès que j'ai fait le point avec Niall.

Une femme se tenait à côté de Niall, si près qu'elle avait dû violer sa bulle personnelle sanitaire. J'ai froncé les sourcils. Certes, il enlaçait ses fans, leur serrait la main, posait pour des photos avec eux, mais il y avait une sorte d'aisance entre Niall et cette femme. Et elle me disait quelque chose. De longs cheveux sombres bouclant sur ses épaules. Un tailleur magenta qui paraissait à la fois amusant et décontracté plutôt que rigide et étriqué. Des formes à n'en plus finir. Ses yeux bruns perçants démentaient son sourire éclatant et détendu.

Qiana la connaissait. — Gabriela ! Elle s'est dirigée vers elle, les bras ouverts, et a étreint la femme. Niall les dominait de sa taille, rayonnant.

Une amie, donc. Une petite amie ? Mon estomac s'est noué. Merde, pas étonnant qu'il se soit éloigné de moi hier soir.

— Sam. Viens rencontrer Gabi, a appelé Niall.

Mes bottes voulaient rester collées au sol, mais je n'ai pas pu résister aux sourires engageants de Niall et de Qiana. Je me suis forcée à sourire, à m'approcher, à tendre la main. — Je suis Sam.

La femme l'a saisie, sa main mate contrastant avec la mienne, toute pâle. — Gabriela Padrón. Je suis l'agente de Niall.

À en juger par la façon dont elle se tenait près de Niall, elle était plus que ça.

— Nous nous sommes vues à cette collecte de fonds pour l'alphabétisation à San Francisco, mais nous n'avons pas eu l'occasion de discuter. Gabriela m'a scrutée, non pas de la tête aux pieds, mais en s'attardant sur certains détails pendant quelques secondes, comme des papillons morts sur un plateau. — La tournée vous plaît jusqu'à présent ?

— Ça va. C'est fatigant.

— Mais Sam a été super, a dit Niall. Elle est géniale avec les lecteurs, surtout les enfants.

Le regard de Gabriela s'est attardé sur mon t-shirt de *L'Histoire sans fin*. Puis elle a souri comme si elle connaissait un secret et s'est penchée vers Niall. — Tout le monde n'a pas la chance de se laisser porter par le succès d'un écrivain du calibre de Niall.

Le front de Niall est devenu rose, puis la couleur a déferlé sur son visage. — Le livre de Sam marche très bien. C'est peut-être moi qui vais me laisser porter par son succès. Il a eu un petit rire que je ne lui avais jamais entendu faire. Comme si quelqu'un l'y forçait.

Qiana, Dieu la bénisse, a dit : — Sam et moi, on rentre chez moi. Je suppose que vous allez passer du temps ensemble ?

— Ouais, a dit Niall, puisqu'on est libres pour le reste de la soirée.

Le reste de la soirée ? Je détestais la façon dont Gabriela se drapait sur lui. Je m'attendais presque à ce qu'elle se frotte le visage contre lui, comme un chat. Ou peut-être qu'elle pisse en cercle autour de lui.

— Ça marche, a dit Qiana. Je passerai te prendre demain à dix heures.

Avec un vague signe de la main, Niall s'est retourné avec Gabriela et est sorti de la boutique.

— Waouh, a dit Qiana. Elle sort les griffes.

Donc, je n'avais pas inventé. — C'était quoi, ça ?

Qiana a fait un geste de la main. — Oh, elle protège juste son poulain. Elle veut s'assurer que la jeune nouvelle venue connaît sa place. Elle a souri. — Allons-y. Je meurs de faim.

Son poulain ?

Deux heures plus tard, Qiana m'a tendu le flacon de vernis à ongles corail. Je l'ai regardé en fronçant les sourcils. — Tu n'as rien de moins… rose ?

Qiana a souri. — J'ai plein d'autres choix. Une seconde. Elle a franchi le seuil de sa chambre.

Elle est revenue une minute plus tard avec un plateau rempli de flacons colorés qui s'entrechoquaient. — On a du vert sirène, du doré, du bleu foncé, du violet, du rouge. Tu vois quelque chose qui te plaît ?

J'ai parcouru la sélection et j'ai pris le flacon noir. — Celui-ci.

— Une gothique. J'aurais dû m'en douter. Elle a repoussé le vernis rose au milieu des autres et a secoué un flacon couleur cerise noire. J'ai imité son geste avec le flacon de vernis noir. Elle a étalé une feuille de journal sur la table basse — petite mais solide, et bien plus jolie que ma trouvaille de la benne à ordures — et a dévissé le bouchon du vernis.

Elle a passé une couche du rouge profond sur l'ongle de son pouce. — Alors, parle-moi de toi. J'ai tout entendu sur la tournée, mais maintenant je veux tout savoir sur les vingt et quelques autres années de ta vie.

— Il n'y a pas grand-chose à dire. J'ai haussé les épaules comme si c'était vrai, comme si je n'étais pas enveloppée de secrets. — J'ai grandi à San Francisco, et maintenant je suis étudiante en doctorat. J'ai essayé de copier les coups de pinceau fluides de Qiana sur mes ongles courts. Le noir brillant sur ma peau pâle m'a fait sourire.

— Comment est ta famille ? Grande ? Petite ?

— Sérieusement ? Le mot m'avait échappé. Mais je rencontrais rarement quelqu'un qui ne connaissait pas les Jones. — Mon père était Jasper Jones. Il a fondé une start-up qui a été rachetée par Gurusoft. Ma mère dirige la Fondation Jones pour l'alphabétisation. Ils travaillent principalement sur la côte Ouest. Et mon frère, c'est Jackson Jones. Il a fondé Synergy Analytics, et il est — il était — souvent dans les tabloïds. Tu… tu ne les connais pas ?

Le regard de Qiana était vide. — Je ne suis pas vraiment l'actualité de la tech.

— Oh. Ma poitrine s'est desserrée, comme si j'avais retiré un de ces tabliers de plomb qu'on vous fait porter pour les radios chez le dentiste. Elle n'avait pas une douzaine d'idées préconçues sur ce qu'un Jones devrait être. — Cool. Je suppose qu'on est une grande famille. J'ai deux frères et une sœur. Plus de la famille dans la région de la baie de San Francisco.

— Ah oui ? Qiana a tendu sa main, examinant ses ongles rouge brillant. — Vous êtes proches ?

— Je suppose, oui. Ma mère organise un brunch tous les dimanches. Mais ça peut être un peu étouffant.

Qiana a levé les yeux de ses ongles et a souri. — Je comprends ça. Ils doivent être si fiers de toi.

Waouh. La lourdeur est retombée. J'ai frotté une tache de vernis sur ma cuticule et j'ai essayé de recomposer mon visage.

Qiana a soufflé sur ses ongles. — Depuis combien de temps écris-tu ? Toute ta vie ?

— Pas si longtemps. Quelque chose s'est tordu en moi. C'était pire que les séances de questions-réponses. Cette fois, je mentais à quelqu'un que je connaissais. Qui essayait d'être mon amie. — Et toi ? Tu as toujours voulu être attachée de presse ?

Qiana a passé son pouce sous un ongle. — J'ai toujours voulu écrire.

— Pourquoi ne le fais-tu pas ?

Elle a froncé les sourcils. — J'adorais lire quand j'étais petite. Je suppose que je n'ai jamais pensé que c'était quelque chose que je pouvais faire. Mais maintenant, je travaille entourée d'auteurs et de livres tous les jours. Son froncement de sourcils a disparu. — C'est comme un rêve d'être payée pour connecter les écrivains aux lecteurs.

Je savais ce que c'était que d'être découragée de poursuivre ses centres d'intérêt. Mère aurait été tellement plus heureuse si j'avais fait quelque chose qu'elle pouvait comprendre, comme la finance ou le commerce. C'était par pur entêtement — et grâce aux encouragements de Jackson — que j'avais surmonté la résistance de Mère. — Mais tu peux faire tout ce que tu décides. Pourquoi n'écris-tu pas un livre maintenant ? Tu n'es pas plus vieille que moi.

Qiana a mordillé sa lèvre tachée de rouge. — Peut-être. J'ai… j'ai envisagé de retourner à l'école. Pour mon MFA. Master en beaux-arts, a-t-elle ajouté quand je l'ai regardée avec un air vide.

— Oh. Tu devrais. Vraiment. Si ça peut te donner la confiance nécessaire pour poursuivre tes rêves. Les études supérieures avaient été dures, mais c'était le tremplin vers mon indépendance.

— J'économise pour ça. Avec le succès qu'on prévoit pour ton livre et celui de Niall, la cagnotte des bonus devrait être bonne cette année. Peut-être que l'année prochaine, je pourrai me le permettre.

C'était comme si Qiana m'avait donné un coup de poing dans le ventre. Je ne m'étais jamais souciée de l'argent, même après avoir renoncé à mon fonds en fiducie. Ma bourse me permettait de m'acheter des ramens et des vêtements de friperie, et si jamais j'avais une urgence, ma famille débarquerait pour me sauver, que je le veuille ou non.

Qiana n'avait pas ce filet de sécurité.

La porte a vibré, et des voix étouffées sont venues de derrière. — Mes colocs sont rentrées, a dit Qiana. Tu veux encore à manger avant qu'elles n'engloutissent tout ?

— Non, merci. Je me suis relevée précipitamment. L'après-midi avec Qiana avait été… sympa. Mais je ne pouvais pas supporter de faire la conversation avec ses colocataires. — Je devrais y aller. Merci de m'avoir laissé traîner ici.

— Pas de problème. On pourra refaire ça un de ces jours. Et voilà de nouveau ce sourire radieux.

Ce n'était même pas un mensonge quand j'ai dit : — J'aimerais bien.

La porte s'est ouverte, et j'ai fait un signe de la main en m'éclipsant.

Alors que je descendais les escaliers d'un pas lourd, la conversation est restée coincée dans mon cerveau comme une erreur d'exécution. *Ventes. Bonus.*

Bientôt, Heidi et Martell révéleraient toute l'histoire de CASE et de *Magicien en machine*. Quand ils m'avaient parlé du plan, je m'étais concentrée uniquement sur ce parchemin juste hors de ma portée. Je n'avais pas pensé à…

Je me suis immobilisée, agrippant la rampe. Quand ils révéleraient la vérité, qu'arriverait-il à Qiana ? Toucherait-elle son bonus et son rêve de MFA, même si le livre s'avérait être un mensonge ?

Sûrement. Heidi avait tout sous contrôle. J'ai relâché ma prise mortelle sur la rampe et j'ai continué à descendre les escaliers plus lentement. Mensonge ou pas, les ventes étaient réelles. Avoir grandi avec un père entrepreneur et un beau-père directeur financier m'avait appris que l'argent était généralement un argument de poids.

Mais.

Quand j'arrêterais de prétendre être une autrice, je retournerais à mon monde de programmation en solo et — je l'espérais — à un poste de chercheuse dans un laboratoire tranquille. Quoi que dise Heidi, les retombées de la vérité laisseraient derrière elles un désordre que quelqu'un devrait nettoyer.

Ce ne serait pas Qiana, n'est-ce pas ? Et à quel point me détesterait-elle, même si ce n'était pas le cas ? Je lui avais menti en pleine face en me faisant passer pour une autrice, quelqu'un qui s'intéressait aux livres.

Cette histoire d'amitié ne pouvait pas continuer. Pas avec Qiana. Cela compliquerait ma stratégie de sortie.

Mais CASE était la machine, pas moi, peu importe à quel point j'essayais de réprimer mes sentiments. Et le gouffre du Balrog dans mon estomac me disait qu'il était déjà trop tard pour couper les ponts net.

19

SAM

EN SORTANT PÉNIBLEMENT de l'ascenseur de l'hôtel, je pouvais presque sentir le poids de la couette blanche et duveteuse que je comptais remonter sur ma tête pour m'isoler du monde. Pas de textos. Pas de discussion. Juste moi et ma culpabilité.

Et Bilbo Baggins.

Le petit bonhomme avait fait une grosse sieste après notre aventure à Central Park ce matin, et je n'avais pas voulu l'entraîner dans une autre librairie, alors j'étais sortie seule sur la pointe des pieds. Même si je n'avais pas prévu d'aller chez Qiana après. Notre fort de couvertures devrait attendre que je le sorte pour qu'il fasse pipi.

Je m'attendais à ce que Bilbo Baggins ait entendu mes pas, mais il n'y a eu aucun reniflement sous la porte alors que j'insérais la carte dans la serrure. Dormait-il encore ? Quand j'ai ouvert la porte, j'ai vérifié le lit. Seulement quelques poils noirs sur la couette blanche. Un autre regard affolé dans la minuscule chambre d'hôtel m'a confirmé que Bilbo Baggins n'y était pas. Mon cœur a semblé s'arrêter. Puis il s'est emballé. Peut-être était-il sous le lit. Dans la salle de bain. Caché derrière un rideau ? Lui était-il arrivé quelque chose ? Était-il en train d'errer dans les rues de New York, seul et terrifié ? J'ai pincé mes lèvres tremblantes et j'ai sifflé.

Un aboiement étouffé a répondu. On aurait dit qu'il venait de la chambre d'à côté. Celle de Niall. Comment avait-il pu entrer là ? La porte communicante était verrouillée quand j'étais partie.

J'ai déverrouillé et ouvert brusquement la porte communicante. Du côté de Niall, elle était déjà ouverte. La laissait-il toujours entrouverte ?

Ça n'avait plus d'importance quand Bilbo Baggins s'est mis à danser à mes pieds. M'agenouillant, je l'ai attrapé pour le serrer contre mon cœur, puis j'ai enfoui mon visage dans sa fourrure soyeuse.

— Bilbo Baggins, qu'est-ce que tu fais ici ?

Puis je me suis figée. Oh non. J'avais fait irruption dans la chambre de Niall, sans y être invitée. Et s'il était au lit ? Et s'il était au lit *avec Gabriela* ? J'ai fermé les yeux très fort contre le flanc de Bilbo Baggins.

J'ai senti une présence se pencher sur moi, et des pas lourds se sont enfoncés, étouffés, dans la moquette à côté de moi. Mon rythme cardiaque a ralenti.

La voix de Niall est descendue de très haut.

— Bilbo aboyait. J'avais peur que quelqu'un se plaigne et le signale au personnel de l'hôtel. Alors on l'a, euh, libéré.

— Libéré ?

J'ai ouvert les yeux. Les genoux raides du jean de Niall étaient à soixante centimètres de mon visage. Au moins, il portait un pantalon.

— Ouais, euh…

Ses pieds ont bougé.

— Gabi a crocheté la serrure.

— Sérieux, vous devriez choisir des hôtels avec une meilleure sécurité.

La voix de Gabi venait du fauteuil, pas du lit. Elle avait retiré ses chaussures et ses jambes étaient repliées sous elle.

— On prend des chambres communicantes précisément pour cette raison, Gabi, a dit Niall.

— Quoi ?

Mes doigts se sont immobilisés dans la fourrure de Bilbo Baggins.

— Ouais, je…

Niall s'est passé la main dans les cheveux.

— Après cette première nuit, à Chicago, quand on avait des chambres communicantes, ça m'a semblé être une bonne idée. Plus sûr. Alors j'ai appelé Qiana et je lui ai demandé si on pouvait en avoir pour la suite.

— Tu nous as mis dans des chambres communicantes ?

Une vague de chaleur m'est montée de la poitrine jusqu'au cou.

Gabriela s'est levée du fauteuil et s'est placée à côté de Niall.

— Si vos chambres communiquent, ça veut dire que personne d'autre ne peut entrer par là. Pendant que tu es là, je vais récupérer des verrous portables pour les portes extérieures auprès de mon cousin. Ton clebs n'est pas un chien de garde. Il est allé direct vers Niall.

Et si j'avais laissé mon ordinateur portable ouvert ? J'avais travaillé sur ma thèse plus tôt. Il aurait pu la voir, découvrir mon secret. Heidi appliquerait l'accord de confidentialité que j'avais signé. Martell me virerait de mon programme. Pas de doctorat. Je devrais retourner vivre chez ma mère et Charles. La fureur qui bouillonnait en moi n'avait nulle part où aller, alors les mots sont sortis de ma bouche comme des tirs de mitraillette.

— Tu es entré dans ma chambre. Tu as violé ma vie privée.

— Waouh.

Niall a levé les mains comme un bouclier.

— On essayait d'aider.

Comme ma famille. Je l'avais cru différent. Il voulait me protéger, mais il me donnait de l'espace quand je le lui demandais. Pas aujourd'hui. Il avait piétiné les limites dont il m'avait dit que nous avions besoin.

— Je n'ai pas besoin de ton aide. Je n'en veux pas. Je peux me débrouiller seule. Et m'occuper de mon chien.

Attrapant Bilbo Baggins, je me suis relevée d'un pas chancelant et je suis retournée dans ma chambre d'un air furieux, claquant les deux portes. J'ai verrouillé la porte de mon côté et j'ai fait glisser la chaînette de sécurité.

Bilbo Baggins s'est tortillé pour s'extraire de mes bras et a sauté sur la moquette. Il a éternué deux fois.

Je me suis laissée tomber à genoux et j'ai frotté ses oreilles douces.

— Désolée, Bilbo Baggins. Tu essayais juste d'être gentil, ai-je murmuré.

Il a pressé sa truffe froide dans ma paume. Si Niall ne l'avait pas secouru, le directeur de l'hôtel serait peut-être venu le prendre. Et Bilbo Baggins préférait probablement être enlevé par Niall plutôt que d'être confisqué par le directeur.

Alors pourquoi étais-je encore si bouleversée ?

Quand l'image de Gabi m'est apparue, ma peau s'est de nouveau échauffée. Gabi se tenant à moins de quinze centimètres de Niall aujourd'hui à la librairie — clairement dans la zone d'intimité. Les pieds nus de Gabi sur la moquette de la chambre de Niall, ses chaussures empilées à côté de celles de Niall. Peut-être que quand Gabi se mettait sur la pointe des pieds devant Niall, Niall ne reculait pas devant son baiser.

La jalousie n'était pas un sentiment que j'éprouvais souvent, du moins pas sur le plan amoureux. Depuis Stephen, je ne me suis jamais permis de tenir assez à mes partenaires pour la ressentir. Mais dans la chambre de Niall, elle m'avait contrôlée, m'avait fait m'emporter.

Merde ! Ces picotements de jalousie signifiaient que je m'étais permis de tenir à Niall. Même s'il n'y avait aucune raison d'être jalouse. Niall ne m'aimait pas comme ça. C'était on ne peut plus clair. Et il ne le devrait pas. Il avait exactement le genre de vie que je ne voulais pas. Publique. Photographique. Tout ce que je voulais, c'était me cacher dans un laboratoire, loin des fans, des conférences, des gens.

La chaleur s'est dissipée d'un coup, me laissant grelottante sur la moquette. J'avais la gorge qui grattait. J'avais peut-être attrapé quelque chose à la convention ou à l'une des dédicaces, malgré le désinfectant pour les mains obligatoire de Niall.

Du thé. Le thé soulagerait ma gorge. Il y en avait peut-être dans le minibar.

Je venais de me lever quand on a frappé à la porte. Pas la porte intérieure, communicante, mais la porte extérieure.

Un nœud s'est serré dans mon estomac. Je pouvais deviner de qui il s'agissait.

20

NIALL

APRÈS AVOIR FRAPPÉ à la porte de Sam, j'ai fourré mes mains dans mes poches. Je voulais dissiper le nœud qui me tordait l'estomac en me souvenant de l'air trahi sur son visage. C'est moi qui avais parlé de limites la veille au soir. Je lui avais promis que je ne les franchirais pas. J'avais reculé au moment du baiser alors que tout ce que je voulais, c'était la tirer contre moi et prendre ses lèvres douces comme des pétales.

Et qu'est-ce que j'avais fait, ensuite ? J'avais foncé tête baissée dans son espace personnel. J'avais son numéro de téléphone, maintenant. J'aurais pu l'appeler pour lui dire que le chien aboyait et lui demander si je pouvais le sortir. Mais non, j'avais voulu résoudre le problème à sa place. Et peut-être que, dans un coin de ma tête, j'avais voulu qu'elle soit obligée de venir dans ma chambre. De venir me voir.

Qu'est-ce qu'il y avait chez cette femme qui me faisait passer des sommets de l'excitation aux abysses de l'humiliation ? J'allais finir par avoir un accident de décompression à force de sautes d'humeur avec elle.

Gabi pensait que j'étais timbré. Elle trouvait que Sam avait réagi de manière excessive. Mais elle ne savait pas ce qui avait failli se passer la veille au soir. Je devais m'excuser pour bien plus que le vol de son chien.

Après m'être excusé, il fallait que je file dare-dare dans ma chambre pour ne pas être tenté — encore une fois — de l'embrasser.

Mais quand elle a ouvert la porte, les lèvres tombantes et les yeux brillants, j'ai oublié toutes mes bonnes intentions.

— Tu as au moins regardé par le judas ? J'aurais pu être un tueur à la hache, et maintenant ta porte était ouverte. Même les verrous supplémentaires du cousin de Gabi ne te protégeraient pas de ton propre manque de prudence.

Elle a froncé les sourcils.

Lâche-la, Niall. Ma réaction instinctive était la raison exacte pour laquelle je devais m'excuser. J'ai parlé à voix basse. Pas la peine que tout l'étage m'entende ramper. Dieu merci, Gabi avait déjà pris l'ascenseur. — Je suis désolé. Je peux être un peu surprotecteur. J'ai l'habitude de prendre soin de ma famille. Non pas que ce soit une excuse. Je comprends que ça ne te plaise pas. J'essaierai de ne pas recommencer.

Le pli entre ses sourcils s'est lissé, et elle a cligné des yeux en me regardant. Est-ce que ça voulait dire que j'étais pardonné ? Ou que je ne faisais que commencer ?

J'ai roulé des épaules en arrière et j'ai fléchi les mains pour relâcher la tension. — Ça va ?

Elle a plissé le nez, comme elle le faisait quand elle réfléchissait. — Tu veux un thé ? Elle a ouvert la porte plus grand. Puis, alors que je faisais un pas en avant, elle l'a à moitié refermée. — Attends, Gabriela est encore là ? Je ne veux pas…

— Non. Elle est rentrée chez elle. Elle vient à la séance de dédicaces demain. Je peux quand même entrer ?

— Oui. Elle s'est écartée de la porte, est allée vers la crédence sous la télé et a commencé à ouvrir des placards. J'avais trouvé le café dans ma chambre ce matin-là, donc je savais où l'hôtel le rangeait, mais je suis resté silencieux. Je lui ai laissé tout l'espace nécessaire. Je l'ai laissée le trouver toute seule.

La chambre de Sam était la même que la mienne, mais inversée. Pourtant, elle semblait plus petite. C'était peut-être juste la tension crépitante qui la faisait paraître bondée. En ignorant le lit défait — il fallait que j'ignore le lit —, j'avais deux options pour m'asseoir : la chaise de bureau ou le fauteuil près du lit. La sacoche d'ordinateur de Sam était posée sur le bureau, et son portable ouvert avait un coin enfoncé. L'écran était noir.

Qu'il soit éteint ou non, je ne voulais pas lui donner l'impression que je fouinais. Alors j'ai traversé la pièce jusqu'au fauteuil dans le coin et j'ai fourré mes mains dans mes poches pour éviter de toucher la couette blanche froissée.

Bilbo Baggins s'est assis à mes pieds, me contemplant avec adoration. Quand je me suis penché pour le gratter entre les oreilles, il a frétillé de tout son corps de pur bonheur.

— Earl Grey ou English Breakfast ?

Je n'étais pas du tout fan de thé, mais c'était une question de détente. — Choisis, et je prendrai ce qui reste. Ça te dérange si je m'assois ici ?

— Vas-y. Tu prends quelque chose dedans ?

— Non, merci. Je me suis calé dans le fauteuil. Qu'est-ce qui se passait dans son cerveau affûté comme un rasoir ? Elle analysait quelque chose. Peut-être qu'elle fulminait encore à propos de mon intrusion dans sa chambre. Je me suis démené pour trouver quelque chose qui détendrait l'atmosphère. — C. S. Lewis a dit : « On ne peut jamais avoir une tasse de thé assez grande ou un livre assez long à mon goût. » Non ? J'ai haussé les sourcils, en espérant au moins un sourire.

— Le thé refroidit si la tasse est trop grande, et à mon avis, beaucoup de livres pourraient être plus courts. Elle m'a tendu la tasse de thé fumante. « *Ulysse*, par exemple. Même le guide pour tricheurs était trop long. »

Zut. Mes livres étaient trop longs. Voilà pourquoi elle n'avait pas encore fini *Secrets*. Elle s'ennuyait. J'ai enroulé mes mains autour de la tasse. L'odeur herbacée du thé m'a chatouillé le nez. Ça me rappelait le jardin de fleurs de maman, ce qui n'était pas quelque chose que j'avais envie de boire.

Debout devant moi, elle a soufflé sur son thé. — Je suis désolée. Je n'aurais pas dû m'emporter contre toi comme ça. Tu essayais d'aider. J'ai juste… des émotions fortes aujourd'hui. Ça doit être la tournée. Est-ce que ta dernière tournée t'a fait agir de façon inhabituelle ?

Pas comme celle-ci. Bien sûr, ma première « tournée » avait consisté à conduire ma voiture de la ferme à Columbus, à Cincinnati, à Cleveland, à Indianapolis. Jamais plus loin que Chicago, jamais dans un endroit où je devais passer la nuit. Happy Troll était un petit éditeur, et j'étais un auteur débutant. Il n'y avait pas eu de pénibles trois semaines à travers les aéroports et les librairies, jour après jour. C'était venu plus tard, à mesure que mon livre avait grimpé dans les classements, qu'il avait attiré l'attention des blogueurs, des médias, et finalement d'Hollywood.

Je n'avais jamais essayé d'embrasser quelqu'un que j'avais rencontré en tournée, ni de m'introduire dans sa chambre. Pas avant ça.

— Cette tournée, c'est beaucoup. Je comprends que ça te déséquilibre.

Elle a approché ses lèvres de la tasse mais n'a pas bu. — Oui. Bref, j'ai été sur les nerfs et ça me rend plus facile à faire démarrer au quart de tour. Ce n'est pas une excuse, et je suis désolée.

— Attends. C'est moi qui devrais m'excuser. J'ai dépassé les bornes.

Un coin de sa bouche s'est relevé. — Moi aussi.

Est-ce qu'elle parlait de la veille ? Quand elle s'était hissée sur la pointe des pieds et que ses cils avaient papillonné, chaque cellule de mon corps avait hurlé de l'embrasser.

La peur m'en avait empêché. Je ne lui avais pas encore dit toute la vérité. Les libertés que j'avais prises avec son image. Lobelia. Il fallait que je lui dise. Allait-elle me prendre pour un obsédé ? Et que dirait Qiana quand elle le découvrirait ? Foutu. Je serais foutu. Elle couperait les bouts de ses tresses qui correspondaient à ma couverture, enlèverait ce vernis à ongles rouge en frottant, et passerait au vert acide pour l'équipe Sam.

Sam s'est assise sur le lit. Bilbo a sauté à côté d'elle, s'est enroulé en boule et a poussé un soupir théâtral.

Elle a siroté son thé, a grimaçé et l'a posé sur l'étagère près du lit. — Gabriela est ton agente. Est-ce qu'elle est aussi ta… Elle a glissé ses mains entre ses genoux. — Ta petite amie ?

— Non ! Est-ce que la protection agressive de Gabi avait ajouté au stress de Sam ? C'était un nouvel élément dans l'équation. — Je veux dire, on est sortis ensemble. À la fac. Pendant quelques mois. Après notre rupture, on est restés amis. Elle m'a aussi aidé pour l'écriture, et quand j'ai écrit *Secrets*, elle a vendu la série pour moi. Alors maintenant, c'est mon amie et mon agente. En plus — autant admettre une autre de mes faiblesses —, elle tape mes manuscrits et s'occupe de tous les trucs par e-mail. Tu as probablement remarqué que je ne suis pas très porté sur la technologie.

— Ah bon ? Je n'avais pas remarqué. Les lèvres roses de Sam se sont courbées d'une fraction de millimètre.

J'ai posé ma tasse d'amertume sur la crédence. Le fauteuil était si proche du lit qu'il ne fallait même pas faire un pas pour l'atteindre. Plutôt un pivot.

J'ai pivoté.

Qu'est-ce que je suis en train de faire ? Mon bras s'est enroulé autour de sa taille comme s'il y avait toujours été. Je me suis figé une seconde, mais sa tête est alors tombée sur mon épaule. Elle a soupiré, et c'est tout ce qu'il a fallu. Je l'ai serrée plus fort et j'ai posé mon menton sur le sommet de sa tête.

— Tu me plais, Niall. Et ça m'a rendue jalouse de la voir dans ta chambre.

— Qu-quoi ? Mon cœur a cogné comme si Sally, notre chèvre la plus récalcitrante, essayait de défoncer ses parois à coups de sabot.

Elle a dégagé sa tête et m'a regardé droit dans les yeux. — Je devrais être plus circonspecte ? Tu veux que je fasse semblant de ne pas être attirée par toi ? Je pourrais le faire, mais à quoi bon ? On est en tournée pour encore deux semaines, et ensuite on ne se reverra probablement plus.

— Tu… tu m'as juste pris par surprise. Non, je veux que tu sois toi-même. Je suppose que je n'ai pas l'habitude que les gens disent ce qu'ils pensent. À part ma famille.

— On ne sera pas ensemble assez longtemps pour perdre du temps à marcher sur des œufs à propos de ce qu'on veut dire. On devrait dire ce qu'on pense. Elle m'a regardé droit dans les yeux.

Mon estomac s'est noué chaque fois qu'elle me rappelait que le temps que nous avions ensemble était court. Ça voulait dire qu'elle avait raison. Je ne pouvais pas perdre une minute avec cette femme incroyable.

— Tu me plais aussi. Quelques mèches soyeuses de ses cheveux s'étaient emmêlées dans ma barbe naissante, et je les ai écartées, traçant sa joue d'un doigt. — C'est d'accord, ça ? Te toucher ?

— Oui. Elle a levé le menton. — Je te promets que je te dirai quand ça ne le sera pas. Elle a posé sa main sur mon cœur qui battait la chamade.

Maman disait toujours que quand on me donnait un petit doigt, je prenais le bras. J'ai fait glisser ma main de sa hanche le long de sa colonne vertébrale, puis j'ai massé sa nuque.

— Et ça ?

La tension dans ses muscles s'est relâchée. — C'est génial. Quand tu me touches la nuque, ça me rend toute calme et cotonneuse.

J'ai noté ça. Calme et cotonneuse, ça semblait bien, et je voulais qu'elle se sente bien. Je voulais être celui qui la faisait se sentir bien.

Avec mon autre main, j'ai relevé son menton, comme je l'avais fait la veille. J'ai bercé sa mâchoire dans ma main. Elle a fixé mes lèvres, comme elle l'avait fait la veille. Quand sa langue a glissé pour humidifier sa lèvre inférieure pulpeuse, mon cerveau a renoncé à toute pensée rationnelle. Envolée, l'hésitation à embrasser ma partenaire de tournée. À ce que Qiana penserait. Je ne me souvenais plus d'une seule raison pour laquelle je ne devrais pas être sur le lit dans sa chambre d'hôtel, en train de la tenir dans mes bras. La seule chose qui existait à ce moment-là était le désir qui brûlait en moi, chauffant ma peau. Le désir de Sam.

Je l'ai embrassée.

Il me restait assez de retenue pour que ce soit un baiser doux. Ses lèvres étaient aussi douces qu'elles en avaient l'air, et j'ai fait attention à garder ma barbe naissante loin de sa peau délicate. Pourtant, mes lèvres picotaient là où elles touchaient les siennes, avides d'en avoir plus. Attends. Étais-je allé trop loin ? J'ai arraché mes lèvres des siennes et j'ai essayé de rassembler assez d'air dans mes poumons surchargés pour parler.

— C'était bien ? Je… je suis désolé de ne pas avoir vérifié avant. C'est juste que…

Ses lèvres se sont écrasées sur les miennes, et notre deuxième baiser n'avait rien de doux. C'était de la faim. Du désir. De la passion. Je ne savais pas quelle langue avait plongé la première dans la bouche de l'autre. Nos dents se sont heurtées. Je l'ai tirée plus près, une main sur sa nuque, inclinant sa tête pour rencontrer mes lèvres, l'autre main sur son dos, pressant sa poitrine contre la mienne.

Ses doigts se sont crispés dans mon dos, créant des points de pression aigus à travers ma chemise en flanelle. Un contrepoint à la pression qui montait contre la fermeture éclair de mon jean.

Whoa. Si je ne ralentissais pas, je l'aurais à plat sur le lit. Et je mériterais que Bilbo me morde un morceau de jambe. Ou un autre appendice.

Doucement, lentement, j'ai reculé jusqu'à ce que nos lèvres se séparent. J'ai léché ma lèvre inférieure lancinante. — Wow. J'ai expiré bruyamment, agitant les cheveux soyeux qui s'étaient échappés de sa queue de cheval. Si on continuait comme ça, j'allais jouir dans mon pantalon comme un adolescent. — On devrait peut-être s'arrêter là pour l'instant.

— Lâcheur. Elle a souri, un coin de sa bouche se relevant plus que l'autre. — La citation préférée de mon frère Jackson dit quelque chose comme : « Si les choses semblent sous contrôle, c'est que vous n'allez pas assez vite. » C'est un grand fan de Mario Andretti. Mais elle s'est éloignée de quelques centimètres.

Mon cœur battait comme le moteur d'une voiture de course. On était allés bien assez vite pour moi. J'avais besoin d'une minute — d'une heure, peut-être de toute la nuit — pour assimiler comment ce baiser avait changé les choses entre nous. — Je suis désolé, je…

Elle a posé un doigt sur mes lèvres. — Ne sois pas désolé. Je comprends. Elle s'est encore éloignée de quelques centimètres. — C'est sorti de notre système, maintenant. On peut finir la tournée comme des collègues et non comme une paire d'ados en chaleur.

Un frisson a glacé mon cœur. *Des collègues ?*

— Tout va bien. On est bons, pas vrai ? Ses sourcils froncés montraient la vulnérabilité que ses mots ne laissaient pas paraître.

— Bien sûr qu'on est bons. Je pouvais faire le collègue. Il fallait juste que j'efface cet après-midi de ma mémoire pour ne plus jamais repenser à ses lèvres gonflées par les baisers. Ses cheveux sombres ébouriffés par mes doigts. Ses pupilles dilatées chassant le violet. À cause de mes baisers.

Bonne chance avec ça, Niall.

21

SAM

OK, très bien. Vous voulez la vérité ? J'ai regretté à la seconde où ces mots sont sortis de ma bouche.

Évacuer ça. Des collègues. Conneries.

J'ai gribouillé ma fausse signature sur une autre page de titre et j'ai tendu le livre à la lectrice. Faux sourire. — Merci d'être venue.

Pendant que j'attendais qu'elle s'éloigne pour laisser la place à la personne suivante, j'ai jeté un coup d'œil à Niall. Lui aussi souriait, mais ce n'était pas le sourire de humble garçon de la ferme devenu auteur star qu'il adressait habituellement aux lecteurs. Non, c'était son sourire de façade, et cette fois, sa mâchoire était si crispée qu'on aurait dit qu'il essayait de broyer une noix entre ses molaires.

J'avais voulu que ce soit vrai. J'aurais dû m'en douter. Niall n'était pas une de mes aventures sans lendemain qui cherchait juste à assouvir une pulsion. Ce n'était pas seulement le désir qui réduisait ses iris verts à un mince halo. Sa mâchoire mal rasée s'était détendue, submergée par une émotion intense — de l'admiration ? — quand il m'avait regardée droit dans les yeux après notre baiser. C'était un mensonge. J'en avais voulu plus au moment même où je l'avais dit. Cette bosse impressionnante dans son jean ? J'avais eu envie de la toucher, de la goûter, de la chevaucher jusqu'à la prochaine étape de la tournée. Je me doutais que même s'il dormait dans mon lit toutes les nuits, je ne me lasserais jamais de ses caresses à la fois prudentes et assurées, de ses regards à la fois dévots et salaces.

Alors j'avais coupé le jus, en espérant qu'au retour du courant, on aurait tout oublié.

Ouais, ça n'avait pas vraiment marché.

— Mlle Case. — La voix était horriblement familière, surtout avec les pensées osées qui me traversaient l'esprit. J'ai brusquement détourné mon regard de Niall pour le poser sur la boucle de ceinture de mon frère, un souvenir d'Austin, au Texas, de la taille d'une soucoupe, puis j'ai remonté le long de son t-shirt ZZ Top jusqu'à son visage barbu. Les coins de sa bouche étaient tournés vers le bas, sévères. Ses yeux bruns brillaient comme du quartz fumé. C'était son expression « *Putain, Sam, c'est quoi ce bordel ?* ».

— Jackson. — Il n'avait pas de livre à la main, alors j'en ai pris un sur la pile. J'ai grimaqué en griffonnant *Pour Jackson* et *Sam Case* sur la page. J'aurais tout aussi bien pu écrire *Menteuse*.

— Il faut qu'on parle.

J'ai senti, plus que je ne l'ai vu, Niall relever la tête à côté de moi.

— Tu bloques la file, ai-je dit les dents serrées.

Jackson a croisé les bras. — Je peux rester là toute la nuit.

— Sam, ça va ? a demandé Niall à voix basse. Est-ce qu'il…

— Je vais bien, ai-je marmonné. Mais qu'est-ce qu'il fichait à New York ?

— Dîner. Dix-huit heures. — Jackson a nommé un restaurant que j'avais vu sur le chemin de la librairie. — Amène tes amis. — Un sourire malicieux a étiré un coin de sa bouche.

— Fous le camp de ma file, ai-je grondé.

Il a haussé les sourcils. Quelqu'un s'est raclé la gorge derrière lui.

— Très bien. — Il allait finir par le découvrir de toute façon. — Mais je viendrai seule.

— Parfait. — Son regard a glissé vers Niall puis est revenu sur mon visage. — À six heures. — Il a tourné les talons et s'est éloigné à grandes enjambées.

Niall s'est penché vers moi. — Tu es sûre que ça va ? C'était qui, ce type ?

— Mon bookmaker. — J'ai adressé un faux sourire à la personne suivante dans la file et j'ai tendu la main pour prendre son livre.

Plus tard, quand tout le monde est parti et que nous étions en train de remballer, Niall s'est tourné vers moi, les sourcils roux froncés en un V, et a dit à voix basse : — Tu es sûre de vouloir retrouver ce type ce soir ?

Mais pas assez bas. Ou alors Qiana avait une ouïe de super-héroïne. — Sam a rendez-vous avec un type ? — Elle s'est approchée et m'a donné un petit coup de coude. — Il est mignon ?

— Beurk. C'est mon frère. — J'ai gardé la tête baissée, concentrée sur le marqueur vert dans ma main.

Je n'avais pas besoin de regarder Niall pour sentir sa raideur. — Ton frère ?

— Quel frère ? — Gabi s'est approchée et a posé une hanche sur la table. — Jackson ou Andrew ?

Ma tête s'est relevée d'un coup. Elle connaissait les prénoms de mes frères ? — Jackson.

— L'entrepreneur-et-philanthrope. Marié. Il était milliardaire, mais maintenant que lui et sa femme ont tant donné — principalement à des organisations qui soutiennent les enfants neurodivergents —, il est simplement fabuleusement riche.

Ma mâchoire est tombée. — Tu me *cyber-traques*, ou quoi ?

— J'essaie juste de te connaître. — Le sourire de Gabi était dangereux. — Ce n'est pas difficile quand ta famille vit sous les feux des projecteurs.

Je respirais, mais l'air n'entrait pas. Un poids m'écrasait la poitrine, l'empêchant de se gonfler complètement.

— Je viens avec toi. — Niall a retiré le marqueur de mes doigts engourdis et l'a tendu à Qiana.

— Si Niall y va, j'y vais aussi. — Gabi s'est levée.

— Je peux venir aussi ? a demandé Qiana. Je veux rencontrer ta famille.

Non. Non non non non non. Des alarmes hurlaient et des voyants rouges clignotaient dans ma tête.

— Sam, ça va ? — Niall était juste devant moi, ses mains agrippant mes épaules. — Tu as l'air…

— Je ne crois pas que sa peau soit censée être de cette couleur, a dit Qiana.

— Verte. Carrément verte. — Gabi semblait plus fascinée qu'inquiète.

— Je vais bien. — Je me suis redressée. Je pouvais le faire. Laisser mon nouveau monde imaginaire de l'édition percuter mon monde réel. Je pouvais marcher sur cette corde raide sans violer l'accord de confidentialité. — Je n'ai pas besoin que vous veniez.

— Je vais t'accompagner, a dit Niall en relâchant enfin mes épaules. Juste pour être sûr que tu ne t'évanouisses pas sur le trottoir.

— On va où ? a demandé Qiana.

Vaincue, je lui ai donné le nom du restaurant.

— Allons-y. — Elle nous a conduits dehors et a tourné à gauche.

Niall marchait à mes côtés, sans me toucher mais assez près pour que nos bras se frôlent s'il ne se tenait pas si raide. En vérité, c'était mieux ainsi. Mieux valait qu'il soit en colère contre moi plutôt qu'il m'adresse un de ses regards tendres, comme celui qui m'avait fait fondre la veille quand il s'était excusé d'être entré par effraction dans ma chambre.

Gabi marchait devant nous avec Qiana, mais ses regards perçants ne m'ont pas échappé chaque fois que nous nous arrêtions à un passage piéton. Bien que le plus souvent, son regard acéré comme une dague se posait sur Niall, pas sur moi.

Nous sommes arrivés quelques minutes avant dix-huit heures,

mais Jackson était déjà là, affalé sur une chaise dans la zone d'attente, les yeux sur son téléphone. Il a levé les yeux lorsque le courant d'air froid de février s'est engouffré autour de nous.

Il a rayonné. — Samwise ! Tu as amené tes amis.

— Non, ils sont juste…

— Salut, je suis Jackson Jones. — Il a serré la main à tout le monde, ses phalanges blanchissant lorsqu'il a empoigné celle de Niall. — Une table pour cinq, a-t-il dit au maître d'hôtel, qui nous a rapidement conduits dans l'intérieur sombre jusqu'à une table ronde dans un coin tranquille.

Je me suis assise à côté de Jackson. Quand Niall a essayé de s'asseoir de l'autre côté, Jackson a secoué la tête. — Asseyez-vous là, que je puisse vous voir, Prince Harry. — Il a indiqué le siège en face de lui. Gabriela et Qiana ont pris les places de part et d'autre de Niall.

Qiana a serré ma main sous la table. — Il se passe quelque chose de bizarre ici, a-t-elle chuchoté. C'est tout droit sorti des « *Real Housewives* ».

— Bienvenue à un dîner chez les Jones, ai-je marmonné.

J'ai pris le menu et j'ai fait semblant de le lire. — Alors, Jackson, qu'est-ce que tu fais à New York ? Je pensais que tu attendais l'arrivée du bébé. — Leur bébé devait naître dans deux semaines, à peu près à la fin de la tournée. C'était l'une des nombreuses raisons que j'avais avancées au Dr Martell pour expliquer pourquoi je ne pouvais pas voyager. Cependant, quand j'avais parlé de mon voyage à Alicia, elle m'avait assuré qu'elle dépasserait probablement son terme, vu que c'était son premier. Je serais de retour à temps pour la naissance.

— Un truc pour la fondation, aujourd'hui. Alicia m'a dit que je devais y aller. Apparemment, on récolte dix pour cent de dons en plus quand je suis là avec mon sourire charmeur. — Il l'a promené autour de la table, ce sourire éblouissant de pirate.

De l'autre côté, Qiana a soupiré. — Je fonds.

— Je rentre à la maison demain à la première heure. Je *t'ai* envoyé un texto pour te dire que je venais.

J'aurais probablement dû le lire, celui-là. Mais j'avais sacrifié mon temps de textos pour rouler des pelles à Niall. — Vraiment désolée qu'on ne puisse pas remettre ça pour cette réunion de famille, ai-je marmonné, les yeux sur le menu.

Le serveur est venu prendre notre commande de boissons, a récité les plats du jour, et est reparti.

Jackson a posé son menu. — J'ai du courrier de fan pour toi. — Il a sorti de sa poche une enveloppe commerciale ordinaire avec mon nom gribouillé dessus.

En la lui prenant, j'ai soulevé le rabat et déplié la feuille de papier à l'intérieur. C'était un dessin au crayon de couleur du Magicien. La robe blanche et rigide l'a trahi. Le personnage avait mes yeux bleus et mes cheveux sombres, même mes quelques taches de rousseur. En grosses lettres maladroites en bas, il était écrit : *Chère Sam, tous mes amis trouvent que le Magicien est trop cool. Je pense que tu es géniale. Je t'aime, Noah.*

J'ai dégluti. J'étais tout le contraire de géniale. J'avais menti à mon neveu. À mon frère. À tout le monde à cette table. J'ai posé le dessin à côté de mon assiette de présentation vide.

— Alors, Sam, parle-moi de ce livre. — Le regard de Jackson était si pointu qu'il aurait pu extraire la vérité de mon cerveau comme avec une pince à épiler.

— Euh. — J'ai levé un doigt et attrapé mon verre d'eau. Je l'ai sifflé d'une manière qui aurait choqué Mère.

— Attendez. — Gabi s'est redressée. — Vous n'étiez pas au courant pour le livre de votre sœur ?

— Non, il semblerait qu'elle ait oublié de le mentionner lors de notre dernier brunch de famille.

Les glaçons ont cliqueté contre mes lèvres, et j'ai reposé le verre. Se souvenait-il que Noah le lisait au brunch le mois dernier ? Que même Nat avait dit l'avoir lu, et que je n'avais rien dit ?

La lueur dans ses yeux m'a dit que oui.

— Je, euh…

Le serveur est arrivé avec nos boissons. L'espace d'un instant de folie, j'ai envisagé de renverser le verre de vin rouge de Qiana. Peut-être que je pourrais m'enfuir pendant le chaos qui s'ensuivrait.

Avant que je ne puisse faire un geste vers son verre, elle a posé sa main sur le pied de celui-ci. — Vous devriez le lire. C'est incroyable. On le décrit comme un mélange qui transgresse les genres, entre la fiction littéraire et la S.-F., avec des éléments de fantasy urbaine. Il y a de l'action haletante avec une prose qui réinvente la langue telle que nous la connaissons.

— À Sam, alors. — Jackson a levé son verre de tequila. — Et à sa carrière littéraire. — Il a bu, et les autres aussi. J'ai levé mon verre d'eau vide, et un commis s'est précipité pour le remplir.

Soulagée, j'ai siroté mon eau et me suis affalée dans ma chaise. Il allait laisser tomber. Je lui révélerais tout le secret — accord de confidentialité ou pas — dès mon retour à San Francisco. Et je le ferais pendant qu'il tiendrait son bébé dans ses bras pour qu'il ne puisse pas m'étrangler.

— Pourtant... — Jackson a reposé son verre. — Je ne me souviens pas que vous ayez jamais écrit quoi que ce soit auparavant. À part du code.

Il n'a eu besoin que de ça. Ce seul mot, *code*. Il savait. Il comprenait sur quoi j'avais travaillé avec CASE, et il avait fait le lien. Maintenant, il était sur le point de retirer sa main de la page pour nous montrer l'image entière.

J'ai jeté un coup d'œil au verre de vin de Qiana, mais elle l'avait déplacé hors de ma portée.

— C'est le meilleur premier roman que j'aie jamais lu, a dit Niall, un défi dans le ton. Du talent pur et brut. J'ai hâte de voir comment son style va évoluer.

Jackson a reporté son regard de moi à Niall. — Niall Flynn. *Défi accepté.* Je suis plus joueur que lecteur, mais même moi j'ai entendu parler de vous. Ne vous ai-je pas vu sortir avec Lulu Bridges l'été dernier ? Une femme sublime. Elle pousse le plus mignon des petits couinements quand elle...

Je lui ai marché sur le pied. Mon frère connaissait tout un tas de faits dégoûtants sur les actrices de seconde zone.

— ...rit, j'allais dire. — Mais Jackson ne m'a pas regardée. Il fixait Niall de l'autre côté de la table, dont les mains étaient crispées en poings de chaque côté de son assiette de présentation.

Le serveur, qui devait avoir le pire timing du monde — ou le meilleur —, est venu prendre notre commande. Après lui avoir tendu son menu, Qiana m'a lancé un regard aux yeux ronds. — Tellement mieux que « *Real Housewives* », a-t-elle murmuré.

Quand le serveur est parti, Jackson s'est adossé à sa chaise et a continué comme s'il n'avait pas été interrompu. — Alors, Niall, puisque Lulu n'a pas retenu votre intérêt, puis-je supposer que vous êtes... — Faisant tournoyer sa tequila ambrée dans son verre, il a jeté un regard à Gabi, puis à moi. — célibataire ?

Niall m'a regardée, l'incertitude dans ses yeux assombris par la lueur des bougies.

— Jackson... — Je devais l'arrêter maintenant, avant qu'il ne se lance dans l'interrogatoire sur ses intentions.

— Je pense que Niall est capable d'expliquer ces regards attendris qu'il n'arrête pas de t'envoyer. C'est un écrivain, après tout. Un maître du langage.

— Nous sommes des collègues. — J'ai crispé les doigts sur ma serviette. — Amicaux. C'est tout. Tu sais que je ne vais pas plus loin. — Jackson en connaissait la raison, lui aussi.

Ses yeux étaient emplis de cette connaissance quand il les a tournés vers moi. — Sam, je... — Il a froncé les sourcils et a sorti son téléphone de sa poche arrière. — Excusez-moi. — S'écartant de la table, il a porté son téléphone à son oreille. — Mon cœur, a-t-il murmuré du ton le plus doux que je lui aie jamais entendu utiliser.

Le visage de Niall était de pierre, sans expression. Ce mot que j'avais de nouveau utilisé — *collègues* — gisait comme un oiseau mort au centre de la table.

J'ai laissé passer quelques secondes, essayant de trouver ce que je pourrais dire pour arranger les choses, pour qu'il ne me déteste pas, pour qu'on puisse revenir à notre première soirée à New York où nous avions parlé et où tout entre nous avait été moins tendu.

— Niall, je… — Mais les mots m'ont manqué, comme d'habitude.

Une main lourde portant une alliance scintillante s'est posée sur mon épaule. — Sam, une minute ? — Jackson a incliné la tête vers le bar. Je me suis levée et je l'ai suivi.

Mon frère vibrait d'une chose que j'avais souvent vue quand nous étions enfants : un besoin de *bouger*. Et *vite*. À l'époque, il sautait sur son vélo et s'éloignait à toute vitesse, cherchant des côtes à grimper pour s'épuiser, avant de dévaler l'autre versant, le vent dans le visage.

— Alicia a commencé le travail. Je dois rentrer *maintenant*. Putain ! — Il a passé une main dans ses cheveux, celle qui ne serrait pas son téléphone. — Mais *putain*, pourquoi j'ai pas pris le jet ?

— Attends, quoi ? *Maintenant* ? Elle ne doit pas accoucher avant la fin du mois.

— Va dire ça au bébé. — Il m'a agrippé les épaules. — J'ai réglé l'addition. Restez et profitez de votre dîner. Trouve-moi des excuses. Ne t'excuse *surtout pas* en mon nom auprès de ce… Niall. Je plaisantais — plus ou moins — tout à l'heure, mais quand même. On dirait que tu joues à un jeu dangereux. Tu piétines son gagne-pain *et* tu lui brises le cœur ? C'est assez froid, Sam.

Tu piétines son… — J'ai baissé les yeux sur ses santiags, nez à nez avec mes rangers. — Je ne voulais pas…

— Je sais. Ni l'un ni l'autre ne sommes très doués pour la conscience émotionnelle. En phase avec les sentiments et tout ce bordel. Pense juste à ce que tu fais, d'accord ? Et comment ça pourrait affecter tes nouveaux amis.

J'ai hoché la tête. Il m'a serré l'épaule, puis ses bottes ont disparu, martelant le sol pour rentrer chez lui auprès de ceux qu'il aimait aussi vite que sa fortune et ses relations le lui permettaient.

J'ai jeté un regard vers la table, où Gabi et Qiana s'étaient tournées l'une vers l'autre comme si elles ne nous avaient pas fixés. Niall n'a pas pris la peine de faire semblant. Il a soutenu mon regard.

Je ne pouvais pas. Je ne pouvais pas y retourner et gérer les retombées des grenades que mon frère avait lancées.

— Je suis désolée, ai-je articulé sans un son. — Faisant demi-tour, j'ai suivi le chemin que Jackson avait pris pour sortir du restaurant. Mais au lieu de rentrer auprès des gens que j'aimais, j'ai trouvé un taxi qui me ramènerait à l'hôtel. Là où Bilbo Baggins n'avait aucune attente envers moi. Là où je n'étais pas en train de gâcher tout ce qui était important pour lui.

22

NIALL

— SAM. J'ai toqué à sa porte. Pas fort — il était tard — mais assez pour qu'elle m'entende. Elle ne pouvait pas dormir. Pas après ce dîner. J'étais tellement sur les nerfs que je n'allais peut-être pas dormir pendant des jours. Est-ce que son frère savait que j'avais embrassé sa petite sœur la veille au soir ? Il me dépassait de quelques centimètres, il n'était pas aussi costaud, mais il se battrait comme un serpent, me distrayant avec sa langue acérée avant de frapper sans crier gare. De toute façon, je ne pourrais pas me défendre ; je ne pouvais pas blesser le frère de quelqu'un à qui je commençais à tenir.

Qu'est-ce qu'il avait bien pu dire à Sam pour la faire blêmir comme ça ? S'il lui avait dit quelque chose de blessant, je le retrouverais et je le mettrais à terre, frère ou pas.

Bilbo a reniflé au bas de la porte. Puis il a jappé. Bien. Elle allait devoir venir ouvrir.

La chaînette a cliqueté. Puis le verrou. Puis le pêne supplémentaire du cousin de Gabi. La porte s'est entrouverte pour révéler une parcelle de Sam : des cheveux sombres sur le visage, des yeux tombants, la peau pâle, un débardeur et un pantalon de pyjama.

J'ai détourné le regard de ses clavicules et de ses épaules crémeuses pour me concentrer sur son visage.

— Je devais m'assurer que tu… Tu vas bien ?

— Oui, juste… juste fatiguée. Elle a ouvert la porte assez grand pour que Bilbo puisse se faufiler dehors.

Quand il m'a gratté les chevilles, je me suis penché pour le ramasser. Il m'a léché le menton. — Il… ton frère… il n'a rien dit de méchant, n'est-ce pas ?

Ses yeux se sont agrandis. — Jamais Jackson ne ferait ça. Ça allait. Il a dû partir. Sa femme est en train d'accoucher.

— Oh. Ouah. Une image a surgi dans ma tête : Sam tenant un enfant, plongeant son regard dans ses grands yeux bleus, le berçant un peu, fredonnant. — Je peux entrer ?

— Non.

La réponse est venue trop vite, comme si elle n'avait pas eu besoin d'y réfléchir. Merde, j'avais tout fait foirer l'autre soir en y allant trop fort. Elle voulait qu'on soit collègues. Et moi ? J'étais dans le couloir, devant sa porte, à la supplier de me laisser entrer. Les collègues ne faisaient pas ça. Seulement les gens qui tenaient l'un à l'autre. Et je ne pouvais plus me mentir à moi-même : je tenais à elle. Je devais le lui dire. Être honnête avec elle. — Juste pour parler ?

Elle a réfléchi une seconde. — Non. Je suis vraiment fatiguée, et on a ce truc chez l'éditeur demain matin. Elle a tendu les mains pour prendre le chien.

— Ne me ferme pas la porte au nez, Sam. C'était une supplique.

Elle a fixé le bouton du milieu de ma chemise. — Il est tard.

J'ai délicatement placé le chien dans ses paumes. — Je te vois demain matin, alors. Tu veux prendre le petit-déjeuner avant ? On parlerait à ce moment-là.

— Je ne crois pas, Niall. Bonne nuit. Elle a refermé la porte, et la chaînette a cliqueté.

Merde. Qu'est-ce que j'avais fait ?

LE LENDEMAIN MATIN, je faisais les cent pas devant les portes coulissantes automatiques de l'hôtel. J'ai failli aller à la réception une demi-douzaine de fois pour m'assurer qu'elle n'avait pas déjà fait son check-out. Elle avait cinq minutes de retard, c'était encore l'heure de pointe, et... merde. Je me fichais d'être en retard. C'était pour Sam que je m'inquiétais.

Les portes de l'ascenseur se sont ouvertes, et elle en a jailli avec Bilbo en laisse. — Désolée. Désolée, je suis en retard. Ses yeux n'étaient pas hantés ce matin ; ils pétillaient. — J'attendais des nouvelles. Je suis tata ! D'un nouveau-né, cette fois. Elle a retourné son téléphone et m'a montré la photo d'un nourrisson, le visage tout plissé sous un de ces bonnets d'hôpital rose et bleu. Un tube transparent courait sous ses narines. — Ne t'inquiète pas pour l'oxygène. Ils ont dit qu'elle va bien.

Rayonnante, elle a tendu les bras, et je me suis glissé dans son étreinte, la serrant fort. J'ai inspiré son parfum de romarin. Peut-être qu'on pouvait revenir à l'amitié, là où on en était avant de s'embrasser. Avant que tout parte en vrille. — Félicitations.

Elle s'est libérée de mon étreinte. — C'est une fille. Ils l'ont appelée Valentine. Parce que, tu sais, c'est la Saint-Valentin.

J'avais perdu le fil des jours. — Joyeuse Saint-Valentin. Merde ! Allait-elle penser que je voulais la forcer à une quelconque activité romantique ? — Je veux dire, pour ta nièce.

Elle a plissé le nez. — Tu as raison. Ça prend un nouveau sens maintenant. C'*est* son jour. Et connaissant mon frère, il essaiera de faire ajouter *Jones* au nom de la fête. Il est complètement fou d'elle. Merde ! On est en retard. Désolée. Allons-y. Il y a une voiture ?

— Elle attend dehors. Resserrant mon manteau autour de moi, je l'ai guidée par la porte automatique jusqu'à la berline qui attendait au bord du trottoir. Elle s'est glissée à l'intérieur avec Bilbo, et j'ai suivi.

Sam a rempli la voiture de discussions sur sa nouvelle nièce et nous a montré, au chauffeur et à moi, chaque nouvelle photo qui arrivait. Le bébé avec sa mère, une belle femme blonde. Le bébé avec un enfant plus âgé, peut-être un préadolescent, légèrement en retrait, les yeux écarquillés, comme si l'enfant était un loup-garou au lieu d'un adorable bébé humain imberbe. Jackson, qui avait l'air à la fois survolté, épuisé et fou de joie. La jalousie a picoté dans ma poitrine. Il avait tout : une entreprise prospère, une femme qui l'aimait, une famille. Et il m'avait fait chier sur mes intentions envers sa sœur.

Eh bien, devine quoi ? J'avais l'intention de l'embrasser à nouveau si elle me laissait faire.

Sam venait de commander un bouquet de roses jaunes à envoyer le lendemain — nous avions tous les deux halluciné devant le tarif de la Saint-Valentin — quand nous sommes arrivés devant l'immeuble de Happy Troll.

Alors que nous montions en ascenseur jusqu'au plus bas des trois étages de Happy Troll, Sam a plissé le nez. — Pourquoi sommes-nous ici, au fait ?

J'ai regardé les étages s'allumer sur l'écran au-dessus de la porte. — Une rencontre. Je passe généralement quand je suis en ville. Pour remercier toutes les personnes qui ont travaillé sur mon livre. Ils aiment voir le visage derrière les mots.

Dans le silence de l'ascenseur, je l'ai entendue déglutir. J'ai tendu la main vers la sienne, mais je me suis arrêté net, puis j'ai fourré ma main dans la poche de mon pantalon. — Tout ira bien. Tous ces gens te soutiennent. Pas de questions difficiles aujourd'-hui. Je te le promets.

Son sourire était faible, mais elle a hoché la tête.

Quand la porte s'est ouverte, Qiana était là, sautillant sur la pointe des pieds. — Sam ! Elle l'a serrée dans ses bras comme si elle ne l'avait pas vue depuis moins de vingt-quatre heures. — Niall ! C'est tellement excitant !

— Qu'est-ce qui est excitant ?

— Oh. Ses yeux se sont écarquillés, et elle a mordu ses lèvres rouges. — Que… que vous soyez là. Aujourd'hui. Elle a pivoté et s'est dirigée vers le fond du couloir. — Heidi est dans l'espace commun.

Quelque chose se tramait. Heidi avait des assistants pour lui chercher son café, donc la raison la plus plausible pour qu'elle se trouve dans l'espace commun était pour faire une annonce. La nouvelle liste des best-sellers était-elle sortie ?

Y étais-je ? Ou Sam ?

J'ai suivi Qiana, marchant aux côtés de Sam avec Bilbo entre nous, se pavanant comme s'il était chez lui, jusqu'à l'espace ouvert central où, bien sûr, le comptoir était garni d'une assemblée de flûtes à champagne et d'un nombre tout aussi important de personnes.

— Qui sont tous ces gens ? a chuchoté Sam.

Mon cœur s'est emballé. — Des assistants d'édition — ils font le gros du travail après qu'Heidi a acquis un livre. Les graphistes créent les couvertures et soignent la mise en page. Les responsables marketing et les commerciaux s'assurent que tous les points de vente veulent vendre les livres.

— Tant de monde.

— Ouais. Je n'ai pas pris la peine de lui parler des services financiers, des ressources humaines ou de la direction qui faisaient tourner l'entreprise. Ses yeux écarquillés me disaient qu'elle était déjà dépassée.

Ça devait être une bonne nouvelle, non ? Au diable. J'ai baissé la main et j'ai serré la sienne. Elle a serré la mienne en retour.

Heidi se tenait à l'autre bout de la pièce, d'où elle pouvait observer tout le monde. — Les voilà, a-t-elle chanté. — Les stars du jour ! Heidi avait le sens du spectacle.

Sam a serré ma main plus fort.

— C'est une bonne nouvelle. Ça doit l'être, ai-je murmuré, autant pour moi que pour elle.

Des assistants ont fait passer des flûtes de champagne à travers la foule. J'en ai pris une, le verre frais dans mes doigts tremblants. Sam agrippait son verre, les jointures blanches.

— Tout le monde en a une ? Bien, bien, a dit Heidi. — Bon,

j'ai une nouvelle fantastique à vous annoncer. J'ai reçu un appel ce matin du comité du prix Tower. Nous n'avons pas un, mais deux nominés parmi nous aujourd'hui. Elle a fait une pause, un sourire soulevant son visage habituellement sérieux. — Nos propres Niall Flynn et Sam Case ont été nominés dans la catégorie Fantasy.

Mon estomac s'est retourné. La tension s'est dissipée, me laissant les os légers et flottants. Une chaleur s'est répandue dans ma poitrine. C'était mieux que la liste des best-sellers. Une nomination pour le prix Tower, comme dirait Heidi, était une Très Grosse Affaire.

Heidi a marqué une pause pour les applaudissements et les cris de joie. Elle s'est éclairci la gorge. — De plus, *La Magicienne dans la machine* a été nominé pour le Meilleur Premier Livre. Elle a levé son verre. — Félicitations, Sam et Niall.

L'espace a de nouveau éclaté en acclamations et en sifflets. Je n'ai même pas essayé de boire le champagne. On m'a tapé dans le dos — à plusieurs reprises — et après que Qiana a relâché Sam, elle m'a serré fort dans ses bras, juste sous les côtes.

— Félicitations, les gars ! Elle nous a regardés d'un air radieux, mais son sourire s'est effacé. — Sam, tu n'es pas contente ?

Mon sourire a disparu de mon visage quand j'ai regardé Sam. Elle était devenue pâle, sa respiration superficielle et trop rapide. — Tu as besoin de t'asseoir ? Avait-elle attrapé la crève de la convention, après tout ?

— Non, je... ça va. Son visage était dur et pâle comme du marbre. — Juste surprise, c'est tout.

Je l'ai presque crue. Elle n'était pas familière avec les différents calendriers de nomination des prix littéraires. L'année précédente, j'avais attendu près du téléphone le jour de l'annonce des nominés et, quand il avait refusé de sonner, je m'étais allongé sur le canapé, écrasé par le poids oppressant de la déception. Aujourd'hui, j'avais été trop occupé à m'inquiéter pour Sam pour me souvenir de l'annonce des nominations.

Mais il y a une différence entre une bonne et une mauvaise

surprise. Je devais rayonner du plaisir de la reconnaissance, de la validation.

Sam, non.

Au lieu de sa posture militaire habituelle, ses épaules étaient rentrées. Elle serrait sa flûte de champagne, son regard balayant la pièce.

Bilbo s'est appuyé contre sa jambe et a gémi.

J'ai fourré mon verre de champagne dans la main de Qiana. — Couvre-nous. Il nous faut une minute.

Passant un bras autour de la taille de Sam, je l'ai guidée dans le bureau de Heidi. Je l'ai fait asseoir doucement sur l'un des fauteuils visiteurs, puis j'ai délicatement dégagé ses doigts du pied de sa flûte à champagne.

J'ai posé ma main sur sa nuque, comme elle avait dit qu'elle aimait. — Je vais te laisser te calmer un peu. Je serai juste derrière la porte, alors appelle-moi si tu as besoin de moi. Je viens voir comment tu vas dans cinq minutes, d'accord ?

Elle n'a rien dit, à part un signe de tête à peine perceptible.

J'ai doucement refermé la porte, puis je me suis appuyé contre elle. J'ai croisé les bras. Personne n'entrerait. Elle avait besoin d'un moment avec ses pensées, cinq minutes loin de tous ces inconnus et du bruit. Elle irait bien, n'est-ce pas ?

À moins que…

Il y a à peine une minute, je me sentais justifié, validé, au sommet du monde. Reconnu pour mon travail par des experts dans mon domaine.

Mais, comme d'habitude, Sam avait une longueur d'avance sur moi.

Un seul d'entre nous pouvait gagner.

Et si c'était elle ?

Et si c'était moi ?

23

SAM

ASSISE dans le fauteuil visiteur de Heidi, j'ai fixé le SMS sur mon écran.

Le Dr Martell devait surveiller l'annonce du prix Tower. Je ne savais même pas que ce prix existait cinq minutes plus tôt. D'après Niall, c'était très important dans le milieu de la science-fiction et de la fantasy.

Et si *Magician* gagnait, et qu'ensuite Martell et Heidi annonçaient qu'il avait été écrit par une I.A., comment réagirait la communauté ? Tous ces gens que j'avais rencontrés, qui avaient lu et adoré le livre. Des écrivains comme ceux du panel à la convention. Et Niall.

Niall. J'ai tortillé mes doigts tremblants sur mes genoux.

Cet homme détestait la technologie. Qui pourrait lui en vouloir avec un père comme ce connard de Paul Swift ? Il détesterait l'idée que j'aie « écrit » *Magician* en le codant sur un ordinateur, puis en faisant une erreur dans les données. Jackson avait raison. Ça menacerait son gagne-pain. De plus, l'idée qu'un ordinateur puisse créer de la littérature offenserait sa sensibilité artistique.

De toute évidence, il avait espéré être nominé. Et voir cette nomination gâchée par ça, par CASE ? Il ne me le pardonnerait jamais. Je ne pourrais pas vivre avec ça. Avec ses yeux verts si doux se cristallisant, devenant froids et durs. Avec le sourire spécial qu'il m'avait offert tout à l'heure, quand ils avaient annoncé le prix, se transformer en un rictus de choc et de déception. Il fallait que je lui dise.

Bilbon Sacquet a gémi et m'a léché la joue.

— Ne t'inquiète pas, Bilbon Sacquet, ai-je murmuré. Je vais arranger ça.

Derrière moi, la porte s'est ouverte. Parfait. J'allais le lui dire ici, dans le bureau silencieux où personne ne nous dérangerait, et il pourrait crier aussi fort qu'il le voudrait. Je me suis retournée.

—Salut, Niall…

— Samantha. La bouche de Heidi était une entaille rouge. Quelle nouvelle excitante. Vous devez être ravie.

Ce n'était pas de la joie qui me pesait comme une chape de plomb dans l'estomac.

—Euh. Pas vraiment ? Tout ça fait un peu beaucoup.

J'ai caressé la fourrure soyeuse de Bilbon Sacquet.

Heidi m'a contournée pour s'asseoir derrière son bureau. J'ai dû plisser les yeux pour distinguer ses traits à contre-jour de la lueur grisâtre hivernale de la fenêtre.

—Qiana dit que vous vous en êtes bien sortie pendant la tournée. Les chiffres de vente sont stellaires. Et avec la nomination pour le prix, nous nous attendons à ce qu'ils augmentent.

—Oh. Je suppose que c'est une bonne chose ?

— C'est excellent. Nous sommes très satisfaits de *Magician in the Machine.* Et de vous, Samantha.

Elle a posé les coudes sur le bureau et a joint le bout de ses doigts.

— Merci.

Je me suis dit que si je ne pouvais pas prétendre être une femme du monde, j'avais un avenir en tant que fausse autrice. Maman serait si contente.

— Mais, si la nomination augmente les ventes, n'est-ce pas tout ce dont nous avons besoin pour prouver la validité de CASE ? Nous n'avons pas besoin du concours. Pourriez-vous retirer *Magician*, discrètement ? Je vous promets que je ne dirai pas un mot.

Elle s'est adossée à son fauteuil.

— Samantha, a-t-elle dit, le seul signe de son mécontentement étant un raidissement autour de sa bouche, pourquoi voudrions-nous nous retirer du concours ?

— Parce que le livre est un faux. Parce que c'est un mensonge. Parce que vous avez un véritable auteur nominé.

J'ai fait un geste vague vers son unique bibliothèque où les livres étaient rangés par couleur. Avait-elle peut-être un exemplaire du livre de Niall parmi les verts ? Ou son deuxième livre parmi les rouges ?

— Vous ne voulez pas que Niall gagne ?

Elle a balayé mes paroles d'un geste de la main.

— Niall pourra gagner l'année prochaine avec son prochain livre. C'est *votre* moment, Samantha. Le moment de CASE. Le moment de prouver que ce que vous avez fait est spécial. Que *vous* êtes spéciale. Il n'y a aucun inconvénient à cela. Même si *Magician* perd, il aura quand même été nominé comme l'un de la demi-douzaine de meilleurs livres de l'année. Nous aurons prouvé qu'il est tout aussi bon qu'un livre écrit et édité manuellement. Meilleur que la plupart.

— Et... et s'il gagne ?

J'ai serré Bilbon Sacquet si fort qu'il a eu un sifflement.

— Si *Magician* gagne, nous aurons montré au monde que CASE a écrit un livre de qualité supérieure. Et Happy Troll aura une longueur d'avance pour publier d'autres livres produits par une I.A.

— Mais... mais qu'en est-il de Niall et de vos autres auteurs ? Et de vos assistants d'édition ? Et de Qiana ?

Une douleur fulgurante m'a poignardée derrière l'œil.

Elle a aplati ses deux mains sur son bureau.

— Je peux réaffecter les assistants à la lecture des productions de CASE pour y trouver les meilleures histoires. Je ne m'attends pas à ce qu'il produise quelque chose d'aussi remarquable que *Magician* à chaque fois. Enfin, pas encore. Et il y aura toujours de la place pour Niall et certains des autres auteurs. Bien que je doive dire que j'ai hâte d'avoir affaire à moins de divas à l'avenir. Et à leurs agents.

— Maintenant, avec cette manière beaucoup moins chère et plus efficace de nous procurer du contenu, nous pourrons enfin dépasser les faibles marges que nous avons toujours eues.

Elle a poussé sur la surface en verre du bureau et s'est levée, droite et froide, devant le paysage urbain gris et enneigé derrière les fenêtres.

— L'édition traditionnelle est en voie d'extinction. Happy Troll est sur le point de renaître de ses cendres tel un phénix.

— Attendez. Vous prévoyez d'utiliser CASE pour réduire le nombre d'écrivains et d'éditeurs ?

Tous ces gens qui buvaient du champagne dehors. Combien seraient encore là à la même époque l'année prochaine si nous parvenions à sortir une autre douzaine de livres de CASE ? Deux douzaines ?

Happy Troll n'aurait plus besoin de mon visage quand CASE ne serait plus un secret. Pas de tournée promotionnelle signifiait pas de Qiana.

Et plus de livres de CASE signifiait moins de place pour les livres de Niall. Même si je n'avais pas beaucoup avancé dans *Secrets of the Wood Elves* — son écriture était magnifique, mais il me fallait tellement de temps pour la déchiffrer — j'en avais lu assez pour savoir que c'était une histoire qui valait la peine d'être racontée, d'être lue.

Et le fait qu'il aurait moins d'occasions d'écrire et moins d'argent pour chaque livre ? Tout ça, c'était ma faute.

— Samantha, ce sont les affaires.

Elle a écarté les mains pour englober le bureau, dont je venais de réaliser qu'il était décoré dans des tons de noir et de gris, à l'exception de l'unique bibliothèque.

— Vous venez d'une famille d'entrepreneurs. Vous devriez comprendre ça.

Une chaleur a explosé en moi, et je me suis levée à mon tour.

— Ces affaires affectent la carrière des gens. Non. Je ne le ferai pas. Vous devez retirer *Magician*.

— Je ne dois rien faire de tel.

Heidi s'est rassise nonchalamment dans son fauteuil.

— La seule personne qui *doit* faire quelque chose, c'est vous, Samantha.

D'un tiroir, elle a sorti une liasse de papiers agrafés. Elle l'a retournée pour me montrer mes initiales sur la première page.

— C'est l'accord de non-divulgation. Si vous le violez avant que nous vous en libérions, nous vous poursuivrons en justice. Vous pensez peut-être que vous n'avez pas assez d'argent pour que nous nous donnions cette peine, mais je veillerai à ce que le procès soit très médiatisé.

J'ai grincé des dents. Le visage déçu de Maman a envahi mon imagination.

Puis celui de Niall l'a remplacé. Si je lui disais maintenant, peut-être pourrait-il faire quelque chose. Trouver un autre éditeur. Se concentrer sur les droits cinématographiques et le merchandising. Fonder un syndicat d'écrivains ? Il me détesterait peut-être encore, mais au moins il aurait le temps de réfléchir, de planifier.

— Laissez-moi le dire à Niall. C'est bizarre de lui cacher ça alors que nous sommes en tournée ensemble.

Elle a plissé les yeux.

— Je crois comprendre que vous êtes devenus très proches, lui et vous. Et Qiana vous considère comme une amie.

Je n'ai rien dit. Elle n'utiliserait pas mes amis contre moi, n'est-ce pas ?

Si, elle le ferait.

— Non. Je ne veux pas que la nouvelle s'ébruite avant l'annonce du prix Tower. Je ne voudrais pas que le comité de nomination retire *Magician*. Vous avez déjà si bien réussi. Vous pouvez bien garder le secret une semaine de plus en tournée. Et ensuite, vous pourrez retourner vous terrer dans votre laboratoire. Je vous promets de faire un bon rapport à John. Je pourrais même venir à votre cérémonie de remise de diplôme.

Heidi était une femme intelligente, et elle connaissait ma kryptonite. Je traverserais cette estrade, Maman et le Dr Martell souriraient, et puis j'emporterais mon doctorat en Idaho. J'espérais que l'université était au milieu de nulle part, là où on ne captait pas le réseau. Peut-être que le laboratoire de recherche était niché sous une montagne.

C'était drôle, ça ne me semblait plus aussi attrayant qu'avant. Fuir mes problèmes me paraissait soudain lâche.

Et j'étais une lâche. Le plomb s'est répandu vers ma poitrine. Une lourdeur — une inertie — m'a consumée.

— D'accord. Je ne dirai rien.

— Je savais que vous entendriez raison. Maintenant, retournons là-bas et continuons la fête.

24

NIALL

POUR LA DEUXIÈME fois en autant de jours, j'ai frappé à la porte
de Sam, l'inquiétude me tordant les entrailles. Elle avait été folle
de joie en découvrant sa nièce nouveau-née ce matin, mais tout
avait basculé au Happy Troll. Pourquoi n'avait-elle pas été aussi
ravie que moi pour la nomination au prix ?

Je serrais la bouteille de champagne que Qiana m'avait glissée
pendant la célébration. Une paire de flûtes de l'hôtel s'entrechoquaient dans mon autre main.

Bien qu'il ne fût que cinq heures, Sam a de nouveau ouvert la
porte en débardeur et pantalon de pyjama. Les rideaux de sa
chambre étaient tirés.

— Tu dormais ?

— Non, je travaillais. Elle a jeté un œil à son ordinateur
portable, ouvert sur le bureau, puis s'est précipitée dans la pièce
pour le refermer d'un coup sec.

— Je peux entrer ? J'ai apporté ça. J'ai agité la bouteille vers
elle.

Elle a plissé le nez. — Le champagne, ce n'est pas mon truc.

— Ah non ? En entrant dans la chambre, j'ai laissé la porte claquer derrière moi. J'ai grincé des dents.

— Ça me rappelle trop de soirées guindées. Comme celle où je t'ai rencontré.

— Tu me trouves guindé ? J'ai posé les flûtes sur le bord du bureau, loin de son équipement informatique délicat.

Un coin de sa bouche s'est relevé. — J'ai cru que tu étais l'un d'entre eux quand le photographe de Gabi a débarqué. Je suis contente de m'être trompée.

— Je... euh. C'était l'heure des aveux. Je ne pouvais pas continuer avec Sam sans lui dire la vérité. — J'ai aussi eu une première impression. Sur toi. En fait, ça n'avait rien à voir avec toi. Juste ton... J'ai fait un geste vague vers son pantalon à carreaux froissé et son caraco. — ... apparence.

— Mon apparence ? Elle a croisé les bras sur sa poitrine, et une bretelle a glissé de son épaule.

J'ai détourné le regard. Pourquoi son épaule était-elle tellement plus sexy sans ce bout d'élastique ? — Ça te dirait une bière du minibar ?

Elle a reniflé. — J'ai regardé les prix. Dix dollars pour une Coors Lite ? Non merci.

— C'est moi qui paie. Je pense que ça passera mieux avec un peu d'alcool. J'ai ouvert le mini-frigo et j'en ai sorti deux bouteilles. Je les lui ai tendues, et elle a choisi la pilsner. J'ai dévissé la capsule de la lager, l'ai levée vers elle dans un semblant de toast, et j'ai bu une longue gorgée.

Elle a trouvé le décapsuleur sur le dessus du frigo, a fait sauter la capsule et a siroté sa bière. — Un dollar. Voilà combien cette gorgée a coûté.

J'ai froncé les sourcils. — Pourquoi t'inquiètes-tu pour l'argent ? *Magician* se vend bien, selon Heidi. Et puis, tu es une héritière.

Cette fois, elle a bu sa bière à grandes goulées. Ses lèvres se sont détachées du goulot, brillantes, roses et humides. — Plus maintenant. J'ai renoncé à mon héritage. Je ne voulais pas être une cible. Une victime. Pas encore.

— Une victime ? Mon cœur s'est arrêté dans ma poitrine. — Tu as été kidnappée ? On t'a fait chanter ?

— Je préférerais ne pas en parler. Elle s'est assise sur le lit, à côté de Bilbo qui était roulé en boule. — Qu'est-ce qui est censé passer plus facilement avec de l'alcool ?

J'ai haussé les sourcils en direction de la chaise de bureau. Après un regard à son ordinateur portable fermé, elle a hoché la tête. J'ai fait pivoter la chaise pour faire face au lit et je m'y suis assis.

— J'avais du mal quand je t'ai rencontrée. Avec mon écriture. J'étais bloqué. Et te rencontrer a débloqué quelque chose dans mon cerveau.

Ses lèvres se sont retroussées dans le premier sourire que je voyais depuis qu'elle m'avait montré les photos de la petite Valentine ce matin. — Tu m'as appelée ta muse aux yeux violets.

Une chaleur s'est propagée de mon cou à mes joues. — Mais il y a plus. J'ai… j'ai créé un personnage. Basé sur toi. Sur ton apparence. Et sur des choses que j'imaginais à ton sujet.

Ses yeux se sont écarquillés. — Des choses que tu imaginais sur moi ? Comme des fantasmes ?

La chaleur a envahi mon front. — Pas des fantasmes sexuels. Juste des trucs de fantasy. J'ai imaginé une elfe des bois avec tes traits. Tes yeux. Ta… J'ai dégluti. — … peau. Elle a sauvé Nieven du piège dans lequel il était tombé. Et puis, elle l'a rejoint dans ses aventures.

— Comment s'appelle-t-elle ?

— Lobelia. Comme la fleur.

Elle a plissé le nez.

— Je ne suppose pas que tu aies déjà lu *Trahison* ? Je l'avais vue lire *Secrets*, mais elle refermait toujours le livre rapidement, comme si elle était gênée. C'était moi qui aurais dû être gêné. Son premier roman était à des années-lumière de mon petit récit d'aventure. Une œuvre de jeunesse à côté de sa création littéraire.

— Je voulais d'abord finir *Secrets*. Elle a passé ses doigts délicats dans la fourrure de Bilbo. — J'adore jusqu'à présent, mais j'ai aussi un aveu à te faire. Je, euh, je ne lis pas vite. Je suis dyslexique. Ça me prendra une éternité pour finir un livre aussi épais. Il se peut que je n'arrive jamais à lire *Trahison*. Elle s'est mordu la lèvre.

Maintenant, certaines de ses réponses pendant la session de questions-réponses prenaient tout leur sens. Le fait qu'elle ne pouvait jamais nommer plus de quelques auteurs qui l'avaient inspirée. Son apparente méconnaissance de la fiction populaire actuelle. Le fait qu'elle devenait blême avant chaque lecture publique.

— Ça a dû être beaucoup à surmonter. Et pourtant, tu as réussi à aller jusqu'au bout de tes études supérieures.

Elle a relevé les yeux du chien, son sourire tordu et amer. — Ce n'est pas quelque chose que j'ai « surmonté ». C'est quelque chose que je gère tous les jours. Quelque chose qui m'accompagnera pour le reste de ma vie.

— Je suis désolé. Je ne le pensais pas comme ça. J'avais voulu exprimer mon admiration, et j'avais tout fait foirer.

— Je sais. Elle s'est penchée en avant et a posé une main sur la mienne. — La plupart des gens disent ça. Souviens-toi, j'ai grandi avec beaucoup d'avantages. Écoles privées. Tuteurs. C'était plus facile pour moi que pour d'autres.

— Je parie que tu as quand même bossé comme une dingue. Comme tu l'as fait pour t'améliorer lors des rencontres littéraires.

Elle s'est mordu la lèvre douce et pulpeuse. — J'ai essayé. Mais ce n'était jamais assez pour ma mère. Et quand elle a finalement accepté que je n'allais pas m'en « remettre », elle s'est dit qu'elle m'élèverait pour être une bonne épouse pour un homme intelligent.

Mon sang n'a fait qu'un tour. — C'est-à-dire que ce serait lui le cerveau de votre couple ?

— Ouais. Elle a tracé un motif sur la fourrure de Bilbo. Il a tressailli dans son sommeil. — Je n'étais pas très douée pour ça non plus.

J'ai pris une grande gorgée de bière, en espérant que ça me calmerait. Ça n'a pas marché. — Mais tu étais douée pour l'écriture.

Elle a fait une pause. — Pas vraiment. Mais j'étais douée en informatique. Bizarrement, le code ne dansait pas devant mes yeux comme les mots dans les livres. C'est mon frère Jackson qui l'a découvert, et il m'a encouragée. Il a été une sorte de père de substitution pour moi après.

Après qu'elle a perdu son père. J'avais peut-être l'un des pires pères au monde, mais au moins, j'en avais un. J'aurais aimé savoir ça à propos de Jackson avant d'être si maussade avec lui au dîner l'autre soir. Même si je n'aimais toujours pas la façon dont il lui avait parlé de son livre. — Mais il n'a pas soutenu ton écriture.

— Il a ses raisons. Et elles sont plutôt bonnes. Elle a gratté l'étiquette de sa bouteille.

J'ai posé ma main sur la sienne. — Ton livre est incroyable. Pense à tous les gens que tu as touchés avec. Comme Tolkien a touché ton cœur. Elle disait ne pas être une grande lectrice, mais la preuve qu'elle aimait les livres ronflait à ses côtés.

— C'était surtout mon père. Il adorait Tolkien et L'Engle. Ou plutôt, il adorait me les lire. Quand j'ai été assez grande, on lisait à tour de rôle, et il était si patient avec moi. Ma mère aurait abandonné. Mais pas mon père. Il n'abandonnait jamais rien.

Elle est restée silencieuse une minute.

— Tu veux en parler ? De lui ?

— Non. Pas maintenant, en tout cas. Peut-être une autre fois.

Je comprenais qu'elle ne veuille pas parler du fait d'avoir grandi sans père. Mais j'ai eu une idée. — Je pourrais te faire la lecture. Si tu veux.

— Vraiment ? Sérieusement ? Tu ferais ça ? Ses yeux s'écarquillèrent. — Parce que j'adore t'écouter lire. Lors des événements. J'ai toujours envie que tu continues.

J'ai ri doucement. — C'est le but. Et maintenant, juste pour toi, je vais continuer.

Elle a bondi et a fouillé dans son sac d'ordinateur jusqu'à ce qu'elle en sorte le livre. Les bords du livre de poche étaient un peu cornés et usés, mais le dos était encore rigide.

— Viens. Elle a penché la tête vers le lit.

Oh, putain. Je n'y avais pas pensé. J'ai contourné le lit par l'autre côté, ai enlevé mes chaussures et me suis assis délicatement sur les couvertures. J'ai étendu mes jambes sur le lit et me suis adossé à la tête de lit. Elle a rentré ses jambes sous les couvertures, a gonflé quelques oreillers et s'est appuyée à côté de moi.

Un marque-page de la librairie de Chicago marquait le milieu d'une scène du chapitre trois. — Je commence ici ?

— Oui, c'est bien.

Je lui ai lu mes mots. J'avais écrit le premier jet de ce chapitre il y a des années, quand j'étais encore à l'université. Les mots semblaient immatures, maladroits. Comme je l'étais à l'époque. Rien à voir avec la prose élégamment nébuleuse de Sam. Je n'avais perçu qu'un infime fragment d'elle ce soir, mais sinon, Sam était comme son livre. Belle. Impénétrable.

Au bout d'un moment, la tête de Sam est venue se reposer contre mon épaule, et il était alors tout naturel que mon bras passe autour d'elle pour la serrer plus près de moi. J'ai essayé de ne pas penser à la façon dont son père l'avait probablement tenue comme ça. Pas pendant que je sentais le romarin dans ses cheveux et que j'essayais de garder les yeux sur la page et non sur le haut de ses seins là où ils disparaissaient dans le tissu de son caraco, sur la petite vallée entre eux, sur les tétons pointus que le fin tissu ne cachait pas.

— Pourquoi tu as arrêté ? Elle a tourné son visage vers moi et a dû y voir le désir à l'état pur. — Oh.

J'ai laissé tomber le livre sur les couvertures. — Ça n'a pas marché.

Elle a léché sa lèvre inférieure. — Qu'est-ce qui n'a pas marché ?

— Me la sortir de la tête. Elle est toujours dans ma tête. Poétique, je sais. Mais le sang avait quitté mon cerveau pour s'accumuler ailleurs.

— Qu'est-ce qui est dans ta tête ?

— Toi. J'ai baissé la tête. Je voulais écraser mes lèvres sur les siennes, les prendre, les piller comme mes ancêtres vikings. Mais j'étais un homme du vingt-et-unième siècle, et j'avais plus de retenue que ça. Enfin, d'habitude. J'ai hésité, à un centimètre de ses lèvres.

Elle a étiré son long cou et m'a embrassé, ses lèvres n'étant plus douces mais exigeantes, urgentes. Elle prenait, et je donnais. Et donnais, et donnais, et donnais jusqu'à en être à bout de souffle. J'ai rompu le baiser et j'ai blotti sa tête sous mon menton, respirant comme si je venais de monter les neuf étages jusqu'à notre palier.

Elle a déposé un baiser sur mon cou, et j'ai frissonné. Ses lèvres se sont courbées contre ma peau. — Et maintenant ? Suis-je sortie de ta tête ?

Jamais. Elle n'en sortirait jamais. Pas tant que je pourrais la retenir dans mon imagination. J'ai secoué lentement la tête, frottant mon nez dans ses cheveux soyeux.

— Je pense qu'il faudra plus que quelques baisers, tu ne crois pas ?

J'ai hoché la tête.

Elle s'est reculée juste assez pour pouvoir me regarder dans les yeux. Ses pupilles avaient presque entièrement absorbé ses iris, mais son expression était sérieuse, presque féroce. — À la fin de la tournée, je retourne à San Francisco. Je finis mon diplôme, et ensuite je vais faire un post-doc quelque part très loin de tout. Plus de tournées promotionnelles, plus de… — son souffle se bloqua — … quoi que ce soit. Toi et moi, c'est fini à la fin de la tournée. Compris ?

Elle devait probablement retourner dans sa caverne d'écriture pour produire un autre livre, tout comme je devais retourner à la ferme. Elle avait besoin d'espace pour ça.

Ma poitrine s'est resserrée. Mais elle avait dit plus que ça. *Toi et moi, c'est fini.* Ça sonnait définitif. Comme si elle ne voulait rien de permanent avec moi. Elle n'était pas la première. Le premier avait été mon père. Et puis toutes les filles qui pensaient que ce serait amusant de traîner avec un poète-fermier, mais qui prenaient leurs jambes à leur cou au premier signe de fumier frais.

— Niall. Mon nom sur ses lèvres a stoppé mes pensées affolées. — Je t'aime bien. Beaucoup, d'accord ? Mais nous avons des objectifs différents. Nous n'allons pas fonctionner à long terme. Mais j'aimerais profiter de toi tant que je le peux. Elle a bougé, et la bretelle de son caraco a glissé de nouveau, révélant le haut de son sein.

Toute pensée rationnelle s'est envolée. — Oui, ai-je grogné. La poussant sur le dos, j'ai embrassé son épaule là où la bretelle avait été, puis j'ai déposé des baisers le long de la courbe supérieure de son sein. Repoussant le tissu qui couvrait à peine son téton, je l'ai léché. Sa peau avait aussi un goût de plantes. Terreux. Comme la forêt après une bonne pluie. J'ai aspiré son téton dans ma bouche et l'ai humecté.

Elle a enfoui ses mains dans mes cheveux et m'a maintenu contre elle. — Je suis contente que nous soyons… Elle a gémi. — … d'accord sur le plan.

Je me suis légèrement relevé, étirant son téton, et l'ai laissé s'échapper d'un coup sec. — Le plan non permanent.

Elle s'est tortillée. — C'est bien celui-là.

J'ai tiré sur l'autre bretelle. — Quand j'aurai fini, tu regretteras que je ne sois pas permanent.

— Aucune chance.

Mais ça, c'était avant que je ne descende sur son autre téton, faisant tournoyer ma langue autour. Mes dents. Une petite morsure sur le dessous de son sein qui lui a fait retenir son souffle. Puis une morsure plus forte, juste sur son téton.

Elle a émis un son inintelligible qui aurait pu être mon nom, ou peut-être « jamais », mais elle tenait ma tête, et j'ai continué à m'occuper de son sein jusqu'à ce qu'elle me relâche, le souffle rauque.

J'ai déposé un baiser doux juste sur son sternum haletant. — Tu es sûre de ça ? Le truc non permanent ?

— Oh, le beau parleur qui se vante d'avoir déjà gagné la partie, mais qui n'en est qu'au début. Ses lèvres se sont inclinées, enjouées.

— Au début ? Je pense atteindre l'étape suivante. J'ai glissé une main sous les couvertures, par-dessus son pantalon de pyjama, mais je me suis arrêté à la taille. J'ai haussé les sourcils.

— Niall Flynn. Elle a battu des cils. — Je pensais que vous étiez un jeune homme si charmant à m'ouvrir les portes, porter mes sacs et me protéger lors des promenades nocturnes.

— Je ne pense pas que tu veuilles de la gentillesse. J'ai enserré son sexe dans ma main. Sans surprise, l'entrejambe était humide.

Elle a secoué lentement la tête. — Non. Je n'en veux pas.

J'ai suivi ses contours d'un doigt paresseux. Elle s'est tortillée.

— Qu'est-ce que tu veux, Sam ?

— Je te veux.

J'ai inversé ma main, plongeant sous son pantalon de pyjama — elle ne portait pas de culotte — et trouvant l'humidité brûlante à l'intérieur. J'ai fait tournoyer un doigt à travers les pics et les vallées que je venais de cartographier. Puis j'ai glissé un doigt en elle. Elle a gémi et a cambré les hanches.

J'ai retiré mon doigt, effleurant son clitoris, et lui ai montré l'humidité sur mon majeur. Quand je l'ai mis dans ma bouche et que je l'ai sucé, elle a eu le souffle coupé.

— Vous n'êtes pas du tout un jeune homme charmant, a-t-elle murmuré.

— Non. J'ai grandi dans une ferme. J'ai appris à baiser dans les greniers à foin. Les remises. Sous les arbres en été. Pas dans des chambres d'hôtel. Mais je te ferai te sentir mieux que n'importe lequel de ces mecs de la haute société. Tu veux ça, Sam ?

Ses yeux étaient sombres, mi-clos. — Oui.

J'ai repoussé les couvertures et j'ai tiré sur son pantalon de pyjama. Je l'ai jeté par terre. Son caraco était encore remonté sur sa taille, mais je ne pouvais pas attendre. Je l'ai positionnée, genoux pliés et écartés juste assez pour mes épaules. Entre ses jambes, elle était rose et gonflée, son excitation coulant d'elle et son odeur remplissant mes narines. Mais avant de plonger ma tête vers elle, j'ai demandé : — Ça te va ?

Elle a soulevé sa tête et a glissé un oreiller dessous. — Oui. Oui.

Je l'ai léchée, un long coup de langue de sa fente jusqu'à son clitoris.

— Oui. Sa voix était haletante.

Je l'ai écartée avec mes pouces et me suis familiarisé avec son odeur, son goût, ce qui la faisait se tortiller, ce qui lui faisait retenir son souffle et s'immobiliser. Passant un doigt dans son humidité, j'ai remplacé ma langue par mon doigt et j'ai plongé à l'intérieur, poussant au même rythme que je martelais le matelas. Ses hanches se sont soulevées. J'ai inséré un deuxième doigt, et elle a gémi. Elle était étroite et humide, et je ne désirais rien de plus que de me glisser en elle et de la sentir, peau contre peau. Pas encore.

Tout en continuant à travailler mes doigts, j'ai remonté ma langue le long de ses lèvres gonflées jusqu'à son clitoris. Je l'ai encerclé du bout de ma langue. Elle a agrippé les draps avec ses doigts délicats, ses phalanges devenant blanches.

J'ai aplati ma langue et l'ai balayée. Elle a laissé échapper un gémissement étranglé, comme si elle avait retenu sa respiration. J'ai léché son clitoris une fois de plus avant de le sucer, doucement, entre mes lèvres. Ses jambes tremblaient.

J'ai vérifié son visage. Sa tête était renversée sur l'oreiller, ses cheveux d'encre s'éparpillant dessus. Sa bouche était ouverte, ses respirations rapides, et ses yeux fermés. — Regarde-moi, Sam. Je voulais que ces yeux clairs et intelligents soient sur moi. Peut-être que nous n'étions pas faits pour durer, mais j'étais là, maintenant. À lui donner du plaisir. Et la partie homme des cavernes en moi voulait qu'elle le sache. — Regarde-moi te faire jouir.

Ses yeux se sont ouverts d'un coup, et la façon dont elle a

baissé le regard, les paupières lourdes, vers l'endroit où je reposais, prostré, sur le lit, m'a fait me sentir comme un serviteur s'inclinant devant sa reine. Elle était belle comme l'une des reines elfes de mes livres, dure comme le diamant et scintillante. Mais j'avais trouvé un chemin vers sa chambre la plus intime, où elle était nue, se tortillant et terreuse. C'était moi qui étais étendu sur le ventre devant elle, mais elle m'avait donné le pouvoir de lui plaire ce soir.

Je l'ai effleurée avec mes dents, et elle a crié. Il n'a fallu qu'une succion plus forte, et elle a cambré son dos, se pressant fort contre mon visage. J'ai fait des va-et-vient avec mes doigts pendant quelques secondes de plus, puis j'ai ralenti alors que ses jambes devenaient molles et s'écartaient de chaque côté. Je me suis doucement retiré de son clitoris mais j'ai maintenu une série de longs et paresseux coups de langue jusqu'à ce qu'elle gémisse et touche ma tête. Lui donnant un dernier coup de langue, j'ai posé ma joue sur sa cuisse. Ses yeux n'ont pas quitté les miens.

— Tu as appris à faire ça dans un grenier à foin ?

J'ai ri doucement. — Ce n'était pas exactement au programme du club 4-H, mais on s'éclipsait parfois quand les réunions devenaient ennuyeuses.

— Qu'est-ce que tu faisais d'autre pendant ces sessions très éducatives du 4-H ?

— Un peu de science vétérinaire, un peu de cunnilingus. Quelques heures d'analyse de sol, une vraie partie de jambes en l'air dans le foin. Il fallait juste faire attention à ne pas effrayer les animaux en dessous. Rien de pire que le braiment strident d'un âne idiot pour gâcher l'ambiance.

Elle a souri et a enroulé une mèche de mes cheveux. — J'aurais aimé te connaître à l'époque. Je pense que tu aurais été un bon ami.

Ses lèvres pincées disaient qu'elle aurait eu bien besoin d'un ou deux bons amis au lycée. Après avoir perdu son père, harcelée par une mère aux attentes irréalistes, avec Jackson probablement parti à l'université, elle devait se sentir perdue et seule. Et les lycéens avaient le don de flairer ça et de l'exploiter.

— Désolé, tu es un peu trop vieille pour le 4-H, mais on peut être amis maintenant. Une idée a commencé à germer au fond de mon esprit. Je devrais d'abord vérifier avec maman et grand-père, cependant.

— Des sex-friends, comme on dit ? Un coin de sa bouche s'est relevé.

J'ai remonté un doigt le long de l'intérieur de son autre cuisse, soulevant une traînée de chair de poule sur sa peau. — Mes avantages sont bien moins chers que ceux du minibar.

Bilbo, qui avait évacué le lit quand il avait commencé à trembler, a gémi et a gratté à la porte.

Sam a grogné. — J'ai oublié. C'est l'heure de sa dernière promenade. Juste une minute, Bilbo Baggins. Elle s'est redressée sur un coude et a tiré sur son débardeur.

Je me suis redressé et j'ai posé une main sur sa jambe, l'immobilisant. — Je vais le faire. Je suis encore habillé. Bien qu'une promenade avec une érection serait au mieux inconfortable.

Ses yeux se sont écarquillés, comme si elle venait de le réaliser. — J'ai joui sur tout ton visage, et tu es encore habillé ? Elle a couvert son visage de ses mains. — Je suis, genre, la pire sex-friend de tous les temps.

— Non. J'ai attrapé son poignet et j'ai retiré une main de son visage. J'ai embrassé sa paume. — J'ai passé un bon moment. Et maintenant, Bilbo et moi allons passer un moment entre mecs. Toi, détends-toi, d'accord ? Elle en avait besoin. Et elle avait besoin de cet orgasme. L'annonce du prix avait été beaucoup pour elle. Tous ces gens dans les bureaux de l'éditeur. Elle imaginait probablement les nouveaux étrangers qu'elle devrait rencontrer à la cérémonie de remise des prix. Me penchant en avant, j'ai effleuré ses lèvres des miennes, puis je me suis glissé hors du lit.

La laisse de Bilbo était suspendue à la poignée de la porte. Je l'ai attachée à son collier et j'ai refermé doucement la porte derrière moi.

25

NIALL

SAM AVAIT PEUT-ÊTRE DIT qu'elle avait amené Bilbo parce que c'était son meilleur ami, mais Sam n'était pas la seule amie de Bilbo.

Bilbo était une vraie pute à caresses.

Dès l'instant où j'ai mis un pied dans le hall avec lui, Bilbo a attiré les admirateurs comme des vautours sur une charogne. Deux vieilles dames en tailleur de soie se sont penchées sur leurs genoux grinçants pour lui caresser la tête. Bilbo a affiché un grand sourire tout du long.

Le bagagiste a crié : « Attends, Bilbo Baggins », et s'est précipité vers nous avec un biscuit pour chien. Bilbo l'a croqué en en mettant partout sur la moquette de l'hôtel et a laissé l'homme le grattouiller derrière les oreilles.

Dehors, Bilbo a trotté dans la rue comme un parrain dans un film de gangsters, acceptant les éloges et les friandises comme son dû. Des femmes avec des ordinateurs portables, des femmes avec des tapis de yoga et des femmes avec des poussettes doubles l'ont suivi et ont demandé à le caresser ou à prendre des selfies avec lui. Bilbo allait figurer sur plus de posts Instagram ce jour-là que moi lors de cette convention de fantasy.

Non pas que j'étais jaloux. D'un chien.

Est-ce que Sam attirait ce genre d'attention quand elle le promenait ? Les hommes qui restaient en retrait et admiraient Bilbo de loin auraient-ils approché Sam si elle l'avait promené ? Auraient-ils essayé d'avoir son numéro ?

Ce satané chien était dangereux.

Quand un trio de touristes avec plus de matériel photo qu'Annie Leibovitz nous a arrêtés juste à l'entrée du parc, ça m'a donné une idée.

J'ai sorti mon téléphone pour prendre ma toute première photo avec un portable. Je l'enverrais à Gabi par SMS — encore une première.

J'ai tâtonné avec le téléphone, faisant glisser mon pouce sur l'écran pour le réveiller. Merde, il n'avait plus de batterie. Ou il était cassé.

Ou… éteint.

J'ai appuyé sur le bouton d'alimentation, et l'écran s'est enfin allumé. Et j'ai eu droit à une minute de musique et de vidéo électroniques. Cet engin était plus une source d'ennuis qu'autre chose. Pendant ce temps, j'ai accepté de prendre l'un des appareils photo compliqués des touristes pour faire une photo de groupe d'eux avec leur nouveau meilleur ami, qui a même souri pour la photo, la langue pendante.

Quel cabotin.

Ma poche a vibré. Après avoir rendu l'appareil photo au touriste, j'ai sorti mon téléphone. Le nom de Gabi s'est affiché à l'écran.

— Salut, je pensais justement à toi, ai-je dit.

— À moi ? Le tout nouveau nominé au prix Tower pense à sa modeste agente, dactylographe, et jadis meilleure amie ?

— Jadis ?

— C'est l'un des nombreux mots que j'ai appris en transcrivant tes manuscrits. Ça veut dire ancienne…

— Je sais ce que ça veut dire. Pourquoi suis-je ton ami d'antan ? J'ai trouvé un banc dans le parc sous un lampadaire alors que le ciel passait du rose du coucher de soleil au gris du crépuscule. Bilbo s'est étiré à mes pieds.

— Pourquoi a-t-il fallu que j'apprenne pour le prix Tower sur ce putain d'Internet ? Mon ami Niall m'aurait appelée pour partager la bonne nouvelle, peut-être même qu'il serait passé avec une bouteille de champagne. Alors, comme je n'ai pas reçu d'appel, je me suis dit, merde, il s'est encore fait avoir. Voyons voir si cette princesse bidon, Samantha, a été retenue. Et, miracle, voilà vos deux noms sur la liste des nominés.

— Désolé. Si je gagne, je ne manquerai pas de te remercier dans mon discours de remerciement. J'étais distrait.

— *Quand* tu gagneras. Distrait par la nomination ou par quelque chose — quelqu'un — d'autre ?

— Sam a été un peu dépassée par l'annonce. J'ai dû m'assurer qu'elle allait bien.

— Et alors ?

— Elle va mieux maintenant. Gabi était ma meilleure amie, mais je n'allais pas lui dire que j'avais détendu Sam en lui faisant un cunnilingus. — Elle était sur les nerfs. Surtout après ce dîner avec son frère. Je ne suis pas sûr de ce qui se passe avec elle. Elle s'était peut-être mise à nu pour moi, mais son esprit était toujours aussi bien gardé que les joyaux de la Couronne.

— C'est une énigme, c'est certain. Elle n'est pas aussi proutprout et snob que ce à quoi je m'attendais. Elle avait l'air assez bouleversée par le dessin de ce gamin.

— Sam aime les enfants. Elle s'y prend bien avec eux.

— Ah oui ? Quelle coïncidence. Toi aussi, tu aimes les enfants. Si je me souviens bien, tu avais prévu de remplir cette ferme de...

— Non, Gabi, on ne va pas parler de ça maintenant.

— Je dis juste que tu as peut-être plus en commun avec Sam que tu ne le pensais.

Je me suis levé et j'ai fait les cent pas autour du banc.
— Qu'est-ce que ça veut dire ?

— Tu l'aimes bien.

Bilbo a aboyé une fois. Je me suis figé et je l'ai regardé. Bilbo a remué la queue. — Bien sûr que je l'aime bien.

Bilbo a aboyé de nouveau.

— Non, toi, tu craques vraiment pour elle. Tu te vois déjà l'emmener à la ferme. Lui montrer ta crique secrète. Un grand mariage dans le pré. Pondre des petits bébés chics aux yeux bleus.

— C'est ridicule. Comment diable avait-elle deviné ? — Chut, Bilbo. Il a arrêté d'aboyer, a jeté un rapide coup d'œil à son arrière-train par-dessus son épaule, et a tourné en rond, chassant sa queue. Il avait besoin d'espace pour courir, pas de promenades en laisse.

— Tu n'as pas couché avec elle, n'est-ce pas ? Tu sais comment tu deviens quand le sexe s'en mêle. Il y a la rencontre avec la famille, les voyages à la ferme et les discussions sur l'éternité…

— Non. Puis, à voix basse : — Pas exactement.

Elle a poussé un hoquet théâtral. — Putain, ça veut dire quoi, « pas exactement » ? Il y a eu un orgasme ?

— Il se pourrait qu'il y en ait eu un. Comment faisait-elle pour toujours me tirer les vers du nez ?

— Alors c'était du sexe. Fais attention, Niall. La princesse a des secrets. Ne t'investis pas émotionnellement avant de savoir ce qu'ils sont.

— Tout le monde a des secrets. La dyslexie de Sam n'était pas un secret que je pouvais partager.

— Je sais qu'elle te plaît. Mais elle va te déchiqueter le cœur quand elle partira. Je savais à quoi elle pensait, même si elle ne le dirait jamais. Que j'étais sensible au fait que les gens m'abandonnent. À cause de ce que mon enfoiré de père avait fait.

Mais Sam n'était pas comme lui. — Je serai prudent.

— Menteur. Fais attention à ton cœur d'artichaut, Niall.

C'était pour ça qu'on était restés amis après notre rupture. Le fait qu'elle s'inquiète pour moi. — Fais-y attention toi-même. C'est toi qui l'avais en dernier.

Gabi a reniflé. — S'il te plaît. Si tu avais voulu de moi, tu m'aurais suivie en ville. N'essaie pas de me faire changer de sujet. C'est important.

— Qu'est-ce qui est important ?

— Niall. Elle a étiré mon nom comme si j'étais un enfant ou un chiot très vilain. — Vous êtes tous les deux nominés pour le prix Tower. Ça fait de vous des rivaux.

— Non !

— Non ? Quoi, l'un de vous va se retirer de la compétition ?

— Bien sûr que non. C'est génial pour nous deux. Mais… devrions-nous ? Que se passerait-il si l'un de nous gagnait ? Cela signifierait que l'autre aurait perdu. Le perdant serait-il amer ? Le serais-je ? Devrais-je me retirer pour m'épargner cette douleur ?

— Niall. Ne. Te. Retire. Pas.

— Je ne le ferai pas. Probablement. Être nominé est un honneur. C'est énorme pour nos carrières. Je suis sûr que Sam et moi, ça ira, peu importe qui gagne. En fait, en rentrant à l'hôtel, je m'entraînerais à faire mon sourire « je-suis-tellement-ravi-que-tu-aies-gagné » devant le miroir.

— Là, je suis en train de lever les yeux au ciel, Niall.

Bilbo s'est assis et a aboyé. Je lui ai tapoté la tête.

— Je dois ramener Bilbo.

— On se voit demain à la séance de dédicaces. Repose-toi bien, d'accord ?

J'ai tiré sur la laisse de Bilbo pour le ramener vers l'hôtel.
— Promis.

— Bien. Et Niall ?

— Ouais ?

— Si tu es nominé pour un Pulitzer ou un Nobel, tu m'appelleras, hein ?

— Compte sur moi.

Bilbo a ouvert la voie vers l'hôtel, sa queue flottant derrière lui comme un drapeau.

———

J'AI FRAPPÉ DOUCEMENT à la porte de Sam au cas où elle se serait endormie. La journée avait été éprouvante pour elle. Pour nous deux.

Mais elle a répondu, vêtue d'un pantalon de pyjama et de ce caraco qui me rendait dingue. Mon érection, que j'avais finalement réussi à calmer en marchant, est revenue à la vie.

— Merci d'avoir pris soin de Bilbo Baggins.

Elle l'a ramassé et l'a bercé dans ses bras, lui posant des questions absurdes comme s'il pouvait répondre, tout en entrant dans sa chambre. J'ai lâché la laisse et je l'ai laissée traîner sur la moquette derrière eux.

Elle a jeté un coup d'œil par-dessus son épaule. — Tu entres ?

Sans réfléchir, mes pieds m'ont porté dans sa chambre. La porte s'est refermée bruyamment derrière moi.

Elle a détaché la laisse de Bilbo et l'a posé par terre. Il a couru dans la salle de bain et a lapé bruyamment son eau.

— Ce chien est dangereux, ai-je grommelé. Je ne peux même pas te dire combien de personnes nous ont arrêtés pour le caresser.

Elle a ri, trop fort pour être un rire de salon, mais la musique était toujours là. — Il adore l'attention. Il sera si triste quand… Son sourire s'est effacé.

Mon cœur s'est accéléré. — Quand quoi, Sam ? Quand la tournée sera finie ? Y avait-il une chance qu'elle ne soit pas prête non plus à me laisser partir ?

Elle a grimacé. — Quand nous quitterons San Francisco pour mon post-doctorat. C'est dans une toute petite université sélective qui fait des trucs très cools avec les ordinateurs, mais il n'y aura pas autant d'occasions de se faire des amis.

— Tu as choisi une petite université ?

— Ouais. D'après Google Maps, il y a surtout des champs de maïs, une petite ville et l'université. Rien d'autre à des kilomètres à la ronde.

— Ça ressemble à l'endroit où j'ai grandi. Sauf pour l'université. Pour ça, il faut aller en ville. Merde. J'avais enfin rencontré une femme qui aimait les grands espaces et les petites villes, et elle avait besoin d'une université de renommée mondiale. Enchanted Forest était la plus belle ville du monde, mais elle n'était pas connue pour ses capacités informatiques, sauf si on comptait les deux anciens postes publics de la bibliothèque.

— Tu as aimé grandir là-bas ? Elle s'est frotté un bras nu avec l'autre main, comme si elle avait froid.

— Plus que tout.

— Je sais que l'université me plaira. Le facteur clé, c'est qu'elle est à mille six cents kilomètres de chez moi et à deux heures de l'aéroport principal le plus proche. J'aurai enfin un peu d'espace.

Je n'ai pas pu m'empêcher de laisser cette idée à moitié réfléchie sortir de ma bouche. — Hé, si tu as besoin d'espace, on a quelques jours de congé qui arrivent. Je comptais rentrer à Enchanted Forest pour voir ma famille.

Elle a souri. — J'ai encore du mal à croire que tu habites dans une ville qui s'appelle vraiment Enchanted Forest.

J'ai haussé les épaules. — Elle mérite son nom. C'est le meilleur endroit sur terre. Tu pourrais venir aussi. C'est calme. Tu ferais une pause loin de tout ce monde. Du stress. Et Bilbo pourrait courir et jouer autant qu'il veut.

Au son de son nom, Bilbo est sorti de la salle de bain en trottinant et a remué la queue.

— Oh. Euh, je comptais juste rester à l'hôtel. Avancer dans mon travail. Elle a fait un geste vers son ordinateur portable sur le bureau.

— Bien sûr. Sans pression. Tu peux y réfléchir.

— Bien sûr.

C'était un *bien sûr* qui voulait dire merci-mais-non-merci. Et elle avait probablement raison. Ce serait peut-être mieux si elle déclinait l'invitation que je n'avais même pas eu l'intention de lui faire. Les mots de Gabi résonnaient dans ma tête. *La rencontre avec la famille, les voyages à la ferme et les discussions sur l'éternité.* Sam m'avait assuré qu'elle n'était pas du genre à s'engager pour l'éternité.

— Je devrais y aller. J'ai ce talk-show matinal demain.

— Un talk-show ?

— Ouais. Je me suis frotté l'arrière du cou, qui était devenu chaud. — Qiana m'a appelé cet après-midi. Un invité s'est désisté. Et après la nomination, ils m'ont demandé de le remplacer.

— C'est merveilleux, Niall. La télévision. Elle semblait sincère. Ses yeux violets brillaient.

— Ça ne va pas être bizarre, n'est-ce pas ? Nous deux nominés pour le prix Tower ?

Elle a pâli, et c'était toute la réponse dont j'avais besoin. Bien sûr que ça allait être bizarre.

— Je ne veux pas penser au prix Tower. Pas ce soir. Elle s'est approchée de moi et a posé les paumes de ses mains sur ma poitrine. — Tu as si bien réussi à me distraire tout à l'heure. Tu veux recommencer ?

Elle a dû sentir mon cœur s'emballer sous ses mains. Ma respiration saccadée. Mes couilles, qui me faisaient mal depuis une heure, depuis que j'avais enfoui mon visage en elle, se sont mises à picoter. Bien sûr que je voulais recommencer. Mais j'ai posé mes mains sur les siennes et les ai retirées de ma poitrine traîtresse. *Fais attention à ton cœur d'artichaut, Niall.*

— Je ne suis pas sûr que ce soit une bonne idée. Les mots semblaient être des éclats de verre dans ma gorge.

Elle a souri. — Parce que c'est la Saint-Valentin ? Je te jure que je ne suis pas une de ces obsédées de l'amour qui s'accrocheront à toi comme une bernique si on couche ensemble le quatorze février.

— Non, bien sûr que non. Si je croyais à la magie de la Saint-Valentin, je lui aurais fait l'amour là où nous étions. Si seulement je pouvais la faire s'accrocher à moi et ne pas vouloir me jeter dès la fin de la tournée.

Son sourire enjoué s'est estompé. — À cause du prix ? Parce que je...

— Non. J'ai serré ses mains. — Le prix n'a rien à voir avec

nous. J'ai essayé de bien formuler les mots dans ma tête avant de les dire.

— Alors pourquoi ?

— Je commence à avoir des… sentiments pour toi. Des sentiments dont je sais qu'ils ne sont pas réciproques. Et le sexe va compliquer les choses.

— Mais on a déjà couché ensemble.

Une douleur a éclaté au-dessus de mon sourcil gauche. Gabi avait dit la même chose. — Et c'était fantastique. Mais je dois m'arrêter là. À moins que tu aies changé d'avis sur le fait de tout arrêter quand la tournée se terminera ? Je détestais la note d'espoir dans ma voix. Elle ressemblait trop aux cent fois où j'avais demandé à mon père de rentrer à la maison.

Elle a secoué la tête. Ses yeux étaient devenus ternes, comme si elle avait tiré un rideau de velours dessus.

Je l'ai embrassée, doucement, brièvement. — Bonne nuit, Sam. Et l'invitation à la ferme ? Purement platonique. Je pense que tu aurais besoin d'une pause.

Elle a baissé les yeux sur ses orteils nus.

Quand j'ai embrassé le sommet de sa tête, j'ai dû retenir ma respiration pour éviter son parfum tentateur. J'ai gratté le menton de Bilbo et j'ai quitté sa chambre, refermant doucement la porte derrière moi.

Platonique. À peine le mot était-il sorti de ma bouche qu'il a résonné comme un mensonge. Mis à part mes amis d'Enchanted Forest, je n'y avais jamais invité personne dont je ne pensais pas être amoureux. La ferme était trop spéciale, trop chère à mon cœur, pour l'encombrer de simples connaissances.

La place de Sam était là-bas. Elle avait forcé la porte de mon cœur pour s'y installer. Et je l'avais laissé entrer, dangereusement près de tout ce que je considérais comme sacré.

26

SAM

RONGEANT mon frein sur la banquette arrière de la berline qui tournait au ralenti devant le studio de télévision, j'ai desserré les poings pour appeler une amie.

— Oh. Mon. Dieu, ai-je dit dès que Marlee a décroché mon appel vidéo.

— Qu'est-ce qui se passe ? a-t-elle demandé. Quand elle a bougé avec son téléphone, j'ai aperçu une épaule nue et musclée et des draps derrière elle. Bilbo Baggins, blotti contre moi dans la voiture, a penché la tête en entendant le son de sa voix.

— Merde, j'ai oublié le décalage horaire. Je t'ai réveillée ? J'ai mis une main sur mes yeux.

— Mon réveil aurait sonné dans quelques minutes. Ne t'en fais pas. Et tu peux ouvrir les yeux. Je porte une chemise de nuit. Est-ce que ça va ? Elle a allumé une lumière et s'est assise à sa table de cuisine. Une cafetière a grommelé en arrière-plan.

— Je... Soudain, la rage qui m'avait poussée à appeler mon amie s'est transformée en une douleur sourde dans ma poitrine. Je crois que j'avais des émotions fortes, et je voulais voir un visage amical.

— Des émotions fortes à propos de… ?

J'aurais pu dire n'importe quoi. Le voyage. Mon doctorat. Mais c'est la vérité qui est sortie de ma bouche. — De Niall.

— Ton beau gosse de partenaire de tournée ? Ses yeux se sont agrandis. Vous *êtes* faits pour être ensemble !

— Quoi ? Non. J'ai mis mes écouteurs en vitesse.

— Mais, Sam, tu as dit que tu avais des émotions fortes. Tu n'as jamais eu d'émotions fortes pour aucun des mecs avec qui tu as… attends ! Vous avez couché ensemble ?

J'ai caché mon visage, soulagée que la voix de Marlee ne sorte que de mes écouteurs et pas du haut-parleur de mon téléphone. Ce que nous avions fait sur mon lit comptait à peine, vu que j'étais la seule à avoir joui. Et après, quand j'aurais voulu lui rendre la pareille, il m'avait repoussée. — En quelque sorte ?

— Doux, doux Stephen Hawking. Et c'était… ?

— Oui, bien sûr. Mes joues ont pris feu. La magie du garçon de la ferme, ai-je marmonné.

— Alors qu'est-ce qui… ?

— Les sentiments, ça craint. J'ai baissé la voix pour que le chauffeur n'ait pas à faire semblant de ne pas m'entendre avec autant d'insistance. Il a fait une interview ce matin dans une émission, et…

— Laquelle ?

Je lui ai donné le nom, et elle a regardé hors-champ, en train de taper quelque chose sur un ordinateur portable. Je ressentais la même chose que lorsque j'étais entrée dans sa chambre et que Gabi était là. Un tourbillonnement dans mon estomac et le besoin de frapper, d'incinérer ce sentiment dégoûtant avec une décharge d'énergie cinétique. J'avais appuyé si fort sur le bouton d'arrêt de la télécommande qu'il était resté coincé.

J'ai caressé la fourrure de Bilbo Baggins. — Bref, l'intervieweuse était hyper séductrice et… et mielleuse, et il a adoré ça. Après j'ai eu des brûlures d'estomac et j'ai dû prendre, genre, un million de cachets antiacides.

— Brandi Brewer. Ouais, elle est jolie. Mais il couche avec *toi*.

J'ai grimacé en me rappelant comment il m'avait repoussée la veille. — Pas exactement.

— Oh. *Oh*. Ses yeux sont devenus tout doux et fondants, comme du caramel. Mais tu en as envie.

— Juste… juste pour le sexe.

Marlee a secoué la tête. — Si tu le voulais juste pour le sexe, ça t'importerait peu qu'il flirte avec Brandi Brewer. Tu es en plein dedans.

— En plein dans quoi ?

— Amoureuse. Et elle a poussé un soupir de bonheur authentique. Elle a levé les yeux, et son fiancé, Tyler, l'a embrassée sur les lèvres. Puis il est sorti du cadre en traînant les pieds.

— Je peux te garantir à cent pour cent que je ne suis pas amoureuse de Niall Flynn. Même si, qu'est-ce que ce serait d'avoir quelqu'un qui vous embrasse comme ça le matin ? Qui vous pose une tasse de café près de la main droite ? J'ai cligné des yeux pour humidifier mes yeux qui me piquaient. Bien sûr, ce serait sympa. Mais j'étais douée en informatique, pas en relations amoureuses. Stephen l'avait bien prouvé.

— Mais…

La portière de la voiture s'est ouverte et Niall s'est glissé à l'intérieur. — Désolé, je suis en retard. Je…

L'élan de chaleur que j'ai ressenti n'était que du bonheur de pouvoir mettre fin à la conversation avec Marlee, qui n'avait pas du tout tourné comme je le voulais. Ce n'était pas à cause de Niall. — Salut, Marlee, je dois te laisser.

— Attends, non. On n'a pas fini. Tu dois te laisser…

— On se reparle plus tard, salut, ai-je dit d'un trait avant de cliquer sur le bouton de fin d'appel. J'ai essayé de sourire à Niall, mais les ondulations rousses et gominées de ses cheveux m'ont rappelé à quel point il était beau à l'écran. Aux côtés de Brandi.

— Salut, désolé. Les yeux de Niall tombaient de fatigue, et des cernes violacés n'étaient qu'à moitié dissimulés par son maquillage négligemment essuyé. Ça a pris plus de temps que prévu.

Bien sûr que ça avait pris plus de temps. À cause de tout ce flirt. J'ai affiché le sourire que j'utilisais pour les soirées de ma mère. — Ne t'en fais pas. J'ai attrapé un mouchoir dans la boîte sur la console et j'ai frotté les traces de fond de teint sur son visage.

— Hé, j'ai encore besoin de cette peau. Il a immobilisé ma main, m'a pris le mouchoir et a essuyé son visage plus doucement que je ne l'avais fait. Quelque chose ne va pas ? Tu es fâchée parce que je suis en retard ?

— Non. Je n'ai même pas envie de faire ça. La lecture de ce jour-là se tenait dans une université locale. En étant moi-même une, je savais que les étudiants se lanceraient dans un jeu de surenchère intellectuelle avec leurs questions difficiles. Je ne pourrais pas m'en sortir avec mes réponses vagues sur Tolkien et L'Engle. Et Niall ne devrait pas avoir à me sauver.

— Alors, qu'est-ce qui ne va pas ?

Il s'est frotté la joue, et mon regard s'est pointé sur une zone juste à gauche de sa bouche. — C'est du rouge à lèvres ?

— Quoi ? Mais il devait savoir de quoi je parlais, car il a essuyé l'endroit.

— C'est le tien ou le sien ?

— Le sien ? Ses sourcils roux se sont haussés.

— Celui de... de cette intervieweuse. La blonde. Machin-chose. Bien sûr que je connaissais son nom. Il ne l'avait répété qu'une centaine de fois durant leur interview.

— Brandi Brewer. Donc tu as regardé.

— Je l'avais mis en fond sonore pendant que je m'habillais. J'ai haussé les épaules et j'ai regardé par la fenêtre.

— Tu n'es pas contrariée, si ?

— Bien sûr que non. De quoi devrais-je être contrariée ? Ce n'est pas comme si on était... Bref, je n'ai pas trouvé professionnel de sa part de flirter avec toi comme ça.

— Flirter avec moi ?

Je fixais les immeubles que nous longions, mais j'imaginais ses sourcils roux levés quelque part près de la naissance de ses cheveux.

Je me détestais alors même que j'élevais la voix pour prendre un ton nasillard imitant Brandi-Brewer-l'intervieweuse. « Je n'interviewe pas souvent des auteurs avec un physique comme le vôtre. Ça vous dirait de nous parler de votre routine d'entraînement ? » « Y a-t-il une chance que vous fassiez une apparition dans la série ? » « Vous voyez quelqu'un en ce moment ? » Comme mon estomac s'était noué quand elle avait posé cette question. Bien sûr, il avait dit non. Et les baisers envoyés en l'air. Berk.

Pourquoi est-ce que j'agissais comme ça ? Pourquoi est-ce que je *ressentais* ça ? Je n'avais jamais été jalouse. Okay, j'avais été jalouse de la fille avec qui Stephen était sorti après moi. Même en sachant que c'était un salaud, je lui avais donné mon cœur, et je n'en avais pas récupéré tous les morceaux après qu'il l'eut brisé. C'était exactement pour ça que je ne pouvais en donner aucune partie à Niall. Si je perdais encore d'autres morceaux, pourrait-il continuer à battre ? Une masse froide et lourde pesait dans mon ventre.

— Sam. Il a attendu que je ramène mon regard vers lui. Ça ne voulait rien dire. Elle ne m'intéressait pas. Pas comme… La rougeur est partie de son cou pour envahir ses joues.

La masse dans mon ventre s'est allégée. D'accord, alors.

— Oh. Hé. J'ai eu une idée. Ses yeux se sont mis à scintiller. Il a sorti son téléphone de sa poche arrière, l'a regardé en fronçant les sourcils, puis a tapoté l'écran.

Mon téléphone a vibré dans ma main. — Tu m'as envoyé un texto ? Il m'avait appelée pour des questions de logistique, mais il ne m'avait jamais envoyé de texto.

— Mieux qu'un texto. Il a souri, bouche fermée, comme s'il gardait un secret.

J'ai jeté un œil à l'écran. Une notification est apparue en haut.

Niall Flynn vous a offert le livre audio *Les Secrets des Elfes des Bois*.

— Un livre audio ?

— Ouais, je me suis dit que tu aimerais l'écouter au lieu de le lire. Comme on a fait hier après-midi.

La session d'hier après-midi avait le bonus d'un orgasme. Peu importe la qualité de la narration professionnelle, je ne pensais pas que ça me ferait jouir. Pourtant, c'était gentil. Attentionné. Très Niall. — Merci. Je me suis penchée et je l'ai embrassé sur les lèvres, juste une petite bise, en fait. J'avais envie de m'attarder pour plus.

— De rien. Il s'est léché les lèvres. Fais-moi savoir quand tu seras prête pour le deuxième. Ses lèvres brillantes se sont retroussées en un sourire charmeur.

Une chaleur a fleuri entre mes jambes. *Maintenant, maintenant, maintenant*, scandait mon corps.

— D'accord. Ma voix était trop aiguë et haletante. Je me suis éclairci la gorge. Désolée, j'étais bizarre tout à l'heure. La tournée me pèse, j'imagine.

Il a pris une profonde inspiration. L'a expirée. — Je ne suppose pas que tu aies réfléchi davantage à l'idée de venir chez moi ?

Réfléchi ? J'y avais beaucoup réfléchi. La plupart de mes pensées étaient *Danger* et *Ne sois pas idiote*. Mais il avait fait passer ça pour le nirvana, un endroit sans pression ni foule. Loin du Wi-Fi, où je n'aurais pas à répondre aux rappels irritants de Heidi et du Dr Martell concernant l'accord de confidentialité et le fait que le Prix Tower était l'objectif final de toute cette mascarade.

— Platonique, n'est-ce pas ? On traînera juste ensemble et tu me montreras le fameux entraînement de garçon de la ferme dont tu as tant parlé avec Brandi ?

— Platonique. Et tu le feras aussi. Tout le monde travaille à la ferme.

— Le travail ne me fait pas peur. Les courbatures me changeraient peut-être les idées.

Non. Je n'avais pas ma place à la ferme de Niall, invitation platonique ou non. Avec les mensonges que j'avais racontés, je ne méritais pas d'être son amie. Pourtant, je n'ai pas pu empêcher les mots de sortir de ma bouche. — D'accord, alors. J'irai.

Le sourire de Niall était bien plus beau que tout ce qu'il avait pu donner à Brandi pendant cette interview.

27

SAM

J'AI SERRÉ fort Bilbo Baggins contre moi alors que Niall garait la voiture de location devant la ferme blanche à deux étages, ce vendredi matin. C'était un décor de carte postale avec son porche qui en faisait le tour et ses rocking-chairs. Il ne manquait qu'un parterre de marguerites. Mais dans l'Ohio, le mois de février était trop précoce pour les fleurs.

Niall a retiré la clé du contact. Un léger sourire a étiré les commissures de ses lèvres. — Ça va pour l'instant ? Ce n'est pas trop horrible ?

C'était horrible. *C'était moi*, qui étais horrible de l'avoir laissé me convaincre. Même si Niall ne l'avait pas encore accepté, notre amitié prendrait fin dès la fin de la tournée. Car sinon, les mensonges que j'avais accumulés entre nous s'effondreraient et nous écraseraient tous les deux. Il n'y avait aucune raison de me rapprocher de lui. Et venir à sa ferme était à peu près le plus près de Niall que je pouvais être.

Alors je lui ai raconté un autre mensonge. Pour quelqu'un qui était une si mauvaise menteuse, je les racontais de plus en plus facilement. — Ça va. Je vais bien.

— Alors, entrons. On va dire bonjour à Maman et Grand-père, et je te ferai faire le grand tour.

Quand j'ai ouvert la portière, Bilbo Baggins a sauté dehors et s'est mis à courir en rond en reniflant le sol. En passant mon sac à dos sur mon épaule, j'ai perçu une odeur de menthol — non plus d'eucalyptus maintenant, mais de pin — et de cèdre. L'Ohio sentait comme Niall.

Il a contourné l'avant de la voiture et a glissé sa main dans la mienne. Il m'a entraînée sur les marches du perron et nous avons franchi la porte d'entrée non verrouillée.

— Maman, je suis rentré, a-t-il lancé dans l'entrée à l'ancienne. Une rangée bien ordonnée de bottes — la plupart boueuses — reposait dans un bac à côté de la porte d'entrée. Bilbo Baggins les a reniflées. — Inutile d'enlever tes chaussures, a dit Niall. On ne reste qu'une minute à l'intérieur.

Une odeur de pain chaud flottait dans la maison. Nous avons franchi une porte sur la droite pour entrer dans une cuisine jaune vif aux placards peints en blanc. La mère de Niall — je l'ai reconnue du lancement de son livre — s'est essuyé les mains sur un torchon à carreaux vichy bleus délavés.

— Niall. Et Sam. Elle a ouvert les bras, et Niall a lâché ma main pour se blottir dans l'étreinte de sa mère. Après un long câlin, elle l'a relâché et m'a ouvert les bras. Elle était plus douce que ma mère, moins d'os anguleux et plus de muscles souples, et ses mains calleuses se sont accrochées au dos de mon manteau en toile. De près, elle sentait la levure et le citron. Bilbo Baggins dansait à nos pieds, ses griffes cliquetant sur le linoléum.

Le grand-père de Niall s'est levé de la table de la cuisine où il était assis et a serré Niall dans ses bras. Il m'a tendu sa main droite rugueuse, et je l'ai serrée. Son bras gauche était dans le plâtre.

— C'est un plaisir de vous revoir, Monsieur Flynn. Madame Flynn. J'ai essayé de sourire comme si je le pensais vraiment.

Son sourire était plus réservé, moins spontané que celui de la mère de Niall.

Elle a balayé une miette sur le comptoir. — Je vous en prie, appelez-moi Elaine. Ou Laney. Et mon père, c'est Jerry. Vous avez faim tous les deux ?

— Non…, ai-je commencé. Nous avions pris des viennoiseries et du café à l'aéroport en attendant notre vol matinal.

Mais Niall a parlé par-dessus moi. — Je veux faire visiter la ferme à Sam. Ça te dérange si je nous prépare des sandwichs ? Promis, on sera de retour pour le souper.

Le rire d'Elaine a résonné dans la cuisine. — Si j'avais un dollar à chaque fois que tu t'es perdu dans ces bois et que tu as manqué le souper. Elle a tapoté l'épaule de Niall. — Le pain d'aujourd'hui est encore au four, mais j'ai celui d'hier. Tu sais où tout se trouve. Elle s'est accroupie pour caresser Bilbo Baggins, qui s'est laissé tomber sur le sol en exposant son ventre.

— Ce n'est pas un chien de garde, celui-là, a-t-elle dit.

La tête dans le réfrigérateur, Niall a répondu : — Non, plutôt un brise-glace. Ce chien a des amis dans six villes. Il est plus extraverti que nous deux.

Elaine a souri, puis s'est redressée en s'appuyant une hanche contre le comptoir. — La tournée du livre vous a plu jusqu'à présent, Sam ?

— Je suppose ?

Elle a eu un petit rire. — Je n'ose imaginer à quel point ça doit être épuisant. Tous ces voyages. Tous ces gens.

Niall a déposé une brassée d'articles sur l'îlot en billot de boucher. — Ce n'est pas si mal. L'adulation des fans. Les repas au restaurant. Le ménage quotidien. Et une absence notable de nettoyage de box. Il m'a jeté un coup d'œil. — Mais Sam est une citadine. Je ne pense pas qu'elle ait déjà connu la joie d'un bon nettoyage de box.

— J'ai pris une ou deux leçons d'équitation, et mes parents nous emmenaient dans une ferme en dehors de la ville. Votre grange ne me fait pas peur. Ni votre bétail. Cette ferme avait été l'une des excursions préférées de papa. La mienne aussi.

Souriant, Niall a empilé de la dinde sur d'épaisses tranches de pain.

— Je vois, a dit Jerry. Tu arrives trop tard pour les corvées du matin, et tu vas traîner dans les bois toute la journée. Il a piqué un morceau de dinde dans la boîte.

Le sourire de Niall s'est crispé aux commissures. — Je te promets que je t'aiderai pour les corvées du soir. Et si tu as une liste de choses à faire pour moi, je m'en occuperai avant notre départ demain.

— Nan. Jerry a frappé le dos de Niall. — Je te faisais juste marcher. Le gamin Turner nous a aidés. Profite de la journée avec ton amie. Il m'a lancé un regard en coin.

Niall a enveloppé les sandwichs dans du papier ciré. — Vraiment, je veux faire les corvées. J'ai promis à Sam qu'elle pourrait aider aussi.

Le regard perçant de Jerry s'est posé sur mes mains, et son visage buriné s'est plissé en un sourire narquois. J'ai replié mes doigts dans mes paumes. Non, je n'avais pas de callosités à force de tenir une pelle ou une fourche ou je ne sais quoi, mais je savais travailler. Je l'ai fusillé du regard.

Niall n'a rien vu de tout ça. — Prête pour notre visite, Sam ?

— Ça vous dérange si j'utilise vos toilettes d'abord ?

— On peut faire un premier arrêt aux latrines lors de notre visite.

J'ai cligné des yeux. *Des latrines ?*

— Ne la taquine pas comme ça. Elaine lui a donné une tape sur le bras. — Par ici, Sam.

Elaine m'a ramenée dans l'entrée et a montré le fond du couloir. — Tout droit. C'est peut-être un peu rustique, mais nous avons l'eau courante.

En me lavant les mains au-dessus du lavabo sur pied rose vintage, j'ai jeté un coup d'œil dans le miroir. Mes taches de rousseur ressortaient sur mes joues pâles. Qu'avais-je fait ? Me rapprocher de Niall ne ferait que le regretter davantage quand nous nous séparerions à la fin de la tournée. Si la vérité éclatait avant, je devrais regarder l'étincelle quitter ses yeux et son regard devenir plat et froid. Cela me briserait le cœur en deux.

Et c'était quoi, le problème avec le grand-père de Niall ? Il avait l'air méfiant presque dès mon arrivée. Que soupçonnait-il ?

Je me suis séché les mains sur la serviette brodée et suis retournée à la cuisine, le plancher craquant sous mes bottes. Quand j'ai franchi le seuil, Niall a murmuré quelque chose à sa mère, et elle lui a tapoté la joue couverte de barbe rousse naissante. Un sac en toile pendait à son épaule, et il tenait quelques couvertures pliées sous son autre bras.

— C'est une belle journée pour ça. La température devrait monter jusqu'à seize degrés, a dit Elaine. — Amusez-vous bien.

— Ne vous perdez pas. Et attention aux ours, a lancé Jerry de derrière son journal.

— Grand-père ! N'essaie pas de faire peur à Sam. Niall a mis un sac à dos sur ses épaules et m'a tendu la main.

— On ne va pas vraiment se perdre, n'est-ce pas ? ai-je murmuré alors qu'il me conduisait vers la porte de côté.

— Aucune chance. Mais j'ai beaucoup utilisé cette excuse quand j'étais plus jeune pour expliquer pourquoi j'étais en retard.

— Et les ours ?

— Il n'y en a pas beaucoup dans le coin, et la plupart hibernent à cette période de l'année.

Bilbo Baggins a sauté les marches du porche et a couru devant nous en direction des bois.

— Bilbo Baggins ! ai-je crié. — Reviens ! Ses jappements pourraient réveiller un ours. Ou attirer l'attention d'un coyote affamé.

— Ne t'en fais pas. On va le suivre. Et Thorin le tiendra à l'œil.

Une bête noire et hirsute, qui tenait plus du Chupacabra que du chien, a bondi vers Bilbo Baggins. Il a aboyé une fois, figeant mon chien sur place.

— Il ne risque rien, n'est-ce pas ? Ce n'aurait pas été la première fois que je devais sauver mon Bilbo Baggins trop amical d'un chien plus gros et plus méchant. Je me suis dépêchée de les rejoindre.

— C'est une bonne pâte.

Effectivement, Thorin s'est approché de Bilbo Baggins, a tourné autour de lui en le reniflant, puis s'est accroupi, l'arrière-train en l'air. Bilbo Baggins a éternué et s'est assis.

Quand Thorin a bondi et a galopé vers nous, Bilbo Baggins l'a suivi au pas de course.

À un doigt levé de Niall, Thorin s'est arrêté net et s'est assis, haletant, le corps tremblant. Bilbo Baggins, après un aboiement interrogateur, s'est lentement affaissé à ses côtés.

— Bon chien. Niall a comblé la distance et a gratté Thorin derrière ses oreilles courtes et tombantes. — Tu veux le caresser ?

Les dents du chien étaient visibles alors qu'il haletait, les canines supérieures aussi longues que la dernière phalange de mon doigt. J'ai hésité.

— Tu ne me fais pas confiance ? Niall a mis les mains sur ses hanches.

Je faisais confiance à Niall pour faire beaucoup de choses — écrire des histoires de fantasy captivantes, oublier d'allumer son téléphone et embrasser comme si c'était son métier — mais je n'étais pas sûre pour son chien surdimensionné, trop poilu et aux dents trop longues. Mais parce que j'étais arrivée dans une sorte de monde à l'envers où je passais mon jour de congé à me promener dans la ferme de la famille d'un homme que je connaissais depuis deux semaines au lieu de travailler sur ma thèse, j'ai tendu une main. Quand le chien ne me l'a pas arrachée, je lui ai caressé l'arrière de l'oreille. Il a fermé les yeux et a pressé sa tête contre ma paume.

— Vous êtes amis maintenant. Allons-y, a dit Niall en prenant mon autre main.

De l'air frais, parfumé au pin, a caressé mes joues alors que Niall m'entraînait vers les arbres. Nous avons dépassé quelques plaques de neige qui fondaient sous le soleil. Les chiens zigzaguaient devant nous, flairant les pistes d'autres animaux.

Niall a montré une grange rouge délavée. Le contour de l'État était peint en blanc sur un côté avec le mot *Ohio* en lettres cursives au-dessus d'une bannière rouge et bleue. Sur le devant, un carré était peint comme une courtepointe en rouge, bleu et or, joyeux contre le ciel bleu pâle de l'hiver. — On ira voir les animaux plus tard. Je veux que tu voies le ruisseau à la lumière du matin.

Au-delà de la grange, des champs bruns s'étendaient jusqu'à une autre lisière d'arbres lointaine. — Que cultivez-vous ici ?

— Du soja et du maïs à vendre. Du foin pour le bétail. Maman a un potager où elle cultive des légumes pour la famille. Et les animaux ne sont pas des animaux de compagnie. Nous vendons la laine des alpagas, le lait des chèvres et les œufs quand les poules pondent. Parfois, on fait du troc avec les autres familles. Les Turner ont des abeilles pour le miel, et ils élèvent des porcs. On essaie d'être autosuffisants autant que possible.

Je ne pensais presque jamais à l'origine de la nourriture. J'avais imaginé Niall comme une sorte de gentleman farmer d'un film de Jane Austen, passant ses journées à écrire dans une bibliothèque lambrissée de chêne pendant que la ferme s'occupait d'elle-même. Pas dans cette ferme.

— Mais ça, dit-il en entrant sous la canopée de la forêt, c'est ma partie préférée de la ferme.

Au moment où nous avons atteint le deuxième arbre, les bruits — le rugissement lointain d'un tracteur, le grondement des pick-up sur la route au bout de l'allée, les cris des faucons — se sont tus. Quand nous avons atteint le troisième arbre, la lumière du soleil s'était estompée jusqu'à devenir crépusculaire. L'odeur âcre des plantes en croissance et de la décomposition sombre m'a rempli les narines.

— Avant l'arrivée des colons européens, toute la région était comme ça, boisée. Tu as vu tout ce qui a été défriché en venant de l'aéroport.

— La ville, puis les lotissements, puis les terres agricoles. Je ne savais pas que c'était une forêt avant.

— Il ne reste que de petites parcelles. On a de la chance qu'ils aient laissé celle-ci. Il a caressé le tronc d'un arbre. — Viens. Je vais te montrer le meilleur endroit.

L'eau gargouillait à proximité, et Niall s'est dirigé vers elle. Les arbres se penchaient les uns vers les autres et se touchaient presque au-dessus de nos têtes, mais quelques rayons de soleil pénétraient la canopée pour scintiller sur l'eau claire du ruisseau peu profond en contrebas. Des rochers bordaient le lit du cours d'eau, et quelques-uns avaient roulé depuis les berges pour servir de passages naturels.

Un rocher plat de la taille d'une Fiat obligeait le ruisseau à le contourner. Niall a sauté dessus et m'a tendu la main. Je l'ai saisie et j'ai grimpé sur le côté, mes bottes boueuses glissant, pour me tenir à côté de lui. Les chiens lapaient l'eau du ruisseau en dessous. Thorin s'y est allongé, se rafraîchissant le ventre.

— Pendant l'ère glaciaire, le recul des glaciers a creusé ce ruisseau et a laissé ce rocher. Il a posé le sac et a secoué une couverture. Il s'est assis dessus et s'est appuyé en arrière sur ses mains.

— Quand j'étais gamin, je venais ici et j'imaginais des mammouths laineux passer lourdement, à l'époque où tout n'était que glace et neige.

Je me suis assise à côté de lui, imaginant les bêtes géantes et poilues. — Tu venais souvent ici ?

— Presque tous les jours. Même en hiver.

Dans mon esprit, un Niall adolescent et dégingandé jetait des cailloux dans l'eau. — Depuis combien de temps ta famille vit-elle ici ?

— Depuis des générations. Maman a déménagé en ville pour l'université, où elle a rencontré mon père. Il a fixé l'eau du regard.

— Quand ses affaires ont commencé à décoller, il a voyagé davantage. En Californie, surtout, mais aussi en Asie et sur la côte Est. Il revenait le week-end, mais ses voyages sont devenus plus longs. Maman ne voulait pas m'élever en Californie. Alors elle est revenue à la maison, à la ferme. Il a souri, un sourire crispé.

— Même quand j'étais tout petit, je n'aimais pas être enfermé dans un appartement en ville. Bref, ses visites ici sont devenues de plus en plus courtes. Puis il s'est marié, a fondé une nouvelle famille et a complètement cessé de venir.

J'ai trouvé sa main et je l'ai serrée. Je savais ce que c'était que de perdre un père. Mais je ne savais pas ce que c'était que d'en avoir un mauvais. — Je suis désolée.

Il a haussé les épaules. — Il a sa vie ; j'ai la mienne. J'aimerais… Il a secoué la tête. — Je suis heureux ici. Il s'est allongé sur le dos, croisant les bras derrière sa tête et fermant les yeux contre le soleil.

Je me suis penchée sur lui, projetant une ombre sur son visage. — Je comprends pourquoi. C'est magnifique.

— Tu devrais voir ça au… Il a ouvert les yeux. Ses pupilles se sont dilatées, rétrécissant le vert. Il s'est redressé et m'a embrassée.

C'était lent, hésitant. Un test. Allais-je reculer ? La citadine trouverait-elle bizarre de s'embrasser dans la forêt, avec la boue, les oiseaux et les écureuils qui jacassaient au-dessus de nos têtes ? Pas cette citadine-là. Quand il a posé ses paumes fraîches sur mes joues et m'a doucement tirée vers lui, je me suis allongée sur sa poitrine et j'ai rendu ses baisers doux et paresseux. Ses doigts se sont glissés dans mes cheveux, faisant frissonner mon cuir chevelu. Bientôt, le frisson s'est propagé sur ma peau, jusqu'à la pointe de mes pieds. La forêt *était* enchantée.

L'eau clapotait, et la brise bruissait dans les branches des pins. Embrasser Niall ici, dans son endroit spécial, avec le soleil qui me réchauffait le dos, était tout simplement parfait. Le temps a perdu son sens. L'espace entre nous aussi. Nous voulions tous les deux la solitude, mais cette solitude partagée était encore meilleure que d'être seule.

Il s'est écarté le premier. Ses yeux étaient presque noirs, avec seulement un très mince anneau vert, comme de la mousse sur une pierre. Il a grimacé. — Je suis désolé, mais je… j'ai une idée. Ça te dérangerait si je la notais ?

Hein. Peut-être que j'étais la seule à ressentir l'enchantement. Je me suis redressée sur les mains. — Une idée. Que tu as eue en m'embrassant ?

— Euh… Il s'est assis lui aussi. — C'est le foyer des elfes des bois. Ils me parlent ici. Et quand tu es avec moi, ils parlent encore plus fort.

J'ai reniflé. — D'accord. Puis, quelque chose m'a démangée de l'intérieur. — Ça ne te dérange pas que je sois là, n'est-ce pas ?

— Non. Il a tendu la main et m'a caressé la joue. — Tu m'inspires.

— C'est ça. Lobelia. J'ai examiné la surface rugueuse du rocher.

Il a enroulé un doigt sous mon menton et l'a relevé jusqu'à ce que je croise son regard. — Non. Toi, Sam. Comme je l'ai dit dans la dédicace, tu es ma muse.

Une douce chaleur m'a envahie. Sa muse. Je l'inspirais. Je me suis penchée en avant et je l'ai embrassé. — Bon, écris. Je vais m'occuper des garçons. Je me suis laissée glisser du rocher dans la boue et j'ai sifflé pour appeler Bilbo Baggins.

J'ai trouvé plein de bâtons à lancer. Les chiens en ont rapporté quelques-uns. De temps en temps, je jetais un coup d'œil à Niall. Tantôt allongé sur le ventre, tantôt recroquevillé avec le carnet sur les genoux, il plissait les yeux sur la page et poussait maladroitement sa main gauche dessus.

Mon téléphone n'avait aucune barre de réseau dans la forêt. Je l'ai donc éteint et j'ai écouté l'eau, les arbres, les oiseaux. Au lieu de vérifier mes e-mails, j'ai regardé le scintillement du soleil sur l'eau ; les branches des arbres, certaines nues, d'autres persistantes, qui se balançaient ; le soleil jaune pâle qui suivait sa course basse dans le ciel. Je n'avais jamais été très portée sur la méditation, mais si j'avais voulu m'y mettre un jour, ç'aurait été l'endroit idéal. Les sons paisibles encourageaient à l'introspection, à une forme de quiétude.

Pourtant, quand je me suis concentrée sur mon for intérieur, ce que j'ai vu ne m'a pas plu.

Des secrets.

Niall m'avait amenée dans son endroit préféré au monde, son refuge secret. Il m'ouvrait sa vie comme un coffre au trésor. Mais moi ? J'étais encore verrouillée à double tour.

Serait-ce si terrible si je parlais à Niall de CASE et du *Magicien*, même si Heidi m'avait dit de ne pas le faire ? Il semblait du genre à savoir garder un secret. Mais je m'étais déjà trompée sur ce point par le passé. J'ai frissonné en me souvenant du choc glacial, comme si on m'avait jetée dans le ruisseau gelé, quand j'avais lu le texto de Stephen qui exigeait de l'argent pour les photos.

Pire encore, que dirait Niall quand je lui parlerais de CASE ? L'étincelle disparaîtrait de ses yeux, le sourire de ses lèvres. Il détesterait la façon dont j'avais dénaturé son art. Comment je lui avais menti depuis le premier jour de la tournée. Même avant ça.

Ne vaudrait-il pas mieux faire ce que Heidi m'avait dit, garder le silence jusqu'à la fin de la tournée et que nous prenions chacun notre chemin ?

J'avais suffisamment écouté *Les Secrets des Elfes des Bois* pour savoir ce que la toujours honnête Greva dirait à ce sujet. Elle me traiterait de lâche. Et elle aurait raison. Mais je n'avais pas la force de regarder Niall en face et de lui dire la vérité.

— Faim ? La voix de Niall était rauque à force de ne pas avoir servi, et il s'est raclé la gorge.

— Ouais. Une seconde. J'ai pris une profonde inspiration et j'ai plongé mes mains sales dans l'eau claire. Je savais qu'elle serait froide, mais *putain,* ça m'a fait pousser un petit cri et ça a aiguisé mes pensées avec une clarté glaciale. Il valait mieux continuer à faire semblant pendant le peu de temps qu'il nous restait ensemble.

J'ai secoué l'eau de mes mains rougies puis j'ai grimpé à côté de lui. Il avait déjà installé le déjeuner sur la couverture — des sandwichs, des pommes, des bouteilles d'eau, un thermos de café, et même quelques cookies faits maison. J'ai dévoré un sandwich et j'ai forcé un ton léger dans ma voix. — Ça a bien avancé, l'écriture ?

— Ouais. Il avait toujours un air rêveur et absent.

— Tu as dit que c'est ici que tu avais créé les elfes des bois ?

Il a souri, mystérieux. — Je ne suis pas sûr de pouvoir m'attribuer le mérite de les avoir créés. J'ai toujours imaginé qu'il y avait des êtres par ici. J'imagine que ça vient des contes de fées que ma mère me lisait. J'avais l'habitude de les chercher. Parfois, je leur apportais un biscuit ou un peu de lait. J'ai commencé à écrire des histoires sur leurs aventures et, finalement, les histoires sont devenues un livre.

— Tu écris toujours à la main ?

— Ouais. J'envoie mes carnets à Gabi par la poste, et elle les retranscrit. Elle me renvoie des pages imprimées, puis je les corrige. Je sais, je suis un luddite. Il a baissé la tête. Je suppose que ça a commencé comme ma petite rébellion contre mon père. Et puis c'est devenu naturel.

— Je ne sais pas comment tu fais. Je dédicace des livres pendant une demi-heure et j'ai la main qui me fait mal. Nous avions fini nos sandwichs, alors j'ai soulevé sa main gauche et je l'ai doucement massée de la paume jusqu'au bout des doigts. Lentement, la tension s'est relâchée. J'ai pressé et remué chaque doigt. Puis j'ai descendu chaque métacarpe jusqu'à son poignet, où j'ai fait de petits cercles.

Il a grogné. — Ça fait du bien.

— Avant de partir à l'université, Jackson m'a appris à masser les mains de mon père. Elles étaient pleines de crampes à force de coder. De taper à la machine. Il travaillait si dur.

— La fondation porte son nom. Il est mort il y a un moment ?

J'ai gardé le regard fixé sur le dos de la main de Niall, constellé de taches de rousseur. — Ouais. Quand j'avais onze ans. Crise cardiaque.

Il a posé sa main sur la mienne, l'immobilisant. — Je suis désolé. On dirait que vous étiez proches.

J'ai recommencé, en travaillant entre ses doigts. — Il me comprenait. Un peu comme Jackson, mais en moins largué, tu vois ?

Il a eu un petit rire. — Ton frère est un homme brillant.

— Pour certaines choses. Pas pour d'autres. Quand je… J'ai dégluti. J'avais un petit ami qui m'a fait du mal. La main de Niall s'est crispée en un poing, et je l'ai aplatie, en massant le dos. Pas physiquement. Émotionnellement. Je pensais que nous étions amoureux, mais il se servait de moi. Il... ah. Je me suis raclé la gorge. Je n'avais raconté cette histoire à personne depuis que c'était arrivé. Pas même à Marlee ou à Alicia. Il m'a fait chanter. A utilisé des photos qu'il avait prises de moi — des nus — pour me réclamer de l'argent. Il jouait. Sur Internet. Il avait accumulé une tonne de dettes sur sa carte de crédit, et ses parents ne voulaient pas payer. Je n'avais pas encore accès à mon fonds en fiducie, et j'ai dû demander à ma famille. Ma mère lui a donné l'argent, bien sûr. Il ne fallait pas que ces photos ternissent l'image parfaite des Jones. J'ai pétri sa main en silence pendant une minute. Depuis, Jackson ne me fait plus confiance pour prendre des décisions intelligentes à propos des mecs. À propos de rien. Aucun d'entre eux, d'ailleurs.

Je me suis figée. Pourquoi diable lui avais-je raconté tout ça ? Certes, j'avais tendance à trop en dire quand j'étais nerveuse. Mais je n'étais pas nerveuse. C'était peut-être la magie de la forêt qui m'avait endormie. Existait-il un sortilège que je pouvais utiliser pour remonter le temps et reprendre mes paroles ?

— Comment il s'appelle ? La voix de Niall était aussi grondante que celle de Jackson cette nuit-là.

Où était ce bouton pour rembobiner ? Il avait réagi exactement comme ma famille. — Ne t'inquiète pas. Jackson et mon autre frère, Andrew, se sont occupés de lui. J'ai gardé une voix légère comme si ce n'était rien qu'ils aient cassé le nez de Stephen et fait en sorte qu'il ne trouve pas de travail de Sonoma à Los Angeles. J'avais entendu dire qu'il avait dû déménager en Arizona. Les gens s'occupaient toujours des choses pour moi. Et le pire, c'est que je les laissais faire.

— Hé. Il n'a pas touché mon visage cette fois, mais il a attendu que je croise son regard. Tu es féroce. Forte. Tu as du succès. Tu peux prendre tes propres décisions.

J'ai levé les yeux. Personne ne m'avait jamais dit ça. Le croyait-il vraiment ? Parce que je n'étais pas sûre d'y croire moi-même.

Il a serré ma main. — Tu as été incroyable pendant cette tournée. Tu vas gagner le Prix Tower.

Toutes les bulles de joie ont éclaté, et mon estomac s'est rempli de béton. — Ne gâchons pas cette journée en parlant de ça.

— D'accord. Il a porté ma main à sa bouche et l'a embrassée. De quoi veux-tu parler ?

Plus de confidences. Il allait me tenter d'en dire trop. De rompre l'accord de confidentialité. De gâcher ce moment parfait, cet endroit parfait qu'il aimait. Non.

J'ai forcé un sourire taquin sur mon visage. — On m'a promis des animaux de la ferme trop mignons.

Il a reniflé. — Je ne sais pas s'ils sont mignons. Mais ce sont des animaux de la ferme. Il a jeté un coup d'œil au soleil. On ira les voir avant le souper. Il a tout remballé dans le sac en toile pendant que je pliais la couverture.

Il a glissé du rocher et a tendu les bras. J'étais descendue seule tout à l'heure, mais quand je me suis laissée tomber dans ses bras et que j'ai atterri contre son torse dur, le béton avait disparu, remplacé par des papillons. J'ai humé son odeur, me souvenant du goût de sa peau, de la caresse de ses lèvres, et mon ventre s'est contracté. Je me suis hissée sur la pointe des pieds pour l'embrasser à nouveau.

Des étincelles ardentes ont jailli là où nos lèvres se sont rencontrées. Elles ont tracé un chemin brûlant le long de ma colonne vertébrale et ont allumé un feu entre mes jambes. Mes mains ont erré de sa poitrine, sont descendues sur ses abdos jusqu'à la ceinture de son jean.

— Whoa. Il s'est reculé. Garde cette idée en tête. Jusqu'à ce qu'on soit dans un endroit plus chaud.

Quand je l'ai tiré plus près de moi, sa dureté a appuyé contre mon ventre. — J'ai largement assez chaud, ai-je murmuré.

Il a levé les yeux au ciel. — Mon Dieu, je… Sam. Il a expiré. Les animaux de la ferme. Le dîner. Les corvées. Et après, je te réchaufferai à nouveau.

— Tellement traditionnel, ai-je grommelé.

Il m'a embrassée sur le front. — L'attente en vaudra la peine, je te le promets.

Il a sifflé les chiens et, main dans la main, nous sommes retournés sur nos pas pour sortir des bois. Une fois sortis de la lisière des arbres, nous avons bifurqué à droite vers la grange et Thorin est parti en trombe, dépassant facilement Bilbo Baggins de sa longue foulée. Niall et moi marchions lentement, balançant nos mains jointes entre nous, respirant les senteurs terreuses de la ferme, regardant le soleil descendre vers la ligne lointaine des arbres.

Comparée au soleil éclatant de l'extérieur, la grange était sombre, et il m'a fallu un instant pour que mes yeux s'ajustent. En attendant que ma vision redevienne nette, j'ai laissé les odeurs m'envahir. Foin sucré, fumier terreux et une odeur animale musquée.

Niall m'a conduite vers des enclos le long du côté droit. — Les enclos des chèvres. Mais elles sont encore dehors. On rentrera tous les animaux après le souper. Il a tourné au coin. Les stalles des alpagas.

— Où sont les poules ?

— Dans le poulailler. Il a fait un geste au-delà de l'autre mur, vers la maison.

— Et où est ce fameux fenil ? ai-je demandé en haussant les sourcils.

Il est retourné vers les enclos des chèvres, jusqu'à une échelle d'apparence solide que j'avais manquée à notre premier passage. — Tout droit en haut.

J'ai suivi son doigt pointé vers une mezzanine au-dessus, ouverte sur l'intérieur de la grange.

J'ai posé les mains sur le bois lisse de l'échelle. Puis j'ai posé un pied sur le barreau du bas.

Niall a eu un sourire narquois. — Je te préviens, il y a proba-blement plus d'araignées et moins de romantisme que ce à quoi tu t'attends.

Je lui ai lancé un sourire effronté par-dessus mon épaule tout en montant. — Les araignées ne me font pas peur. Et je peux apporter ma propre dose de romantisme.

Il a ouvert la bouche, mais aucun mot n'est sorti. Je me suis concentrée sur l'échelle et j'ai continué mon ascension.

Il avait tort à propos du fenil. On aurait dit qu'il avait été récemment rangé avec du foin frais. Mais quand j'ai essayé de m'asseoir dessus, j'ai compris ce qu'il voulait dire. Le foin m'a piquée à travers mon pantalon cargo. Pas romantique.

Je me suis penchée pour regarder Niall en bas, qui se tenait debout, les mains sur les hanches, le regard levé. — Tu me lances une couverture ?

Il s'est dirigé d'un pas vif vers l'endroit où nous avions laissé nos affaires à la porte et est revenu avec une courtepointe. Mais au lieu de me la lancer, il l'a coincée sous un bras et a grimpé, d'une seule main. Les chiens l'ont regardé un instant puis se sont précipités vers les stalles des alpagas.

Moi, par contre, je suivais chacun de ses mouvements. Ses doigts forts agrippant les barreaux de l'échelle. La flexion de son avant-bras alors qu'il se hissait. Le reflet du soleil sur ses cheveux de feu. Du romantisme ? Qui en avait besoin ? J'avais un grand et robuste garçon de ferme qui excellait dans l'art de m'embrasser à m'en couper le souffle. Je n'allais pas attendre la fin des corvées. J'allais me faire prendre sauvagement dans une grange, et *ensuite* Niall Flynn, sa magie de la forêt et toutes ces émotions ridicules que j'avais ressenties plus tôt seraient sorties de mon système.

Quand Niall est arrivé en haut, il m'a tendu la couverture puis s'est hissé dans le fenil. — C'est pas si mal ici. Le gamin des Turner a dû faire le ménage. Il a ouvert les volets, laissant entrer le soleil de fin d'après-midi. On a quelques minutes. C'est un bon endroit pour regarder le coucher du soleil. Il s'est retourné vers moi, et même en silhouette comme il l'était par les rayons roses qui brillaient à travers la fenêtre ouverte, j'ai pu voir sa mâchoire se décrocher.

J'avais étalé la courtepointe sur la partie la plus épaisse du foin et je m'étais débarrassée de ma veste et de mes bottes. J'ai jeté mon T-shirt sur le côté et ouvert la braguette de mon pantalon. J'ai frissonné quand l'air frais a touché ma peau.

— Qu'est-ce que tu fais ? Sa respiration était superficielle et courte.

— À ton avis, qu'est-ce que je fais ? Je suis sur le point de faire une partie de jambes en l'air dans le foin.

— On n'a pas dix-sept ans. Il y a de meilleurs endroits pour… il a dégluti… faire ça.

— Je t'ai dit que j'apportais ma propre dose de romantisme. Si tu choisis de ne pas te joindre à moi, je ferai une partie de jambes en l'air en solo. J'ai enlevé mon pantalon d'un coup de pied et j'ai glissé une main à l'intérieur de ma culotte. J'étais à court de lessive, alors j'avais mis une petite culotte en dentelle dont je ne me souvenais même pas l'avoir emportée. Son regard a suivi mes doigts sous la dentelle. Il s'est léché les lèvres.

— On n'a pas le temps. Sa voix était descendue à un murmure rauque. Ni de préservatifs.

Avec la main qui ne décrivait pas de cercles à mon entrée, j'ai attrapé mon pantalon cargo sur le foin et j'ai retiré un emballage de préservatif d'une de ses nombreuses poches. Je l'ai brandi, scintillant au soleil, et je l'ai jeté sur la couverture à côté de moi. *Tu vois ?* disait mon sourire narquois.

J'ai enfoncé deux doigts en moi, puis je les ai retirés pour étaler mon liquide lubrifiant tout autour. — Tu te joins à moi ?

Tel un zombie, il a fait deux pas hésitants vers moi. La mâchoire pendante, son regard suivait ma main qui bougeait sous la dentelle. Puis il a secoué la tête. — J'ai un lit parfaitement convenable. À l'intérieur. Où il fait chaud. On pourra reprendre ça après que j'aurai fini mes corvées.

J'ai secoué la tête. — Ici. Maintenant. Il fait suffisamment chaud si on reste en mouvement. Avec ma main gauche, j'ai abaissé le bonnet de mon soutien-gorge et pincé mon téton. Une sensation a parcouru ma colonne vertébrale et mon dos s'est cambré.

— Putain. À son murmure rauque, j'ai su que j'avais gagné. Pourtant, j'ai écarté les jambes pour lui donner une meilleure vue.

Il est tombé à genoux devant moi et a fait glisser ma culotte le long de mes jambes. J'ai continué le mouvement de ma main, faisant glisser mes doigts de mon entrée à mon clitoris et retour, me menant de plus en plus haut. Il a passé la main derrière moi pour dégrafer mon soutien-gorge. J'ai interrompu ma masturbation juste un instant pour qu'il puisse me l'enlever. Quand j'ai été nue, me touchant, il s'est rassis sur ses talons et a juré à voix basse.

Il a écarté mes genoux et s'est penché pour que son souffle murmure sur ma main. J'ai gémi. Autant je désirais à nouveau sa bouche, autant je voulais quelque chose de différent cette fois. Je voulais le voir, lui, doré par le soleil couchant. — Non. Déshabille-toi.

— Me déshabiller ? Il a baissé les yeux sur lui-même comme s'il était surpris de porter encore des vêtements.

— Je veux te voir.

Il a jeté un coup d'œil par-dessus le bord du fenil vers la porte de la grange. Puis, rapidement, il s'est débarrassé de ses nombreuses couches : manteau, chemise en flanelle, T-shirt, bottes, jean et chaussettes, jusqu'à ce qu'il se tienne devant moi en caleçon, une bosse tendant le tissu à l'avant. Le soleil couchant illuminait chaque poil de son corps. Il était consumé par la lumière et la flamme. Je me suis léché les lèvres.

Quelque chose s'est mis en place en moi, comme une clé dans une serrure ou la dernière pièce d'un puzzle qui s'emboîte.

Non. Il n'est pas pour moi. Mais peu importe combien de fois je me le répétais, cette partie de moi, celle qui se sentait complète maintenant, insistait : *À moi, à moi, à moi.*

Il n'était pas à moi. Pas pour toujours. Mais pour aujourd'hui. Pour la semaine à venir, jusqu'à la fin de la tournée. Et, l'égoïste que j'étais, j'allais prendre ce que je voulais.

— Le préservatif, ai-je murmuré.

Quand il a fait glisser son caleçon, sa verge a jailli, raide et congestionnée. Il s'est de nouveau agenouillé et a attrapé le préservatif. En un instant, il a été gainé.

— Tu es prête ? a-t-il murmuré d'une voix basse.

— Mon Dieu, oui. J'avais caressé mon clitoris en cercle pendant son strip-tease insatisfaisant de professionnalisme, et j'étais à deux doigts de jouir.

Il s'est positionné à mon entrée, me frôlant avec le large gland de sa verge. J'ai frotté mon clitoris plus vite. En quelques brefs coups de hanches, il était en moi, et quand il s'est enfoncé complètement, heurtant mes doigts, j'ai explosé dans un gémissement plaintif.

Il a couvert mes lèvres des siennes, dévorant mes sons alors que ma colonne vertébrale s'illuminait de plaisir et que mes jambes tremblaient contre les siennes.

Thorin a poussé un aboiement grave, et Bilbo Baggins a jappé. Une seconde plus tard, la porte en bas a claqué en s'ouvrant, et une voix bourrue a appelé : — Niall !

28

NIALL

PUTAIN.

J'étais enfoncé jusqu'à la garde en Sam et elle venait d'exploser comme un feu d'artifice. Elle se contractait encore autour de ma bite, me donnant envie de la pénétrer encore et encore jusqu'à jouir en elle. Le soleil couchant enflammait des mèches de ses cheveux d'un magenta flamboyant qui ressortait sur le bois sombre.

— Niall ! a de nouveau crié Papy. J'entendais les chiens, ces traîtres, qui reniflaient autour de lui.

J'ai appuyé mon front contre celui de Sam une seconde, puis je me suis tourné pour lui répondre. — On est là-haut, Papy. Sam et moi... on regarde le coucher de soleil. Je ne le voyais pas. J'ai prié le ciel qu'il ne puisse pas voir mon cul nu.

Sous moi, Sam s'est mise à trembler. Elle *riait*. Je lui ai lancé un regard d'avertissement et j'ai posé un doigt sur ses lèvres.

— C'est ta mère qui m'envoie vous chercher. Le dîner est presque prêt. Sa voix tremblait un peu. Est-ce qu'il riait, lui aussi ? Je ne voyais vraiment pas ce qu'il y avait de drôle là-dedans.

— On arrive tout de suite, ai-je répondu.

Sam a secoué la tête sous ma main et a poussé son bassin contre moi. — Putain, ai-je marmonné, les yeux révulsés.

— Qu'est-ce que tu dis, mon garçon ? a demandé Papy.

J'ai posé une main sur la hanche de Sam pour l'immobiliser. — Rien, Papy. À tout de suite.

Au bruit de la porte qui claquait, je me suis effondré contre Sam. — J'ai perdu un an d'espérance de vie, là. À contrecœur, je me suis soulevé sur les mains et j'ai commencé à me retirer d'elle.

— N'ose même pas ! Elle m'a attrapé le cul à deux mains. — On m'a promis une partie de jambes en l'air.

— Je ne pense pas que je…

Elle a stoppé ma protestation en me mordillant le lobe de l'oreille et en soufflant dans mon cou. — Baise-moi, Niall. Je t'en prie.

Elle n'avait même pas fini de dire « *prie* » que je me suis de nouveau enfoncé en elle. J'aurais fait n'importe quoi que cette femme me demande. J'étais complètement foutu. Amoureux.

Le savait-elle ? Était-ce si évident ? Elle m'avait dit qu'elle ne voulait pas de sentiments. Elle m'avait aussi parlé de ce petit ami criminel qui lui avait brisé le cœur. Du fait que personne ne lui faisait confiance. Mais j'avais entendu ce qu'elle n'avait pas dit : que Sam ne se faisait pas confiance à elle-même. Pourrais-je la convaincre qu'elle pouvait faire confiance à ça, à nous, se laisser aller cette fois, que je ne lui ferais jamais de mal ?

J'ai scruté son visage. Elle me regardait, elle aussi. Elle a coincé sa lèvre entre ses dents. Au coup de rein suivant, je me suis frotté contre son clitoris, et elle a aspiré une bouffée d'air. Elle a enroulé une jambe autour de mon dos, me retenant contre elle. Je l'ai refait, plus lentement cette fois, d'abord une poussée puis un frottement lent. Elle a gémi, inclinant son menton vers le plafond et exposant son long cou. J'ai fait glisser ma langue le long de sa peau parfaite jusqu'à atteindre son épaule. Je l'ai mordillée.

— Niall, a-t-elle murmuré, je suis si…

J'ai fait un cercle avec mes hanches et je l'ai pénétrée de nouveau. Elle s'est brisée, son torse s'immobilisant et sa jambe se mettant à trembler. Quand sa chatte s'est agrippée à moi avec force, je n'ai pas pu me retenir. Je me suis vidé dans le préservatif, ma vision se rétrécissant et mon dos se cambrant de plaisir.

— Waouh, a-t-elle chuchoté en posant sa main sur mon cœur. Elle devait le sentir galoper pour elle. — Maintenant, je vois pourquoi on en fait tout un plat.

— Démone. J'avais déjà baisé dans des greniers à foin. Mais je n'avais jamais été aussi déchaîné, aussi perdu dans ma partenaire. J'ai appuyé mon front contre le sien, essayant de reprendre mon souffle. Tout ce que je voulais, c'était rester allongé là avec elle et regarder le soleil descendre derrière les arbres, la lumière s'estomper dans le bleu et les étoiles s'allumer. Je voulais la tenir dans mes bras toute la nuit, caresser sa peau lisse, nos lèvres se rencontrant et nos corps s'unissant à notre guise.

Mais l'air hivernal me glaçait les fesses nues, et il allait faire de plus en plus froid. En saisissant la base du préservatif, je me suis retiré, l'ai noué et l'ai fourré dans la poche de mon jean. J'ai trouvé sa culotte en dentelle et la lui ai tendue à contrecœur. J'aurais aimé avoir le temps de toucher, de goûter chaque centimètre de sa peau soyeuse. Mais j'avais promis de faire les corvées, et on nous avait appelés pour le dîner. J'ai grincé des dents. — On ne nous le pardonnera jamais.

— Ne me dis pas que c'est la première fois que quelqu'un te surprend dans le grenier à foin. Lentement, elle a fait glisser la culotte le long de ses jambes.

Ma bite a tressailli. J'ai imaginé le visage rieur de Papy à table, et elle a ramolli. J'ai enfilé mon jean en vitesse. — La première fois depuis que j'ai cessé d'être un adolescent.

— Oh. Pauvre Niall. Mais sa voix avait perdu son ton taquin.

Je me suis arrêté au milieu de mon mouvement vers son soutien-gorge, et je l'ai regardée. Elle s'était recroquevillée sur ses genoux, agrippant ses tibias, le regard fixé sur ses orteils.

Putain. J'étais un idiot. — Sam. Sam. Je suis tombé à genoux à côté d'elle. Aïe. J'étais bien trop vieux pour ces conneries dans le foin. — J'ai adoré ce qu'on vient de faire. J'adore… *Ouh là, douce-*

ment. — Je suis désolé qu'on n'ait pas le temps de, euh, savourer l'après. Je me rattraperai ce soir. Après les corvées. On ira dans la prairie regarder les étoiles, et je te câlinerai à mort. D'accord ?

Se mordant la lèvre, elle a hoché la tête.

J'ai ramassé son soutien-gorge et le lui ai tendu. — L'heure du dîner et les corvées d'après-dîner ne sont pas négociables par ici.

Elle a penché la tête en enfilant les bretelles de son soutien-gorge. — Ce n'est que ça ? Tu n'es pas… déçu ?

— Non, ma chérie. Je ne pourrais jamais être déçu par toi.

— Promis ? Ces grands yeux suppliants m'aspiraient.

Putain ! Qu'est-ce que ce connard de petit ami lui avait fait ? J'ai écrasé mes lèvres sur les siennes et je l'ai embrassée, plus longtemps que je n'aurais dû, plus longtemps qu'on en avait le temps. Je l'ai embrassée jusqu'à ce que nous soyons tous les deux à bout de souffle. Quand on s'est séparés, haletants, j'ai retiré un brin de foin de ses cheveux ébouriffés. — Promis.

Elle m'a offert un demi-sourire. — D'accord, alors.

On a débarqué dans la cuisine en trombe, trop tard, bien sûr. Papy et Maman nous ont tous les deux adressé un sourire narquois.

— Encore perdu, Niall ? Maman s'est levée et s'est dirigée vers le four. Elle en a sorti deux assiettes emballées dans du papier d'aluminium.

— C'est facile de perdre des choses là-haut dans ce grenier, hein, Niall ? Papy a éclaté de rire.

— Ce qu'il a perdu là-haut ? a ricané Sam. Je ne pense pas qu'il le retrouvera un jour.

Pendant qu'ils riaient, je leur ai tourné le dos à tous et je me suis lavé les mains à l'évier. Elle plaisantait, mais c'était la vérité. Sam avait mon cœur maintenant. Et je ne le retrouverais jamais.

29

NIALL

LES CORVÉES DANS UNE FERME, ce n'est pas comme les tâches ménagères dans une maison normale. Vous oubliez de faire la vaisselle après le dîner ? Pas bien grave. Bien sûr, ça risque d'empester la cuisine, mais personne ne risque sa vie ou son gagne-pain. Une fois, quand j'avais dix-sept ans, j'avais bâclé mes corvées, pressé d'aller à un match de basket du lycée — mon béguin était dans l'équipe féminine — et j'avais oublié de verrouiller la porte du poulailler. Le chien d'un voisin était entré, et on aurait dit la scène de l'ascenseur sanglant dans *Shining*. Non seulement j'avais pleuré toutes les poules pendant des mois, mais nous n'avions pas eu d'œufs frais à vendre jusqu'à l'été suivant.

Mais j'avais beau faire de mon mieux, ce soir-là, je n'avais pas la tête à mes corvées. J'avais la tête à Sam. À la façon dont sa peau était devenue nacrée au coucher du soleil. À la manière dont ses cheveux s'étaient répandus sur la couverture comme du chocolat fondu. À ses yeux, trahissant un soupçon de... quelque chose, au moment de son orgasme. J'étais impatient de la faire jouir à nouveau pour tenter de déchiffrer cette émotion secrète.

J'ai compté les poules blotties les unes contre les autres à l'entrée du poulailler. Elles étaient toutes là. J'ai soulevé la porte et je les ai comptées à nouveau tandis qu'elles se précipitaient à l'intérieur, prêtes à regagner leurs nids.

J'emmènerais Sam avec moi le lendemain. Nous avions passé trop de temps dans le foin et n'avions rencontré aucun des animaux. Elle adorerait les chèvres avec leurs oreilles de velours. Et passer ses doigts dans la laine rêche des alpagas. Je lui présenterais chacune des poules et leurs petites manies. J'imaginais le regard ravi sur son visage.

Elle serait ravie, n'est-ce pas ?

Gabi, elle, ne l'avait certainement pas été. Entre nous, c'était logique. On s'était rencontrés au journal de l'université et on s'était rapprochés grâce à notre passion pour la littérature fantastique et les vieux films comme *Labyrinthe*, *The Dark Crystal* et *Le Choc des Titans*. Le sexe était bon, et je pensais que nous avions un avenir ensemble. Jusqu'à ce que je l'amène à la ferme et que, deux heures après son arrivée, une des chèvres grignote sa veste hors de prix. Elle avait exigé que je la ramène à l'aéroport. Sur-le-champ.

Sam n'avait pas du tout été comme ça. Elle avait pataugé dans la boue et avait frissonné, nue, dans le foin. Elle avait fait la vaisselle avec maman, et elle avait demandé à aider à nourrir les animaux le lendemain matin avant notre départ. Est-ce que Sam, une citadine, pourrait être heureuse à la ferme ?

Pourrait-elle être heureuse avec moi ?

Je n'avais jamais ressenti ça pour personne… Jamais. Pas même avec Gabi. Sam m'avait enflammé, et je ne voulais jamais que ce feu s'éteigne. J'étais complètement entiché. Obsédé.

Amoureux.

Pouvait-elle m'aimer aussi, après seulement deux semaines passées ensemble ? Alors qu'il nous restait moins d'une semaine de tournée ?

Il nous fallait plus de temps. Du temps ensemble, pour de vrais rendez-vous. Du temps chacun de notre côté, pour respirer, pour réfléchir, en dehors de la proximité forcée de la tournée.

J'allais lui demander si je pouvais rester à San Francisco. Pas chez elle, mais assez près pour qu'on puisse se voir. Bien sûr, ce serait plus cher et moins productif que de revenir à la ferme comme je l'avais prévu, mais penser à la fin de la tournée, à la fin du temps que nous passions ensemble, me donnait l'impression d'avoir avalé un des rochers de la rivière.

Putain.

J'étais amoureux.

Et ce n'était pas réciproque.

Sam voulait une aventure. Une littérale partie de jambes en l'air dans le foin.

Mais il était trop tard pour arrêter ma chute.

Quand j'ai refermé la porte derrière la dernière poule, elles se sont mises à caqueter. J'ai verrouillé la porte, puis je l'ai vérifiée une deuxième fois, avant de retourner vers la grange en faisant le tour de l'enclos. Lorsque je suis entré dans la lumière vive de la grange, Papy a jeté un coup d'œil par-dessus son épaule depuis son tabouret de traite.

— Tu en as mis, du temps.

— Désolé. Je crois que j'étais dans mes pensées.

— Tu étais dans la lune, plutôt. Papy s'est retourné vers le flanc blanc de Sally. — Tu pensais à ta Sam.

Ma Sam. Si seulement. — C'était si évident ?

Papy a eu un petit rire. — Je te connais depuis que tu es né, mon garçon. Tes pensées se lisent sur ton visage.

Je me suis approché nonchalamment pour caresser la longue oreille tombante de Sally. — Qu'est-ce que tu penses d'elle ? Elle est géniale, non ?

Papy a gardé les yeux fixés sur le seau à lait. — Un peu plus difficile à cerner, celle-là.

— Ah bon ? Quand Papy était d'humeur grincheuse, je devais le laisser dire les choses à son propre rythme.

Il a ramassé le seau puis a hoché la tête. J'ai détaché Sally et je l'ai conduite à son box. J'avais mis trop de temps avec les poules, et Papy avait déjà trait Susie.

Il a filtré le lait dans un bocal et a nettoyé le matériel avant de dire quoi que ce soit d'autre. — Elle cache quelque chose. Quelque chose de gros, à ce qu'il semble. Elle est mariée ?

J'ai eu un mouvement de recul. — Elle n'a que vingt-cinq ans. Elle est encore à l'université.

— J'étais marié et j'avais déjà ta mère à vingt-cinq ans.

— Non, pas Sam. Elle ne m'aurait pas baisé dans le foin si elle avait été mariée. Ou l'aurait-elle fait ? J'avais supposé qu'elle gardait ses pensées pour elle parce qu'elle était introvertie, mais maintenant que Papy en parlait, je me suis souvenu qu'elle n'avait pas parlé de son livre à son frère. Y avait-il quelque chose qu'elle me cachait à moi aussi ? Peut-être que Papy avait raison, et son silence était plein de secrets comme une ruche au crépuscule.

— Quelque chose d'autre, alors. La petite est piquée, mais il y a quelque chose qui la retient.

— Piquée, hein ? Une vague de chaleur a gonflé ma poitrine.

— Mon garçon, toi, tu n'es plus piqué, tu es archipiqué. Il a posé sa main rugueuse sur mon épaule. — Fais attention à toi.

J'ai posé ma propre main calleuse et tachée d'encre sur celle de Papy. — J'essaierai. Mais quand je suis avec elle, je n'y peux rien.

Papy a levé les yeux au ciel. — Tu es sous son charme, hein ? Comme dans un de tes livres. Il a eu un sourire en coin. — Dis-moi, est-ce que Nieven va finir avec Lobelia à la fin de la série ?

J'ai fixé les larges planches du sol. — Je ne sais pas, Papy. Tu sais bien que je ne prévois rien avant d'écrire. L'histoire me vient comme ça. Mais…

— Mais ?

— Je ne vois pas comment ce serait possible. Ils sont amis, des âmes sœurs même, mais Nieven est un elfe. Et Lobelia est… J'ai écarté mes paumes d'une trentaine de centimètres. — une fée. Toute petite. Et une princesse. Ils sont plutôt différents.

— La procréation serait un défi, hein ?

— Ouais. Mes yeux ont brûlé d'envie de regarder le fenil au-dessus de nous. Ça n'avait pas été un problème pour Sam et moi. Bien au contraire.

— On termine la tournée à San Francisco. Je… je pense y rester. Après la tournée. J'ai écrit une partie de mon dernier livre sur la route. Je peux finir celui-ci loin d'ici. Surtout avec Sam comme inspiration.

— Est-ce qu'elle t'a demandé d'aller en Californie avec elle ? Papy a vérifié le loquet du box.

— Pas encore.

— Tu penses que c'est ce qu'elle veut ?

— Elle a dit qu'on arrêterait tout à la fin de la tournée. Mais c'est ce que moi, je veux. J'allais lui proposer un vrai rendez-vous. On pourrait tout reprendre depuis le début et construire une relation comme le font les couples normaux.

Quand elle serait prête, elle me révélerait ce qu'elle cachait.

Papy s'est arrêté devant la porte de la grange. — Fais attention à tes sentiments, mon garçon. Après ce qui s'est passé avec ton père, tu peux être sensible à ce genre de choses.

Il avait raison. Si j'étais malin, je la laisserais partir avant de tomber encore plus bas. Sinon, le trou qui s'était béé dans mon cœur quand mon père était parti allait se rouvrir.

Mais je n'étais pas malin. Pas d'après mon père. Et mon cœur avait encore une fois pris le dessus sur ma raison.

Papy est sorti de la grange en premier. — On dirait qu'il te reste une semaine pour la faire changer d'avis.

J'ai verrouillé la porte de la grange et l'ai vérifiée une deuxième fois. Faire changer d'avis Sam ne serait pas facile. J'aurais aimé pouvoir faire en sorte que tout se mette parfaitement en place, comme je le faisais dans mes livres.

Mais Sam n'était pas une princesse de conte de fées. Elle écrivait ses propres dialogues. Et je devais la laisser écrire la scène suivante.

30

SAM

JE RÉCURAIS le plat à rôtir, en regardant des éclats de mon vernis
à ongles noir se mélanger aux morceaux de glaçage collés. La base
de mes ongles était encore d'un noir brillant, mais les bouts
étaient presque entièrement blancs. Les ongles de Qiana étaient
toujours si parfaits. J'avais besoin d'un de ses câlins. Et de lui
parler de Niall, de démêler mes sentiments pour lui. Ou est-ce que
ce serait bizarre, vu qu'elle était aussi son amie ?

Je n'aurais pas dû avoir besoin de parler de lui à qui que ce
soit. Je savais ce qu'il fallait faire. Mettre fin à notre histoire en
même temps que la tournée, comme je l'avais prévu depuis le
début. J'avais su qu'il ne fallait pas que je vienne dans le refuge
secret de Niall, mais je l'avais fait quand même. J'ai frotté une
autre tache sur le plat comme si c'était cette douleur agaçante qui
naissait dans mon cœur quand je pensais à la fin de la tournée.

— Vous allez bien, Sam ? m'a demandé Elaine. Vous n'avez
pas beaucoup mangé au dîner, et la plupart des gens raffolent de
mon rôti en cocotte.

L'odeur âcre de la levure de la pâte qu'elle pétrissait m'est
montée aux narines.

— C'était délicieux. Je suppose que je n'avais pas faim.

Elle m'a lancé un regard pénétrant.

— Vous couvez quelque chose ? Niall fait toujours si attention pendant ces tournées.

— Je ne crois pas. Je ne me sens pas malade, je n'ai juste pas faim. J'étais assise à côté de Niall, et quand sa jambe avait effleuré la mienne sous la table, tout le reste, y compris mon appétit, avait disparu.

— Serait-ce quelque chose de plus... émotionnel ? Les yeux d'Elaine étaient marron, mais ils me rappelaient le regard laser de ma mère.

Je me suis concentrée sur le frottement de la brosse savonneuse sur le dos du plat.

— Émotionnel ?

Elaine a mis la boule de pâte dans un saladier et l'a recouverte d'un torchon. En se lavant les mains dans l'évier à côté de moi, elle a dit :

— J'ai vu la façon dont vous regardez mon fils. La façon dont il vous regarde. Vous avez des sentiments l'un pour l'autre.

Elle m'a pris le plat des mains, l'a rincé et a commencé à le sécher avec le torchon.

— Dès mon deuxième rendez-vous avec le père de Niall, je n'arrivais plus à manger. Je n'arrivais pas à dormir non plus. Je n'en avais jamais assez de lui. Elle a posé le plat. Un tel engouement n'est pas réservé qu'aux chansons d'amour.

Je le savais bien. J'avais ressenti cet engouement pour Stephen avant qu'il ne me brise le cœur. Je n'arrivais plus à manger non plus, à l'époque. Ma mère, qui surveillait mon apport calorique presque aussi attentivement qu'elle suivait la bourse, avait fait une remarque sur la façon dont mon corps était devenu anguleux. Mes sentiments pour Niall étaient malsains, tout comme avec Stephen. Je devais y mettre fin.

J'ai retiré la bonde et j'ai regardé l'eau tourbillonner dans le siphon.

— Sam. La porte de derrière s'est ouverte brusquement et

Niall est entré, essuyant ses bottes sur le paillasson. Viens dehors avec moi. Tu ne vas pas croire à quel point les étoiles sont belles.

— Les étoiles. Je n'ai pas pu m'empêcher de retrousser la lèvre. D'abord le coucher de soleil, et maintenant les étoiles ?

Le visage de Niall a rougi alors qu'il jetait un coup d'œil à sa mère.

— Que veux-tu que je te dise ? Je veux te montrer tout ce qu'il y a de mieux à la ferme.

— Il fait trop froid dehors pour le manteau de Sam. Prends-lui un des miens, a dit Elaine. Je vais vous trouver des couvertures.

Je n'aurais pas dû. Mais j'ai laissé Niall m'emmitoufler dans une parka orange fluo, avec son écharpe verte et un bonnet de laine tricoté à la main, et je l'ai suivi dehors. L'air glacial picotait mon nez alors que nous nous éloignions des lumières de la maison et de la grange, en direction des bois. Nous nous sommes arrêtés dans la prairie où l'herbe courte crissait sous nos pieds. Niall a étalé une couverture, et nous nous sommes allongés, côte à côte. Il a rabattu l'autre couverture sur nous, et je n'ai plus senti le froid.

— Tu as assez chaud ? a-t-il demandé.

— Mm-hm.

— Écoute, a-t-il dit.

Il n'y avait aucun bruit de voiture : pas de klaxons, pas de pneus sur l'asphalte, pas de moteurs au ralenti. Pas de bruits de l'océan non plus. Un son grinçant venait de la gauche.

Cri-cri. Cri-cri. Cri-cri.

— C'est quoi ce bruit ? Des criquets ? J'ai parlé à voix basse, ne voulant pas troubler le silence.

— Non, il est trop tôt pour les criquets. Ce sont les rainettes crucifères — de petites grenouilles, pas plus grandes qu'une pièce de dix centimes. J'adorais m'asseoir près de l'étang la nuit pour les écouter. J'imaginais ce qu'elles se racontaient.

J'ai souri même si Niall ne pouvait pas le voir dans le noir.

— Et qu'est-ce qu'elles disaient ?

— Dans mon imagination, un appel était plus aigu que les

autres. C'était la Princesse Rainette Crucifère. Et toutes les autres lui offraient des choses : la feuille de nénuphar la plus douce pour se reposer, l'endroit le plus chaud dans la boue au fond de l'étang, l'insecte le plus juteux.

— Et laquelle de ces offrandes acceptait-elle ?

— Toutes, comme il se doit.

— Elle a l'air cupide.

— Elles étaient heureuses de se prélasser en sa présence, honorées par son attention.

Niall s'est rapproché, éliminant l'espace entre nous.

— Maintenant, lève les yeux.

La lune n'était qu'un mince croissant pâle à l'horizon. Partout ailleurs, il y avait des étoiles, scintillant contre le bleu-noir d'encre du ciel.

Je n'en avais jamais vu autant.

À mon oreille, il a chuchoté le nom des constellations et a tissé leurs histoires. Je les connaissais ; je les avais dévorées pendant le cours de mythologie en troisième. Et Marlee, Tyler et moi étions allés observer les étoiles une nuit au parc Corona Heights. Mais Niall leur a insufflé du drame, de l'excitation, du chagrin.

Entre les histoires, il a entrelacé ses doigts avec les miens. Il a caressé l'intérieur de mon poignet. Il m'a embrassée sur l'oreille, le cou, la tempe. Et je l'ai laissé faire, me tortillant de plus en plus près jusqu'à ce qu'il passe son bras autour de moi et que nous soyons poitrine contre poitrine, ignorant les étoiles et concentrés uniquement l'un sur l'autre, nos baisers langoureux réchauffant ma peau malgré le froid descendant des étoiles.

Je l'ai poussé sur le dos et j'ai appuyé mes bras sur sa poitrine. La lumière des étoiles illuminait son visage.

— Tes taches de rousseur. Ma voix m'a surprise par sa raucité. Elles sont comme des constellations. J'en ai tracé une sur sa joue droite. Celle-ci est un rectangle.

Ses bras se sont enroulés autour de mon dos.

— Celle-là, c'est un livre que j'écrirai. Pour toi.

— Un livre entier ? Juste pour moi ?

Ses lèvres se sont courbées en un sourire.

— Peut-être un court. Une nouvelle. Entièrement sur Lobelia.

— Nieven est mon personnage préféré. Tu peux écrire sur lui ?

— Bien sûr. Tout ce que tu veux.

— Celle-ci ressemble à un poisson.

— Un poisson ? Il a plissé un œil. C'est un avion. Pour la tournée. Et pour les voyages que nous ferons pour nous voir.

Mon cœur a raté un battement, et je me suis écartée de lui.

— Niall, non. Une douleur a commencé dans ma poitrine.

— Si, Sam. Je veux passer plus de temps avec toi. Je sens quelque chose… quelque chose de vert et de grandissant entre nous. Comme les racines qui se réveillent sous la terre. Comme si tu m'avais jeté un enchantement. Et je ne suis pas prêt à laisser ça se terminer la semaine prochaine.

Pendant un instant, l'espoir s'est enflammé dans le bois mort de mon cœur. Mais il a crépité et s'est éteint, privé d'oxygène. Niall était un poète, et je m'étais laissée prendre à ses mots.

— Tu veux dire, comme ta muse.

— Eh bien, ça, mais plus encore. Sam, je… je tiens à toi. Laisse-moi tenir à toi. Donnons-nous du temps.

— Tu me plais. Beaucoup. J'ai forcé les mots à sortir à travers l'épaisseur dans ma gorge. Mais ça — nous — ne peut pas continuer après la fin de la tournée. Je retourne en Californie pour finir mes études. Je dois finir ma thèse pour pouvoir la soutenir et obtenir mon diplôme en juin.

— Et ensuite ce post-doctorat. Son regard a parcouru mon visage comme s'il traçait ses propres constellations. Et ton écriture ?

— Je… Qu'est-ce que je pouvais lui dire sans gâcher son endroit préféré avec les faits sordides sur la façon dont j'avais piétiné ce qu'il aimait ? Rien. Je ne pouvais rien lui dire. J'ai arrêté d'écrire. Mais toi, me suis-je dépêchée d'ajouter, tu reviens ici à la fin de la tournée pour finir la série.

— Je peux le faire n'importe où. Y compris à San Francisco, si tu me le permets.

Je me suis laissée l'imaginer une seconde. Niall, vivant assez près pour le voir tous les jours. Pas le vingt-quatre heures sur vingt-quatre, sept jours sur sept de la tournée, mais des dîners ensemble. Des week-ends. Travailler sur ma thèse pendant qu'il serait assis à côté, griffonnant dans son carnet. Le bonheur que j'avais ressenti avec lui toute la journée n'avait pas à se terminer.

Mais alors, il découvrirait la vérité. Et il me détesterait. Il me mépriserait pour avoir fait traîner les choses, pour l'avoir laissé croire que nous pourrions être plus. Et aucun bonheur temporaire ne valait la douleur qui, même maintenant, me serrait le cœur.

— Je ne peux pas.

Sa voix a tremblé.

— Alors je suis assez bon pour une partie de jambes en l'air, mais rien de plus ?

— Non, Niall. Je... je n'aurais jamais imaginé que la tournée serait comme ça. Tu l'as rendue magique. Je n'utilisais jamais de mots comme *magique,* mais ça semblait juste avec Niall. Mais ça doit se terminer la semaine prochaine. Ne peut-on pas simplement en profiter jusqu'à ce moment-là ?

Sa mâchoire s'est durcie.

— Tu ne peux pas m'empêcher d'essayer de te faire changer d'avis.

— Je suppose que non. Même si je ne pouvais pas le laisser faire.

Il a mis une main derrière ma tête, et l'instant d'après, j'étais sur le dos, Niall me surplombant. Il a embrassé mon nez, ses lèvres chaudes sur le bout froid de mon nez. Il a fait glisser ses lèvres sur ma joue et a écarté mon écharpe pour déposer des baisers aspirants sur mon cou. Une chaleur liquide s'est accumulée entre mes jambes.

— Y a-t-il des limites dans ce jeu ? a-t-il demandé, la voix rauque.

— Quel... jeu ? Il était passé à mon oreille, traçant le lobe d'une manière qui m'a fait frissonner sous le manteau de duvet.

— Celui où j'essaie de te convaincre de ne jamais me laisser partir.

— Non. Aucune limite. Sauf mon cœur.

Il a écrasé ses lèvres sur les miennes avec colère, pillant, prenant. Quand je l'ai embrassé, j'ai oublié toutes les raisons pour lesquelles je ne pourrais jamais vivre avec lui à la ferme : le manque de Wi-Fi, la distance de toute université avec un département d'informatique important, CASE et tous les mensonges que j'avais racontés. À la place, je me suis laissée me rouler dans l'instant présent, comme Bilbo Sacquet l'avait fait dans la forêt.

Ses mains glacées se sont glissées sous mon manteau, sous mon t-shirt. Ma peau échauffée a accueilli son contact. Il a coincé un genou entre mes jambes, juste là où j'avais besoin de lui, et je me suis balancée contre lui. Sous la couverture, nous n'étions ni écrivains, ni programmeurs, ni imposteurs. Nous n'étions que Sam et Niall, et tandis que nous nous pressions l'un contre l'autre, avec trop de couches de tissu entre nous, je pouvais presque imaginer que ça n'avait pas à se terminer.

Il s'est retiré et a pris mon visage dans ses mains.

— Autant que j'aime la nature et… et faire ça avec toi en plein air, peut-être qu'on devrait rentrer.

— Dans ton lit parfaitement fonctionnel ?

— Où il fait chaud, et où on n'a pas à s'inquiéter des engelures. Où je peux te voir. Toute entière. La voix de Niall était profonde. J'allumerai des bougies.

— Je n'ai pas peur de tes bougies. Ni de ton lit. Tu ne gagneras pas.

— On verra bien.

Nous sommes retournés à la maison, main dans la main. Nous avons monté les escaliers en grinçant, et il a allumé les bougies comme il l'avait promis. La lumière vacillante le dessinait en rubis et en or, comme un des colliers de ma mère.

Son lit a couiné alors que je l'enfourchais et que j'enfouissais mes mains dans les cheveux or rose de sa poitrine parsemée de taches de rousseur. Alors que je montais et descendais, le chevauchant comme les vagues de l'océan. Alors que je montais en spirale encore et encore jusqu'à m'effondrer contre sa poitrine, épuisée.

Le lit a gémi quand il nous a retournés, quand il a poussé en moi comme s'il pouvait me briser et faire jaillir tous mes secrets. Quand il a glissé une main entre nous et m'a de nouveau enflammée, je lui aurais dit tous les secrets que j'avais, si j'avais eu le pouvoir de parler. Mais le seul mot que je pouvais former était son nom, encore et encore, comme les couinements des rainettes crucifères.

Comme la Princesse Rainette Crucifère, j'ai pris tout ce qu'il offrait.

Après, il m'a enveloppée dans ses bras tandis que nous respirions ensemble. J'ai fermé les yeux, refusant de regarder par la fenêtre les nouvelles constellations qui s'étaient levées pour me rappeler que le monde continuait de tourner autour de nous.

Que nous devrions nous lever, dire au revoir à sa famille et nous envoler pour Dallas.

Que la tournée se terminerait jeudi, de retour à San Francisco.

Que, si je ne les arrêtais pas, Heidi et Martell annonceraient que CASE avait écrit le livre.

Que, que je parvienne ou non à cacher la vérité, Niall ne pourrait jamais être à moi.

Foutus sentiments. Je n'en avais pas voulu. Et les voilà, m'enveloppant comme du lierre autour d'un des arbres de la forêt.

Quand sa respiration s'est faite régulière, lente et profonde, je me suis démêlée de ses bras, j'ai quitté l'enchantement aux chandelles de son lit et je suis retournée dans ma chambre froide et sombre. Mais la douleur dans mon cœur m'a suivie.

31

NIALL

— JE NE SAIS PAS POURQUOI on ne peut pas aller dans un bar comme des gens normaux. Gabi a remonté le sac en papier, faisant s'entrechoquer les bouteilles.

— Laisse-moi porter ça. J'ai sorti la carte magnétique en plastique de ma poche en tâtonnant et j'ai tendu la main vers le sac.

— Toi, ouvre la porte. Et ensuite, demande à ta princesse de sortir pour fêter ça. Là où il y a de la musique. Et des martinis. Et des gens canons de L.A. qui cherchent des petits rôles. Rôles que je pourrai faire semblant d'avoir le pouvoir de leur offrir.

Je me suis arrêté à quelques pas de la porte. — Je veux fêter ça avec Sam, j'ai dit à voix basse pour que Sam ne puisse pas m'entendre.

— Qu'est-ce que Sam a fait pour t'aider à obtenir ce contrat ? Gabi a de nouveau bougé le sac, et cette fois, je le lui ai pris. — Que dalle, voilà tout. C'est moi ta brillante agente qui te l'ai dégoté.

— Je le sais. Et je t'en suis reconnaissant. Je suis reconnaissant de t'avoir. Mais Sam fait partie de ma vie maintenant. Elle n'avait peut-être pas prononcé les mots, mais elle avait dormi dans mon lit toutes les nuits depuis la ferme. Enfin, pas vraiment dormi. Elle retournait toujours dans son propre lit après. Elle disait qu'elle dormait mieux seule. Cependant, à en juger par les cernes sous ses yeux, elle ne dormait pas bien seule non plus. Quoi qu'il en soit, ça devait bien vouloir dire quelque chose, quand elle me regardait dans les yeux chaque nuit alors que j'étais en elle, quand elle murmurait mon nom comme une supplique.

Gabi a plissé les yeux mais n'a rien dit, ce qui m'a surpris plus que tout ce qu'elle aurait pu dire.

J'ai glissé la clé dans la fente. Rouge. Encore une fois, en la secouant un peu. Rouge. Encore une fois, rapidement. Rouge.

— Bon sang, Niall, laisse-moi faire. Gabi m'a arraché le plastique de la main et a déverrouillé la porte du premier coup.

D'un regard perçant, elle a remarqué la porte communicante ouverte. — Chéri, on est à la maison, a-t-elle lancé.

Bilbo est sorti en trombe de la chambre de Sam, aboyant à tue-tête, mais il s'est arrêté et s'est assis quand il m'a vu. Je me suis penché pour lui gratter entre les oreilles. — Sam ?

— Je suis là. Elle a franchi la porte de sa chambre en retirant ses écouteurs sans fil. — Salut, j'ai eu une idée pour… Elle s'est interrompue en apercevant Gabi.

Je me suis avancé vers elle et je l'ai embrassée. Je pouvais faire ça. Devant Gabi. Je l'avais même fait dans la librairie après la séance de dédicaces de la veille. Elle avait été si détendue et si naturelle, c'était le jour et la nuit par rapport à cette première séance de questions-réponses embarrassante à Chicago.

— Qu'est-ce qui se passe ? Elle a regardé Gabi, puis le sac que je tenais toujours.

— On fête ça. Niall a dit que tu préférerais le faire ici à l'hôtel plutôt que dans un bar ou un restaurant.

Un minuscule sourire a effleuré le coin de ses lèvres. — Qu'est-ce qu'on fête ?

Gabi a trouvé un trio de verres et les a posés bruyamment sur le bureau. Elle m'a fait signe d'approcher pour le champagne, et je l'ai déposé à côté des verres. Elle s'est mise à enlever la capsule en aluminium. — Ils ont donné le feu vert pour la deuxième saison.

— Ils n'ont pas encore fini de tourner la première saison, si ? a demandé Sam.

Gabi a tourné le bouchon. — Non, mais il y a eu tellement d'enthousiasme autour des photos de tournage qu'ils ont décidé d'aller de l'avant. J'aimerais avoir un troisième livre à leur vendre.

Il était temps de lui montrer ce que j'avais fait à la ferme et tôt le matin ces derniers jours. J'ai soulevé le sac en toile de la librairie, bombé de carnets, et je l'ai fait atterrir lourdement sur le bureau.

Gabi a reposé la bouteille. — Qu'est-ce que c'est ?

— Le troisième livre. J'ai fini. Enfin, j'ai fini le premier jet.

— Niall ! Elle a passé ses bras autour de moi. Puis elle m'a donné une tape sur le bras. — Pourquoi tu n'as rien dit ?

— Heu, je n'étais pas sûr de la durée de mon inspiration. Je ne voulais pas me porter la poisse.

Gabi a fusillé Sam du regard un instant, puis elle est revenue à la bouteille. Elle a fait sauter le bouchon et a recueilli le vin mousseux dans un verre. Elle a rempli les deux autres et nous les a tendus. — À Niall et à ses elfes des bois. Et au troisième livre. Puissent les saisons se multiplier. Ainsi que les figurines. Et les T-shirts. Une ligne d'articles pour la maison sur le thème des elfes des bois. Et un long-métrage.

Nous avons tous levé nos verres et les avons entrechoqués. — À Niall, a fait écho Sam.

— Je n'arrive pas à croire que tu aies refusé le caméo. Gabi m'a regardé en fronçant les sourcils, de la même manière qu'elle l'avait fait dans la salle de conférence du studio.

— Je suis prêt à réduire mon personnage public d'auteur. Je vais devenir un auteur ermite comme Cormac McCarthy. Fini les avant-premières de films, fini *Us Weekly*. Fini les paparazzis. Je me range. Je n'avais jamais aimé tout ce cirque d'auteur célèbre, mais je l'avais fait pour faire plaisir à Gabi. Pour vendre des livres, pour financer la ferme. Et, je devais l'admettre, pour montrer à mon père que j'étais digne de son attention. Maintenant, j'étais résolu à faire ce qui rendrait Sam heureuse. Au diable Paul Swift. Et j'écrirais plus vite pour gagner assez d'argent et aider à la ferme. J'avais déjà une ébauche d'idée pour une série dérivée. J'ai enlacé les épaules de Sam et j'ai embrassé le sommet de sa tête, humant l'odeur d'herbes de ses cheveux.

Gabi a froncé les sourcils. — Plus de photos de toi en train de lire en public permettraient de vendre plus de produits dérivés des elfes des bois.

— Concentrons-nous sur les livres, ai-je grondé. — Pas sur les objets de collection.

— Et sur la série. Gabi a levé son verre avant de le vider. — Je vais vous laisser tous les deux finir de fêter ça comme bon vous semblera. Elle a haussé les sourcils en direction du lit king-size. Heureusement, le service de ménage avait remis en ordre les draps emmêlés par nos ébats.

— Où est-ce que tu vas ? Je pensais qu'on pourrait traîner ensemble, commander une pizza. J'allais essayer de forcer Sam et Gabi à au moins faire semblant d'être amicales l'une envers l'autre.

— Pendant que tu serrais des mains, je me suis arrangé un rencart avec l'un des jeunes cadres. Tu n'es pas le seul à être en manque de compagnie, tu sais. Et si ça marche… elle a haussé les épaules, …peut-être que *moi* je pourrai obtenir un caméo.

— Si tu veux un caméo, je demanderai aux producteurs.

Elle a eu un sourire en coin. — C'est plus amusant à ma façon. Elle m'a embrassé sur la joue, a posé son verre, et s'est dirigée d'un pas chaloupé vers la porte. — À plus, les enfants. Je prends l'avion demain matin, mais je t'enverrai un texto de l'aéroport, Niall. Expédie-moi ces carnets.

— Au revoir, Gabriela. Amuse-toi bien. Sam s'est appuyée contre mon épaule.

— Au revoir, Gab… La porte qui se refermait a étouffé mes mots.

— Alors, j'imagine qu'il ne reste plus que nous deux. Je me

suis laissé tomber sur le large fauteuil et j'ai tiré Sam sur mes genoux. J'ai posé mon verre à moitié plein sur la table.

— Ouais. Elle a posé le sien, presque plein, à côté du mien. Gabi ne savait pas qu'elle détestait ça.

— J'ai aussi acheté du vin blanc. Je n'y connais rien en Chardonnay, mais le type du magasin a dit que c'était de la première qualité.

— Peut-être plus tard. Elle s'est penchée en arrière pour me regarder dans les yeux. — Je suis vraiment heureuse pour toi. Tu es content de ce contrat ?

— Je suppose ? C'est de l'argent que je gagne sans presque rien faire. Même si Gabi a obtenu le droit de regard sur le scénario cette fois.

— C'est une bonne chose, non ? Comme ça, tu as le contrôle sur l'adaptation ?

— Ouais. Si Sam pouvait m'aider à comprendre comment fonctionnent mes e-mails, je pourrais le faire à distance.

— Dis, j'ai fini d'écouter *Les Secrets des Elfes des Bois.* Je sais que tu le sais déjà, mais c'est incroyable.

Une chaleur a parcouru ma peau. — Ça t'a plu ? Ce n'est pas aussi bon que *Magicienne,* mais...

— Niall. Son contact sur ma joue était aussi léger qu'une plume, mais je n'ai pas pu y résister. Je l'ai regardée dans les yeux. — J'ai adoré. Vraiment. J'allais justement commencer *Trahison* quand tu es entré. C'est une bonne chose que le troisième livre ne soit pas prêt, sinon je ne finirais jamais ma thèse.

Je me suis penché en avant et l'ai embrassée, m'emparant de ses lèvres comme je n'aurais pas pu le faire devant Gabi. Quand nous avons repris notre souffle, j'ai dit : — Merci. Ça représente beaucoup venant d'une auteure de ton calibre.

Une petite ride s'est formée entre ses sourcils. — Ne parlons pas de *La Magicienne dans la Machine.* Ce soir, tout tourne autour de toi. Et j'ai... j'ai une proposition.

J'ai agité les sourcils d'un air suggestif puis j'ai embrassé son cou. — Une proposition sexy ?

— Non. En riant, elle a repoussé ma poitrine.

À contrecœur, je l'ai relâchée. — Quel genre de proposition, alors ?

— Je pense que tes elfes des bois feraient un excellent jeu vidéo. Elle a levé un doigt pour m'empêcher de protester. — Je sais que tu n'es pas très porté sur la technologie. Mais moi, si. Je pourrais aider. Jackson et moi, on programmait des jeux vidéo ensemble. Je pourrais te mettre en contact avec des programmeurs qui mourraient d'envie de donner vie aux elfes des bois.

Gabi m'avait parlé des droits d'adaptation en jeu vidéo à l'époque où nous négociions le contrat pour la série télé. J'avais refusé, à l'époque. Mais là, c'était différent. C'était Sam.

— Je ne veux pas de programmeurs. C'est toi que je veux.

— Niall, je suis une programmeuse.

— Je veux le faire seulement avec toi. Gabi n'était pas la seule à avoir des talents de négociatrice. Un accord comme celui-ci nous lierait, la garderait avec moi même après la fin de la tournée.

— Mais je… je m'en vais. Je vais faire un post-doc. Et ensuite, je deviendrai chercheuse. Tu as besoin de quelqu'un à plein temps, qui puisse avoir le jeu prêt pour la sortie de la série. Pas de quelqu'un qui le programme sur son temps libre.

— J'attendrai. Pour toi.

— Niall. Elle a soupiré par le nez. — Tu ne sais même pas si je suis douée. Gabi ne te laisserait jamais conclure un marché pareil.

— Alors, montre-moi. J'ai resserré ma prise sur sa taille. — Montre-moi un de tes jeux.

Elle a ouvert une des poches de son pantalon cargo, puis l'a refermée. — J'ai arrêté de faire ça quand Jackson a lancé Synergy, quand j'étais au collège. Ces jeux sont nuls.

— J'aime bien quand tu es nulle à me sucer. Je lui ai de nouveau enfoui le nez dans le cou. — Montre-moi.

— Attends, tu parles du jeu ou du fait de te sucer ? Elle s'est tortillée sur mes genoux.

J'ai grogné. J'étais déjà à moitié dur. Mais c'était important pour elle. — Le jeu. D'abord. Je lui ai mordillé le lobe de l'oreille, puis je me suis écarté.

— D'accord. N'oublie pas que c'est un truc qui date de dix ans. Les jeux ont beaucoup évolué depuis. Elle a glissé de mes genoux et est allée dans sa chambre. Elle est revenue avec son ordinateur portable. — Viens, on va jouer sur le lit.

— Tu essaies vraiment de me distraire, n'est-ce pas ? Je me suis levé et j'ai discrètement ajusté mon pantalon.

Elle a souri. — Je pense que tu aimerais plus un jeu pour adultes qu'un truc que j'ai programmé quand je portais un appareil dentaire.

— La dame proteste trop, à mon avis. Maintenant, je veux vraiment le voir.

Elle s'est mordillé la lèvre. — Alors, tu pourras me montrer un de tes jeux coquins des 4-H.

Je me suis assis sur le lit et j'ai allongé mes jambes. — Marché conclu. Mais n'oublie pas qu'aucun de ces jeux n'était approuvé par l'organisation nationale.

Elle s'est blottie à côté de moi avec son ordinateur portable. Bilbo a sauté sur le lit et s'est enroulé de son autre côté. — Je garderai ça à l'esprit quand j'enverrai un e-mail de remerciement au conseil d'administration.

32

SAM

QUATRE-VINGT-DIX MINUTES.

J'ai vérifié mon téléphone. À force, j'étais devenue douée pour deviner combien de temps la séance de dédicace allait prendre en évaluant rapidement le nombre de personnes. Mes dernières quatre-vingt-dix minutes à respirer le même air que Niall. À frôler sa main volontairement par accident quand on attrapait la pile de livres entre nous. À aspirer dans mes poumons cette odeur boisée qu'il emportait partout avec lui.

Quatre-vingt-dix minutes du bonheur que je ressentais quand il était près de moi.

Nous avons descendu l'estrade improvisée jusqu'à la table, nos mouvements un ballet bien rodé. En m'asseyant sur ma chaise, celle de droite pour que Niall et moi ne nous cognions pas les bras en signant, j'ai frotté ma main au centre de ma poitrine, juste au-dessus de l'endroit qui lançait.

Quand Niall a tourné la tête vers moi, quelque chose que j'ai senti plus que vu, mon corps a eu mal à l'idée de se tourner vers lui. Mes lèvres ont tressailli, prêtes à s'étirer et échanger un sourire avec lui comme on l'avait fait toute la semaine. Je brûlais d'envie de me pencher vers lui, de le laisser me souffler une de ses paroles d'encouragement à l'oreille.

À la place, j'ai posé la main sur la table et je me suis redressée. L'éducation de Maman, si ratée pour ce qu'elle voulait faire de moi, allait me sauver. J'allais sourire et bavarder avec les lectrices et lecteurs et faire semblant d'être à ma place pour une nuit de plus. Puis, dans quatre-vingt-huit minutes, je m'enfuirais. Je retrouverais l'isolement de mon appartement. Le lendemain, je serais de retour dans mon bureau à l'université. Je redeviendrais informaticienne. Je n'aurais plus besoin de mentir.

Son avant-bras constellé de taches de rousseur a effleuré le mien. — Ça va ? a-t-il chuchoté pendant que le personnel de la librairie organisait les lecteurs en files.

— Bien sûr, ai-je menti. C'était devenu un réflexe.

— Je ne t'ai même pas demandé. Tu es déjà venue ici ? Dans cette librairie ?

J'ai roulé des épaules. La conversation légère, c'était facile. Peut-être que je pouvais passer la soirée sans discussion difficile. Peut-être que couper court à chaque allusion de Niall avait vraiment marché, et qu'il était prêt à mettre fin à tout ça. Comme je le voulais.

— Oui. J'ai jeté un coup d'œil à la file des lecteurs. Ce n'est pas loin de l'université. Parfois j'achète des livres ici pour mon neveu. Je pouvais rentrer à pied à mon appartement depuis la boutique. Je pourrais me noyer dans le brouillard de la ville et le laisser faire disparaître tous les mensonges comme on défroisse une robe en soie à la vapeur.

Mais pas encore. La première personne s'est avancée à mon côté de la table, et j'ai collé mon sourire, attrapé mon Sharpie vert acide et je me suis mise au travail.

La foule avait commencé à s'éclaircir quand une paire de silhouettes trop familières s'est approchée de la table. — Samwise.

— Tatie Sam ! Noah s'est voûté comme s'il pouvait cacher son premier éclat d'enthousiasme. J'avais essayé si fort de jouer les blasées quand j'avais douze ans ? Probable.

Je me suis levée. — Putain, tu as encore grandi ? Je l'ai serré dans mes bras, fierté de ses douze ans ou pas.

Je me suis hissée sur la pointe des pieds pour embrasser la joue de mon frère. — Qu'est-ce que vous faites là ?

— On voulait être là dès le début, a dit Jackson en baissant la tête. Mais il y a eu, euh, un souci de Saint-Valentin. Il a plissé le nez. J'étais pas prêt à la quantité de liquide qu'un bébé si petit peut éjecter.

— Tu ne te souviens pas de quand j'étais bébé ? Ou de Nat ?

Il a haussé les épaules. — Je vous ai laissés aux nounous jusqu'à ce que vous deveniez plus intéressants. Quoique Nat n'est toujours pas intéressante. Ne dis pas à ta grand-mère — ni à ta tante Natalie — que j'ai dit ça, a-t-il ajouté pour Noah.

Les sourcils de Noah, couleur sable mouillé, se sont froncés. — Tante Sam, tu m'as pas dit que c'était toi qui avais écrit le livre.

J'ai senti l'attention de Niall nous transpercer. — Non, Noah, je ne te l'ai pas dit. Il y avait des raisons pour lesquelles je devais garder le secret. Mais je te raconterai tout dès que je pourrai.

— Ce week-end ? Jay dit que tu viendras sûrement. Pour voir le bébé.

— Bien sûr que je viendrai. Pour vous voir tous. J'avais envie de tendre la main, ébouriffer ses cheveux sable trop longs. Mais il avait l'air prêt à bloquer le geste si je tentais. *Douze ans.*

Jackson a chipé le livre des mains de Noah. — Alors on te la fera signer ce week-end. Il a levé ses sourcils sombres vers moi. Une menace. En échange d'une promesse.

— Mais — mon frère a regardé par-dessus mon épaule — on ne verra pas M. Flynn ce week-end, hein ?

— Non, ai-je dit sans me retourner vers lui. Niall doit rentrer. Pour écrire. À la ferme. Mais tu devrais acheter un exemplaire de son livre. C'est l'histoire la plus incroyable que tu liras jamais. En fait, prends les deux. Tu voudras lire *Secrets* d'abord. Puis *Treachery.* Il te le dédicacera. Les deux. Il signera les deux. Hein, Niall ? Je n'ai pas attendu sa réponse. Noah, tu savais qu'ils font une série télé de ses livres ? Deux saisons. J'ai cité un des acteurs, quelqu'un qu'il connaissait via son obsession des films de super-héros.

Je suis restée verrouillée sur le regard de mon frère. *Pas un mot.*

Sa bouche s'est durcie. *On en parlera ce week-end.*

J'ai dégluti. Jackson se foutait pas mal de mon NDA.

— C'est trop cool. Les yeux de Noah brillaient d'admiration. Il a pris un exemplaire de chaque livre du côté de Niall et s'est placé devant lui. Vous pourriez me les signer, s'il vous plaît ?

— Bien sûr. C'est Noah, c'est ça ? J'ai vu ton dessin, celui que ton — Jackson a montré à Sam. Tu as un sacré coup de crayon.

— J'aime l'art. Il a haussé les épaules. Mais je préfère la programmation. Je crois que c'est ça que je veux faire quand je serai grand. Comme Alicia et Jay. Comme Sam.

— Sam est aussi une bonne autrice. Il s'est penché sur la page pour l'inscrire.

— Ouais, mais je ne le savais pas jusqu'à — Noah a levé les yeux vers Jackson. Jusqu'à ce que je surprenne des trucs.

Jackson s'est gratté la barbe et a évité mon regard.

— Tu as aimé son livre ? Niall a soufflé sur l'encre comme il le faisait toujours. Ça m'a fait frissonner, en pensant à la façon dont il soufflait parfois sur ma peau. Il a pris le deuxième volume des mains de Noah.

— Ouais, c'était un peu chelou, mais j'ai aimé *The Magician*.

— Alors on devra s'y mettre à deux pour la convaincre d'en écrire un autre. Niall a hoché la tête vers mon neveu.

Noah a penché la tête. Ils n'étaient pas liés par le sang, mais lui et Jackson m'ont lancé le même regard suspicieux, parfaitement identique.

Merde.

— Merci d'être passés, les gars. Je vous aime. À ce week-end. Qu'est-ce que je t'apporte, Noah ? Un truc acide ? Ou des bonbons gélifiés ?

— Les deux. Si ses mains n'avaient pas été pleines de livres, il aurait croisé les bras. Son expression et sa posture, même avec les livres, me traitaient de *pipeauteuse*.

— Ça marche. Il y avait une confiserie pas loin de la librairie, à côté de l'arrêt de bus. J'achèterais son silence. J'aurais voulu que ça marche sur mon frère aussi.

— Ravi de te rencontrer, Noah. Jackson, c'était… Niall s'est essuyé les mains sur les côtés de son jean.

— Une expérience vraiment terrifiante ? Jackson s'est penché et a parlé plus bas que le bourdonnement des clients, mais je l'ai entendu. J'espère que tu as été un parfait gentleman avec ma sœur. Dommage s'il arrivait quelque chose à tes mains. Il a désigné les doigts tachés d'encre de Niall.

— Jackson ? Va te faire foutre, ai-je chuchoté.

Mon frère a fait craquer ses jointures. — On t'attend, Sam. On te ramène. Il a posé une main sur l'épaule de Noah et l'a guidé au loin avec son butin de livres.

J'ai levé les yeux vers la personne suivante dans la file. *Presque fini. Encore quinze minutes.*

Quand le dernier lecteur est parti, Niall s'est levé et s'est étiré. — Et si…

Jackson, qui traînait au rayon magazines, a accroché mon regard. *Dix minutes,* ai-je articulé.

Mais Niall avait vu. — Tu rentres avec ton frère ?

— Oui, je crois que c'est mieux. J'ai aligné les Sharpies sur la table.

— Tu ne lui as pas parlé de ton livre. Tu n'as pas dit à ton neveu que tu étais autrice. Et pourtant tu pars avec eux et pas avec moi. J'ai vu chaque parcelle de toi, Sam, et…

Deux personnes ont levé la tête depuis le rayon Relations. Je me suis levée et je lui ai attrapé le bras. — Viens. J'ai balayé la boutique à la recherche d'un coin tranquille. N'en voyant aucun, j'ai filé droit vers le placard où on avait rangé nos bagages. Quand il a été complètement à l'intérieur, j'ai refermé la porte et je m'y suis adossée.

— Merde, il fait noir. Un mince filet de lumière sous la porte éclairait ses richelieus à lacets et les semelles de mes bottes. J'ai tâtonné le mur à la recherche d'un interrupteur.

Un clic, et on a cligné des yeux l'un devant l'autre, baignant dans la lumière faible d'une ampoule nue. La ficelle pendait entre nous, encore en train de se balancer après que Niall l'a tirée.

— C'est quoi ce bordel, Sam ?

Je me suis concentrée sur le motif écossais de sa chemise. C'était une de mes préférées, grise à rayures noires et d'autres plus fines, rouges, assorties à ses cheveux. Qui je voulais berner ? Je les aimais toutes. Je tapisserais les murs de ma cachette sous la montagne avec la demi-douzaine de carreaux de la tournée.

— Ma famille et moi, on est différents de la tienne. Enfin, de ta mère et de ton grand-père. On n'est pas du genre à tout se raconter. On l'a été, autrefois. Quand Papa était là. Après, j'ai surtout tout partagé, mes secrets, avec Jackson. Jusqu'à Stephen. Ils ont tout retourné contre moi ensuite, tout ce que je leur avais confié. Mon frère voulait seulement me protéger, mais parfois une fille a besoin de faire ses propres erreurs.

Et j'en avais fait une grosse.

Niall s'est passé la main dans les cheveux auburn, dorés par l'ampoule de 40 watts. — Je suis désolé, Sam. Je ne veux pas me mêler de tes affaires, mais tu ne crois pas que ton écriture, c'est quelque chose que tu aurais dû partager avec eux ?

— J'ai mes raisons. J'ai serré la mâchoire et j'ai souhaité mesurer quinze centimètres de plus pour ne pas avoir à lever le cou pour le regarder.

— Qu'est-ce que tu me caches, Sam ?

Une seconde, j'ai pesé mes options. Tout lui dire, me délester. Il m'adresserait un regard de trahison dégoûtée et partirait. Heidi me tomberait dessus comme un marteau avec ses avocats, et je dirais adieu à mon doctorat. Ou me taire. Le laisser croire que je n'étais pas une fraude encore quelques minutes, le temps de retourner à ma vie solitaire, sans Niall, avec mon avenir intact.

— Rien que je puisse te dire. J'ai fixé un bouton de sa chemise. C'était moi qui l'avais fermé ce matin, après notre douche. J'aimais l'idée qu'il aille à notre dernier événement de la tournée dans des vêtements que je lui avais mis. Comme une écuyère harnachant son chevalier, le protégeant contre tous les malveillants. Y compris moi.

— Tu ne peux pas, Sam ? On a partagé tellement de choses. Il m'a pris la main et l'a retournée. Il ne restait que des taches de mon vernis noir, centrées sur chaque ongle, ébréchées et irrégulières aux bords. Il a caressé ma main, pâle, veinée de bleu.

— Je ne peux pas.

— Et plus tard ? Tu as réfléchi à…

— Je ne peux pas non plus. Comme je te l'ai dit…

— Ça — nous — se termine avec la tournée. Tu ne peux pas vouloir ça, Sam. Moi, je ne le veux pas.

Chaque mot était un clou planté dans mon cœur, le transperçant. Je pouvais à peine respirer tant ça faisait mal. — J'ai adoré chaque minute. Enfin, sauf les premiers jours. Mais là, c'est la fin.

— Alors c'est un adieu ? Là, maintenant, dans un placard à fournitures ? Il a poussé du pied une bombe de produit pour meubles, qui est tombée dans un cliquetis.

Quand j'ai enfin levé les yeux, la bouche de Niall était pincée de douleur. Probablement la même douleur que mon cœur criblé de clous. Des larmes m'ont piqué les yeux, mais je les ai reniflées. Si je sortais de là les yeux rouges, Jackson cognerait Niall.

Ses mains ont parcouru mes bras jusqu'à mes épaules. Il m'a enveloppé le visage, frottant un pouce calleux contre ma joue. Mon Dieu, ces callosités allaient me manquer.

— Au revoir. C'est tout ce que j'ai réussi à faire passer dans ma gorge serrée.

— Sam.

Dans ce seul mot fêlé, je l'ai entendu. Son cœur se brisait lui aussi. Mais ce n'était rien comparé à la blessure qu'il ressentirait si je lui disais la vérité. Il ne voulait pas savoir comment j'avais utilisé la technologie pour tourner en dérision tout ce qu'il chérissait, tout ce en quoi il croyait.

Mieux valait le laisser croire au conte de fées encore un peu, le temps que je mette de la distance entre nous. Gabi lui trouverait une autre actrice de seconde zone plus vite que je ne pourrais dire *rebond*. Il m'oublierait bien assez vite.

— Sam, je — tu n'as pas à répondre. Je sais que c'est trop tôt, et tu penses probablement que je suis un Roméo transi. Mais je dois te dire ce que je ressens. Il a pris une inspiration, aspirant chaque molécule d'oxygène du placard. Je t'aime.

Mon cœur criblé de clous et en sang a bondi. — Non, Niall, tu…

— Ne me dis pas que je ne connais pas mes propres senti-ments. Je sais que c'est rapide. Mais je ne peux pas m'empêcher de ressentir ça. Je t'aime, a-t-il répété. Comme si à force de le dire, ça deviendrait encore plus vrai.

J'ai ouvert la bouche pour discuter, pour lui dire qu'il se trom-pait. Que mon propre cœur se trompait lui aussi.

Les lèvres de Niall se sont posées sur les miennes la seconde suivante, puis un bras m'a enserrée tandis que son autre main berçait mon visage. J'ai agrippé si fort la flanelle douce de sa chemise qu'un bouton a sauté et a tinter sur le sol.

Mon pouls tambourinait dans mes oreilles. Je me suis haussée sur la pointe des pieds pour poursuivre le baiser, la sensation de nos lèvres et nos langues qui glissaient l'une contre l'autre, nos dents qui s'entrechoquaient dans notre frénésie de nous rappro-cher, de nous rejoindre comme on l'avait fait cet après-midi-là dans le grenier à foin et chaque nuit depuis, pour ne faire qu'un. J'aurais pu vivre éternellement dans cet instant, dans le grain rêche de sa chemise sous mes mains, dans la chaleur de ses lèvres, dans la force de ses bras autour de moi. Je ne voulais jamais qu'il me lâche.

Enfin, le bon neurone a tiré, me rappelant qu'on ne pouvait pas. On appartenait à des régions différentes du pays. À des mondes séparés. Ma place était dans cette ville où le mensonge était né et que j'avais fini par accepter. Où je devais continuer à mentir encore quelques semaines jusqu'à pouvoir m'échapper, parchemin de doctorat en main. La sienne était au grand air, éternellement vrai, pur et honnête. Je suis redescendue sur mes talons, Niall penché sur moi, me mordillant la lèvre inférieure.

Je me suis dégagée, sans le repousser pour autant. Il a embrassé ma mâchoire, mon lobe, l'endroit de mon cou qui me faisait fondre les genoux. Mes mains traîtresses agrippaient sa chemise.

Dans le creux de mon oreille, il a murmuré — On est liés, Sam. Tu ne le sens pas ? On vient peut-être de milieux différents, on n'a pas forcément les mêmes idées sur l'art, mais nos âmes se ressemblent. Je les sens s'enrouler l'une à l'autre comme deux lianes. On est faits l'un pour l'autre. Il faut qu'on laisse ça — nous — une chance de pousser.

Mes abdos se sont contractés, sûrement pour empêcher mes organes de bondir hors de mon corps. J'avais tellement envie d'être d'accord avec lui. Je le ressentais, oui : la reconnaissance de revoir un film préféré, la satisfaction de parcourir une section de code élégante, le ronronnement agréable de la salle serveurs.

Je l'aimais. Mais je n'étais pas assez cruelle pour l'avouer. Pour le condamner à vivre dans mon monde de mensonges, pour le salir avec ça.

Je l'ai repoussé, et il a trébuché contre une étagère métallique. — Tu ne me connais pas.

Il a inspiré comme un tissu qu'on déchire. — En trois semaines, on a passé plus de temps ensemble que la plupart des gens en trois mois. Je suis complètement ensorcelé.

Une chaleur — et pas la chaleur sexy d'il y a une minute, mais une chaleur colère — m'a monté à la peau. — Ensorcelé ? Je suis tout sauf une princesse de conte de fées. J'avais écouté *Treachery of the Wood Elves*. J'avais entendu sa description de Lobelia. Royale, pure et noble. Rien à voir avec moi. Rien que je ne pourrais jamais être.

— Je dois y aller. Jackson m'attend.

Même dans la lumière faible de l'ampoule, ses taches de rousseur ressortaient sur la pâleur de sa peau. Sa voix avait des éclats de verre. — Tu veux vraiment que je prenne mon vol demain ?

J'ai trouvé la poignée de ma valise et je l'ai saisie. — Oui. Ta place est à la ferme. Et à écrire dans ce coude de la crique.

Un temps. — Tu vas à Vegas le mois prochain, hein ? Pour la remise du prix.

— Non, je… je ne peux pas.

— Bien sûr que si. Tu mérites de gagner. Et même si tu ne gagnes pas, tu mérites d'y être.

Je ne le méritais pas. J'ai fixé l'endroit de sa chemise où le rouge rencontrait le noir.

Il m'a pris la main. — Viens pour moi, alors. J'ai besoin que tu y sois. Si aucun de nous ne gagne, on ira se soûler ensemble. Si je gagne, ça n'aura pas la même saveur sans toi.

Il savait exactement sur quel bouton appuyer. Il avait besoin de moi. Juste de moi. Comme personne ne l'avait jamais fait. Je pourrais le revoir une fois, et puis plus jamais. Parce que Heidi révélerait la vérité après ça. Contre toute prudence, le mot a jailli. — D'accord.

Son baiser suivant n'était pas une faim dévorante mais un doux adieu, et il a arraché mon cœur en miettes encore un peu plus.

— Je compte sur toi. Je te vois dans trente et un jours.

Il m'a serré la main une dernière fois, puis il a poussé la porte. J'ai cligné des yeux dans la lumière plus vive de la librairie. Il est resté quelques secondes sur le seuil, comme s'il me scannait. Puis ses lèvres se sont tordues. Il a pivoté et est reparti vers la table.

Jackson, qui tenait la cage de Bilbo Baggins, a transpercé Niall du regard.

J'ai passé la sangle de mon sac à ordinateur sur mon épaule et j'ai tiré ma valise jusqu'à mon frère.

— Tout va bien ? Je n'ai pas besoin de lui botter le cul, si ? Il fixait l'arrière de la tête de Niall.

— Non. Souviens-toi, je ne suis plus une ado. Je sais me débrouiller.

— Tu viens quand même de sortir d'un placard sombre. Avec un gars. Il a arqué un sourcil sombre.

— Point pris. Je me suis redressée. Je vais bien. En parlant d'ados, il est où, Noah ?

— Bilbo chouinait. Il l'a emmené dehors. T'es sûre que ça va ? T'as les yeux rouges.

J'ai cligné comme si je pouvais effacer les preuves. — Tu peux me ramener ?

Il a hoché la tête lentement, sans me quitter des yeux. — Souviens-toi, Samwise, je serai toujours dispo pour botter des culs. Peu importe ton âge. Il a glissé mon sac de mon épaule à la sienne.

— Je n'ai pas besoin de ça, Jackson. Je suis une grande fille maintenant. Je suis indépendante.

Comme j'en ai toujours rêvé.

Mais là, le cœur en lambeaux dans ma poitrine, l'indépendance n'avait plus grand-chose d'alléchant.

33

NIALL

J'AI FUSILLÉ du regard la cravate récalcitrante dans le miroir et j'ai réessayé.

Peut-être que j'avais du mal parce que j'étais gaucher. M'avaient-ils donné par erreur le mode d'emploi pour droitier, et j'étais passé à côté de la feuille d'instructions magique « Comment nouer un nœud papillon *pour les gauchers* » qui m'aurait appris à le faire du premier coup ? La boucle m'a glissé des doigts, me laissant pincer du vide. J'ai recommencé.

La boutique de tenues de soirée de l'hôtel de Las Vegas m'avait tellement déconcerté que je ne savais plus où donner de la tête. Toutes ces photos de mariés au format géant, et sur l'une d'elles, la mariée ressemblait à Sam, ses cheveux relevés en un chignon flou, tenant son bouquet dans une main et son marié dans l'autre, riant d'une manière décomplexée comme Sam ne le faisait jamais.

Sam gardait toujours une part de réserve. Surtout lors de nos textos et de nos appels du mois dernier. Une fois, j'avais fait une fausse manip avec mon téléphone et appuyé sur le bouton du chat vidéo par erreur. Ça avait été la meilleure erreur de ma vie, car j'avais pu la voir, ses cheveux sombres s'échappant de son chignon, ses yeux violets écarquillés et surpris de me voir. Même en vidéo, elle avait soigneusement composé son visage, se mordant la lèvre, ne promettant rien.

Mais ce soir, c'était la cérémonie du prix Tower. Elle avait promis de venir. Et après la cérémonie, je la ferais monter dans ma chambre d'hôtel, et nous parlerions. Face à face. Fini les faux-fuyants.

Mes mains tremblaient sur la cravate, mais j'ai passé une boucle dans l'autre et, lentement, prudemment, j'ai tiré sur les extrémités du nœud.

Merde ! On aurait dit les lacets d'un gamin de six ans après une heure dans la cour de récré. J'ai enfoncé mes doigts dans le nœud pour le défaire.

Pourquoi avais-je même essayé ? J'avais un nœud papillon pré-noué tout à fait convenable suspendu dans le placard. Il avait fait l'affaire pour la douzaine d'événements formels auxquels j'avais assisté depuis que *Secrets* avait atteint la liste des best-sellers. Personne à la cérémonie ne s'en soucierait.

Sam s'en ficherait. Elle m'avait vu en chemises de flanelle. En T-shirts. En pantalon de pyjama. Et avec bien moins que ça. Mais — et c'était la raison pour laquelle j'avais dévalé les escaliers, ma chemise de cérémonie à peine rentrée dans mon pantalon de smoking, et déboursé une somme ridicule pour un nœud papillon à nouer — Sam savait reconnaître ce qui était authentique, et elle le méritait.

J'aurais pu laisser l'assistante de la boutique me le nouer. Ses doigts aux ongles roses semblaient experts en la matière. Mais la pensée que quelqu'un d'autre que Sam me touche m'a hérissé le poil. J'allais nouer cette cravate, et j'espérais de tout mon cœur que Sam la dénouerait plus tard, faisant glisser ses doigts délicats le long de la soie, les laissant descendre sur la patte de bouton-nage de ma chemise, défaisant les boutons au passage.

Ma bite a eu un soubresaut d'espoir, mais elle s'est ramollie le long de ma cuisse quand j'ai regardé le désordre froissé de la cravate. Je ne pouvais pas descendre avec cette allure.

Qui pouvait m'aider ? Ni Heidi ni Qiana n'étaient venues à la cérémonie de remise du prix. Heidi m'avait dit que tout le monde était sur le pont au bureau.

J'ai regardé mon téléphone sur le comptoir de la salle de bain. C'était l'un de ces moments où j'aurais aimé avoir un vrai père, un père à qui je pourrais poser des questions sur des choses comme les nœuds papillon. Mon père en avait probablement noué beaucoup. Mais Sam m'avait montré comment bloquer et supprimer son numéro. J'en avais fini de courir après son approbation. Les gens qui tenaient à moi — comme Sam — me soutenaient sans que j'aie à leur courir après.

Papi se serait moqué de moi. Le mois dernier à la ferme, il s'était moqué de moi sans relâche parce que je rêvassais à Sam. Parce que je faisais mes corvées comme un zombie. Parce que je vérifiais mon téléphone aussi souvent qu'une collégienne. Parce que j'avais acheté un ordinateur portable. L'Internet par satellite que j'avais fait installer par un technicien. Bien qu'une fois qu'il avait découvert ce site de rencontres pour agriculteurs, Agri-cœur, il s'était calmé étrangement dans ses taquineries.

J'ai envoyé un texto à Gabi. *Tu sais comment nouer un nœud papillon ?*

Une minute plus tard, elle a répondu avec un lien. YouTube ? Sérieusement ? Certes, j'avais le wifi à la ferme maintenant, mais pas question que je m'aventure dans les méandres de la vidéo en ligne.

Heidi ? Pas si elle était en mode crise.

Qiana. Peut-être qu'elle pourrait faire une pause dans son urgence de relations publiques et me guider. Éviter que son auteur ait l'air d'un dépenaillé, ça faisait bien partie des responsabilités d'une attachée de presse, non ?

J'ai appuyé sur le bouton d'appel et mis le haut-parleur.

— Salut, Niall. Tu te prépares pour ta grande soirée ? Je suis tellement désolée de ne pas pouvoir être là. Je ne sais pas quel est le grand projet secret de Heidi, mais elle nous a tous convoqués ce soir. Je suis juste en train de prendre une part de pizza avant de prendre le métro. Mais je croise les doigts pour toi et Sam. Et elle a couiné si fort que j'étais content de ne pas avoir le téléphone collé à l'oreille.

— Petit problème vestimentaire, ici. Est-ce que tu sais comment nouer un nœud papillon ?

— Niall ! Tu t'es enfin débarrassé de ce nœud pré-noué digne d'un bal de promo ? Je suis si fière. Mon petit a enfin grandi. Elle a fait un gros faux reniflement.

J'ai laissé passer quelques secondes de silence. — Tu as fini de te moquer de moi ? Parce que je suis sur le point de te raccrocher au nez et de remettre cet horrible nœud pré-noué.

— Non ! Je m'amuse un peu, c'est tout. Pfff. Bien qu'elle ait raison pour le côté grognon. Qiana a fait un bruit de *brr*.

— Qui a raison ?

— Merde. Personne.

— Tu as parlé à Sam ?

— Bien sûr. Nous sommes amies. On s'appelle une fois par semaine.

J'ai ouvert la bouche pour demander ce qu'elle avait dit sur moi, mais Qiana m'avait déjà taquiné sur mes choix vestimentaires de bal de lycée. Je n'allais pas lui donner de quoi me lancer une autre pique sur mon côté ado.

J'ai regardé ma montre. Dix minutes avant l'ouverture des portes. Je voulais être là au début pour être sûr de repérer Sam en premier. La cravate. Il fallait que j'arrange ce putain de nœud.

— Qiana. Tu es la meilleure attachée de presse du monde. Peux-tu s'il te plaît m'aider à nouer cette fichue cravate ?

— Ne t'inquiète pas. Je m'en occupe. Mon père portait des nœuds papillon le dimanche. Mets-moi en vidéo.

J'ai appuyé sur le bouton.

Neuf minutes plus tard, un nœud papillon impeccablement noué autour du cou, je me suis précipité vers l'ascenseur. Vers Sam. Nous allions parler de notre avenir. Ensemble.

34

SAM

MA MÈRE SERAIT morte de honte si elle avait pu me voir.

Je veux dire, ma robe de soirée noire était convenable. Mère me l'avait envoyée elle-même pour une réception de la Fondation Jones quelques années auparavant. Même mes chaussures étaient du genre à pincer les orteils, tordre les chevilles et engourdir les talons qu'elle approuvait.

C'était le sac. Celui qui cassait la ligne de la robe, qui me cisaillait l'épaule et y laissait une marque rouge, celui qui remuait parfois tout seul.

Je ne pouvais pas venir jusqu'à Vegas et laisser Bilbo Bessac derrière moi.

Bon, d'accord. Je ne l'avais pas emmené pour son bien. Je l'avais fait pour le mien.

Je ne pouvais pas rester assise là à sourire quand ils annonceraient *Le Magicien dans la machine* comme nominé pour le Meilleur Premier Roman. Parce que ce que j'avais appris pendant la tournée, pendant le temps que j'ai passé avec Niall, c'est que les livres étaient de l'art. Et la technologie — ma technologie, CASE — n'avait pas sa place pour remplacer le travail d'un artiste comme Niall. Je lui avais fait du tort, ainsi qu'à tous les autres écrivains, à chaque personne qui aimait les livres dans cette salle. Puis j'avais menti à ce sujet.

J'ai dégluti pour chasser la boule que j'avais dans la gorge.

Je n'aurais pas dû venir. J'aurais dû passer cette soirée, comme j'avais passé chaque jour et chaque nuit du mois écoulé, à travailler sur CASE 2.0, en essayant de lui faire produire des articles scientifiques comme nous l'avions initialement prévu. Pourtant, il y a trois jours, quand j'avais suggéré au Dr Martell de réécrire ma thèse pour ne faire référence qu'à CASE 2.0, même si cela retardait mon diplôme d'une année supplémentaire, il m'avait dit que ce n'était pas la peine. Et que je devais m'assurer de conserver le code original.

Le lendemain, je continuerais à travailler pour le faire changer d'avis. Mais j'avais promis cette nuit à Niall.

C'était égoïste, je le savais, de le revoir. Mais autant j'avais résisté au début, autant j'avais voulu que les choses se terminent proprement avec la tournée, je n'y arrivais pas. Je devais le voir une fois de plus. Le toucher. Voler encore quelques instants de bonheur avant d'enfermer tous ces sentiments pour toujours.

J'ai sorti mon billet de nominée d'une des poches extérieures de mon sac et je l'ai tendu à la femme assise à la table devant la salle de bal.

Elle m'a souri. — J'adore votre robe. Table trois, juste devant.

Je n'ai pas pu lui rendre son sourire. — Merci.

— Voulez-vous déposer votre sac au vestiaire ? a-t-elle demandé en désignant du menton le comptoir de l'autre côté de la porte de la salle.

— Non, merci. J'ai avancé vers la porte, le sac cognant contre ma hanche.

Un mur d'homme en smoking s'est planté devant moi, les bras croisés. Son torse était deux fois plus large que moi. Si j'avais tendu les bras, ils ne se seraient pas rejoints dans son dos. Non pas que j'aurais osé essayer.

— Madame, je dois regarder dans votre sac.

J'ai prié pour que Bilbo Bessac reste immobile. J'avais besoin de lui comme excuse pour quitter la cérémonie. Dès que la catégorie du *Magicien* serait annoncée, je ferais en sorte que Bilbo ait besoin d'un petit tour dehors.

— Non, ce n'est pas la peine.

Son visage n'était pas méchant, mais sa mâchoire était ferme.
— Si, madame. L'an dernier, un des auteurs de romans d'horreur a rapporté un seau de sang. Nous avons dû changer les moquettes.

J'ai ri, un trille aigu et anxieux. — Pas de sang ici. Regardez. J'ai pressé le côté du sac pour montrer qu'il était souple. Bilbo Bessac a poussé un grognement.

Les yeux du Mur se sont plissés.

— Il est rempli de… protections hygiéniques. Je suis en pleine semaine rouge, vous savez. Mes serviettes ultra-super ne rentrent pas dans une de ces minuscules pochettes de soirée. J'ai serré le sac plus fort contre moi. Sa mâchoire a tressailli.

— Sam !

S'avançant vers moi, ses cheveux roux flamboyants au-dessus de tout le monde dans la salle de bal, c'était Niall.

Je l'avais déjà vu en costume. Dix mois plus tôt, à la collecte de fonds à San Francisco. Mais ce soir, il portait un smoking. Des lignes noires et lisses sur sa carrure musclée, des chaussures brillantes, une chemise blanche et impeccable. Et un nœud papillon en soie bien ajusté sous son menton. Je pouvais en distinguer le reflet à six mètres de là. Quand j'ai osé regarder son visage, ce large sourire et ces yeux plissés qui rayonnaient droit sur moi, mes chevilles ont vacillé dans mes talons qui me serraient.

Ma robe de soie noire avec ses fines bretelles et son décolleté plongeant laissait voir trop de peau. N'importe qui aurait pu voir à travers mon cœur qui battait frénétiquement comme un oiseau pris au piège. Aussi discrètement que possible, j'ai essuyé mes paumes moites sur l'extérieur de mon sac.

Niall a jeté un coup d'œil au Mur et à ses bras croisés. — C'est une VIP. Je me porte garant en cas de problème.

Je les ai fusillés du regard tous les deux. — Je me porte garante moi-même. Mais il n'y aura pas de problème.

Le Mur m'a ignorée. — Je te retrouverai plus tard pour la facture de nettoyage de la moquette, Big Red.

Niall a eu un petit rire. — Compte sur moi, mon pote.

Il a glissé sa paume autour de mon coude et m'a guidée vers le centre de la pièce. — Tu es magnifique. Il s'est penché pour m'embrasser sur la joue.

Je me suis reculée. — Mais qu'est-ce que c'était que ça ?

— Quoi ? Ses sourcils roux se sont froncés.

— Je n'ai pas besoin qu'on se porte garant pour moi ou… ou qu'on me sauve. Je ne suis pas une princesse de conte de fées.

Sa prise sur mon coude s'est resserrée. — Tu devrais savoir maintenant que mes princesses de conte de fées sont celles qui font le sauvetage. Tout ce que je voulais dire, c'est que, même si tu es la personne la plus radieuse de la pièce et que tu attires tous les regards, je suis plus facile à repérer. Il s'est tapoté le sommet du crâne. Pour une fois, ses mèches rousses étaient domptées et ordonnées.

— Oh.

— Salut, petit gars. Tu m'as manqué aussi.

Oh-oh. J'avais été trop concentrée à être traitée comme la plus inutile des Jones pour remarquer les frétillements de Bilbo Bessac. J'ai jeté un regard en arrière vers le Mur, qui a plissé les yeux en ma direction. — Du calme, Flynn. Je ne pense pas qu'il soit le bienvenu ici.

— Désolé. Je me suis emballé. Tu m'as tellement manqué — vous m'avez tellement manqué. Le bout de ses oreilles a rougi.

Je voulais mentir, mais je ne pouvais pas. — Toi aussi, tu m'as manqué. J'ai réécouté tes livres audio, mais ce n'était pas pareil que de t'entendre les lire.

Il s'est penché pour me murmurer à l'oreille : — Je te ferai la lecture ce soir, après ça. J'ai une chambre à l'étage.

J'espérais qu'il n'avait pas vu ma grimace. Je devais partir dès qu'ils annonceraient sa catégorie, sinon je n'aurais jamais le courage de le quitter. Déjà, son odeur boisée m'enveloppait, faisant fondre mes os et mettant ma résolution à l'épreuve. Je ne pouvais pas tomber sous son charme. Ce soir, c'était l'adieu. Dès que j'aurais rempli ma promesse.

— Je dois partir juste après.

Son sourire s'est affaissé. — Tu ne peux pas rester pour fêter ça ? Ou pour se consoler ?

Les mots m'ont coûté toute la détermination que j'ai pu rassembler. — Je ne peux pas.

— Eh bien, je ne peux pas promettre que je n'essaierai pas de te faire changer d'avis. Ses lèvres ont tracé le contour de mon oreille, ont marqué une pause sur le lobe, puis se sont reposées un instant sur le point de pulsation derrière ma mâchoire. J'ai frémi.

— Niall ! a fait signe une femme à la peau foncée dans une robe à imprimé coloré et un foulard élaboré. Je l'ai poussé du coude.

Il s'est redressé avant d'afficher ce sourire prêt pour les caméras. — Laisse-moi te présenter à quelques personnes.

Il m'a menée à une table vers l'avant de la salle. Un carton sortant du centre de table l'identifiait comme la Table Trois. La femme qui avait fait signe se tenait à côté d'une femme blanche plus âgée. Elles nous ont toutes les deux souri.

— Mesdames, j'aimerais vous présenter Samantha Jones, qui écrit sous le nom de Sam Case. Sam, voici Kate Salazar et Tamarah Starr. Elles sont finalistes dans la catégorie science-fiction.

— C'est un plaisir. Le mensonge est sorti aussi lisse que la soie de ma robe. Plus rien n'était un plaisir. J'avais attendu avec impatience une dernière soirée avec Niall, mais savoir que c'était la fin ne m'apportait que de la douleur.

La femme plus âgée, Kate, a dit : — J'ai adoré *Le Magicien dans la machine.* Si unique, si frais.

— Merci, ai-je marmonné. Les mensonges seraient bientôt terminés.

— Ce que je veux savoir, a dit Tamarah, son foulard fleuri hochant la tête dans ma direction, c'est si le Magicien est vraiment mort à la fin. Ou est-ce que vous prévoyez une suite ?

On m'avait posé cette question à presque chaque étape de la tournée. Qiana m'avait coachée pour être vague et laisser ouverte la possibilité d'un deuxième livre. Mais j'étais dans le dernier tournant de la partie maintenant. — Le Magicien est vraiment mort. Et je n'écrirai pas de suite.

— Ah, a fait Tamarah en hochant la tête. Choix courageux.

— Sur quoi écrivez-vous ensuite, Sam ? a demandé Kate.

— Rien d'autre que ma thèse. Je termine mon doctorat en informatique.

— J'essaie de la convaincre de changer d'avis. La paume de Niall sur mon dos était tout aussi réconfortante qu'elle l'avait été lors de cette première étape à Chicago, quand j'avais paniqué à propos des photos et de la lecture en public. Il avait été si gentil et si encourageant tout au long de la tournée. Il méritait mieux que ma trahison. Et c'était pour ça que je devais me briser le cœur et le quitter.

Je me suis mordu la lèvre pour que mon menton ne tremble pas. Quand j'ai réussi à forcer mon expression en un masque poli presque comme celui de Mère, je me suis tournée vers lui. — Tu m'as aidée à redécouvrir mon amour de la lecture. Je préférerais lire les œuvres des autres plutôt que de produire les miennes. Je ne pourrais jamais espérer créer quelque chose d'aussi beau que ton travail, Niall.

L'éducation de Mère m'a permis de rester droite quand le dîner a commencé. Les écrivains ont parlé de leurs œuvres de science-fiction et de fantasy préférées, et j'ai donné le poulet caoutchouteux à Bilbo Bessac sous la table.

Chaque fois que je levais les yeux, le Mur me regardait. Ne soupçonnait-il que mon sac, ou savait-il d'une manière ou d'une autre que j'étais une imposture ? Attendait-il l'ordre de me jeter dehors ? Une hackeuse parmi ces artistes, une codeuse parmi ces orfèvres des mots ?

J'ai sorti mon téléphone pour vérifier l'heure. Une heure avant de pouvoir retourner à San Francisco. Là où était ma place. Là où je n'aurais pas à faire semblant. J'étais intelligente. Je trouverais un moyen d'arrêter CASE. Discrètement. Ensuite, je pourrais m'échapper vers une vie de recherche solitaire. Dans l'Idaho.

Niall a saisi ma main et l'a maintenue. Il a murmuré, si doucement que moi seule pouvais l'entendre : — Est-ce que ça va ? Tu es si pâle.

Ma promesse était la seule chose qui me maintenait sur cette chaise. — Ça ira mieux quand tout sera fini.

Il a eu un petit rire et s'est calé dans son fauteuil. — Je suis nerveux aussi. Je ne veux pas faire une grimace bizarre quand ils t'annonceront comme gagnante. Je ne pense pas que Qiana apprécierait ce genre de publicité.

— Tu veux dire un mème ?

— Un quoi ?

— C'est une image drôle avec une légende. Il y en a partout sur Internet. Comme Kermit maléfique.

— Comme Grumpy Cat ?

— En quelque sorte. Bref, c'est toi qui vas gagner. Comment quelqu'un pourrait-il lire ton livre et ne pas penser que c'est le meilleur ?

Il m'a souri, et c'était comme un rayon de soleil dans la salle de bal. Il s'est penché et m'a embrassée sur la joue. — Tu peux flatter mon ego quand tu veux.

Ce n'était pas la seule chose que je voulais flatter. Sa main reposait sur mon genou sous la table. Mais le toucher ne ferait que rendre le départ plus difficile. J'ai joint mes mains sur mes genoux.

Les lumières se sont tamisées, et une voix de femme a retenti dans le système de sonorisation. — Et il est maintenant temps d'annoncer les gagnants de ce soir. Nous commencerons par la catégorie du Meilleur Premier Roman.

Tamarah s'est penchée vers moi. — Sam, vous êtes nominée pour celui-ci, n'est-ce pas ? Bonne chance.

Il était temps de filer. Je me suis penchée et j'ai soulevé la sangle de mon sac.

— Qu'est-ce que tu fais, Sam ? Niall a penché la tête. C'est ta catégorie.

— On dirait que le poulet n'a pas plu à Bilbo Bessac. Je vais l'emmener faire un tour dehors.

— Tu ne peux pas partir maintenant. Laisse-le-moi. Je m'occuperai de lui dès qu'ils auront annoncé le gagnant.

— Ça risque d'être… ai-je grimacé, salissant. J'y vais. Je me suis levée et j'ai marché sur la pointe de mes pieds endoloris vers la sortie. *Pas de souci, Monsieur le Mur. Je vais me raccompagner toute seule.* Pourquoi nous avaient-ils placés tout devant ?

J'étais à mi-chemin de la sortie quand le brouhaha dans la salle de bal s'est transformé en un silence plein d'attente. — Le prix du Meilleur Premier Roman est décerné à… le présentateur a brisé le sceau du papier, « *Le Magicien dans la machine* de Sam Case ».

Mes muscles se sont transformés en guimauve. *Non non non non non.*

Le visage de Niall s'est penché dans mon champ de vision. — Félicitations ! Je savais que tu gagnerais. Il m'a enlacée dans ses bras, et je n'ai plus jamais voulu quitter ce cocon parfumé au pin. Montons sur scène. Bilbo peut attendre cinq minutes.

Les applaudissements ont comprimé mes tympans et m'ont donné une vision en tunnel. Je me suis appuyée sur lui, tremblante. Combien de temps avant que Heidi ne l'apprenne ? Le Dr Martell ? Combien de temps me restait-il avant qu'ils ne révèlent la vérité ?

— Je te tiens. Niall a glissé ma main à l'intérieur de son coude et s'est faufilé entre les autres tables, jusqu'aux marches menant à la scène. Je ne sentais plus mes doigts sur la sangle de mon sac.

— Tu peux le faire, a dit Niall. Comme pour les conférences qu'on a faites.

Je ne pouvais pas monter les escaliers, encore moins parler devant trois cents personnes.

Plus vite je serai là-haut, plus vite je pourrai partir.

J'ai retiré ma main de la protection du coude de Niall et j'ai posé une chaussure effilée sur la première marche. Puis l'autre. En haut, la distance jusqu'au pupitre s'étirait comme l'un de ces couloirs de miroirs dans une fête foraine. Je me suis élancée vers lui.

Le présentateur a souri et m'a tendu le trophée en verre. — Tout va bien, ma chère. Accrochez-vous au pupitre, dites « Merci » et descendez. On déteste tous faire des discours. Presque autant qu'on déteste les écouter.

J'ai hoché la tête. Quelque chose était déjà dans ma main, et je l'ai posé sur la scène pour accepter le lourd trophée.

Serrant cette statuette glissante en verre qui me piquait dans le sein, j'ai été impuissante quand mon sac s'est renversé et que Bilbo Bessac a filé à toute vitesse sur la scène, presque aussi désespéré que moi d'échapper à la chaleur des projecteurs.

J'ai soulevé le trophée sur le pupitre, mais cette saleté a glissé, glissé, glissé le long de la surface inclinée. Les gens à la table la plus proche de l'avant ont eu un hoquet de surprise.

Je l'ai rattrapé juste avant qu'il ne s'écrase au sol. La partie pointue du haut, un des anneaux de la planète, m'a entaillé le pouce. Laissant le trophée encore vacillant sur la scène, j'ai fait un pas vers l'autre côté, en suivant Bilbo Bessac. Juste derrière le rideau, le Mur a ramassé Bilbo Bessac d'une main et l'a tenu par la peau du cou comme un chaton. Plissant les yeux, il a hoché la tête dans ma direction. *Finissez votre discours. Je m'occuperai de vous après.*

Merde. J'ai sucé le sang de mon pouce.

La partie du public assez proche pour avoir assisté à la scène a ri. Des chuchotements ont parcouru la salle jusqu'au fond.

Autant pour une sortie discrète.

Mes mains et mes pieds étaient engourdis, et mon sang s'était changé en fréon, me glaçant de l'intérieur. En contournant le menaçant trophée, je me suis approchée du pupitre. J'ai agrippé les bords des deux mains et j'ai regardé le public.

Je pourrais dire la vérité tout de suite. Je pourrais laisser le prix là, leur dire que je ne le méritais pas. Que je les avais tous trompés. Que j'étais désolée. Il était si tard dans la partie maintenant, Heidi ne prendrait même pas la peine de me poursuivre en justice. Quand elle entendrait parler du prix, elle programmerait l'annonce.

Les faibles lumières scintillaient sur les cheveux roux de Niall comme un phare. Il m'a souri depuis sa table.

Non. Je ne pouvais pas le dire à ces étrangers avant de l'avoir dit à Niall.

Dites merci et descendez.

Je me suis penchée vers le microphone. — Merci.

Je me suis penchée et j'ai ramassé mon sac désormais vide. Je l'ai passé sur mon épaule, j'ai soulevé le trophée et j'ai rebroussé chemin. Le Mur m'a rejointe derrière le rideau. Je lui ai fourré le trophée dans les mains, et il l'a saisi aussi facilement que j'aurais attrapé un verre d'eau. Il m'a tendu Bilbo Bessac, et je l'ai blotti contre ma poitrine.

Un homme chauve m'a fait signe depuis les coulisses. Je ne sentais plus mes pieds. Ni mon visage. Seulement le martèlement de mon pouls dans mes oreilles. *Tu mens, tu mens, tu mens.*

L'homme m'a guidée vers une chaise dans un coin tranquille. — Nous prendrons une photo plus tard, quand vous aurez repris des couleurs. Avez-vous besoin de quelque chose ? De l'eau ? Un verre de brandy ?

Je tenais Bilbo Bessac, sans me soucier de la fourrure qui collerait à ma poitrine en sueur. Mon sac a vrombi. Et vrombi. Et vrombi.

Dites merci et descendez.

— Non, merci. J'ai cherché des yeux un panneau de sortie sur les murs.

— Je reviens dans quelques minutes, a-t-il dit.

Quand il est parti, j'ai attrapé mon sac et j'en ai sorti mon téléphone. Les SMS s'allumaient les uns après les autres sur l'écran. La plupart venaient de Qiana. Beaucoup de félicitations. Quelques émojis de champagne.

Puis un de Heidi est apparu. Je l'ai ouvert.

Félicitations, Sam. Je pense que nous avons atteint notre objectif. Merci pour tout ce que tu as fait pour Happy Troll.

J'ai serré le téléphone jusqu'à ce que la coque en plastique creuse un sillon dans ma paume. C'était ça. Le signal. Je me suis levée.

Niall a dévalé de la scène, tenant un trophée en verre encore plus grand. — Sam ! Est-ce que ça va ? Je pensais que tu reviendrais à la table. J'ai gagné ! Il a passé la main dans ses cheveux, ébouriffant sa coiffure formelle. Je suis désolé.

L'étau autour de mon cœur s'est desserré. Une bonne chose était arrivée ce soir-là. — Non ! Ne sois pas désolé. Je suis contente pour toi. Tu le méritais.

— M. Flynn. L'homme chauve était de retour. Allons vous amener aux photographes.

— Pas de photos, a lancé Niall sèchement. Puis il a cligné des yeux. Désolé, c'est une habitude. J'arrive tout de suite.

Il m'a embrassée sur le front. — J'en ai pour une minute. Reste ici. On devrait parler. Et fêter ça. Tu vas retarder ton vol, n'est-ce pas ?

Je ne pouvais pas le retarder. Pas une minute. Je devais sortir d'ici pour empêcher Heidi d'annoncer la nouvelle. Elle avait un livre primé. Deux. Et alors si une I.A. en avait écrit un ? Le monde n'avait pas besoin de le savoir. Martell et moi pouvions l'enterrer dans un article d'une obscure revue scientifique. Il obtiendrait ses lauriers de la communauté scientifique, et nous resterions hors de la une de la rubrique Technologie. Je resterais hors des pages people.

Pourtant, j'ai hoché la tête. Qu'était-ce qu'un mensonge de plus, empilé sur la montagne des autres ?

Avec un dernier regard scrutateur, Niall s'est dirigé vers les caméras et les lumières.

Mon téléphone a vibré, et j'ai baissé les yeux dessus automatiquement. Une alerte d'actualité à mon nom.

La science-fiction devient réalité : Le livre primé « Le Magicien dans la machine » écrit par une intelligence artificielle.

Mon cœur s'est arrêté. J'ai dû m'y reprendre à trois fois pour que mes doigts tremblants fassent défiler l'écran pour lire l'article.

L'éditeur de science-fiction et de fantasy Happy Troll a annoncé aujourd'hui que la sortie de l'automne dernier, Le Magicien dans la machine, *n'a pas été écrite par l'auteure Sam Case mais a été créée par le programme d'intelligence artificielle CASE, conçu par le professeur en informatique Dr John Martell et l'étudiante diplômée Samantha Renée Jones.*

J'ai fait glisser l'article pour le fermer. J'étais arrivée trop tard.

Je devais partir.

Les genoux chancelants, je me suis tournée vers le panneau de sortie le plus proche. À la maison. Je rentrerais dans mon appartement et je trouverais quoi faire ensuite. Comment enterrer la nouvelle sur CASE tout en sauvant le reste de ma vie. Parce que cette vie — les mensonges, les discours en public — était terminée.

Aucun soulagement n'a allégé mon cœur. Il était lourd, m'ancrant au sol des coulisses. Pourtant, je devais partir. Je ne pouvais pas ternir la célébration de l'art par ma présence. Je ne méritais pas Niall. Je ne méritais aucun d'entre eux.

Serrant Bilbo Bessac contre moi, j'ai poussé la porte de la scène pour me retrouver dans la ruelle derrière l'hôtel. La porte s'est refermée avec un claquement métallique, m'isolant avec l'odeur piquante des ordures cuites d'une benne voisine. J'ai tourné à gauche vers la rue et sa file de taxis qui attendait.

Mais quand j'ai atteint le trottoir, j'ai trouvé une file de gens. Le spectacle du casino d'à côté devait être terminé, car une masse de personnes avec des perruques de toutes les variétés imaginables — scintillantes, à plumes, bouclées, arc-en-ciel — s'agglutinait, se bousculant pour les taxis.

Dans les films, l'héroïne en larmes se jette toujours dans une voiture. Elle n'a pas à faire la queue derrière un groupe de superbes dames plus âgées en sandales et perruques argentées perlées. Au moins, dans cette foule, personne ne me remarquerait.

— Sam ! Une voix familière s'est élevée au-dessus des voix des dames et du cliquetis des perles. Niall s'est frayé un chemin à travers la foule. Quelques personnes en tenue de soirée, dont une avec une caméra vidéo sur l'épaule, le suivaient.

— Tu as oublié ton prix. Niall m'a tendu le trophée en verre.

Une lumière vive m'a aveuglée. La LED rouge de la caméra vidéo s'est allumée.

— Niall Flynn, quelques mots pour *Fantasy Weekly* à propos de votre victoire au prix Tower ? Une femme en robe de soirée noire a tendu son téléphone. Les perruques argentées se sont tournées pour regarder.

— Juste une seconde, a dit Niall. Sam, où est-ce que tu… Tu pars ?

— Sam ! Une femme aux cheveux sombres dans une robe rouge a levé son téléphone pour prendre une photo ou une vidéo. Kari Singh de *Gossip Grrlz*. C'est vrai ? Est-ce que l'intelligence artificielle a écrit *Le Magicien dans la machine* ?

J'ai ouvert la bouche, mais aucun mot n'a pu s'échapper de ma gorge nouée. J'ai balayé Niall du regard une dernière fois, gravant son image dans ma mémoire. Je la rappellerais un jour, quand ça ne ferait plus aussi mal. Bilbo Bessac a jappé dans mon sac.

La blogueuse s'est tournée vers Niall. — Niall, que pensez-vous d'un livre écrit par une intelligence artificielle ?

35

NIALL

— PARDON ?

Les flashs des appareils photo m'ont ébloui, immortalisant mon expression perplexe, parfaite pour un mème. J'avais passé la nuit à courir après Sam, et maintenant que je l'avais rattrapée, étouffant dans mon costard sous la chaleur écrasante du Nevada, j'étais toujours complètement largué.

Et je connaissais cette personne. Kari-je-ne-sais-quoi. Elle était passée de l'université de Sam à un grand site de potins. Elle m'a collé son téléphone sous le nez.

— On vient de révéler que *Magicien dans la Machine* a été écrit par un programme informatique. Un programme que votre petite amie a créé. Qu'est-ce que ça vous fait ?

Sam a semblé se recroqueviller sur elle-même. Tout sauf ses yeux, qui s'étaient agrandis, le noir de ses pupilles envahissant le violet de ses iris. Une femme portant une perruque argentée à perles lui a agrippé le coude.

— Je... quoi ? me suis-je tourné vers Kari. Si Sam refusait de me dire ce qui se passait, peut-être que la blogueuse pourrait m'expliquer.

— Le Dr John Martell, chercheur scientifique et professeur d'université, affirme que lui et Samantha Jones ont créé une intelligence artificielle nommée CASE. Et c'est elle qui a écrit *Magician dans la Machine*, pas Sam Case. Niall, pouvez-vous confirmer que vous et Sam sortez ensemble ? Soutenez-vous ce que votre petite amie a fait ?

Bien sûr, je savais que Sam était doctorante en informatique, mais comment un ordinateur aurait-il pu écrire *Magicien* ? Ce n'était pas possible. J'ai jeté un coup d'œil à Sam, toujours figée sur place. Tout en elle, de son regard fuyant à la sueur qui perlait sur sa tempe en passant par son immobilité, criait *coupable*.

— Sam, c'est vrai ? Ma voix était basse et pressante, la suppliant de nier.

Tout autour de nous, les journalistes se sont tus. Les seuls bruits restants étaient les clics des obturateurs et le tintement des perles argentées.

Se mordant la lèvre, Sam a hoché la tête. Une autre femme à perruque s'est rapprochée d'elle.

— Comment ?

Elle a fixé mon nœud papillon.

— On ne peut pas en parler plus tard ?

— Non. Elle aurait pu me le dire à n'importe quel moment ces deux derniers mois. Mais elle ne l'avait pas fait.

Et maintenant, elle avait mêlé à ça… tous ces inconnus. Programmant son annonce au moment précis où je gagnais le prix que j'avais tant convoité. Au moment précis où j'avais l'impression que je pouvais tout faire, y compris conquérir la femme que j'aimais.

De quelle autre preuve avais-je besoin ? Elle s'en fichait. Elle ne m'aimait pas.

Mon cœur s'est ossifié jusqu'à devenir un bloc de pierre, lisse et incassable, qui me comprimait les poumons à chaque respiration. Un froid en a émané jusqu'à ce que même le bout de mes doigts perde sa chaleur dans l'air brûlant du désert. Le trophée de verre a glissé dans ma main. Elle s'en fichait, de ça aussi. Elle méprisait les livres, ma vocation, ce que j'aimais avant même Sam.

Alors, que le spectacle se déroule en public, comme un véritable feuilleton.

— Comment… comment as-tu fait ?

Son regard est resté fixé sur mon nœud papillon.

— L'algorithme — CASE — a utilisé des livres de fantasy comme données. En traitant ces histoires, il a appris par lui-même comment construire la sienne. Ça a des applications pour…

— Des livres de fantasy ? Voilà donc ce que ça faisait, de recevoir un coup de poignard en plein cœur.

— Quels livres ? Ma voix est sortie, rauque, à travers la boule dans ma gorge. Mon estomac s'est retourné.

— Tous les grands — Tolkien, Butler, L'Engle… elle a enfin croisé mon regard, — et toi.

Les journalistes se sont mis à crier, mais nous étions dans une bulle de verre qui étouffait tous les sons extérieurs.

Des frissons m'ont parcouru la peau malgré la chaleur de Las Vegas.

— Tu as volé mon travail. Tu l'as corrompu avec la technologie.

— J'allais te le dire…

— Tu m'as menti, à moi, à tout le monde. Je t'ai crue. Ma voix s'est brisée sur la dernière phrase. J'avais sûrement rêvé toute la scène, de la joie de remporter le prix au cauchemar qui se déroulait dans la rue.

— Je suis désolée. Elle a murmuré trop bas pour que je l'entende par-dessus la foule, mais j'ai lu les mots sur ses lèvres.

— Niall, a encore insisté Kari Singh, — que pense votre père des romans écrits par une I.A. ?

C'était exactement le genre de chose qu'il soutiendrait.

— J'en ai rien à foutre, ai-je grondé. Ce qui m'importait, c'était la façon dont la femme que j'aimais venait de me briser en deux.

J'ai indiqué de la tête le taxi derrière elle.

— Tu pars ?

— Je crois que je devrais.

J'aurais dû savoir qu'elle partirait. Quand les choses se compliquaient, il y avait deux types de personnes. Celles qui partaient — comme mon père — et celles, comme Grand-père, qui restaient pour arranger les choses. Maintenant, je savais à quelle catégorie Sam appartenait.

L'une des femmes à perruque et à perles m'a fusillé du regard pendant qu'une autre ouvrait la portière du taxi pour Sam. Une troisième l'a guidée à l'intérieur et a refermé la porte. Bras croisés, les femmes à la perruque argentée ont formé une barrière scintillante entre le taxi, les journalistes et moi.

Je ne suis pas resté pour regarder le taxi s'éloigner. J'ai pivoté sur la pointe de mes chaussures vernies et, me frayant un chemin à travers la foule qui s'était rassemblée pour assister au spectacle, je suis reparti d'un pas furieux vers l'hôtel. Je ne me suis arrêté que pour jeter le trophée de Sam à la poubelle.

———

J'AI ÉCRASÉ un oreiller sur mon visage pour étouffer le son strident. Mes dents vibraient.

Comme ça ne s'arrêtait pas, j'ai repoussé l'oreiller. Je me suis frotté les yeux pour en chasser les sécrétions et j'ai cligné des paupières pour y voir plus clair. Mon téléphone clignotait et sonnait sur le côté du lit de l'hôtel. Celui sur lequel je m'étais écroulé, portant encore mon pantalon de smoking et mes chaussures.

J'ai tendu le bras pour attraper le téléphone et l'ai examiné d'un œil vaseux. Gabi. J'avais ignoré ses appels et ses textos la nuit dernière — ceux de tout le monde, en fait. Je n'avais même pas parlé au barman, sauf pour lui dire que j'étais un client de l'hôtel, que je n'essaierais pas de conduire, et de continuer à servir le whisky.

— Allô ? Ma gorge était du papier de verre.

L'accent saccadé de Gabi m'a poignardé le tympan.

— Je suis dans le hall. Donne-moi ton numéro de chambre.

— Quoi ? Gabi était à Brooklyn, en train de taper mes dernières pages.

— Numéro de chambre.

Dès que je le lui ai donné, la communication s'est coupée.

Grimaçant, je me suis assis. Je me suis traîné jusqu'à la salle de bain, en gardant la tête aussi stable que possible pour éviter tout traumatisme supplémentaire à mon cerveau plein de poignards.

Quand Gabi a frappé — trop fort —, j'ai ouvert la porte, toujours agrippé à la serviette.

— Pourquoi tu es là ?

Elle a ignoré ma question et m'a bousculé pour entrer dans la chambre. J'ai fermé la porte et me suis appuyé contre sa surface fraîche et dure.

Elle a posé une hanche sur le bureau.

— Gestion de crise. En plus, tu n'as pas répondu à ton téléphone hier soir. Je voulais m'assurer que tu n'avais rien fait de stupide.

— Boire pour deux cents dollars de whisky, c'est stupide ?

Elle a jeté un coup d'œil vers le lit.

— Au moins, tu n'as rien ramené avec toi.

J'ai fermé les yeux pour ne pas voir la bouteille de champagne non ouverte qui flottait dans l'eau tiède du seau à glace.

— J'ai reçu un e-mail des avocats de l'université en venant ici. Les yeux de Gabi brillaient. — Apparemment, ils étaient de mèche avec Happy Troll sur ce coup. Sam n'était qu'une façade. Ils offrent une part des royalties du livre. En échange de l'« emprunt » qu'ils ont fait.

Mon estomac s'est retourné.

— Je n'en veux pas. Je ne veux rien avoir à faire avec... avec ça.

Et alors, si Sam n'était que le visage que l'université et Heidi avaient utilisé pour vendre le livre ? Ce visage m'avait menti tous les jours pendant les deux derniers mois.

Je ne prendrais pas ce putain d'argent. Pas après que Sam et son professeur eurent craché sur mon art, ma vocation. Même pas pour sauver la ferme.

— Trouve une œuvre de charité à qui le donner. Mais pas la Fondation Jones.

— Je me doutais que tu dirais ça. Elle s'est écartée du bureau et s'est dirigée vers la table. Elle a reniflé le bouquet de roses pourpres, encore fraîches dans leur vase.

— On pourrait les poursuivre en justice.

La vengeance. J'ai tordu la serviette jusqu'à ce que le tissu se tende et craque. La façon dont Sam se tortillerait à la barre des témoins en avouant le vol de mon travail.

Mais alors, je devrais la revoir. Les avocats essaieraient de trouver un accord. Ils me feraient la rencontrer de l'autre côté d'une table de conférence. J'imaginais la façon dramatique dont je serais assis, les poings serrés, le visage de pierre, tandis que les avocats proposeraient accord après accord. Sam se recroqueville- rait et se ferait toute petite.

Putain, je ne voulais pas de ça.

Même mon imagination fertile ne pouvait pas concevoir un scénario où je ne m'effondrerais pas à ses pieds pour lui pardon- ner. Car, malgré sa trahison — maudit cœur de con —, je l'aimais toujours.

— Non. Pas de procès. Mais après ce livre, on en a fini avec Happy Troll.

— Ouais, ouais. Après cette victoire, tu auras carte blanche. Chose inhabituelle, elle a baissé les yeux vers le sol.

— J'ai aussi reçu un appel de ton… de Paul.

— À propos de cette putain d'I.A. ? Bien sûr que ça va l'inté- resser. Il trouvera un moyen de le monétiser. Et putain, je déteste que le mot *monétiser* vienne de sortir de ma bouche. Ce…

— Il a appelé pour te féliciter pour ta victoire. Il veut te voir.

— Oh. Je me suis laissé tomber dans le fauteuil. J'ai cherché en moi une réaction. N'importe laquelle. Mais j'étais vide. C'était ce que j'avais voulu toute ma vie : la reconnaissance de mon père.

Du pied, j'ai poussé le Prix Tower qui dépassait de sous ma veste de smoking.

— Tu veux que j'organise quelque chose ? a-t-elle demandé.

— Non. Merci. Je n'avais plus besoin de son approbation.

Gabi s'est penchée pour ramasser ma veste de smoking par terre, découvrant le trophée de verre. Elle a posé la veste sur le dossier de la chaise de bureau, puis a fait glisser ses doigts sur mon nom et le titre de mon livre gravés. Elle l'a délicatement posé sur le bureau où il a attrapé la lumière de la fenêtre et a dispersé des arcs-en-ciel à travers la pièce.

Sa voix était douce.

— Félicitations, au fait.

— Merci. L'odeur des roses m'est montée au nez et s'est glissée dans mon estomac turbulent. J'ai bondi et j'ai traversé la pièce jusqu'au lit, où je me suis laissé retomber en arrière et j'ai couvert mon visage de mes mains.

— Tout est tellement foutu. Je suis censé être au sommet du monde aujourd'hui. J'ai eu la validation que je cherchais. Mais tout semble si… creux.

— Oh, mon chou. Le lit s'est affaissé, et Gabi a frotté mon épaule en cercles.

— Tu devrais être fier. Tu as travaillé dur pour ça. Bien sûr, Sam était une imposture. Mais ça ne devrait pas diminuer cette victoire pour toi. Hydrate-toi et prends des aspirines. Ensuite, on va te pomponner et on sortira en ville pour leur montrer que tu es Niall-Putain-de-Flynn, lauréat du Prix Tower, et que cette salope ne t'a pas abattu.

— Mais elle l'a fait. Ignorant mon mal de crâne lancinant, je me suis redressé et je me suis dirigé vers la fenêtre. Je me suis forcé à regarder la lumière aveuglante du soleil du Nevada, faisant passer mon mal de tête au niveau maximal.

— Elle m'a détruit. Je pensais… je pensais qu'elle tenait à moi. Avant que tout parte en vrille la nuit dernière, j'avais pensé qu'elle m'aimait peut-être, si seulement elle voulait bien l'admettre. Mais je ne pouvais pas avouer à quel point j'avais été stupide, même à ma meilleure amie. — Elle… elle s'est servie de moi pour construire sa propre crédibilité. Et celle de ce putain d'ordinateur. Je n'aurais jamais dû lui faire confiance. Certainement pas avec mon cœur.

— Quand je rentrerai à la ferme, je vais arracher le wifi. Et ça, tu peux le garder. J'ai fait un geste vers le téléphone sur le lit. Celui que j'avais utilisé pour envoyer des messages à Sam. Ce serait avec le plus grand plaisir que j'écraserais mon nouvel ordinateur portable avec une masse.

— Je trouverai un moyen d'écrire sans elle. De retour à la ferme…

— Niall. La voix de Gabi était douce. — Tu ne peux pas rentrer chez toi. Même pas pour retrouver ta muse. Certainement pas pour lécher tes plaies. Tu dois profiter de cette victoire. Tu vas repartir en tournée.

— Mais… mais je…

Sa voix était à nouveau d'acier.

— Tu sais que j'ai raison.

Je le savais. Je devais surfer sur la vague de mon succès. Le prix allait booster mes ventes, et le fait de me mêler aux lecteurs les ferait grimper encore plus. Avec ça et l'argent du prix, je pourrais me permettre d'embaucher plus d'aide pour Grand-père.

— Qiana est en train de l'organiser, a-t-elle dit. — Tu devrais être prêt à partir dans quelques jours.

— Mais qu'en est-il du troisième livre ? Tu m'as dit que je devais réécrire la fin. Est-ce que je me souvenais même comment écrire sans Sam ? J'ai tourné le dos à la fenêtre et à son soleil aveuglant.

Un coin de sa bouche s'est relevé.

— C'est vrai. Ça ne résolvait rien. Mais tu n'écriras que de la merde tant que tu te sentiras comme ça. Tu te souviens de toute cette poésie merdique que tu as écrite après notre rupture ?

— Pour être juste, toute ma poésie est de la merde.

Elle a haussé les épaules.

— Dans les dernières pages que tu m'as envoyées, la chanson d'amour de Nieven à Lobelia n'était pas si mal.

— Merci, je suppose. J'avais écrit ça la nuit après que Sam et moi avions fait l'amour dans le fenil, après qu'elle se soit éclipsée dans sa chambre. J'avais surfé sur une vague d'endorphines et d'inspiration pour écrire jusqu'au petit matin.

Maintenant, j'allais devoir trouver l'inspiration ailleurs. Gabi avait raison. Encore une fois. En me sentant comme maintenant, je tuerais probablement Lobelia d'un carreau d'arbalète en pleine poitrine. Les lecteurs s'étoufferaient avec ça. Heidi me ferait tout réécrire.

— Alors. La tournée ? Gabi m'a fixé droit dans les yeux.

Je montrerais au monde ce que fait un véritable écrivain.

— La plus longue sera la mieux.

36

SAM

LE LENDEMAIN MATIN de la cérémonie de remise des prix, je me suis traînée jusqu'à l'université, ivre de fatigue. L'expression sur le visage de Niall juste avant que ces gentilles femmes ne me poussent dans le taxi m'avait hantée toute la nuit.

Je lui avais fait du mal. À Qiana aussi. Je devais arranger les choses. Et je pourrais le faire comprendre au Dr Martell.

J'ai toqué avant d'ouvrir la porte de son bureau d'angle.

— Samantha. Il s'est levé, les bras ouverts, m'accueillant comme une héroïne de retour de la guerre.

Je suis restée en retrait près de la porte. Il y avait une chaise supplémentaire pour les visiteurs. Et deux des chaises étaient occupées. Mais aucun des invités n'était Heidi. Pendant une seconde, mon cœur s'est arrêté ; les larges épaules de l'homme et ses cheveux auburn m'ont fait croire que c'était Niall. Mais les cheveux de cet homme étaient attachés en une queue de cheval basse, et les mains qui reposaient sur ses genoux étaient lisses, pas calleuses. Paul Swift a tourné ses yeux d'un vert profond vers moi et m'a adressé un lent sourire.

Puis j'ai vu la dernière personne que je me serais attendue à voir dans le bureau de Martell.

— Mère ?

Les coins de sa bouche se sont crispés, formant tout sauf un sourire. — Samantha.

Merde. Si c'était une hallucination, elle était aussi auditive.

— Qu'est-ce que vous…

— Samantha, asseyez-vous. Martell a désigné la chaise vide.

Je me suis traînée jusqu'à la chaise et je me suis affalée dedans.

— Samantha ! a claqué ma mère.

Automatiquement, j'ai redressé le dos et joint les mains sur mes genoux. J'ai croisé mes rangers au niveau des chevilles.

J'ai scruté le visage du Dr Martell à la recherche d'un indice. — Qu'est-ce qui…

— Samantha. Il a écarté les mains. — Le premier prix littéraire remporté par le produit d'une I.A. Quelle réussite !

Il fallait que je l'arrête. Que je le convainque de cesser d'utiliser CASE pour blesser des humains, des gens auxquels je tenais. — Mais c'est…

Martell a continué comme si je n'avais pas parlé : — J'ai reçu de nombreux appels après l'annonce d'hier soir, mais celui de M. Swift était le plus intrigant.

Paul Swift a laissé échapper un rire sec. — Je suis sûr que vous voulez dire le plus lucratif. Il s'est tourné vers moi, mais je ne pouvais pas regarder son visage, si semblable à celui de Niall et pourtant tellement plus austère. Même son sourire était dur comme la pierre. — Je déteste l'admettre, mais vous m'avez berné, moi aussi. Quand j'ai lu *Magicien,* j'ai cru que quelqu'un l'avait écrit pour lui. Je n'avais aucune idée que c'était une I.A. Et puis, quand j'ai entendu l'annonce, ça a fait tilt. Et j'ai su qu'il me fallait CASE.

— Mais… mais pourquoi ? ai-je demandé. Paul Swift avait fait fortune dans le matériel téléphonique bien conçu et tape-à-l'œil pour les gens riches et les précurseurs qui utilisaient la technologie comme un symbole de statut social. Pas pour les lecteurs peu portés sur la technologie que j'avais rencontrés pendant la tournée.

— Saviez-vous que 30 pour cent des personnes qui ont accès à Internet — à l'échelle internationale — lisent des livres quotidiennement ? Bien sûr, c'est bien inférieur au pourcentage de personnes qui jouent à des jeux tous les jours, mais le marché du jeu vidéo est saturé. La lecture, en revanche, est pratiquement inexploitée. Nous allons ludifier la lecture. Grâce à ceci. Et il a brandi son Swiftphone.

— Ludifier la lecture ? Parlait-il de créer des jeux vidéo basés sur des livres ? Parce que c'était loin d'être révolutionnaire. Même moi, j'avais eu cette idée, et je n'étais pas un génie des affaires comme Paul Swift.

— Avec CASE, nous aurons une réserve illimitée d'histoires, personnalisées selon les préférences de l'utilisateur. Science-fiction, horreur, thrillers, romance, mystère, tout ce qu'ils veulent. Je pense qu'avec le temps, nous pourrions personnaliser encore plus. Types de personnages ou intrigues préférés. Livrés sur leurs appareils sous forme de feuilleton. Les gens gagneront des points et des badges en lisant. Ses yeux n'avaient pas la couleur de la mousse sur une pierre. Ils avaient la couleur de l'argent.

— Mais il y a des milliers — des millions — d'auteurs, ai-je dit. — Votre fils en est un. Ne pourriez-vous pas simplement proposer leurs livres ? Pourquoi avez-vous besoin de CASE ?

Il a fait un geste de la main. — Après la R&D initiale, la production à long terme et les marges seront meilleures avec CASE.

Le Dr Martell s'est penché en avant. — Nous avons prouvé que la créativité n'est pas une caractéristique purement humaine. Bien sûr, nous avons vu de la musique et des arts visuels générés par des I.A. Mais la littérature... les gens se moquaient des premiers essais. Maintenant, nous avons démontré sa faisabilité. C'est une réussite impressionnante, Samantha.

J'étais assise sur cette même chaise, des mois auparavant, excitée par les possibilités de CASE. Mais je n'étais plus excitée maintenant. Une boule de terreur, dure et froide, s'était logée dans mon estomac. À l'époque, je ne connaissais aucun écrivain. Je n'avais pas réfléchi à la façon dont CASE pourrait les affecter.

Martell a poursuivi : — Avec le financement de SwifTech, nous pourrons embaucher des membres d'équipe supplémentaires pour développer CASE rapidement et produire le type de résultats que Paul recherche. Avec plusieurs instances de CASE en fonctionnement, imaginez la production. Les économies par rapport au modèle de l'édition traditionnelle. Les réductions des salaires des employés et des droits d'auteur compenseront facilement le coût d'une installation CASE. Tout ce dont Paul a besoin, c'est d'une autre démo pour s'engager pleinement.

— Et c'est pour ça que je suis là, a dit ma mère. — Pour protéger les intérêts de Samantha.

— Mes intérêts ? La seule chose qui m'intéressait, c'était d'arrêter ce que Paul Swift voulait faire.

— Cet éditeur a profité de vous, Samantha. Même John. Elle l'a regardé de haut.

Mon directeur de thèse a grimacé. — Allons, Audrey…

— Vous étiez au courant des… — elle a jeté un regard vers Paul Swift — difficultés de Sam. Et pourtant, vous lui avez demandé de signer un contrat. Sans me consulter, ni mon équipe juridique. Et puis vous l'avez envoyée avec ce… ce… fermier.

J'ai décroisé les chevilles et me suis levée. — Les fermiers nous nourrissent, nous les autres. Et Niall Flynn est la personne la plus respectable, honnête et noble que j'aie jamais rencontrée. Je l'aime. Même s'il semblait lâche de l'admettre seulement après qu'il soit sorti de ma vie.

— Non, Samantha, c'est impossible. Un écrivain. Du… — elle a pincé les lèvres comme si le mot avait mauvais goût — Midwest. Je sais que c'est votre fils, Paul, mais franchement.

Paul a haussé les épaules.

L'agriculture et l'art étaient deux choses auxquelles je n'avais pas pensé avant la tournée de promotion. Maintenant, je voyais la valeur des deux. J'aurais aimé que Niall soit là pour utiliser ses mots, bien meilleurs que les miens, pour mener ce combat.

Les romans écrits par CASE n'auraient pas besoin d'éditeurs. De metteurs en page. De tournées de promotion coûteuses. D'attachées de presse comme Qiana. Et pourquoi payer un écrivain comme Niall quand ils avaient déjà investi des coûts irrécupérables dans CASE et pouvaient obtenir cent fois sa production annuelle, même si elle n'était pas un quart aussi bonne ? N'importe qui pouvait faire le calcul et trouver les finances de CASE attrayantes. Mais à quel prix pour la créativité humaine ?

J'ai dégluti. Je ne pouvais pas faire ça à Niall. À Qiana. À toutes les personnes qui avaient trinqué à la santé de Niall et à la mienne avec du champagne dans les bureaux de Happy Troll six semaines plus tôt.

Je me suis tournée vers Paul. — Niall est un écrivain. Vous ne vous inquiétez pas pour lui ? Pour ses moyens de subsistance ?

— La technologie fait avancer la civilisation humaine plus rapidement aujourd'hui qu'à n'importe quelle autre période de l'histoire. Si Niall n'arrive pas à suivre le mouvement... Il a haussé les épaules.

— Samantha, a dit Martell doucement, comme il parlerait à un petit enfant, — CASE créera de nouveaux emplois. Des installateurs, des programmeurs, des techniciens de maintenance, des contrôleurs qualité. Certains des travailleurs licenciés pourront être reconvertis pour ces rôles. Il a haussé les épaules. — On a dit la même chose quand les ordinateurs sont arrivés. Les dactylos sont devenus des opérateurs de saisie. On n'arrête pas le progrès. Vous, plus que quiconque, devriez comprendre ça.

Paul a dit : — N'êtes-vous pas d'accord, Audrey ?

Elle avait épousé deux hommes qui aimaient les livres. Elle soutenait une fondation pour l'alphabétisation. Ma mère devait voir la situation comme moi. Mon espoir a dû se lire sur mon visage.

Elle a cligné des yeux. — Si. Samantha, c'est votre création.

Elle pourrait faire de vous une femme très riche. Je n'arrive pas à croire que vous envisagiez de tout gâcher.

— Certaines choses sont plus importantes que l'argent. J'ai relevé le menton. Niall, Qiana et toutes les personnes qui m'avaient soutenue étaient plus importants que mon confort personnel. Que mon avenir, même. — Non.

Tous les trois m'ont dévisagée. Martell a dit : — Que voulez-vous dire par « non » ?

J'ai inspiré profondément. Les librairies me manquaient, leur odeur de papier neuf, de vieux cuir et de cire à meubles. Le bureau de mon directeur ne dégageait qu'une légère odeur électrique, recouverte par le parfum de lavande de ma mère. Il n'avait pas un seul livre dans son bureau.

— Je ne le ferai pas. Je ne travaillerai pas sur CASE.

— Samantha, ne soyez pas ridicule. Ma mère a agrippé les accoudoirs de la chaise, ses articulations blanchissant.

Le Dr Martell m'a étudiée. — Vous êtes sûre ? Cela semble exceptionnellement impulsif. Réfléchissez aux implications. Je ne peux pas approuver votre thèse sans un développement supplémentaire. De plus, — il a cliqué sur la souris puis tapé une série de touches — beaucoup d'autres doctorants peuvent reprendre ce travail et finir ce que vous avez commencé.

— Je suis d'accord, a dit Paul. — Les développeurs de Swif-Tech sont impatients de mettre la main dessus. Même si je préférerais de loin avoir votre expertise sur le projet, ce n'est pas nécessaire.

On a toqué à la porte, et Kyle, mon voisin de bureau, a passé la tête dans l'entrebâillement. — Vous vouliez me voir, Dr Martell ?

Martell a levé les doigts de son clavier et m'a fixée. Derrière ses lunettes, ses iris n'étaient plus que des roulements à billes. — Avons-nous besoin de l'aide de Kyle ?

Je me suis enfoncée dans la chaise. — Non. Je vais le faire. Je n'étais pas obligée de le faire vite. Ni bien. J'allais faire traîner le travail jusqu'à ce que je trouve un moyen de me sortir de ce pétrin.

— Nous examinerons votre première itération vendredi prochain.

Dans dix jours. Et merde.

— Voilà une bonne chose, a dit ma mère. — Et William Winford n'arrête pas d'appeler. Je l'ai invité à bruncher dimanche.

— Non. Le mot a retenti comme un coup de feu dans le bureau de Martell. — Je ferai ce truc pour lui — j'ai fait un signe de tête vers mon directeur — parce que je suis obligée. Mais je ne rencontrerai personne. Et je ne viendrai pas au brunch. D'une manière ou d'une autre, je me suis levée, malgré la déception qui m'écrasait. — Pas si vous ne me soutenez pas, ni ce que je veux.

J'ai marché d'un pas décidé vers la porte et posé la main sur la poignée. — Au revoir, Mère. Dr Martell, M. Swift, j'aurai quelque chose à vous montrer vendredi prochain.

Je n'avais aucune idée de ce que ce « quelque chose » pourrait être.

37

SAM

— ÇA VA, Sam ?

La voix de Kyle m'a tirée de mon regard de zombie. J'ai brusquement tourné la tête vers lui, à son bureau. Est-ce qu'il essayait de regarder mon écran, ou est-ce que j'étais parano ? Sûrement la paranoïa, vu que j'avais à peine dormi ces neuf dernières nuits ; malgré tout, j'ai pivoté mon écran d'un ou deux degrés pour l'éloigner de lui.

— Bien. Juste fatiguée, tu sais ? — J'ai essayé de lui sourire, mais je ne sentais plus mon visage. Chaque parcelle de mon être était engourdie.

— C'est pour CASE, pas vrai ? Comment avancent les modifications ? Tu as besoin d'un coup de main ?

Ça, ça m'a réveillée. — Non, ça va. — Peut-être qu'il *m'espionnait* après tout. Est-ce que Martell lui avait demandé de garder un œil sur moi ? Mon cœur s'est emballé. Ou Paul Swift ? Est-ce que Kyle portait de nouvelles baskets ? Des Air Jordan ? J'ai reniflé. C'était difficile à dire avec l'odeur de plinthes pourries et de bureaux en métal rouillé, mais j'ai cru sentir une odeur de cuir neuf. J'ai encore un peu plus tourné mon écran.

— D'accord. — Il a baissé la tête. — Je sais que c'est beaucoup de pression.

Il était loin du compte. J'avais beau coder comme une forcenée pour mettre CASE 2.0 en ligne, je ne pouvais pas condenser six mois de travail en dix jours. Martell serait furieux quand je n'aurais aucun nouveau roman à montrer à Paul Swift lors de la démo du lendemain. En plus, CASE 2.0 n'arrivait toujours pas à créer des articles scientifiques de manière fiable.

Je ne pouvais pas laisser Paul Swift — ni personne d'autre — mettre la main sur CASE 1.0. Pas si je voulais que des gens comme Niall, Qiana, et même Heidi, gardent leur emploi, qu'ils continuent à créer des histoires que les gens — des enfants comme Hero à Chicago et ces adolescents à la convention en Floride qui s'étaient cosplayés en Nieven et Greva — adoraient. Bon sang, des livres que j'adorais, moi aussi.

Et si Martell mettait sa menace à exécution ? J'en ai frissonné. Sans doctorat, mon post-doctorat tombait à l'eau. Je devrais retourner vivre chez ma mère et Charles. Elle continuerait à me jeter des Winfords à la figure. Et pire encore, Kyle ou les programmeurs de SwifTech reprendraient CASE 1.0 exactement là où je l'avais laissé.

Mon plan était nul, et je le savais. Mais il n'y avait rien d'autre à faire. J'ai posé ma tête qui tournait sur mon bureau. J'allais juste me reposer une minute, et puis je m'y remettrais.

— Sam !

J'ai relevé la tête de mon clavier et j'ai cligné des yeux. Jackson se tenait sur le seuil.

Jackson n'était jamais venu dans mon bureau avant. Je me suis frotté les yeux. Non, ce n'était pas une hallucination.

— Joli look, Samwise. J'aime particulièrement la marque du clavier sur ta joue. Tu as un peu de bave, juste là. — Il a pointé la commissure de ses lèvres, juste à la lisière de sa barbe.

D'un revers de la main, j'ai essuyé l'humidité.

— Jackson Jones ? — Le bruit de la chaise de Kyle a raclé le sol, et il s'est précipité en avant, la main tendue.

Jackson la lui a serrée. — C'est moi. Vous devez être Kyle.

— Oui. Kyle Anderson. Le collègue de bureau de Sam. C'est...
c'est un honneur de vous rencontrer enfin. — Kyle a secoué la
main de Jackson de haut en bas.

Un coin de la bouche de Jackson s'est relevé en un demi-
sourire tandis qu'il retirait délicatement sa main de l'étreinte de
Kyle. Dieu merci, je n'avais jamais parlé de notre coup d'un soir.

— Allez, viens, Sam, a dit Jackson. On va déjeuner.

— Déjeuner ?

— Tu sais, la nourriture qu'on mange à midi ? Bien qu'on
dirait que tu n'as pas beaucoup déjeuné ces derniers temps. On y
va, Sam. À plus tard, Kyle.

Dans le couloir, j'ai demandé : — Qu'est-ce que tu fais ici ?

— Je suis venu voir comment tu allais. Tu ne répondais pas à
mes appels ni à mes textos. Maman m'a dit que tu l'avais envoyée
promener ?

Je trottinais pour suivre ses longues enjambées. — Je... ouais,
ai-je marmonné.

— Bien joué. Au fait, tu as une sale gueule.

— Merci. Connard.

— C'est la vérité. Et toi et moi, on est toujours honnêtes l'un
envers l'autre.

Aïe. Celle-là m'a touchée en plein cœur.

Pendant que nous traversions le campus — Jackson avait un
sixième sens pour trouver les food trucks —, je lui ai tout raconté.
J'ai commencé par l'offre de Heidi et Martell, l'ultimatum de
Heidi concernant la tournée de dédicaces. J'ai continué avec le
fiasco de la cérémonie de remise de prix et la menace de Martell.
La trahison de maman. Je venais de lui parler de la réunion avec
Paul Swift prévue pour le lendemain et de mon plan désespéré
pour apaiser Martell avec CASE 2.0 quand nous sommes arrivés
au camion de tamales garé à l'autre bout du campus.

— Putain de Martell, a-t-il grogné. Quel trou du cul.

— Non, il a juste... — Il avait été une figure paternelle pour
moi depuis que j'avais rejoint le département. Mais lors de cette

réunion, il m'avait montré où se trouvait sa véritable loyauté. — Ouais.

J'ai laissé échapper un souffle tremblant. J'avais révélé tous les secrets que je gardais en moi depuis des mois. Il ne restait plus qu'une enveloppe desséchée de peau et d'os. Une forte brise marine m'aurait emportée comme une feuille d'automne. — Il a tout le pouvoir. Je ne peux pas obtenir mon doctorat sans lui. Je devrais tout recommencer ailleurs. Et de toute façon, il me mettrait sur liste noire. Aucun autre département ne voudrait de moi.

Nous sommes arrivés en tête de la file d'attente et nous avons passé nos commandes. Jackson a payé, bien sûr. Je n'avais ni l'énergie — ni les fonds — pour protester.

Quand les tamales ont été prêts, nous avons emporté nos assiettes sur un banc à l'ombre.

Jackson a pris sa fourchette. — Tu veux toujours ton doctorat ? — Il n'y avait aucun jugement dans sa voix. J'aurais pu dire oui ou non, il m'aurait offert le même soutien constant que toujours.

Mon cœur s'est rempli de béton. — C'est mon ticket de sortie, tu sais ? J'ai un post-doctorat qui m'attend dans l'Idaho. C'est la seule façon pour moi d'être libre de vivre ma vie.

Le visage de mon frère s'est décomposé. — Quand comptais-tu me le dire ?

J'ai piqué dans mon tamale. J'ai dégluti malgré ma gorge nouée. — Je ne sais pas. — Probablement par texto en prenant le bus pour quitter la ville. Je serais une lâche pour mes adieux, comme pour tout le reste dans ma vie. — Je ne suis pas comme toi, Jackson. Je ne suis pas forte.

— Te remettre de ce que Stephen t'a fait, puis faire cette tournée de dédicaces, ça me paraît plutôt fort. Sans mentionner l'I.A. incroyable que tu as créée.

J'ai renâclé. — Toute cette histoire de roman ? C'était un accident. CASE était censé faire autre chose.

Il s'est adossé. — Parfois, les meilleures choses arrivent par accident. Il suffit de se laisser porter.

Il ne parlait plus de CASE. Il parlait de sa propre vie, de son entreprise, de sa femme, même le parfait bébé Valentine était un putain de joyeux accident.

Mais rien de merveilleux ne m'était jamais arrivé par accident.

Sauf Niall, et ça, je l'avais gâché. Un vide immense s'est creusé en moi, aspirant même le minuscule plaisir de ce déjeuner avec mon frère.

— Ce que j'ai fait avec CASE a chamboulé la vie de beaucoup de gens. Ce n'était pas le bon genre d'accident. C'était le genre d'accident qui ruine tout pour tout le monde. Comme toute ma putain de vie.

— Non. — Jackson m'a regardée droit dans les yeux. — Tu es brillante. Tu as fait des choses avec l'I.A. que personne n'avait jamais faites avant. Le livre qu'elle a écrit a changé la vie des gens. Y compris celle de Noah. Tu as la moindre idée de la difficulté à faire lire un garçon de douze ans ?

J'ai fixé l'antenne sur le toit du bâtiment le plus proche. — Je suppose que je l'ai trompé lui aussi. Il me déteste maintenant ?

— Non, Sam. Il voit qui tu es vraiment. Une personne qui se soucie des autres. Qui est incroyablement talentueuse. Qui est forte et indépendante. Qui peut — il a dégluti — prendre ses propres décisions. Tu n'as pas besoin de lettres après ton nom pour être qualifiée pour faire ça, pour te construire une vie. Pour dire à Martell exactement où il peut se carrer son ultimatum.

Ma poitrine s'est gonflée comme si je pouvais vraiment être assez courageuse pour dire non à Martell. Comme si je pouvais m'éloigner du chemin que j'avais imaginé pour moi-même depuis mon adolescence.

J'ai laissé mon regard errer sur le campus universitaire. Les bâtiments que j'aimais. Les étudiants — non pas que je me sois approchée de l'un d'entre eux — allongés dans l'herbe, marchant par deux sur les trottoirs. J'avais espéré échanger tout ça pour une autre université, une où personne ne saurait ou ne se soucierait du fait que j'étais une Jones. Pas d'idées préconçues. Pas d'attentes. Juste moi et tout ce que je pouvais faire avec mes mains et mon cerveau. Construire mon propre avenir.

L'avenir que j'avais prévu s'est fissuré et est tombé en morceaux autour de moi. Je n'avais plus ma place ici.

— Tu joues toujours aux jeux vidéo ?

J'ai cillé, surprise par le changement de sujet de Jackson. — Ouais. Quand je ne suis pas occupée à me tuer à la tâche à coder. Surtout des RPG.

— Tu te souviens qu'on avait l'habitude de concevoir des jeux quand on était plus jeunes ?

— Mm-hmm. — J'ai respiré à travers une vague de souvenirs douloureux, du moment où Niall et moi avions joué à l'un de nos vieux jeux pendant la tournée.

— On parlait de monter une société de jeux vidéo ensemble quand on serait grands.

— Tu voulais aussi être pilote de course. Mais à la place, tu t'es lancé dans les logiciels d'entreprise. Ce qui était complètement nul.

Il a pointé sa fourchette vers le ciel. — Ce qui m'a permis de jouer avec des voitures de course. Et de me faire un paquet de fric.

— Le fric aussi, c'est nul. — J'ai piqué dans mon tamale. Il ne tiendrait pas dans mon ventre rempli de tous mes espoirs déçus.

— Hé, et si on essayait ? Je pourrais t'intégrer à l'entreprise comme un projet secret. Une activité secondaire, en toute discrétion. On pourrait collaborer à la conception de jeux. Le fric est peut-être ennuyeux, mais c'est assez utile pour ne pas avoir à retourner vivre chez Maman.

J'ai posé mon assiette sur le banc. — J'… j'ai eu une idée. Et si on faisait des jeux basés sur des livres ? — L'idée me trottait dans la tête depuis que j'avais écouté le premier livre de Niall et que je n'avais pas voulu quitter le monde des elfes des bois. J'avais même esquissé quelques idées pour un jeu de rôle basé sur le roman.

— D'autres entreprises font déjà des jeux basés sur des livres.

Il y en a même quelques-unes qui font ces livres immersifs où l'on choisit sa propre fin.

— Oui, mais avec l'I.A., on pourrait passer à un autre niveau. Non scripté. Adaptatif. On travaillerait en partenariat avec les auteurs.

Jackson s'est levé d'un bond. Il réfléchissait toujours mieux debout. — C'est une super idée. Obtenir les licences du contenu. Engager les auteurs comme consultants pour l'histoire. Peut-être réutiliser une partie du code de CASE. Attends… tu as l'air toute triste d'un coup. Qu'est-ce qui se passe ?

J'avais l'impression qu'on m'avait arraché la colonne vertébrale, me laissant flasque comme une des peluches de Bilbo Baggins. Je me suis affalée vers l'avant, les coudes sur les genoux, et j'ai enfoui mon visage dans mes mains. Un auteur avait soutenu l'idée ; maintenant, il ne voulait plus rien avoir à faire avec moi. — Niall.

— Est-ce que je dois lui botter le cul ? a-t-il grogné. Je savais que ses airs de gentil fermier devaient être une ruse.

J'ai relevé la tête. — Non, si quelqu'un a besoin de se faire botter le cul, c'est moi. Je l'ai blessé, Jackson. J'ai blessé beaucoup de gens.

Il s'est adossé au banc et a regardé les terrains ensoleillés de l'université. — Peut-être que travailler avec des auteurs apaiserait ta conscience coupable.

— Je veux me racheter.

Il a hoché la tête. — Voilà l'esprit. Agis. Une fois que tu auras remis de l'ordre dans tes affaires, tu seras prête à reconquérir ce gars, aussi. Montre-lui qu'il a été un crétin de t'avoir laissée partir.

Merde. Tout comme Maman, il avait vu les photos de Vegas.

J'ai retrouvé ma colonne vertébrale. J'ai rempli mes poumons d'air et je l'ai expiré en un souffle court. — Tu as raison.

— Sur le fait que le rouquin est un crétin ?

— Non. Sur le fait d'agir. — Étais-je assez courageuse pour tenir tête à Martell ? À tous ceux qui avaient des attentes envers moi ? Je pouvais le faire si j'avais de l'aide. Être indépendante ne signifiait pas que je devais être seule.

— Bien sûr que j'ai raison. J'ai presque toujours raison.

— Jackson. Écoute. J'ai besoin de ton aide. Pour quelque chose qui pourrait être un tout petit peu illégal.

— Ah oui ? On dirait que c'est ton nouveau mode opératoire, ces temps-ci.

— La ferme. — Je lui ai donné un coup de poing dans l'épaule. — Tu vas m'aider ou pas ?

— J'en suis. Qu'est-ce qu'on va faire sauter ?

Oh, juste mon monde entier.

38

SAM

— M. JONES ! Vous revoilà !

Kyle. Ça allait être difficile de faire ce que j'avais prévu avec lui dans notre bureau.

Jackson n'en était pas à son coup d'essai. — Kyle, viens discuter avec moi dans le couloir pour ne pas déranger Sam dans son travail.

Kyle est passé devant moi en trombe, dans un éclair d'odeur de cuir neuf. Ma vieille chaise a grincé quand je me suis assise. Cette chaise allait me manquer.

J'ai coupé les haut-parleurs de mon ordinateur portable (il ne fallait pas que Kyle entende ce que je faisais) et j'ai tapé : *Lancer la routine d'adieu.*

Confirmation. Êtes-vous sûre ?

Si j'étais sûre ? J'étais en train de jeter trois ans de travail à la poubelle. D'innombrables nuits au bureau avec Kyle, à m'enfiler du café pour alimenter mes doigts qui volaient sur le clavier. Des jours où je ne voyais Bilbo Baggins que le matin au réveil et le soir quand je rentrais en vitesse pour le promener et le nourrir avant de retourner en courant à la fac. J'y avais passé mon dernier anniversaire, à traquer un bug.

Sans parler de tous ces gens qui avaient adoré *Magicien dans la Machine*. Qui étaient venus me voir pendant les séances de dédicaces en me disant que ça leur avait changé les idées après que leur femme les avait quittés, pendant que leur grand-mère était à l'hôpital, quand ils avaient passé une mauvaise journée au travail. Fermer CASE, c'était leur enlever ça.

Mais laisser CASE à Paul Swift signifiait que les livres écrits par CASE (et, soyons honnêtes, par les autres I.A. à venir) seraient moins chers, plus rapides. Ils évinceraient les livres écrits par des gens comme Niall. Ses livres avaient touché beaucoup de monde. Y compris moi.

Il était temps d'agir comme Lobelia.

Courage.

Mon doigt n'a pas tremblé. Presque pas. J'ai appuyé sur le bouton Oui.

Une barre de progression est apparue à l'écran.

La porte s'est ouverte, faisant bondir mon cœur dans ma gorge, mais c'était Jackson. Il a refermé la porte. — J'ai envoyé Kyle nous chercher du café au troquet à l'autre bout du campus.

— Ça doit être sympa d'être une légende de la programmation, d'inspirer l'adulation de tout le monde. — J'ai ouvert le tiroir de mon bureau, mais il ne contenait que quelques crayons et un exemplaire de *Magician dans la Machine*. J'ai refermé le tiroir.

— Adulation ou pas, doctorat ou pas, tu es une bonne programmeuse. Et tu es une bonne personne. Tu retomberas sur tes pieds après ça.

— Ce n'est pas ce que pense Mère.

— Elle ne connaît qu'une seule façon pour les femmes de se faire une place dans le monde. Tu lui montreras qu'il y a un autre chemin. — Jackson s'est penché par-dessus mon épaule pour vérifier la barre de progression. — C'est rapide. Ça devait être un programme magnifique.

— Ça l'était. CASE était mon bébé. — Un bébé indiscipliné et désobéissant. Mais le mien tout de même. J'ai reniflé.

— Ah, Samwise. Je suis désolé.

J'ai touché la barre de progression d'un doigt pendant qu'elle décomptait les dernières minutes de CASE. — Merci d'être là avec moi. Tu es sûr que tu n'as pas besoin de retourner au travail ?

— Non. Marlee me couvrira. La famille est plus importante.

J'ai grimaçai. — Je vais essayer d'être une meilleure sœur. Surtout maintenant que… — Ma gorge s'est nouée, mais j'ai fait un geste en direction du bureau. Bien sûr, il était minuscule, mais il avait symbolisé mon indépendance.

— Si tu veux rester avec nous un moment, le temps de t'organiser, tu es la bienvenue.

Quand il découvrirait ce que j'avais fait, Martell me couperait les vivres, et je ne pourrais plus payer mon loyer. Rester chez Jackson serait mieux que de retourner vivre chez Mère et Charles. J'ai essayé de sourire. — Merci. Juste pour quelques semaines, le temps que j'économise une caution pour un appartement.

— Tactique de négociation intelligente. Si je ne te paie pas bien, je me retrouve avec une personne de plus sous mon toit. — Il a gémi. — Et un chien.

Cette fois, mes lèvres se sont étirées en un vrai sourire. — Je suis bien la fille de ma mère.

— Ça, c'est sûr. — Il a indiqué mon ordinateur portable d'un mouvement de menton. — On en est où ?

La barre de progression a disparu, remplacée par le bouton pour supprimer les fichiers. Définitivement. — C'est presque fini.

Il s'est penché et a regardé l'écran. — Ta routine de destruction a un bouton sophistiqué ? Tu devais y penser depuis un petit moment.

J'ai détourné le regard. — Juste… je ne peux pas. Fais-le pour moi.

— Je m'en occupe. — Sa grande main a recouvert la souris, et le clic a résonné dans mon petit bureau, me poignardant le cœur.

Après avoir chassé mes larmes en clignant des yeux, j'ai de nouveau regardé l'écran.

CASE avait disparu. Trois ans de travail s'étaient volatilisés dans l'éther.

— Qu'il repose en paix, a dit Jackson. Trente secondes de silence solennel se sont écoulées pendant que je me remémorais les longues nuits remplies des clics de mon clavier, les moments de découverte effervescente, l'euphorie de parcourir un bout de code parfait.

Il s'est éclairci la gorge. — J'imagine qu'il y a des bandes de sauvegarde dont nous devons nous débarrasser ?

— Merde. Tu as raison. — Quelqu'un pourrait prendre ces sauvegardes et ressusciter CASE, comme lorsque une surtension anormale, deux étés plus tôt, avait fait tomber son serveur princi-pal. J'avais passé quatre heures à paniquer jusqu'à ce que les gars de l'informatique le restaurent à partir de la sauvegarde.

En évitant le bureau de Martell, j'ai conduit mon frère en bas, au sous-sol. Jackson a détourné le visage de la caméra pendant que je passais mon badge à l'entrée de la salle des serveurs.

Les ventilateurs des serveurs vrombissaient plus fort que les vagues sur la plage pendant une tempête. Le bruit était familier, presque apaisant.

— Heureusement, ai-je crié par-dessus le bruit, le travail des doctorants ne mérite pas de stockage hors site. Les bandes sont stockées ici.

Des étagères pleines de bandes remplissaient un mur d'une petite arrière-salle. Depuis cette surtension, je savais quoi chercher.

— Les voilà. — J'ai brandi les deux boîtiers de bandes en plas-tique sur lesquels était inscrit mon numéro d'étudiant au marqueur. La sauvegarde et sa sauvegarde. — Je les ramène à la maison pour les brûler ?

— Les ramener à la maison. — Jackson a reniflé. — Et ajouter le vol aux accusations de destruction de biens universitaires ?

Non, elles meurent ici. Si tout se passe bien, on aura l'impression que les sauvegardes ont disparu par erreur.

— C'est-à-dire, a-t-il dit en me regardant droit dans les yeux, si tu es sûre de vouloir faire ça ? Jeter des années de ton travail ? On pourrait prendre une de ces copies. Au cas où tu voudrais reprendre un jour.

C'était tentant. CASE représentait tellement de travail. Et je pourrais en transformer des parties pour les nouveaux jeux que Jackson et moi allions créer ensemble. Mais serais-je tentée de tout utiliser et de créer CASE 1.1 ? Et si quelqu'un le trouvait et créait sa propre version de CASE ? Quelqu'un qui n'aurait pas appris les leçons que j'avais apprises ?

— J'ai beaucoup appris sur la créativité, sur la narration, pendant la tournée de promotion du livre. CASE va ruiner les choses que j'aime. C'est mieux comme ça. — Des larmes ont brouillé ma vision.

— L'informatique, c'est créatif aussi.

— Je sais. Mais ce n'est pas la même chose que l'art. Et il y a de la place dans le monde pour les deux sans que l'un détruise l'autre.

Jackson m'a serré l'épaule. — Je suis désolé que tu aies dû l'apprendre à tes dépens.

J'ai reniflé.

— Tu as un démagnétiseur ? — Il a retourné la cartouche dans ses mains.

— Un quoi ?

Jackson a levé les yeux au ciel. — Ça utilise un gros aimant pour effacer les données. Si tu en avais un, il serait probablement dans cette pièce. Je parie que vous réutilisez ces bandes depuis la nuit des temps. Je rends service à l'université en retirant ces deux-là de la circulation. Trouve-moi un tournevis, une perceuse et du fil de fer.

Un tournevis traînait sur le bureau voisin, et je le lui ai tendu. Il s'est mis au travail sur les boîtiers des bandes. Le temps que je revienne après avoir battu des cils devant le type de la maintenance pour obtenir la perceuse, une bobine de fil de fer et des pinces coupantes, il avait ouvert les cartouches, exposant les bobines de bande.

J'ai grimaçai quand Jackson a allumé la perceuse pour faire un trou à l'arrière du boîtier, en plein milieu de la bobine. Le vrombissement des ventilateurs des serveurs masquait le bruit. En grande partie. J'espérais que personne ne viendrait voir. Un invité non autorisé détruisant les biens de l'université serait difficile à expliquer.

Jackson est monté sur une chaise et a utilisé le fil de fer pour suspendre une cartouche de bande à une grille d'aération au plafond. D'un coup de poignet, il a laissé la bande en plastique se dévider vers le sol. J'ai attrapé l'extrémité et j'ai tiré jusqu'à ce que la gravité ait fait suffisamment son travail pour que la bande continue de couler. Nous avons répété le processus avec l'autre cartouche sur une autre grille, et bientôt deux tas duveteux de ruban en plastique se sont amoncelés sur le sol.

— Maintenant, on attend, a-t-il dit. Où sont les destructeurs de documents ?

— Il y en a un dans la salle du courrier à chacun des étages principaux.

— Les gens vont poser des questions si on se promène avec une botte de bande. Tu as un sac à dos ou une sacoche d'ordinateur ?

— En haut.

— Va la chercher.

Quand je suis sortie de la cage d'escalier, mon cœur qui s'emballait a raté un battement. Martell se tenait dans l'embrasure de la porte de mon bureau, les mains sur les hanches. Impossible de passer en douce pour récupérer les sacs. J'allais devoir jouer la carte de la décontraction.

Prenant une profonde inspiration, j'ai marché derrière mon directeur de thèse, en traînant mes bottes de combat pour qu'il m'entende.

— Bonjour, Dr Martell. Excusez-moi. — Je me suis faufilée

devant lui pour entrer dans le bureau et je suis allée à ma table de travail.

— Samantha, je vous cherchais. Tout est prêt pour la présentation de demain ?

— Je vous ai envoyé la présentation ce matin. — Elle était pleine de mensonges sur les histoires que CASE avait produites. Gardant la tête baissée, j'ai ouvert un tiroir. Tout serait bientôt terminé.

— Elle avait l'air bien. Je sais que vous n'aimez pas parler en public, alors je dirigerai la présentation et la démo. J'ai besoin que vous soyez prête à répondre à toutes les questions techniques. Vous êtes prête ?

J'ai levé les yeux sur lui rapidement en sortant un sac en toile d'une conférence à laquelle j'avais assisté. J'aurais pu lui dire qu'il n'y aurait rien à présenter. Mais je n'étais pas sûre à cent pour cent qu'il ne pourrait pas trouver un doctorant pour rembobiner la bande dans sa bobine et restaurer CASE. De plus, me faire prendre la main dans le sac, et avec Jackson, qui n'était pas censé être dans la salle des serveurs, ne serait pas une bonne chose. Je lui enverrais un e-mail plus tard. Lâche, mais ça ferait l'affaire.

— Bien sûr, je suis prête. — Prête à fiche le camp d'ici.

Il a froncé les sourcils. — Qu'est-ce que vous faites avec ce sac ?

Ça paraissait bizarre de sortir en tenant un sac vide. J'ai balayé le bureau du regard pour trouver quelque chose à y fourrer. Une pomme ratatinée se trouvait sur le coin du bureau de Kyle. Je l'ai attrapée et je l'ai laissée tomber dans le sac.

Martell a froncé les sourcils. — Vous n'allez pas manger ça, j'espère ?

— Non. — J'ai cligné des yeux. *Allez, les neurones, ne me lâchez pas maintenant.* — Mon chien les aime comme ça. Je ne voudrais pas la jeter.

Il a plissé le nez comme s'il pouvait sentir la pomme pourrie. Rapidement, j'ai débranché mon ordinateur portable et je l'ai glissé dans mon autre sac. — Bonne soirée.

— Vous ne partez pas si tôt d'habitude.

J'aurais dû être habituée à mentir maintenant. — Je, euh, je veux passer une bonne nuit. Vous savez, avant la grande présentation. — Le cœur battant, je me suis glissée devant lui dans le couloir.

— M'a-t-il semblé voir la voiture de votre frère sur le parking ?

Putain, putain, putain de Jackson et de sa voiture de luxe. — Non, ça devait être quelqu'un d'autre.

— Quelle coïncidence ! Je ne connais personne à l'université qui conduit une Lamborghini jaune.

— Hmm. Ça pourrait être une voiture de prêt, je suppose. À demain, Dr Martell. — Lui adressant un demi-signe de la main, j'ai marché rapidement vers la sortie. J'ai tiré la porte et j'ai dévalé les escaliers.

Dans la salle des bandes, les cartouches continuaient de se dévider du plafond. Jackson était appuyé sur le bureau, tripotant son téléphone.

J'ai tiré sur un brin de bande. — On doit aller plus vite. Je suis tombée sur Martell à l'étage.

Jackson a rangé son téléphone dans sa poche et a tiré sur l'autre bande. — Il se doute de quelque chose ?

— Ça n'a pas aidé que tu aies pris ta voiture jaune m'as-tu-vu et que tu te sois garé juste devant. Je pensais que tu avais abandonné les voitures de sport à la naissance de la petite Valentine.

— Je l'ai sortie du garage vu qu'il fait si beau. À quel point tu vas avoir des ennuis quand Martell le découvrira ?

— Techniquement, ai-je grimaçai, CASE appartient à l'université. Et nous sommes censés le présenter à Paul Swift demain. Alors… pas mal d'ennuis ? — J'ai tiré plus fort. Un mince anneau de bande s'accrochait à la bobine.

Il n'a pas cillé. — Ça pourrait être pire. Probablement juste la police du campus, alors.

— Sérieusement ? — Je n'avais jamais eu même une contravention de stationnement. — Dépêchons-nous.

La cartouche de bande la plus proche de Jackson a cliqueté sur le sol. — J'ai gagné ! — Il a levé les poings en l'air.

Je lui ai fourré le sac en toile dans les mains. — Fais attention. Il y a une pomme toute molle au fond.

— Beurk. — Il a posé le fruit spongieux sur le bureau, puis a fourré la liasse de bande dans le sac.

Non, nous n'avions pas l'air suspects du tout, en sortant de la salle des serveurs avec nos sacs bombés. Je me suis précipitée à l'étage principal et j'ai trouvé la salle du courrier et son destructeur industriel.

Quand Jackson a enfoncé les liasses de bande dans l'ouverture, la machine s'est mise en marche dans un bruit sourd et a commencé à broyer. J'ai poussé un soupir. Le déchiquetage était beaucoup plus rapide que le dévidage.

Quand Jackson a fini sa bande, j'ai commencé la mienne. J'ai gardé une main sur mon cœur qui battait la chamade, le repoussant dans ma poitrine, tandis que j'utilisais l'autre pour alimenter la bande dans le destructeur. Nous aurions fini dans quelques minutes, puis nous filerions dans la Lamborghini de Jackson dans un flou jaune.

— Samantha. Qu'est-ce que vous faites ? — La voix de Martell m'a fait sursauter.

J'ai retourné le sac au-dessus de la bouche du destructeur pour y faire passer le reste de la bande.

— Ce n'est pas… ce n'est pas CASE. — Il tenait la pomme ridée dans une main. Son autre main couvrait son ventre, qui devait être aussi barbouillé que le mien.

Je compatissais. Vraiment. Il avait été gentil avec moi, presque paternel, depuis que j'étais arrivée au département. J'avais fait tout ce qu'il m'avait demandé, et c'était probablement un choc de trouver sa petite doctorante toute soumise en train de détruire trois ans de travail et de financement. Plus le capital de départ, les éloges, les articles qu'il aurait pu publier.

— Je suis désolée, Dr Martell. J'ai beaucoup appris pendant

cette tournée, et maintenant je sais que CASE n'est pas une bonne chose pour les livres. Pas de la façon dont je l'ai conçu.

— CASE ne vous appartenait pas. Il appartenait à l'université. — Il a jeté la pomme à la poubelle comme un point d'exclamation.

J'ai aspiré une bouffée d'air. Il n'avait jamais haussé la voix avec moi auparavant.

Jackson s'est écarté du mur, les paumes en avant. — Écoutez, Dr Martell. Nous paierons toute restitution nécessaire pour réparer le préjudice…

— Jackson. — Je me suis placée entre lui et mon directeur de thèse. — C'est mon combat.

Il a hoché la tête et a reculé, croisant les bras et fusillant Martell du regard.

— Dr Martell, je ne peux pas continuer avec CASE. C'est une mauvaise chose pour trop de gens. Ça nuira à la créativité humaine. Et c'est important.

— La science aussi. Et les affaires !

— Ils sont tous importants. Mais aucun n'est plus important que les autres.

Son visage est devenu rouge, puis violet. — J'appelle la sécurité du campus. C'est du vol. Destruction de biens universitaires. Votre mère va être tellement déçue. — Il a décroché le combiné suspendu au mur.

Lui tenir tête était une chose. Être arrêtée ? « Déçue » n'était que le début.

— Il vaut mieux coopérer pour l'instant, a murmuré Jackson. J'ai de l'expérience dans ce genre de, euh, situations.

— Combien de fois tu as été arrêté par la police du campus ?

Son regard s'est dirigé vers le plafond. — Vraiment arrêté ou juste… le sujet d'une discussion ?

— Sérieux ?

— Neuf, a-t-il dit.

— C'était des arrestations ou des discussions ?

Il a ouvert la bouche pour répondre, mais Martell a raccroché violemment le combiné sur son support. — Ils seront bientôt là.

Jackson a laissé échapper un faux soupir. — Ça se serait tellement mieux passé pour vous si vous n'aviez pas fait ça. Vous n'auriez plus jamais eu à demander de financements.

Martell s'est immobilisé.

— Mais maintenant que la petite erreur de jugement de Samantha va être rendue publique, je crains que les Jones ne doivent montrer un peu les muscles.

Le sourire diabolique de Jackson disait qu'il allait adorer montrer ses muscles.

Mais alors que j'étais assise à côté de lui à l'arrière de la voiture de police de l'université, qui ressemblait presque exactement à une vraie voiture de police avec ses gyrophares rouges et bleus, et avec l'officier au téléphone avec quelqu'un qui ressemblait étrangement au département de police de San Francisco, Jackson n'avait pas l'air d'apprécier les retombées de notre aventure.

J'avais seulement essayé de détruire mon propre avenir, mais d'une manière ou d'une autre, j'avais aussi réussi à ruiner les rêves de Martell et à faire de mon frère le complice de ma toute première activité criminelle.

Fantastique.

39

NIALL

J'AI TRAVERSÉ la porte tambour en faisant des bruits de succion et je me suis arrêté pour essorer le bas de ma chemise sur la moquette du hall de l'hôtel. Un éternuement a explosé hors de moi. Super. Un microbe avait finalement réussi à franchir mes barrières de lavage de mains et de désinfectant, tout comme la pluie battante de Seattle avait traversé ma veste déperlante.

— Tu avais dit qu'il ne pleuvait pas à Seattle en mai, ai-je grommelé en retirant ma veste de mi-saison. J'ai grimacé. Je venais de rejeter la faute de la météo sur Gabi. Quelle serait la prochaine étape, les sans-abri et le changement climatique ?

Gabi a serré les dents. — Enregistrons-nous, ensuite on pourra se réchauffer comme les gens d'ici, avec une bonne tasse de café bien chaud.

— Tu te prends pour qui, Mary Poppins ? ai-je grondé. Je ne voulais pas de café. Je voulais une douche, des vêtements secs et un lit chaud. Et que mon cœur arrête de me faire mal. Je ne voulais surtout pas de Gabi, avec sa fausse bonne humeur et ses regards inquiets. — Je n'ai pas besoin d'une nounou, tu sais.

Elle m'a scanné, de mes cheveux humides qui me gouttaient

dans les yeux à mes chaussures à lacets détrempées, en passant par ma chemise à carreaux froissée, et quand elle a de nouveau croisé mon regard, un frisson m'a parcouru. — C'est exactement d'une baby-sitter dont tu as besoin. Tu es coincé avec moi jusqu'à ce que tu puisses admettre à quel point tu es mal en point.

— Moi, mal en point ? Je suis passé devant elle d'un pas lourd, traînant ma valise éclaboussée de pluie jusqu'au bout de la file d'attente de la réception de l'hôtel. — Je suis un putain de lauréat du prix Tower en pleine satanée tournée de la victoire.

— Elle n'en vaut pas la peine. Les cheveux de Gabi commençaient déjà à gonfler en séchant. — Elle ne vaut pas ton malheur.

J'ai avancé d'un coup dans la file. — Je ne suis pas malheureux. Tu ne vois pas que je suis en colère ?

Un coin de sa bouche s'est relevé. — C'est ça que c'est ? Le fait de te morfondre, de te cacher dans ta chambre d'hôtel le soir, les soupirs chaque fois qu'on passe devant un exemplaire de *Magicien et Machine* ?

— Je ne fais pas ça, ai-je lâché, cassant. Je ne m'étais pas senti particulièrement sociable après tous les événements littéraires. Mais je ne soupirais pas en voyant son livre — le livre de *cet ordinateur*. Ça, ça me faisait bouillir le sang.

Gabi a jeté un coup d'œil au sommet de ma tête. — Tu fumes.

— Je suis trempé. Et il fait chaud ici. J'ai tiré sur mon col.

— Tu savais que *Magicien et Machine* est finalement entré dans la liste des best-sellers cette semaine ? On dirait que les gens veulent lire un livre écrit par un ordinateur. Ou alors, ils veulent voir de quoi il en retourne.

— Super. C'est putain de fantastique. Pourquoi est-ce que je me donne la peine d'écrire un troisième livre ? Autant demander à c... à cette machine de... de m'en cracher un.

— Autant faire ça, a dit Gabi, d'un ton exaspérément doux. — Dis donc, l'université de San Francisco a demandé si on pouvait passer là-bas pour une conférence. Celle où tu as parlé l'été dernier.

C'était comme plonger dans l'eau glacée de la carrière. J'ai frissonné dans mes vêtements humides. — Une conférence ? À San Francisco ? À l'université qui a financé cette... cette monstruosité ? Là où est S-Sam ?

— Après-demain. Rien de bien méchant, hein ? On va accepter leur rameau d'olivier et leur montrer qui est le maître du San Francisco littéraire. Indice : pas eux. Pas elle. J'ai raison ?

Elle ne serait peut-être même pas là. Elle serait peut-être à New York, en train de connecter son I.A. dans les bureaux des maisons d'édition. En train de me remplacer, moi et tous les autres artistes qui espéraient publier un livre. J'ai parlé avec plus d'assurance que je n'en ressentais. — Raison.

— Alors je leur dis oui ?

— Ouais, pourquoi pas ? Ce sursaut dans ma poitrine était de l'excitation à l'idée de vendre plus de livres. Ou une palpitation cardiaque due à la maladie potentiellement mortelle que j'avais attrapée. Pas de la nervosité à l'idée de revoir Sam. Et certainement pas de l'espoir.

Après nous être enregistrés, nous sommes montés ensemble dans l'ascenseur. Quand Gabi s'est arrêtée devant sa porte, elle a sorti un téléphone de son sac à main.

— Tu veux appeler à la maison ce soir ?

Au début de la nouvelle tournée, j'avais passé toute la nuit debout, serrant le téléphone et lisant de manière obsessionnelle chaque article que je pouvais trouver sur Sam. Et puis j'avais ouvert mes SMS. J'avais lu le dernier de Sam tellement de fois que je le connaissais par cœur :

SAM

Je ne saurais te dire à quel point je regrette ce que j'ai fait avec CASE. Peux-tu me pardonner ?

Après m'être traîné aux événements du lendemain, une colère glaciale me poignardant le ventre, j'avais demandé à Gabi de garder mon téléphone. Pour une durée indéterminée.

Même si j'aurais bien eu besoin du réconfort de Maman ou de Grand-père, je ne pouvais pas me faire confiance avec cet appareil. Pas alors que nous serions dans sa ville natale dans deux jours.

— Non, ça va aller.

— Tu veux me rejoindre dans quinze minutes pour ce café ?

— Non, je... je crois que je vais commander au service de chambre et rester ici. Je vais essayer d'écrire.

Gabi m'a dévisagé, incrédule. J'avais eu trop peur de lui dire. Peur de me porter la poisse. Je ne dépendais peut-être plus d'une muse, mais je n'avais pas abandonné toutes les superstitions que j'entretenais au sujet de mon écriture.

Pendant une semaine après avoir appris la vérité sur Sam, je m'étais morfondu. Ma soi-disant muse s'était avérée être l'antithèse de tout ce que j'aimais, de tout ce que je défendais. De tout ce que *j'étais*. Intentionnellement ou non, ce qu'elle avait créé avait le potentiel de tout détruire. De me détruire. Tous mes amis dans l'édition. La ferme, Grand-père et Maman aussi. Pas d'un seul coup, mais par une avance plus modeste par-ci, quelques exemplaires vendus en moins par-là. Jusqu'à ce qu'on abandonne.

Puis, quand j'avais vu cette conférence de presse avec Heidi aux côtés du directeur de thèse de Sam, la rage était montée en moi, brûlante, et m'avait embrasé jusqu'à la pointe des cheveux. Heidi aurait dû être de mon côté, pas de celui de cette informaticienne. Pas de celui de Sam.

J'étais à Phoenix. Je buvais une bière au bar en plein milieu de l'après-midi, fumant de rage, pas à cause de la chaleur du désert mais à cause de Sam. Et j'avais décidé que je n'avais pas besoin d'une putain de muse. Je n'avais pas besoin d'attendre que mes doigts me picotent. J'avais besoin de discipline. C'est ce dont mon père avait eu besoin pour transformer une idée en une entreprise mondiale. Ce que Sam avait utilisé pour produire cette I.A., CASE. Personne ne s'est jamais plaint du syndrome de la page blanche du programmeur. Et mon travail n'était-il pas tout aussi réel, tout aussi valable que le sien, malgré ce qu'elle en pensait ?

J'étais monté dans ma chambre d'un pas furieux, j'avais sorti un carnet du fond de ma sacoche, je m'étais assis au bureau, le dos tourné à la fenêtre ensoleillée, et j'avais écrit. Je ne me suis pas soucié de la qualité ; c'étaient des mots sur une page, un point de départ. Un jour, je serais assez courageux pour donner les pages à Gabi et découvrir si la nouvelle fin de *La Bataille des Elfes des Bois* était une daube sans inspiration ou le début de quelque chose de bien.

Gabi a haussé les épaules et a glissé sa carte-clé dans la fente.

— Comme tu voudras. Je serai au restaurant en bas si tu changes d'avis.

— Merci, Gabi. J'avais besoin d'elle. Et j'étais content qu'elle le sache.

Quand j'ai ouvert la porte de ma chambre au bout du couloir — après seulement deux essais pour que la clé fonctionne —, j'ai regardé par la fenêtre, à travers les nuages et la bruine, la lueur du Space Needle. La lumière sur l'antenne clignotait lentement.

Si elle était là, aurait-elle le souffle coupé devant la vue ? S'assiérait-elle à côté de moi sur le canapé, me tenant la main et regardant cette lumière clignoter ?

Sam.

Sam.

Sam.

Chaque flash était un tour de vis à l'intérieur de moi, me serrant la poitrine.

J'ai secoué la tête. Ridicule. Sam était en route, son doctorat en poche, pour ce post-doc au milieu de nulle part, loin des conséquences de ce qu'elle avait fait. Loin de moi.

J'ai laissé tomber ma valise à la porte et j'ai sorti un carnet de ma sacoche. J'ai roulé la chaise de l'autre côté du bureau pour que mon dos soit face à la fenêtre. J'ai retourné le carnet et j'ai commencé à écrire.

40

SAM

— OOH, Sam. Elles sont coquines, celles-là.

Marlee se tenait près de ma commode, tenant la culotte en dentelle noire que j'avais portée pour la dernière fois dans la grange de Niall. Quand nous avions…

— Jette-les. — J'ai montré du doigt le sac-poubelle au milieu de ma chambre. — Et ne fourre pas ton nez dans mon tiroir à sous-vêtements.

Elle les a laissées tomber dans le carton de déménagement qu'elle était en train de remplir et a jeté le reste du contenu — principalement des culottes en coton dont l'élastique s'échappait au niveau des cuisses — dans le sac-poubelle. — C'est bon, j'ai fini avec ça. On a presque terminé, non ? Tyler et Andrew devraient être là dans une heure environ pour récupérer tes affaires.

— Il ne reste plus que la salle de bains et ça. — J'ai ouvert d'un coup sec le tiroir de ma table de chevet. Quand j'ai vu ce qu'il y avait à l'intérieur, je me suis laissée tomber sur le matelas nu.

— Qu'est-ce qu'il y a ? — Marlee s'est précipitée à mes côtés. — Oh.

Je n'avais jamais dépassé les premiers chapitres des livres reliés, mais je les écoutais presque tous les soirs. Et parfois — je n'en étais pas fière, d'accord ? — j'ouvrais les livres aux pages de titre avec sa signature. Il appuyait fort avec son stylo, et sur l'exemplaire de *Trahison des Elfes des Bois,* j'imaginais pouvoir sentir le sillon que la plume avait creusé dans le papier.

Marlee s'est affalée sur le matelas à côté de moi. — Tu l'aimes toujours.

— Non, je... — Elle ne me lâcherait jamais avec ça. — Ce n'est pas vrai.

— Sam. — Elle a dessiné un cercle dans mon dos. — Tu es une très mauvaise menteuse.

Bilbon Sacquet est sorti de sa cachette sous mon bureau, a sauté sur le lit et s'est blotti contre ma hanche.

Je me suis frotté l'œil. — Il y a de la poussière ici.

— Sam. Est-ce que tu as essayé de le contacter ? De lui demander de te pardonner ?

J'ai reniflé et j'ai affiché une expression neutre. — Bien sûr que je l'ai fait.

— Et ?

— Et rien. Il ne veut plus jamais entendre parler de moi.

Elle m'a serrée dans ses bras et a posé son menton sur mon épaule. — Quand j'ai tout foiré avec Tyler... tu te souviens ? Quand il est parti au Texas et qu'il a trouvé un nouveau travail ? Je l'ai appelé. Je lui ai envoyé des textos. Je lui ai même chanté une chanson sur sa messagerie vocale. J'étais complètement ridicule. Mais ça a fini par marcher. Tu devrais réessayer.

J'ai repensé à décembre dernier, quand Tyler était revenu du Texas. — Il t'a pardonnée en personne à la fête de Noël.

— Ouais. J'imagine que ma chanson n'a pas si bien marché que ça. Peut-être que tu ne devrais pas essayer. Ce qui a marché, c'est de le regarder dans les yeux et de lui demander de me pardonner. — Elle m'a serré les épaules. — Penses-y. Je vais emballer les affaires de la salle de bains pendant que tu termines ici, d'accord ?

— D'accord. — Comment pouvais-je demander à Niall de me pardonner en personne ? D'après les avocats de Jackson, je ne pouvais pas quitter l'État.

Je connaissais une personne qui saurait s'il venait en Californie. Et j'avais besoin de son pardon à elle aussi.

J'ai sorti mon téléphone de la poche de mon pantalon cargo et j'ai fait défiler les appels manqués jusqu'à ce que je trouve le nom de Qiana. J'ai appuyé sur Appeler.

41

SAM

L'UN DES avantages d'emménager avec son frère et sa belle-sœur, c'est l'accès aux déguisements. Ce dont j'avais besoin si je voulais me pavaner sur un campus dont j'avais été bannie. À vie.

Alicia m'avait prêté un jean. J'ai dû faire un ourlet en bas — maudites soient ses jambes interminables — et les poches pratiques de mon pantalon cargo me manquaient. Mais ne pas avoir beaucoup de choses dans ses poches est un avantage quand on se fait arrêter, non ?

Noah m'avait laissé emprunter un sweat à capuche gris zippé qui me ferait ressembler à n'importe quel autre étudiant du campus.

Jackson n'était pas là. En fait, il était parti depuis environ une semaine pour gérer une catastrophe causée par son meilleur ami, Cooper. Ce qui était étrange, parce que d'habitude, c'était Jackson qui faisait des conneries, pas Cooper. La plupart du temps, Cooper devait débarquer pour sauver mon frère. Quoi qu'il en soit, Alicia m'a donné une des casquettes de baseball de Jackson avec le logo d'une équipe de sport.

J'ai fait passer ma queue de cheval dans l'ouverture à l'arrière.

— De quoi j'ai l'air ?

— Comme quelqu'un qui va dans mon école, a dit Noah depuis la banquette arrière de leur énorme SUV.

— On dirait que tu vas braquer une banque, a dit Alicia. Tout ce qu'il te manque, c'est une paire de lunettes de soleil surdimensionnées. Je ne comprends pas pourquoi tu as dû changer de look.

Ma belle-sœur si respectueuse des règles était déjà furieuse à cause des ennuis dans lesquels j'avais mis son mari, alors j'avais omis de lui dire que j'étais sur le point de me faufiler à nouveau sur le campus. J'ai fixé la console et j'ai marmonné :

— Je pensais que j'avais besoin de changement.

— Tu n'as pas besoin de changer. Il t'aime comme tu es, ou il ne t'aime pas du tout. Et n'essaie pas de faire la même chose que ton frère. Pas de gestes grandioses. Parle-lui, c'est tout. Dis-lui que tu es désolée. Dis-lui que tu l'aimes.

Marlee, obsédée par la romance, m'avait envoyé par texto une liste d'idées de gestes grandioses le jour où elle m'avait aidée à déménager.

— Marlee veut que je l'attende devant son hôtel. Avec un groupe de mariachis. Ou peut-être une fanfare ? Le correcteur automatique a peut-être déformé le message.

Alicia a remonté ma casquette pour dégager mes yeux.

— Si tu voulais utiliser tes pouvoirs de programmation pour le bien, tu créerais un correcteur orthographique qui suggère des choses que les gens veulent vraiment dire. Mais tu ne vas pas vraiment engager un groupe, n'est-ce pas ? Tu vas juste le retrouver pour un café.

Elle a montré le café par la fenêtre. De l'autre côté de la rue, au-delà de la vitre opposée, se trouvait l'entrée principale de l'université.

— C'est ça.

J'avais appelé Qiana pour la supplier de me pardonner. Elle n'avait pas été aussi en colère que je l'aurais cru. Bien qu'elle m'ait fait promettre de lui rendre visite dès que je pourrais quitter l'État.

Elle avait toujours son travail, et elle m'avait parlé de la conférence de Niall sur son livre à l'université.

J'avais prévu de le retrouver là-bas. Quand nous étions en tournée ensemble, il discutait toujours avec quelques lecteurs après. Et je ne pouvais pas laisser la petite complication de mon interdiction à vie du campus se mettre en travers de mon chemin, n'est-ce pas ?

— Bonne chance, a dit Alicia. Je sais qu'il écoutera.

J'ai surpris le froncement de sourcils de Noah dans le rétroviseur.

— Je ne vois pas pourquoi tu dois lui parler. Il se comporte comme un con en ne répondant pas à tes textos.

Je me suis tournée sur mon siège pour lui faire face.

— Quand tu as fait quelque chose de mal et que tu as blessé quelqu'un, tu dois demander pardon. Et ensuite, c'est à cette personne de choisir de te pardonner. Donc je dois demander. Comme je t'ai demandé de me pardonner de ne pas t'avoir parlé du livre.

Noah a suivi du doigt un endroit effiloché sur son jean.

— Tu appelleras si tu as besoin qu'on te ramène, hein ? a demandé Alicia.

— Je prendrai le bus pour rentrer. Ne t'inquiète pas.

— Sam.

Alicia a pincé les lèvres.

— Le seul endroit où Valentine dort, c'est dans la voiture. Je passe ma vie dans ce tank que ton frère a insisté pour qu'on achète. Je viendrai te chercher, d'accord ?

— D'accord. Merci.

J'ai tendu le bras sur la banquette arrière pour faire un check du poing avec Noah, puis j'ai doucement caressé les petits doigts de Valentine, bien au chaud dans son siège auto. Elle a fait claquer ses lèvres roses dans son sommeil.

Je suis descendue du SUV trop haut pour me retrouver sur le trottoir et je leur ai fait un signe de la main pour leur dire au revoir. Après qu'ils ont tourné au coin de la rue, j'ai traversé pour me rendre à l'université. J'ai tiré ma casquette sur mes yeux, j'ai relevé la capuche par-dessus et, la tête baissée, je me suis traînée jusqu'à la bibliothèque.

Les gens qui déambulaient vers le bâtiment n'étaient pas des étudiants débraillés comme moi. Ils étaient plus âgés, peut-être des membres du corps professoral ou des donateurs de l'université. Les hommes portaient des costumes ou des vestes de sport, et les femmes portaient des robes. Pas un seul jean comme le mien à l'horizon. Et pas de sweat à capuche. Merde, j'aurais dû interroger Qiana sur le code vestimentaire.

Deux policiers de l'université se tenaient juste à l'intérieur des portes de la bibliothèque. Ils m'ont jeté un bref coup d'œil quand je suis entrée, et j'ai senti leurs regards sur moi alors que je me fondais dans le flot de gens se dirigeant vers l'auditorium. J'ai accéléré le pas pour marcher derrière un couple plus âgé, essayant de ressembler à la gamine qu'ils avaient traînée avec eux pour s'imprégner de culture.

Heureusement, personne ne m'a interrogée alors que je me glissais sur un siège au milieu de l'auditorium.

Mon cœur a raté un battement quand j'ai aperçu les cheveux auburn de Niall à l'avant de la salle. Il était penché, écoutant une femme plus petite aux cheveux noirs. *Merde !* Il avait amené Gabriela. Elle ne me laisserait jamais l'approcher à moins de deux mètres. Comment diable allais-je lui parler ?

Les lumières se sont tamisées et les portes se sont refermées derrière moi. J'ai envisagé de prendre mes jambes à mon cou et de tenter l'idée de Marlee avec le groupe de mariachis, de retour à son hôtel. Mais juste à l'intérieur de la porte se tenait l'un des policiers de l'université. Il ne m'avait pas encore repérée. Je me suis affalée sur mon siège, transpirant dans le sweat de Noah, piégée comme un rat dans le laboratoire de biologie d'à côté.

Les lumières à l'avant se sont intensifiées sur Niall, faisant étinceler ses cheveux de reflets bronze, cuivre et or. Ses taches de rousseur semblaient pâles sous la lumière crue, comme s'il n'était pas sorti au soleil depuis un moment. Était-il retourné à la ferme, ou était-il resté coincé à l'intérieur pour des événements comme celui-ci ? Avait-il raconté à son grand-père et à sa mère ce que j'avais fait ? Le gouffre froid dans mon estomac s'est creusé. J'avais détesté leur mentir quand j'étais là-bas. Maintenant, ils savaient que j'avais menti. Ils avaient été si gentils, si confiants, si accueillants. Et j'avais blessé la personne qu'ils aimaient le plus.

Je l'admets : je n'ai pas entendu grand-chose de ce que Niall a dit pendant sa conférence. Dans l'obscurité anonyme, je l'ai observé en douce, regrettant d'avoir tout gâché entre nous. Je voulais pouvoir regretter d'avoir gardé les choses strictement professionnelles entre nous, de ne l'avoir jamais embrassé, de n'avoir jamais couché avec lui, de n'être pas allée à sa ferme et d'avoir vu son lieu d'écriture secret dans la forêt.

Mais alors, je n'aurais jamais connu son goût, la sensation de ses doigts calleux sur ma peau. La lumière qui illuminait mes ténèbres comme des décorations de Noël. Comme un feu d'artifice sur la baie. Je chérirais ces souvenirs, comme Gollum chérissait l'Anneau, les serrant contre ma poitrine aussi longtemps que je vivrais.

Mais à moins que je ne m'excuse pour ce que j'avais fait, que j'essaie de réparer les choses, il y aurait toujours une tache terne de regret à côté de ces souvenirs étincelants.

Il n'a pas parlé assez longtemps pour que je puisse élaborer un plan pour amadouer Gabriela afin de pouvoir m'excuser auprès de lui, puis passer devant l'agent de sécurité pour m'échapper. Les lumières se sont rallumées et la séance de questions-réponses a commencé.

La porte arrière m'appelait dans ma vision périphérique. Mais maintenant, l'officier avait un partenaire. Ils gardaient la sortie, les bras croisés. Est-ce qu'ils me regardaient ? Je me suis tassée un peu plus bas sur mon siège et j'ai enlevé la casquette de baseball. Elle détonnait dans cette mer de costumes.

— Samantha Jones, a retenti dans l'auditorium.

J'ai vivement relevé la tête. C'était encore cette blogueuse, Kari Singh, et elle tenait un micro.

— ... une étudiante de cette université. Que pensez-vous de l'intelligence artificielle ?

La poitrine de Niall s'est soulevée et s'est abaissée comme elle le faisait quand on lui posait une question importune. Au premier rang, Gabi s'est retournée et a foudroyé Kari du regard.

Niall s'est éclairci la gorge.

— L'intelligence artificielle a de nombreuses utilisations, comme le ferait remarquer mon ancienne partenaire de tournée. La reconnaissance de l'écriture manuscrite et de la parole, par exemple. Mon agente, Gabriela Padrón, adorerait que j'adopte un programme de reconnaissance d'écriture et que j'arrête de l'utiliser comme dactylo.

Il a fait une pause, le temps que le public rigole.

— L'IA a le potentiel de bénéficier à l'humanité de manière significative. Cependant, en tant que créatif, je dois admettre que je me méfie des IA comme CASE. Bien que, comme beaucoup d'entre vous, j'ai apprécié la lecture de *Magicien dans la Machine* et son usage unique du langage, ses rebondissements intrigants et inattendus, je pense que les IA qui reproduisent la créativité humaine ont le potentiel de la réduire ou de l'éliminer. Ce n'est que mon opinion, et je serais ravi d'ouvrir une discussion sur le sujet entre des créatifs comme moi et des programmeurs comme Mlle — Dr Jones et Dr Martell.

Il a souri, mais ses yeux étaient tristes.

Je n'ai pas réalisé que je m'étais levée jusqu'à ce que la femme dans l'allée me pousse avec le micro.

Mon cœur s'est mis à battre la chamade, et je n'arrivais pas à respirer à fond alors que tous les yeux de la salle se tournaient vers moi. Niall n'a pas souri, n'a montré aucun autre signe de reconnaissance.

— L-Le-Le pardon.

Merde, où est-ce que je voulais en venir ? J'ai pris une profonde inspiration et j'ai supplié ma bouche et mon cerveau d'arrêter de se battre pour le contrôle.

— Que pensez-vous du pardon ?

Il a froncé les sourcils, et tous les espoirs qui étaient nés du gouffre dans ma poitrine se sont flétris et sont morts.

— Vous voulez dire en tant que thème dans mon œuvre ?

— Euh. Bien sûr.

La femme m'a tendu la main pour récupérer le micro. Je l'ai serré plus fort.

À l'avant de la salle, Niall s'est retourné et a fait quelques pas sur sa gauche, comme s'il incluait le public dans sa réponse.

— Comme la plupart d'entre vous le savent, la rédemption — qui, je pense, est liée au pardon, un moyen de se pardonner à soi-même par l'expiation de ses torts — est présente dans les deux premiers livres de la série. Dans *Secrets des Wood Elves*, Nieven découvre qu'il est le fils d'un roi lointain. Il se lance dans un voyage pour retrouver son père. Alerte spoiler…

Niall a affiché un sourire féroce et dangereux.

— … il découvre à la fin du premier roman que la terre de son père est très différente de celle où Nieven a été élevé. Pleine de danger. De corruption. De traîtrise. D'où le titre du deuxième livre. Mais Nieven, étant un bon petit elfe des bois, pense qu'il peut le faire changer. Un autre spoiler — désolé — il n'y arrive pas. Et maintenant, l'histoire est prête pour une bataille entre eux. Vous devrez attendre le troisième volume pour voir le résultat. Pour voir si le père de Nieven peut être racheté. Pour voir si Nieven peut se racheter pour le danger qu'il a fait courir à ses amis en les menant au royaume du mal.

Niall a écarté les mains en fausses excuses, et plusieurs personnes dans le public ont grogné.

— Mais…

Ma voix a résonné dans l'auditorium, me surprenant moi-même.

— Est-ce que Nieven peut pardonner à Lobelia ?

Des murmures se sont élevés parmi les gens autour de moi. Dans *Trahison des Wood Elves*, Lobelia était une aide, une amie pour Nieven. Elle n'avait rien fait qui nécessitait le pardon.

— Ah.

Les yeux de Niall ont brillé à travers l'auditorium.

— Je vois que vous m'avez devancée. Voici un autre spoiler, un petit. Dans le troisième livre, *Bataille des Wood Elves*, Nieven apprend le sombre secret de Lobelia. Vous devrez attendre l'été prochain pour découvrir quel est ce secret et si Nieven peut lui pardonner.

La femme dans l'allée m'a arraché le micro des mains et a sauté quelques rangées plus bas pour le passer à la personne suivante. Je me suis enfoncée dans mon siège, ne me souciant plus de la prochaine question ni des policiers du campus qui m'avaient sûrement reconnue maintenant.

Il avait donné un sombre secret à Lobelia. Bien sûr, cela signifiait que Niall ne pouvait pas me pardonner. Tout comme il avait fait de son père un méchant dans l'histoire, il m'y avait incluse moi aussi. En tant que traîtresse.

Quelque chose d'humide sur ma joue. Non. Je n'allais pas pleurer. Pas ici. Peut-être plus tard dans ma chambre chez Jackson et Alicia. J'ai essuyé la goutte avec la manche du sweat de Noah et j'ai rabattu la capuche sur mes cheveux. Entre les têtes des gens devant moi, j'ai regardé Niall, et mon cœur est tombé en poussière.

Je lui devais des excuses. Peut-être que je pourrais trouver un moyen d'expier aussi, et enfin me racheter. Si je sortais d'ici, je jurais aux pouvoirs qui régissaient la bibliothèque que j'irais à son hôtel. Oublié, le groupe, fanfare ou autre. Je m'excuserais. Et ensuite, je donnerais mon premier salaire entier à la fondation. Anonymement. Non, au nom de Niall. Ce n'était pas suffisant, mais c'était un début.

Mais d'abord, je devais sortir d'ici. Je ne pouvais pas m'excuser depuis la cellule de détention de la police du campus.

Pendant que les questions continuaient, j'ai planifié mon évasion. Une porte à mi-chemin n'était pas gardée. Ça aurait pu être un placard. Ou un passage vers la pièce voisine, une échappatoire. J'attendrais la fin, et quand tout le monde se lèverait, je me dirigerais vers cette porte latérale. Je m'y glisserais. Si c'était un placard, j'attendrais là jusqu'à ce que tout le monde soit parti. Si elle menait ailleurs, je la suivrais comme Bilbo Baggins dans les tunnels de la montagne. En fait, si je pouvais me faufiler devant les gens à ma droite et me glisser par là…

Les gens autour de moi se sont levés. C'était ma chance. J'ai traîné des pieds jusqu'au bout de la rangée, puis je me suis retournée à contre-courant pour descendre vers l'avant, vers la porte latérale. Elle n'était qu'à six mètres, mais les lecteurs qui se dirigeaient vers la sortie arrière ont ralenti ma progression.

— Excusez-moi, ai-je marmonné. Pardon.

Lentement, j'ai avancé centimètre par centimètre vers la porte.

Enfin, je me suis retrouvée devant. J'ai saisi la poignée en acier. Je l'ai tournée à gauche. Rien. À droite. Rien. J'ai poussé. Elle n'a pas bougé. J'ai tourné et tiré vers moi. Non. Elle était verrouillée. J'ai tourné la poignée, la secouant. S'il te plaît, s'il te plaît, s'il te *plaît*. Rien. J'ai levé les yeux vers la porte principale. Le premier policier était toujours là, hochant la tête à tout le monde à leur sortie. Où était l'autre ?

Je l'ai repéré, se frayant un chemin dans l'allée principale. Son regard a croisé le mien. *Merde !* C'était l'un des policiers de l'université qui nous avait récupérés, Jackson et moi, au bâtiment d'informatique. Il nous avait détenus pendant plus d'une heure dans leur cellule qui sentait la vodka et l'eau de Javel. Son regard sinistre m'a dit qu'il me reconnaissait aussi.

Il a progressé plus vite que moi. Les gens s'écartaient pour lui d'une manière qu'ils ne le faisaient pas pour moi. Il était à quelques rangées de moi, et ensuite il pourrait couper à travers la rangée de sièges vides pour m'attraper.

J'ai jeté un coup d'œil vers l'avant. Il y avait une autre porte là-bas. Et celle-là avait un panneau de sortie rouge. Elle ne serait pas verrouillée. Je devrais passer devant Niall et Gabi pour y accéder. Peut-être qu'une des personnes alignées les distrairait avec une question.

Le dos pressé contre le mur, je me suis faufilée vers l'avant. De l'autre côté des rangées de sièges, l'officier a fait de même, les yeux plissés sur moi à chaque fois que j'osais le regarder. Quoi qu'elle ait dit, Alicia ne serait pas contente de venir me chercher au poste de police du campus.

J'ai accéléré, bousculant les gens qui bloquaient ma fuite.

— Pardon. Pardon. Ça va ? Pardon.

Mais ils continuaient d'arriver, et ce panneau de sortie rouge ne semblait pas se rapprocher.

Enfin, la foule devant moi s'est éclaircie, et j'ai eu une vue dégagée sur la porte. Le mot SORTIE en rouge au-dessus était la plus belle chose que j'aie jamais vue. C'est-à-dire, jusqu'à ce qu'une paire d'yeux verts, striés d'or, croisent les miens.

— Sam ?

— Niall.

Tout mon élan s'est dissipé.

— Mlle Jones.

Une main de fer s'est refermée sur mon biceps.

Le policier. Il allait me traîner à nouveau dans cette cellule. Je devrais appeler l'avocat de Jackson, à l'allure outrageusement chère. Ou — j'ai frissonné — ma mère. Et le temps qu'on règle tout ça, j'aurais un de ces bracelets électroniques à la cheville et Niall serait parti.

Non. Pas avant d'avoir fait ce que j'étais venue faire. J'en avais assez de fuir. Il était temps d'affronter mes problèmes.

J'ai tiré contre la poigne de fer de l'officier.

— Niall, je suis désolée.

42

NIALL

— NIALL, je suis désolée.

Ses grands yeux me suppliaient tandis que le vigile la tenait dans une poigne brutale. Je savais trop bien à quel point sa peau claire marquait facilement, lui ayant moi-même laissé quelques marques sur les cuisses quand elle m'avait supplié : « Plus fort. » J'ai chassé ce souvenir. Cette prise allait lui laisser un bleu sur le bras.

— Hé, ai-je dit. Allez-y doucement. Qu'est-ce qui se passe ?

— Désolé, monsieur Flynn. Le flic a à peine bougé alors que Sam essayait de dégager son bras. Nous allons la raccompagner à la sortie.

— Pourquoi ? Sam avait plus sa place ici que moi. Même si elle ne montrait pas sa carte d'étudiante. Y a-t-il un problème avec sa pièce d'identité ?

— Elle n'est pas du tout censée être ici.

Je l'avais pratiquement mise au défi de venir me voir en me présentant à son université. Pourquoi n'aurait-elle pas dû être là ?

— Sam, de quoi est-ce qu'il parle ?

Elle a grogné et a tiré à nouveau sur son bras, en vain. — Je suis en quelque sorte bannie du campus. Mais ce n'est pas ça qui est important. Ce qui est important, c'est que je suis désolée. Je suis désolée de ne pas avoir été honnête quand on a commencé la tournée. Et puis j'aurais dû te le dire quand on s'est... rapprochés. Elle a jeté un regard à Gabi qui avait les bras croisés, une main sur la hanche, et les sourcils au niveau de la racine de ses cheveux.

— Je suis désolée que ce que j'ai fait avec CASE t'ait blessé. Que j'aie donné l'impression de ne pas accorder de valeur à ton travail. À ta carrière. Parce que ce n'est pas le cas. Tes livres sont incroyables, et je ne veux pas que tu arrêtes d'écrire. Jamais.

Elle disait tout ce qu'il fallait, et mon ego ronronnait comme un chat. Mais... — Attends une seconde. Pourquoi es-tu bannie du campus ?

Le flic est intervenu. — Accès non autorisé à une propriété privée. Vol et destruction de biens universitaires. Il a tiré sur son bras, et elle a grimaillé.

— Hé, minute. Gabi s'est avancée, les poings sur les hanches. Vous n'avez pas besoin d'utiliser autant de force.

— Elle a détruit pour plus de deux millions de dollars de propriété intellectuelle.

Les yeux de Gabi se sont écarquillés, puis plissés. — Elle a aussi une famille riche avec une armada d'avocats de renom. J'ai un téléphone avec une caméra, et je suis sur le point de commencer à filmer. Elle a sorti son téléphone.

Pour une fois, j'étais reconnaissant envers la technologie. La poigne du flic s'est desserrée. — Je quitte le campus maintenant, ai-je dit, les mains en l'air dans un geste pour dire *du calme*. Je vais raccompagner le Dr Jones hors du campus. Aucune raison de faire plus de scènes devant tous ces donateurs.

Comme s'il n'avait pas remarqué les regards insistants des gens tout autour de nous, le flic a regardé aux alentours et a lâché le bras de Sam. — Nous allons simplement nous assurer qu'elle quitte la propriété de l'université.

— Très bien. J'ai mis ma sacoche en bandoulière. Tu vas bien ?

Elle s'est frotté le bras. — Ça va. Mais tu ne peux pas m'appeler Dr Jones.

Étais-je prêt à combler la distance et à l'appeler Sam ? Il faudrait que j'oublie toutes les fois où j'avais haleté son nom pendant que nous faisions l'amour.

Gabi nous a conduits vers la sortie, le long d'un couloir, et par une porte arrière qui donnait sur l'extérieur. On était en mai, et une brise froide m'a giflé les joues, me rappelant que je ne pouvais pas tomber sous son charme. Je ne pouvais pas passer mes bras autour d'elle et me perdre dans son parfum végétal, dans le réconfort de son corps. Pas avant qu'on ait parlé.

Alors que nous marchions vers le parking, je me suis penché vers Sam. — Vol et destruction de biens universitaires ? De quoi parle ce flic ?

— Je... Le Dr Martell a reçu une offre d'investissement. De... de ton père. Il voulait que nous ajoutions plus de fonctionnalités, plus de genres. Qu'on livre des histoires personnalisées sur les téléphones des gens. Et ils auraient construit plus de CASE. Pour les vendre aux éditeurs. Ils auraient inondé le marché avec des produits bas de gamme, et je m'inquiétais de ce qui arriverait à toi et à tes livres. Je... je ne pouvais pas les laisser faire.

J'ai arrêté de marcher. La chair de poule a parcouru ma peau, et ce n'était pas à cause de la brise du soir. — Sam, qu'est-ce que tu as fait ?

Elle a fixé le lointain. Ou peut-être qu'elle regardait en direction du bâtiment d'informatique. — J'ai effacé le programme. Et déchiqueté les sauvegardes. Jackson et moi. Le Dr Martell n'a pas apprécié.

Tu ne peux pas m'appeler Dr Jones. Non. — Tu ne veux pas dire qu'il t'a retiré ton doctorat ?

— Il n'avait jamais validé ma thèse. Et maintenant, il ne le fera jamais. Je suis virée du programme.

— Mais qu'est-ce que tu vas faire maintenant ? C'était la seule chose qu'elle désirait. Mon cœur s'est fendu pour ses rêves brisés.

Elle m'a offert un sourire en coin. — J'ai toujours mes compétences en programmation. Des contacts. Je commence à travailler dans l'entreprise de Jackson lundi. On a eu une idée pour un… un logiciel. Elle a hésité et s'est tue.

J'ai jeté un coup d'œil aux policiers, qui continuaient d'avancer. J'ai passé un bras autour de ses épaules et l'ai poussée vers la voiture de location.

— C'est un logiciel lié aux livres. Elle parlait vite, avec enthousiasme. On aimerait s'associer avec des auteurs et créer des jeux de rôle basés sur leurs livres. En utilisant l'intelligence artificielle pour rendre les interactions des personnages dans le jeu plus réalistes. Ce n'est pas la même chose que CASE. On partirait de zéro. C'est-à-dire, si des auteurs sont intéressés pour travailler avec nous. Avec moi.

Gabi avait marché quelques pas devant nous, mais elle s'est arrêtée et s'est retournée. — Je connais des écrivains qui seraient intéressés. Si l'argent est bon. Elle a mis une main sur sa hanche et a croisé les bras dans une posture de pouvoir.

— Hum, il faudra que tu parles à Jackson pour l'argent. Je ne suis que la programmeuse. Mais je suis sûre que ce serait juste.

Gabi a haussé un sourcil de cette façon qu'elle avait quand elle pensait pouvoir obtenir une plus grosse part du gâteau ou je ne sais quelle autre connerie de négociation. — Peut-être que vous avez besoin d'une consultante pour vous aider à développer le modèle de partage des bénéfices.

Un coin de la bouche de Sam s'est relevé en un quasi-sourire. Elle a déverrouillé son téléphone et l'a tendu à Gabi. — Mets tes coordonnées là-dedans, et on t'appellera la semaine prochaine.

Gabi a souri. — Je pense que c'est le début d'une belle amitié. Elle a tapé ses informations et a rendu le téléphone. Si ça te va, Niall, a-t-elle dit, je vais appeler une voiture. Faire un peu de tourisme. Tu ramènes Sam à la maison, d'accord ? Elle m'a lancé les clés de la voiture de location.

— Ça te va, Sam ? J'avais toujours mon bras autour d'elle, mais j'ai failli reculer quand elle m'a foudroyé de toute la force de ses yeux violets.

— Oui.

— Soyez sages, les enfants. Bonne soirée, messieurs les agents. Gabi a marché jusqu'au coin juste à l'extérieur du parking, les yeux sur son téléphone et les doigts agiles.

J'ai cliqué sur le bouton de déverrouillage de la voiture et j'ai ouvert la portière passager pour Sam. Les flics observaient à environ six mètres de distance alors que je contournais le capot et que je m'installais au volant. Je l'ai reculé au maximum et j'ai bouclé ma ceinture.

J'ai démarré la voiture. — Tu habites dans le coin, non ?

— Plus maintenant. J'ai emménagé avec Jackson. Jusqu'à ce que je puisse économiser assez pour avoir mon propre appartement. Elle a regardé par la fenêtre et s'est frotté le nez sur sa manche.

— Est-ce que Bilbo va bien ? Mon cœur s'est glacé. Si elle l'avait mis dans un refuge, on y allait tout de suite. Je deviendrais la diva qui trimbale un toutou de sac à main en tournée littéraire s'il le fallait.

— Il va bien. Jackson et Alicia ont un chat qui n'est pas beaucoup plus grand que lui, et ils s'entendent bien. Je ne l'ai pas amené ce soir. Je ne voulais pas qu'il… au cas où je me ferais à nouveau arrêter.

— Sam. J'ai attrapé sa main et l'ai serrée. Elle avait risqué la prison pour venir me voir, pour s'excuser. Ça devait bien vouloir dire quelque chose. La rédemption.

On a toqué à ma vitre. Encore le flic. Il a incliné la tête vers la sortie du parking. J'ai hoché la tête. Dès qu'il s'est éloigné, j'ai utilisé ma main gauche maladroitement pour passer la marche arrière. Je n'allais pas lâcher Sam. Pas après ce qu'elle avait sacrifié pour moi.

Prudemment, j'ai manœuvré la voiture jusqu'à la sortie et j'ai tourné à droite, sans me soucier de savoir si c'était la bonne direction.

Quelques rues plus loin, je me suis garé sur le parking d'un centre commercial. — On est hors du campus maintenant, n'est-ce pas ?

— Oui. C'est la vraie police qui patrouille dans ce secteur.

— Tu n'as pas de problèmes avec la vraie police, j'espère ?

— Techniquement, je viens de violer une ordonnance restrictive. Alors peut-être ?

Je me suis adossé à mon siège et j'ai levé les yeux au ciel. — Pourquoi tu l'as détruit, Sam ?

— Pourquoi ? Elle a froncé les sourcils. Pour plein de raisons. Pour Qiana et les autres de chez Happy Troll. Pour Tamarah Starr et Kate Salazar et tous les autres écrivains dans cette salle à la remise du prix. Pour les lecteurs. Pour la créativité humaine et l'art. Mais surtout pour toi, Niall. Je veux lire la fin de l'histoire.

— Moi aussi, je veux la lire. Je ne parlais pas seulement de l'histoire des elfes des bois. J'ai porté sa main à mes lèvres et j'ai embrassé ses phalanges.

— Peux-tu me pardonner ? Tu peux y réfléchir. Tu n'es pas obligé de me le dire aujourd'hui.

Une chaleur comme de l'or en fusion a déferlé dans mes veines. — C'est déjà fait. Merci d'avoir réparé les choses. Peu de ces gens pour qui tu l'as fait comprendront tout ce que tu as abandonné. Mais moi, je comprends.

Ses lèvres ont trembloté. — Merci, a-t-elle murmuré.

— J'aimerais qu'on puisse tout reprendre à zéro. Sans mensonges. Juste la vérité à partir de maintenant.

— Reprendre à zéro ? Elle a plissé le nez. Genre, depuis le début ? Genre, salut, je suis Samantha Jones, mais tu peux m'appeler Sam, et je suis une programmeuse qui vit et travaille avec son frère ?

Je me suis passé une main sur la nuque. — Peut-être pas d'aussi loin.

— Ah ? On se tenait toujours la main, et elle a caressé mes phalanges avec son pouce. Et si on revenait au moment où je t'ai dit que tu me plaisais ? On était amis à l'époque, je crois. Et je t'ai embrassé.

Je me suis penché par-dessus la console centrale, et elle a accueilli mes lèvres doucement, avec hésitation. Mais juste au moment où j'inclinais la tête pour approfondir le baiser, elle s'est reculée.

— Si on ne doit être qu'honnêtes à partir de maintenant, je dois te dire, toute cette histoire de recommencer à zéro ? Elle a agité sa main droite entre nous. C'est un peu idiot parce que je t'aime déjà. Et même si on revient en arrière pour apprendre à se connaître d'abord comme des amis, je t'aimerai quand même déjà.

Le vide glacial dans ma poitrine s'est réchauffé. — Je t'aime aussi. Je ne le voulais pas, pas quand j'étais si en colère. Mais c'est le cas. Peut-être que je ne voulais pas du tout revenir en arrière. Peut-être que je voulais seulement aller de l'avant, comme Nieven le faisait toujours. Je t'ai manqué. La tournée n'était pas la même chose. Envisagerais-tu de te joindre à moi pour la suite ?

— Ah. Elle a fait une grimace. Non seulement je commence un nouveau travail, ce dont j'ai besoin pour, tu sais, manger et tout, mais en plus, je n'ai pas le droit de quitter l'État.

Un petit rire m'a échappé. — Je vois.

Elle a dessiné des cercles sur le dos de ma main. — Juste le temps que les avocats de Jackson fassent leur magie. Ils l'ont déjà sorti de pires situations.

— Pires situations ? Mais qu'est-ce qu'il a bien pu faire ?

— Il pourrait y avoir un gros don à l'université en jeu. Ça aide quand ton frère est fabuleusement riche.

— Je ne veux pas parler de lui maintenant. Je veux parler de nous.

— Désolée, je… tu sais.

— Je sais. C'est une des choses que j'aime chez toi, Sam.

J'étais content qu'on soit garés, parce que je nous aurais foutus dans le fossé si elle m'avait lancé son regard aux yeux écarquillés pendant que je conduisais.

— Je n'arrive pas à croire que tu… Elle s'est mordu la lèvre tremblante.

— Sam. Sam. J'ai pris sa joue en coupe dans ma paume.

J'aime chaque partie de toi. Parce que c'est ce qui fait que tu es... toi. J'aime ton grand cerveau, surtout quand il s'emballe et que tu en dis plus que tu ne devrais.

— Et moi, j'aime ton grand cœur. Elle a posé sa main sur le centre de ma poitrine, et je l'ai saisie. Surtout quand il te pousse à vouloir prendre soin de tous ceux que tu aimes.

— Je veux prendre soin de toi, Sam. J'aimerais... Je me suis interrompu. Sam pouvait prendre soin d'elle-même.

— Je sais que tu as besoin de faire ça, ai-je dit. D'utiliser ton cerveau et tes compétences pour te créer une nouvelle vie.

— Une vie pour nous, a-t-elle dit. C'est nous deux maintenant.

Une chaleur a rempli ma poitrine. Il y a deux heures, je n'aurais jamais imaginé que je pourrais être si heureux. — On devrait aller quelque part de plus confortable que cette voiture de location pour discuter de la façon dont tout ça va fonctionner.

Son sourire est devenu malicieux. — Je pense qu'on sait exactement comment ça marche. On est devenus plutôt bons à ça pendant la tournée. Elle a glissé sa main vers le bas et a tracé la ceinture de mon pantalon en toile.

Mes abdominaux se sont contractés, et ma bite a durci. — On devrait peut-être, euh, dissiper la tension sexuelle avant de parler.

— Je pense que c'est une excellente idée. Elle s'est penchée et a embrassé le côté de mon cou. On aura les idées plus claires.

Je l'espérais. À cet instant, mon cerveau était trop embrumé pour me souvenir du chemin vers l'hôtel. J'ai dû compter sur l'application GPS de Sam pour nous y guider.

La technologie n'était pas toujours une mauvaise chose.

———

QUELQUES HEURES plus tard dans ma chambre d'hôtel, je me suis réveillé en sursaut quand Sam a murmuré : — Niall ? Ses cheveux ont chatouillé mon menton alors qu'elle levait la tête de ma poitrine, qu'elle utilisait comme oreiller.

— Oui ? La lampe était toujours allumée, et la lumière scintillait dans ses cheveux sombres quand je les ai écartés de son visage. Elle n'allait pas partir, n'est-ce pas ? Pas maintenant, pas alors que nous avions enfin été honnêtes l'un avec l'autre.

— Tu penses qu'on pourrait retourner à la ferme ? Elle a plissé le nez. Ou est-ce que ta mère et ton grand-père me détestent maintenant ?

Les battements effrénés de mon cœur se sont ralentis. — Ils ne te détestent pas. Ils seront ravis pour nous. Ils savent que j'étais malheureux sans toi. Tu as vraiment aimé la ferme ?

— Bien sûr que oui. Ça fait partie de toi. Quand on était là-bas, c'était comme si tu t'étais mis en place.

— Sam. Je l'ai serrée contre moi, nichant sa tête sous mon menton. C'est toi qui t'es mise en place dans ma vie. Quand tu es partie, une part de moi a disparu. Je sais que ce ne sera pas simple de trouver comment être ensemble, mais on y arrivera.

Elle m'a serré fort dans ses bras. — Rien chez nous n'est simple. Sauf ça : je t'aime, et rien, pas même une interdiction à vie du campus, ne nous séparera.

— Pas même le réseau pourri de la ferme ?

— Non. Un peu de paix et de tranquillité semble parfait. Tant que tu es avec moi.

— Toujours. J'ai caressé ses cheveux. Toujours.

ÉPILOGUE

SAM
Deux semaines plus tard

QUAND LES PORTES de l'ascenseur se sont ouvertes au sixième étage de l'immeuble Synergy, l'ambiance était différente. Anormale. Elle crépitait de colère, comme les néons de la cellule de dégrisement du poste de police du campus. J'ai frissonné à ce souvenir.

La porte du bureau de Jackson était ouverte, et Marlee et Tyler chuchotaient devant le bureau de celle-ci.

— Salut, vous deux, qu'est-ce qui se passe ?

Marlee a sursauté, les yeux écarquillés.

— Sam ! Qu'est-ce que tu fais là ?

— J'ai rendez-vous avec Jackson. Il est prêt ?

— Oh, euh… — elle a échangé un regard avec Tyler, puis a jeté un coup d'œil dans le couloir en direction du bureau de Cooper — ouais, je crois que tu vas devoir remettre ça à plus tard.

— Pourquoi ? Mon frère m'a encore posé un lapin ? — La semaine dernière, il avait oublié notre rendez-vous et n'était pas revenu de son déjeuner avec Alicia. Quand je l'avais taquiné à ce sujet plus tard, après le dîner, il avait râlé en disant qu'il n'avait plus aucune intimité chez lui. Ce qui était juste, vu que j'habitais toujours avec lui. Mais j'avais pris soin d'emmener Noah au planétarium toute la journée du samedi, puis à un film de science-fiction le soir.

Tyler a croisé les bras.

— Jackson ne pose pas de lapins. Il a juste d'autres priorités.

Marlee a posé une main apaisante sur le bras de Tyler.

— Ce n'est pas la faute de ton frère. Cette fois, c'est Cooper. — Sa voix est devenue plus basse et elle a fait la moue.

— Cooper ? Je ne l'ai jamais vu… attends. Il est de retour ? — Cooper, qui d'habitude aidait Jackson à réparer toutes ses conneries, était aux abonnés absents depuis que j'avais commencé à travailler chez Synergy deux semaines plus tôt.

— Ouais, et cette fois, il a vraiment ramené les emmerdes avec lui. Attends de voir ce que lui et Ben…

Mon téléphone a vibré dans ma main et j'ai levé un doigt. Il fallait que je m'assure que ce n'était pas le stagiaire malchanceux que Jackson avait engagé pour m'aider. Il demandait plus de soins et d'attention que Bilbo Baggins.

— Allô ?

— Mademoiselle Jones, c'est José de la sécurité. Vous avez un visiteur. Un certain M. Flynn.

— Niall est là ? Mais il est à… — Où était censé être Niall ? Saint-Louis ? Kansas City ? Quelque part au milieu du pays.

— Il demande à vous voir. Je dois le faire monter ?

— Oh que oui ! Enfin, oui, s'il vous plaît. Je suis au sixième. — Mon doigt tremblait au-dessus du bouton rouge. Niall était à San Francisco ? Je n'étais pas prête. J'ai passé les doigts dans mes cheveux, mais ils se sont accrochés à mon chignon défait. Merde ! Je l'ai détaché et me suis coiffée avec les doigts.

Un sourire a effleuré les lèvres de Marlee.

— Regarde-toi. Madame « je-ne-veux-pas-d'homme » est nerveuse parce que son petit ami débarque pour la faire chavirer. — Elle s'est penchée contre Tyler, et il a passé son bras autour d'elle.

— Ne sois pas suffisante. J'ai l'air bien ? — J'ai lissé mon t-shirt Flash Gordon.

— Tu es superbe, a dit Tyler. — Une fossette s'est creusée sur sa joue. Je pouvais toujours compter sur Tyler pour dire ce qu'il fallait.

— Magnifique. — Marlee a ramené une mèche de mes cheveux devant mon épaule. — Mais un jour, je te convaincrai de reconsidérer ces pantalons cargo.

— Il faudra me passer sur le corps pour me prendre mon... — Derrière moi, l'ascenseur a sonné, et je me suis retournée pour trouver mon Viking roux qui sortait des portes métalliques. — Niall !

En quatre longues enjambées, il m'a enveloppée dans ses bras. J'ai inspiré son odeur de pin. *Chez moi.* J'avais peut-être ruiné mes propres rêves et fini programmeuse de niveau intermédiaire dans l'immeuble high-tech de mon frère avec des serveurs sous-dimensionnés, mais maintenant que Niall était là, j'étais exactement là où je devais être.

— Sam, a-t-il murmuré à mon oreille. Ses lèvres ont chatouillé mon cou et j'ai frissonné.

— Tu es censé être à...

Il m'a embrassée, et le glissement ferme de ses lèvres m'a fait oublier ce que je disais.

— Je ne pouvais plus attendre, a-t-il murmuré.

— Salut, Niall, a dit Marlee. C'est sympa de te rencontrer en personne.

À contrecœur, je l'ai lâché. Les politesses, ça craint.

— Niall, voici mon amie, Marlee. Vous vous êtes rencontrés en appel vidéo quand nous étions en... quand nous voyagions. — Je n'aimais pas trop me souvenir de tous les mensonges que j'avais racontés pendant notre tournée ensemble. — Et son fiancé, Tyler, qui est aussi mon ami.

Niall leur a serré la main à tous les deux.

— J'ai beaucoup entendu parler de vous deux.

— Il veut tout savoir sur ma vie et tout ça. — J'ai plissé le nez.

Lors de nos appels téléphoniques nocturnes, je voulais juste passer au sexe par téléphone, mais Niall voulait vraiment parler. Ce qui était juste, je suppose, puisque je ne lui avais pas beaucoup parlé de ma vie quand nous étions ensemble en tournée.

— C'est trop mignon ! — La voix de Marlee a pris ce ton aigu qu'elle avait quand elle parlait de romance.

J'ai levé les yeux au ciel.

— Il n'y a rien de mignon dans ce que je veux faire à mon petit ami après deux semaines de séparation. — J'ai laissé ma main glisser de son dos jusqu'à la courbe tendue de sa fesse, et je l'ai pressée comme une orange bien mûre. Il m'a fait passer devant lui, et l'arête de son érection a heurté ma hanche. Mon cerveau s'est embrouillé. Je devais mettre la main sur lui. Illlico.

— Il y a, genre, une salle de conférence ou un placard à balais vide par ici ? — m'a pressé contre lui.

Marlee m'a adressé un sourire narquois.

— Jackson est dans le bureau de Cooper, donc vous pouvez aller dans le sien. — Elle a montré le bureau de Jackson.

— À plus tard, Sam. — La voix de Tyler a flotté juste avant que la porte du bureau de mon frère ne claque derrière nous.

Le bureau de Jackson était dans son état désastreux habituel, jonché de matériel informatique et de papiers. J'ai tiré Niall vers le coin salon. Le canapé était petit, mais il servirait à mes fins. À savoir, mon objectif de me glisser dans le pantalon de Niall.

— Attends. — Nos mains jointes m'ont stoppée net. La carrure de Niall signifiait qu'il avait beaucoup d'inertie quand il le voulait.

— Attendre ? Pourquoi ? — Ma voix avait une teinte de désespoir, mais je m'en fichais. — Ça fait *deux semaines*.

— Je sais, ma chérie. J'étais si désespéré de mettre la main sur toi que j'ai pris l'avion depuis Omaha pour une nuit.

— Omaha, c'est vrai. Comment s'est passée la dédicace ? Quelqu'un t'a glissé son numéro ?

La rougeur en haut de ses joues m'a dit que quelqu'un l'avait fait. Mais ça n'avait pas d'importance. Niall Flynn était tout à moi, peu importe le nombre de kilomètres qui nous séparaient. Je n'avais plus jamais besoin d'être jalouse.

— Je dois être à Denver demain matin. Mais je voulais passer cette nuit avec toi.

Ma poitrine s'est réchauffée.

— J'aime bien l'idée. Et on se retrouve toujours à la ferme dans deux semaines ?

Il a passé ses bras autour de moi.

— Bien sûr. Le wifi est bon, d'après Papy. Tu pourras travailler autant que tu en auras besoin.

— Et toi, tu écriras. Tu me liras tes nouveaux mots le soir ?

— Entre autres. — Il a enfoui son nez dans mon cou, et le besoin s'est accumulé au creux de mon ventre.

J'ai tiré sur le bouton supérieur de sa chemise en flanelle.

— Montre-moi ces autres choses.

Il a immobilisé mes mains.

— N'y a-t-il pas un endroit avec un peu plus d'intimité ? J'ai, euh, l'impression qu'on a un public. — Il a hoché la tête vers le mur de verre. Les ombres de Marlee et Tyler assombrissaient les stores fermés.

— L'appartement de Jackson est trop loin. En plus, Alicia y travaille pendant la journée. Mais… — l'idée m'a frappée comme un coup de massue — mon frère a les toilettes privées les plus incroyables.

Je l'ai mené jusqu'à elles et j'ai ouvert la porte en grande pompe.

Niall a plissé les yeux en hésitant sur le seuil.

— Incroyables ? Ce n'est pas plus grand que mon placard à la maison. Et les placards de la ferme ont été construits à une époque où les gens avaient deux, peut-être trois tenues de rechange.

J'ai jeté un œil dans l'espace d'un mètre vingt sur un mètre quatre-vingts.

— Ce qui est incroyable, c'est qu'il y a une surface plane. Et une porte. Maintenant, entre pour que je puisse te baiser.

— Quelle poétesse. — Il a gloussé. Mais il est entré à reculons, m'a blottie contre sa poitrine et a refermé la porte du bout du pied.

— Je suis la programmeuse, tu te souviens ? C'est toi, le poète. Enivre-moi de tes mots.

Et vous pouvez me croire, il ne s'en est pas privé. Et le meilleur dans tout ça ? Les mots n'étaient que la deuxième meilleure chose que sa langue savait faire.

ÉPILOGUE BONUS
LE DISCOURS

SAM

Deux ans plus tard

MES MAINS VOLAIENT sur le clavier. J'étais dans ma bulle. Je défonçais tout, sans faire de quartier.

Tout comme Lobelia.

La version améliorée de Lobelia allait être géniale à jouer dans le jeu *Bataille des Wood Elves*, basé sur le nouveau livre de Niall.

Pour l'instant, les bêta-testeurs du jeu *Trahison des Wood Elves* adoraient sa combativité malgré sa petite taille. Ils allaient devenir fous avec la Lobelia en taille réelle. Je ne pouvais pas m'imaginer vouloir jouer un autre personnage.

Heureusement que Niall avait imaginé un monstre encore plus terrifiant pour elle et Nieven à combattre dans ce jeu. J'avais hâte de le coder.

On a frappé à la porte de mon bureau, ce qui a fait jaillir Bilbo Baggins de son panier sous mon bureau. Il s'est mis à aboyer en tournant sur lui-même. Cette interruption a fait l'effet d'un disque rayé sur ma concentration. J'ai jeté un coup d'œil au panneau de contrôle personnalisé sur mon bureau.

C'était l'idée de Niall d'installer ce système, comme la lumière

« on air » à l'extérieur d'un studio d'enregistrement. Dehors, au-dessus de ma porte, une lumière verte signifiait *Entrez*. Je ne comptais pas l'utiliser. Franchement, pourquoi venir au bureau si ce n'était pas pour coder ? Le jaune signifiait *Entrez à vos risques et périls*. C'était le réglage par défaut. Le rouge, qui aurait dû être allumé maintenant, signifiait *En pleine séance de code. Ne pas déranger*.

Peut-être que les lumières avaient un problème. Elles n'avaient été installées dans mon nouveau bureau que la veille.

Quand on a frappé une deuxième fois et que Bilbo Baggins a commencé à gratter à la porte, ma concentration s'est brisée. Je me suis levée, j'ai roulé des épaules et j'ai lancé :

— Entrez.

Les cheveux cuivrés de Niall ont surgi par l'entrebâillement de la porte, suivis par le reste de sa personne. Un air de rock classique s'est échappé dans la pièce avant qu'il ne referme la porte et s'appuie contre elle.

— Désolé de te déranger, a-t-il dit en croisant les bras sur sa poitrine. Il avait retroussé les manches de sa chemise à carreaux, exposant ses avant-bras. Le galbe de ses muscles extenseurs était ma kryptonite, et il le savait.

— Tu n'as pas l'air désolé. J'ai essayé de garder une expression renfrognée, celle qui effrayait les stagiaires, mais c'était impossible avec Niall qui se tenait là, m'offrant ses avant-bras sexy comme un amuse-gueule.

— Je suis désolé d'interrompre ta séance de code. Mais la fête a déjà commencé, et tu as promis de venir.

Mon estomac s'est noué.

— C'est aujourd'hui ? Maintenant ?

— Tu le sais très bien. Il s'est décollé du mur et s'est approché du bureau, Bilbo Baggins trottinant à ses côtés. Jackson s'est donné beaucoup de mal, et il apprécierait que tu te montres. Tes employés veulent entendre quelques mots de leur fondatrice pour marquer l'occasion. Passer d'un projet secret dans l'entreprise de Jackson à tes propres locaux, c'est une grosse affaire.

C'en était une, et c'est pourquoi j'avais accepté la fête. Mais ça ne voulait pas dire que je voulais faire un discours.

— Je ne suis pas d'attaque aujourd'hui. Il y aura tellement de monde.

— Il n'y a que des gens que tu connais. Il a tendu sa main, paume vers le haut. Allez. Plus tôt tu iras, plus tôt on pourra rentrer à la maison.

J'ai contourné mon bureau avec ses trois énormes écrans et j'ai pris sa main.

— À la maison ? Tu veux dire à l'appartement, ou à la ferme ?

— On ne reste pas à San Francisco une semaine de plus ? Il a vérifié sa montre, la vieille que je lui avais achetée, avec un cadran pour la date. On est encore dans la première moitié du mois.

C'était notre arrangement. Nous restions dans notre appartement à San Francisco, qui était petit mais bien plus agréable que mon ancien logement près de l'université, les deux premières semaines de chaque mois. Je pouvais coder n'importe où, mais quand on lançait une entreprise de jeux vidéo, j'avais appris que les employés aimaient voir la fondatrice travailler au bureau.

Le reste du temps, nous vivions à la ferme. Niall adorait la vieille ferme, mais après quelques commentaires de Papy Jerry sur la minceur des murs, lui et les Turner avaient commencé à nous construire une maison à côté de ce que nous appelions notre prairie, de l'autre côté de la grange.

— Les choses sont bien en main ici. Peut-être qu'on pourrait partir plus tôt ce mois-ci ? Sally ne doit pas mettre bas d'un jour à l'autre ?

— Toi… Ses sourcils se sont haussés. Samantha Jones, la citadine, tu veux assister à une naissance de chèvre ?

J'ai fait la grimace.

— Pas vraiment. Mais j'aimerais voir le mignon petit chevreau après sa naissance.

— Vraiment. Ses sourcils sont restés haut sur son front. Ta mère ne t'emmène pas faire les boutiques demain soir pour une robe de mariée ?

J'ai laissé tomber mon front sur sa poitrine.

— Grillée.

— Sam. Il a relevé mon menton avec un doigt calleux et a plongé son regard dans le mien, ses yeux verts passant des miens aux siens. Tu ne veux pas te marier ?

— Si. J'ai fait tourner la bague à mon doigt, celle qu'il m'avait offerte le mois précédent. Après être tombés amoureux si vite, nous avions franchi les étapes suivantes lentement. La lenteur était un truc avec Niall. Un truc que j'aimais. Beaucoup.

J'ai passé mes doigts dans les poils auburn de son avant-bras.

— Je veux t'épouser. Mais je ne veux pas du grand mariage. On ne pourrait pas se marier dans la prairie ? Tu pourrais porter une de tes chemises à carreaux, et moi mon pantalon cargo.

Sa poitrine s'est gonflée, puis il a expiré d'un souffle au-dessus de ma tête.

— Tu peux porter ce que tu veux. Et je me fiche qu'on se marie dans le musée que ta mère a réservé, dans la grange ou tout nus sous les étoiles. Tout ce que je veux, c'est passer le reste de ma vie avec toi.

— Niall. Je me suis hissée sur la pointe de mes rangers, et il a penché la tête pour m'embrasser. J'ai enroulé mes bras autour de son cou, mettant toute ma gratitude, tout mon amour, dans ce baiser. Contre ses lèvres, j'ai murmuré : Merci. Et tu le diras à ma mère ?

La chaleur de ses lèvres m'a manqué quand il a brusquement reculé la tête.

— Tu veux que *moi*, je dise à ta mère qu'on fait un mariage en plein air où les vêtements sont facultatifs ?

J'ai passé mes doigts dans les mèches rebelles à l'arrière de sa tête, comme il aimait.

— Je veux que tu dises à Maman qu'on ne fait pas son grand mariage mondain ici à San Francisco. On va faire un mariage avec les amis et la famille à Enchanted Forest. On installera une tente dans la prairie.

— Cet été ?

— Non. Le week-end prochain.

— Le week-end prochain ?

— Le week-end prochain. Marlee m'a fait regarder *Quand Harry rencontre Sally*, et j'ai réalisé que Harry avait raison. Je veux que le reste de ma vie commence le plus tôt possible.

Cette fois, il m'a attirée à lui et m'a embrassée, sa langue cherchant désespérément la mienne. Au bout d'une minute, nous nous sommes séparés, à bout de souffle.

— Le week-end prochain. Je le dirai même à Audrey.

— Mais je plaisantais pour le côté tout nus. Tu le sais, n'est-ce pas ?

— Tu sais que je me mettrais à poil devant nos amis et notre famille pour toi.

J'ai frissonné.

— Je sais. Mais si tout le monde te voyait nu, je devrais me battre contre toutes les femmes célibataires, et certains hommes, pour t'avoir.

Il a gloussé.

— Et tu le ferais, en plus.

— Jackson m'a appris les coups bas. Je gagnerais.

— Bien. On peut garder le moment « tout nus » pour après le mariage.

— Peut-être que tu pourrais me donner un avant-goût de ce que j'aurai pour notre nuit de noces.

Ses bras se sont enroulés autour de mon dos et il m'a serrée contre lui.

— Ici ? Il m'a embrassée, un long et langoureux glissement de lèvres et de langue.

Quand nous nous sommes séparés pour respirer, des points dansaient devant mes yeux.

— Ou un coup vite fait dans les toilettes de la direction, peu importe.

— Tu es peut-être la PDG de ta propre startup qui cartonne, mais tu n'as pas de toilettes de la direction. Sa voix a grondé à mon oreille, mielleuse et sucrée. Et je préférerais de loin y aller doucement.

J'étais en train de fondre en une flaque au milieu de mon bureau.

— Promis ?

— Promis. Il a embrassé le point sous mon oreille qui me faisait frissonner. Puis sa main a glissé le long de mon dos, s'est attardée sur le point au bas de ma colonne vertébrale qui picotait, et a tracé la courbe de mes fesses. Il a serré, ses doigts taquinant la jonction de mes jambes.

La partie rationnelle de mon cerveau a livré son dernier combat.

— Je ne suis pas censée être quelque part ?

— Tu serais plus détendue pour ton discours si je…

J'ai bondi en arrière.

— Le discours ! Bon sang, Niall. J'ai lissé ma chemise et redressé mon pantalon cargo. J'aurais aimé être une de ces femmes qui gardent du parfum au bureau. Tout le monde pourrait sentir mon excitation et saurait qu'on s'était amusés dans mon bureau. C'est ta vengeance pour Salt Lake City, n'est-ce pas ?

— Tu veux parler de cette fois où je t'ai fait une branlette sous la table à ce banquet de remise de prix ?

Je lui ai offert un sourire diabolique.

— C'était un banquet très ennuyeux. Et tu avais dit que tu ne gagnerais pas le prix.

— J'ai dû monter sur scène avec du sperme sur mon pantalon.

— Personne n'a pu le voir. La veste de ton costume couvrait tout.

— Tout sauf mon visage tout rouge.

— Bof. Ça en valait totalement la peine quand tu n'as remercié que moi dans ton discours. Gabi était *furieuse*.

Ses joues se sont soulevées dans un lent sourire aguicheur.

— Allez. Voyons à quel point ton discours sera bon quand tout ce à quoi tu pourras penser, c'est… Et il m'a chuchoté la chose la plus obscène que j'aie jamais entendue à l'oreille.

Mon sexe s'est contracté et j'ai eu le souffle coupé.

— Ça. Je veux ça. Maintenant. S'il te plaît.

— Après ton discours. Il est temps d'y aller, Madame la PDG.

Je ne boudai jamais. Pas comme ma sœur Nat, qui utilisait sa moue comme une arme pour obtenir tout ce qu'elle voulait. Mais ma moue aurait rendu fier le petit Valentine lui-même.

— Pas envie.

Il m'a tapoté les fesses, et j'étais tellement excitée que j'ai failli jouir sur place.

— Fais ton discours comme une bonne petite entrepreneuse, et on le fera deux fois ce soir. Lentement.

Deux fois ? Je n'étais pas sûre que mon corps puisse le supporter. Mais je faisais confiance à Niall. J'ai resserré ma queue de cheval.

— Marché conclu. Je vais faire vite. Je dirai les mots, je serrerai les mains, et puis à la maison. Pour le truc lent.

— Montre la voie, mon amour.

La queue dressée comme une bannière, Bilbo Baggins nous a menés de mon bureau à l'espace commun. Il n'était pas aussi grand que l'atrium du bâtiment de Synergy — je n'avais qu'une douzaine d'employés — donc il était bondé de monde. Et bruyant avec la musique rock de Jackson.

Dès que je suis entrée, mon frère a coupé la musique. Les visages se sont tournés vers moi, pleins d'admiration, de respect et d'amour. Alicia était là, Valentine sur sa hanche ; Noah aussi, et Marlee et son mari, Tyler. Même Gabi et Qiana avaient fait le voyage depuis New York.

Ma mère, dans son chemisier rouge, a fendu la foule.

— Samantha.

En retard à ma propre fête, avec des nouvelles décevantes à partager, je me suis préparée.

— Je suis contente de te voir, a-t-elle dit. Vous deux. Elle nous a attirés, Niall et moi, dans une étreinte à trois.

Quand elle s'est reculée, ses yeux bleus brillaient dans la pénombre. Mais ce n'étaient pas des larmes de tristesse qui perlaient à ses yeux. C'étaient les mêmes larmes que lorsque Jackson avait sonné la cloche à la bourse. Celles qu'elle avait eues quand elle avait accroché le diplôme de MBA d'Andrew au mur.

— Ouvrir ton propre bureau est une réussite importante. Je suis fière de toi.

Elle a serré ma main et a détourné le visage, sortant un mouchoir de sa poche pour éponger ses yeux.

Derrière elle, Charles souriait.

— Samantha, tu ferais mieux de monter là-haut et de faire ton truc. Ta mère ne va pas être contente si un de ces photographes la prend avec du mascara qui coule sur son visage.

Ma mère s'est appuyée contre lui.

— Peu importe mon apparence. C'est la soirée de Samantha. Elle a levé les yeux vers son mari. Mais mon maquillage va bien ?

Charles a sorti son mouchoir.

— Tu vas pleurer à leur mariage aussi, tu sais.

— À ce propos… Niall s'est interposé entre ma mère et moi, et j'ai pris ça comme le signal pour marcher vers la ridicule estrade que Jackson avait louée pour que je me tienne dessus, comme un podium de chef d'orchestre. « Sans ça, personne ne pourra te voir, Samwise », m'avait-il taquinée.

Prenant une profonde inspiration, j'ai monté les marches pour accueillir officiellement tout le monde dans les nouveaux locaux de Magician's Castle Games.

Je détestais faire des discours, mais il était temps de réfléchir et de reconnaître tout ce que nous avions accompli ensemble, depuis Jackson, qui nous avait donné les fonds de démarrage et un espace pour travailler, jusqu'à Niall et les autres auteurs qui nous avaient fait confiance pour transformer leurs histoires en jeux. Sans oublier les programmeurs et les designers qui avaient pris un risque avec une fondatrice d'entreprise qui n'avait même jamais tenu un stand de limonade.

Mais nous nous en étions bien sortis. Notre premier jeu, basé sur *Secrets des Wood Elves*, était l'un des dix jeux les plus téléchargés sur toutes les plateformes majeures. La participation aux bénéfices avait permis aux employés et aux auteurs d'être bien payés. Et j'avais eu le luxe de refuser toutes les demandes d'interview que j'avais reçues. Jackson s'en occupait pour moi.

Et Niall ? Il était à mes côtés à chaque instant. Quand je n'étais pas assise au premier rang de ses séances de dédicaces. Un ou deux magazines économiques nous avaient qualifiés de « couple puissant ». Nous en avions tous les deux ri. Nous ne faisions que ce que nous aimions. Ensemble.

Un jour, nous lèverions le pied et commencerions à remplir notre maison à la ferme d'enfants. Nous avions le temps. Nous avions l'éternité.

Merci beaucoup d'avoir lu *Voyage avec Moi* ! N'hésitez pas à laisser un commentaire sur votre site de vente préféré, BookBub ou Goodreads. Les critiques aident d'autres lecteurs à découvrir de nouveaux auteurs comme moi.

Le prochain livre de la série, *Commande-Moi,* est une romance de vacances, juteuse et interdite, entre Cooper Fallon et son assistant. (Oh !) Continuez votre lecture pour un aperçu exclusif de ce retour à Synergy.

COMMANDE-MOI, SYNERGY TOME 4
CHAPITRE 1

BEN

LES ENNUIS ONT PRIS la forme d'une paire de larges épaules.

Même voûtées, entourant sa tête qui pendait, elles étaient larges et musclées, et ses biceps étaient à peine contenus dans un t-shirt vintage des Rolling Stones, fin comme du papier, rentré dans un jean à sa taille fine. Sa ridicule boucle de ceinture d'Austin, au Texas, était aussi grande que ma main.

Quand je traînais avec les autres admins pendant les pauses-café, elles s'extasiaient sur le charme de mauvais garçon et la personnalité charmeuse de Jackson Jones.

Pas moi. Je laissais ça à mon patron.

Attendez, pardon, j'ai vraiment dit ça ? Peu importe, je savais que Jackson Jones était une source d'ennuis.

Il s'est traîné jusqu'à mon bureau et a tourné vers moi des yeux injectés de sang.

— Il est là ?

Mon Dieu, j'aurais tellement voulu qu'il ne le soit pas. Ou que je puisse mentir pour sauver mon patron du nouvel enfer dans lequel Jackson s'apprêtait à l'entraîner.

— Je peux vous aider ? ai-je demandé en me levant et en

lissant mon pull en laine mérinos bleu marine. Je n'étais pas un homme de grande taille, mais debout, je n'avais pas besoin de lever la tête vers Jackson.

Il a eu un petit rire.

— Pas à moins que vous ayez un remède miracle contre le virus qui a terrassé mon gamin, ma femme et la nounou.

— Désolé, je suis à court... oh. Vous êtes censé aller à Boston aujourd'hui.

— Ouais. À ce sujet...

J'ai grimacé. Mon patron venait juste de rentrer d'un voyage en Asie la semaine précédente. Il n'avait pas eu le temps de se remettre du décalage horaire. Et Jackson s'apprêtait à lui demander de reprendre un avion pour traverser le pays et de dérégler à nouveau son horloge biologique.

Mais Jackson pensait que Cooper Fallon était Superman, qu'il pouvait tout faire : son propre travail en tant que directeur des opérations et celui de Jackson, en plus.

Ce qui n'arrangeait rien, c'est que Cooper ne faisait rien pour dissiper cette idée. Quand Jackson lui demandait de sauter, il demandait à quelle hauteur. Selon l'assistante de direction qui travaillait pour le conseil d'administration de Synergy, et qui était là presque depuis le début, leur dynamique était la même depuis qu'ils avaient fondé l'entreprise plus de douze ans auparavant. Ils étaient associés, mais ce n'était en rien du cinquante-cinquante. Plutôt du quatre-vingts-vingt. Et Cooper se retrouvait toujours du mauvais côté de la barrière.

— Alors, je peux entrer ?

Je ne m'étais pas rendu compte que je m'étais placé devant la porte vitrée du bureau de Cooper, empêchant son associé d'entrer. J'aurais aimé pouvoir lui dire non pour protéger Cooper de Jackson et de sa propre tendance à trop s'engager, mais Cooper ne voulait pas être protégé de Jackson.

Même s'il en avait besoin.

Délibérément, j'ai abaissé mes épaules qui étaient remontées jusqu'à mes oreilles. Je me suis retourné et j'ai frappé à la porte avant de la pousser et de passer la tête dans l'embrasure.

— Monsieur Fallon ?

Quand il s'est détourné de son écran, la lumière bleue a éclairé son visage, donnant à sa peau normalement hâlée une pâleur verdâtre. Ses yeux étaient rouges, eux aussi. Pas autant que ceux de Jackson, mais je voyais bien qu'il avait passé trop de temps à fixer des feuilles de calcul. Il a levé une main à la jonction de son cou et de son épaule et a pétri le muscle à cet endroit. J'aurais aimé pouvoir le faire pour lui, mais ç'aurait violé notre règle tacite du « on ne se touche pas ».

— Ben, combien de fois vous ai-je demandé de m'appeler Cooper ?

Un coin de ma bouche s'est relevé.

— Environ une fois par jour depuis que j'ai commencé à travailler ici il y a six mois, monsieur Fallon.

— Donc, environ cent vingt fois. Et combien de fois encore devrai-je vous le dire avant que vous n'écoutiez ?

Le ton sec de sa voix aurait pu en effrayer un autre. Cooper Fallon était célèbre pour sa détermination sans faille et son tempérament sanguin. Mais je savais que sa menace ne serait jamais suivie d'effet. Peut-être avec un cadre comme Jackson, mais pas avec quelqu'un de mon niveau. Je l'avais observé, probablement plus que de raison, et je savais, après de longues heures d'observation attentive, que même si son ton était vif, il réussissait généralement à contenir la fureur qui brillait dans ses yeux bleus.

— Oh, j'écoute, ai-je dit.

Derrière moi, Jackson s'est éclairci la gorge, et mon sourire s'est effacé.

— Jackson est là pour vous voir. Vous avez une minute ? *Je vous en prie, dites non.*

Il a passé une main dans ses cheveux dorés par le soleil et s'est levé, sa carcasse d'un mètre quatre-vingt-treize se dépliant avec une élégance athlétique.

— Faites-le entrer.

J'ai ravalé un soupir et j'ai ouvert la porte en grand, entrant dans le bureau pour annoncer, plus formellement que nécessaire :

— Il peut vous recevoir maintenant.

Jackson est passé devant moi en traînant les pieds.

— Salut, Coop.

Cooper a contourné son bureau et a posé une main sur l'épaule de Jackson. Ils faisaient à peu près la même taille, deux magnifiques spécimens physiques, mais un seul d'entre eux me retournait complètement chaque fois que j'étais en sa présence.

Je suis resté là, collé contre la porte.

— Je peux vous apporter quelque chose ? Un café ? Un sandwich ? Cooper avait-il déjeuné ? J'étais allé à la cafétéria avec l'assistante de Jackson, Marlee, mais je n'étais pas sûr que Cooper ait quitté son bureau.

— Pourriez-vous m'apporter un café, s'il vous plaît ? a demandé Jackson.

— Bien sûr. Et un smoothie vert pour vous, monsieur Fallon ? Il aurait besoin d'antioxydants pour garder ses forces s'il devait repartir en voyage.

Son regard a glissé sur moi, et une vague de chaleur a déferlé sur ma peau. Mais ses paroles étaient glaciales.

— Oui, s'il vous plaît. Merci.

Et puis, même si je détestais le faire, je suis sorti de son bureau et j'ai refermé la porte sur Jackson Jones et Cooper Fallon.

———

JE ME SUIS MASSÉ la tempe douloureuse et j'ai avancé dans la file d'attente du kiosque à café dans le hall vertigineux de Synergy. Mon regard a remonté la cage d'ascenseur en verre jusqu'au sixième étage.

Si j'en jugeais par la tension autour des yeux de Cooper, il souffrait lui-même d'un mal de tête. Non pas qu'il admettrait un jour être assez humain pour ressentir de la douleur. Peut-être que je pourrais lui glisser un analgésique avec son smoothie vert dégoûtant.

Les smoothies : ma petite mais importante contribution à l'entreprise. Cooper en buvait au moins un par jour. C'était un carburant rapide et efficace pour ses fonctions de directeur des opérations de Synergy Analytics. Cooper faisait tourner Synergy, et en allant chercher ses smoothies, je faisais ma part.

J'ai frotté ma main sur mon visage et j'ai balayé le hall du regard. Qui est-ce que je voulais tromper ? Je ne le faisais pas pour Synergy. Je le faisais pour lui.

Je le faisais pour l'étincelle dans ces yeux bleus et froids quand je lui tendais le gobelet en disant : « Votre smoothie, monsieur Fallon. »

Je le faisais à cause de cet engouement qui m'avait agité le ventre au moment où je lui avais serré la main lors de mon premier jour de travail, six mois auparavant. Et à mesure que nous avions travaillé ensemble, que j'avais appris à connaître ce cadre déterminé qui aurait tout fait pour son associé et meilleur ami, qui avait fait grandir l'entreprise à partir d'un business plan écrit dans un cahier à spirale dans leur chambre d'étudiant, qui soutenait des fondations aidant les enfants à risque, ces papillons s'étaient installés dans mon cœur pour ne plus jamais en repartir.

Ma sœur, Mimi, disait que j'avais un cœur d'artichaut et que je tombais amoureux de quiconque me donnait le moindre signe d'attirance en retour.

Ce n'était pas vrai.

Cooper Fallon ne m'avait donné aucun signe. Il était toujours froid et poli. Il disait : « Merci, Ben », à la fin de chaque journée. Il m'avait offert un panier de fromages cher mais impersonnel pour les fêtes. Il me posait parfois des questions sur mes études, mais il y était probablement obligé puisque l'entreprise payait mes frais de scolarité.

Pourtant, je me délectais de ces étincelles de chaleur quand je lui remettais ses smoothies.

Une femme a pris son café et s'est éloignée du kiosque, et j'ai avancé, étant encore à deux personnes du début de la file. J'ai vérifié mon téléphone. Dix minutes que j'avais laissé Cooper seul avec Jackson.

Pourquoi avais-je essayé de gagner du temps en descendant au kiosque ? Le café au coin de la rue connaissait notre commande. Mais j'avais voulu rester assez proche pour secourir Cooper s'il en avait besoin. Ha. Cooper Fallon n'admettrait jamais qu'il avait besoin d'être secouru. Ou d'une putain de pause après avoir sauvé le monde. J'ai avancé d'un pas dans la file et j'ai tapé la pointe de ma bottine chukka contre le sol pour libérer l'énergie nerveuse qui me donnait envie de secouer quelqu'un.

Jackson, qui était censé être le meilleur ami de Cooper, lui faisait ce genre de coups tout le temps. Il y avait toujours une raison pour laquelle il ne pouvait pas faire un voyage ou une présentation au conseil d'administration.

Quand j'avais été embauché, Cooper gérait ça sans problème. Mais depuis la naissance du bébé de Jackson en février, Cooper semblait plus pâle, en quelque sorte. Pas seulement sa peau, mais lui tout entier. Comme si une partie de son essence vitale lui avait été aspirée par cette machine dans *Princess Bride*. Ses mouvements étaient plus mesurés. Son sourire — rare dans le meilleur des cas — était désormais inexistant. Même le célèbre tempérament de Fallon s'était refroidi, comme si plus rien ne valait la peine de s'énerver.

Peut-être que c'était juste saisonnier, et que Cooper reprendrait vie quand les jours rallongeraient et s'illumineraient en été. Mais j'avais l'impression que non. C'était un truc lié à Jackson Jones. J'ai enfoncé une phalange dans ma tempe. Putain de Jackson Jones et ses conneries.

— Salut, Ben. La voix du barista m'a ramené à la réalité. Enfin, j'étais au début de la file.

— Salut. Je ne venais pas souvent au kiosque, mais je supposais que le barista se faisait un devoir de connaître le nom de tout le monde.

— C'est Kris. Il m'a fait un clin d'œil, ses cheveux sombres tombant sur un œil.

— Oh, c'est vrai, je le savais. Désolé, Kris. Est-ce que je le savais ?

— Tu as des myrtilles ?

Kris a cligné des yeux.

— Euh, bien sûr.

— Tu peux en ajouter une poignée à un smoothie au chou kale, s'il te plaît ? J'ai vérifié mon téléphone. Quinze minutes, et pas de

SMS d'urgence. Ça devait être bon signe.

— Et je peux aussi avoir un café noir et un latte écrémé ? Plus un macchiato caramel pour Marlee. S'il te plaît.

— Ça marche. Il a mis du café fraîchement moulu dans une cafetière à piston.

— Tu ne viens pas souvent ici. Pas aussi souvent que je le voudrais.

J'ai détourné mon regard de ses mains, que j'incitais mentalement à bouger plus vite, pour le poser sur son visage. Il avait un look à la Harry Styles avec ses cheveux souples et ses pommettes à tomber. Totalement mon type.

Sauf qu'il ne l'était pas. Plus maintenant. Mon type, apparemment, c'était les milliardaires aux yeux bleus, émotionnellement indisponibles. Putain. De. Vie.

Mon téléphone a vibré dans ma main.

MARLEE

Urgence. J'ai besoin de toi MAINTENANT.

— Merde, désolé, oublie tout ça. J'ai adressé un sourire rapide à Kris. Les coins de sa bouche se sont affaissés juste avant que je ne sprinte à travers le hall vers les ascenseurs. J'ai martelé le bouton et je me suis retourné pour scanner les portes d'ascenseur derrière moi. *Ouvre-toi, ouvre-toi, ouvre-toi.* Je sautillais sur la pointe des pieds comme si ça pouvait faire venir l'ascenseur plus vite.

Enfin, une porte a sonné, et je me suis précipité pour me tenir devant. L'ascenseur était plein, et il m'a fallu toute la maîtrise de soi que j'avais pour ne pas bousculer mes collègues et ensuite les pousser dehors.

Quand la cabine s'est enfin vidée, je me suis faufilé à l'intérieur et j'ai appuyé sur le bouton du sixième étage, puis j'ai écrasé ma paume sur le bouton de fermeture des portes. Ce n'était pas la première fois que je devais me dépêcher de retourner à mon bureau pour mon patron exigeant. Mais j'avais un mauvais pressentiment aujourd'hui. Putain de Jackson Jones.

J'ai regardé les étages s'allumer sur l'écran au-dessus de la porte et j'ai respiré profondément. Peut-être que j'étais injuste envers Jackson. Marlee l'aimait bien. Tout le monde l'aimait bien. Y compris Cooper. En fait…

J'ai frotté ma main sur la brûlure trop familière dans mon ventre. Je devais arrêter de me soucier de Cooper. Comme la plupart des gens pour qui j'avais craqué, il était hors de ma portée. De plus, son cœur était pris ailleurs, et plus tôt je surmonterais mon béguin ridicule, mieux ce serait.

Enfin, les portes se sont ouvertes au sixième étage, et je suis sorti, le cœur battant à tout rompre.

Des voix fortes ont agressé le calme habituel de l'étage de la direction. Elles venaient du bureau de Cooper. Une foule de gens s'était rassemblée près de la porte.

Marlee a trotté vers moi sur ses talons aiguilles roses. Se tordant les mains, elle a murmuré :

— Bon sang, Ben. Ils se disputent. Genre, ils se crient vraiment dessus, et ils n'ont pas répondu quand j'ai frappé. Tu dois y aller et les faire arrêter. Tout le monde regarde.

— Est-ce que Weston est là-dedans ? Le PDG était l'ennemi juré de Jackson, et aucun des deux ne prenait de gants lorsqu'ils n'étaient pas d'accord.

— Non, juste Jackson et Cooper. Mais je suis sûre que quelqu'un préviendra Weston.

La tension dans ma poitrine s'est relâchée. Jackson et Cooper haussaient parfois le ton, mais ça ne durait jamais longtemps. Au moins, le PDG n'en était pas témoin direct. Cooper pourrait trouver une explication plus tard. Il avait un don pour gérer son patron.

Je devais m'approprier un peu de ce don.

— Retournez au travail, tout le monde. Il n'y a rien à voir ici, ai-je annoncé en me dirigeant vers le bureau de Cooper. Certaines personnes sont retournées à leur poste. L'assistante de Weston, Julie, plus effrontée, est restée à proximité.

J'ai haussé un sourcil, et lentement, elle s'est retournée et est revenue à son bureau en traînant les pieds. Elle ne s'est pas assise derrière, mais est restée debout, à regarder, prête à être témoin de tout ce qui éclaterait quand j'ouvrirais la porte.

J'ai frappé, mais ils criaient trop fort pour entendre quoi que ce soit. J'ai poussé la poignée, mais elle n'a pas bougé. Pourquoi était-elle verrouillée ?

À contrecœur, j'ai passé mon badge devant le capteur. Il n'était programmé que pour l'identifiant de Cooper, celui de Jackson et le mien. La lumière est devenue verte. J'ai pris une grande inspiration, j'ai abaissé la poignée et j'ai ouvert la porte.

Cooper, le visage rouge et les yeux exorbités, a rugi :

— Je ne supporterai plus tes conneries ! Il a frappé la main sur son bureau.

Tout s'est passé si vite. Quand j'ai rejoué la scène plus tard dans mon esprit, j'ai cru me souvenir d'avoir entendu un tintement, comme si cette grosse bague moche que Cooper portait toujours avait heurté la plaque de verre qui protégeait le bois.

Quelle qu'en soit la cause, il y a eu un crépitement comme des feux d'artifice, puis le silence. Après une seconde, un éclat de verre est tombé du bord et s'est planté dans l'épaisse moquette. Quelques morceaux plus petits l'ont suivi. Cooper a fixé la surface de son bureau. Puis il a levé les yeux et a scruté son meilleur ami de la tête aux pieds.

La jalousie s'est enflammée dans mes entrailles. Pourquoi, même quand Jackson se déchargeait de ses responsabilités sur lui, le premier instinct de Cooper était-il de protéger Jackson ? Qu'est-ce que je ne donnerais pas pour que cette préoccupation, cette attention, me soit adressée.

Merde, ce n'était pas le moment pour moi de soupirer après mon patron. Je devais faire quelque chose pour arranger ça. Mais mes pieds sont restés collés au sol. Je connaissais intimement son caractère, mais pour autant que je sache, il n'avait jamais rien frappé.

— Coop… ça va ? La voix de Jackson était d'un calme funèbre. C'était la première fois que je le voyais immobile.

— Je… je suis désolé, Jay. C'était un…

Je voulais courir vers lui, vérifier qu'il n'était pas blessé, mais la tension dans la pièce était assez solide pour me maintenir enraciné à la porte. Je l'ai refermée derrière moi.

— Tout va bien ici ?

Clairement non. Le dessus du bureau de Cooper étincelait de verre brisé. Son visage était aussi blanc que les papiers empilés proprement dans sa bannette de sortie. Quand une goutte de sang a éclaboussé le bureau, il a levé la main et l'a regardée comme s'il n'était pas sûr qu'elle lui appartienne.

— M… je veux dire, attendez. Laissez-moi vous aider. Mes pieds se sont décollés de la moquette, et la seconde d'après, j'étais à côté de mon patron. Sa paume était sillonnée de coupures, le sang perlant dans chacune d'elles.

J'ai fouillé dans ma poche avant pour trouver mon mouchoir et j'en ai secoué les plis. J'ai hésité un instant — cette règle du « on ne se touche pas » — mais c'était une urgence. Il détesterait que je doive interrompre son travail pour enlever une moquette tachée de sang.

J'ai plié le mouchoir en trois et l'ai pressé doucement contre sa paume. Sa mâchoire s'est crispée.

— Ça fait mal ? Les coupures n'avaient pas l'air profondes, mais je ne les avais pas bien vues.

— Non. Le mot n'avait rien de sa vivacité habituelle. Était-il en état de choc ?

— Asseyez-vous. Avec la main que je n'utilisais pas pour appliquer une pression sur sa blessure, j'ai tendu le bras et j'ai poussé sur son épaule jusqu'à ce qu'il s'affale dans son fauteuil.

Enfin, j'ai regardé Jackson, dont la bouche était toujours ouverte, fixant son ami.

— Qu'est-ce qui s'est passé ? Mon ton n'était pas aussi respectueux qu'il aurait dû l'être envers le cofondateur de l'entreprise, mais tout ce qui impliquait du sang constituait des circonstances atténuantes.

Jackson s'est élancé vers le bureau et a ramassé les éclats de verre en un tas.

— Cooper exprimait son point de vue un peu trop énergiquement. Je suppose qu'il aurait dû opter pour le verre trempé.

Merde, s'il continuait comme ça, j'allais avoir deux blessés sur les bras.

— Jackson, arrêtez. Je vais faire monter la maintenance…

— Mince ! Quand Jackson a mis son pouce dans sa bouche, son coude a heurté la conque sur le bureau de Cooper. Celle que j'avais dépoussiérée une fois par semaine, me demandant à chaque fois pourquoi il gardait ce seul objet décoratif sur son bureau. Je n'avais plus besoin de me poser la question. Elle a basculé du bureau, a rebondi une fois sur la moquette, et s'est brisée en s'écrasant sur le plancher en bois.

Le silence qui a suivi était encore plus assourdissant que lorsque Cooper a cassé son bureau.

— Désolé, Coop, je…

La douleur a traversé le visage de Cooper. C'était le même regard qu'il avait eu le jour où Jackson avait porté son bébé au bureau dans un de ces sacs-à-dos-ventraux.

— Laisse tomber. Je… j'ai besoin de partir.

— Maintenant ? J'ai soulevé un coin de mon mouchoir. Le saignement avait ralenti.

— Vous ne pouvez pas aller à une réunion comme ça. Il n'y avait que Cooper Fallon pour continuer sa journée de travail comme si de rien n'était après s'être ouvert la main. J'ai enroulé les extrémités du tissu autour du dos de sa main et les ai nouées sur sa paume.

— Les gens ont l'habitude que j'arrive en vrac. Pas vous.

Jackson a passé la main dans ses cheveux sombres.

— Écoutez Ben. Asseyez-vous et reposez-vous une minute. J'ai du whisky dans mon bureau. On peut…

Dès que mes doigts ont quitté le nœud du mouchoir, Cooper a vivement retiré sa main. Ses yeux bleus n'étaient pas aussi glacials que d'habitude lorsqu'il les a tournés vers moi. Probablement à cause de la perte de sang.

— J'ai besoin… de sortir. Il s'est levé et m'a contourné pour se diriger vers la porte. La main sur le loquet, il s'est retourné.

Dieu merci, il allait s'asseoir et être raisonnable. J'ai fait un demi-pas vers lui au cas où il chancellerait en retournant à son fauteuil.

Mais il est resté là, agrippant la poignée.

— Ben, prévenez la New England Entrepreneurs' Society que je prendrai la place de Jackson en tant qu'orateur principal. Et transférez sa réservation d'hôtel à mon nom.

Jackson a retiré son pouce de sa bouche.

— Coop, tu n'es pas obligé de faire ça.

Cooper a adressé un sourire ironique à son meilleur ami.

— N'est-ce pas exactement ce que tu me disais que je devais faire avant… avant ça ? Il a agité sa main enveloppée dans le mouchoir en direction du désordre dans son bureau.

— Mais…

Il a tendu sa paume. Elle tremblait. Il devait exercer un contrôle énorme sur lui-même.

— Reportez toutes mes réunions à la semaine prochaine.

Mais qu'est-ce qui se passait, bordel ?

— Oui, monsieur Fallon.

Il a ouvert la porte et est sorti, la refermant doucement derrière lui. Pas de sac de sport, pas de manteau, pas d'ordinateur portable. Allait-il rester dans le bâtiment ? Avait-il une pièce secrète en bas pour hurler un bon coup ?

— C'est bon. Jackson a baissé la tête.

— Vous pouvez le dire. Je suis le pire ami du monde.

Je n'ai pas pu m'en empêcher. J'ai souri à cet abruti. Il était irritant, mais adorable.

— Vous l'êtes totalement. Mais il vous aime quand même.

Il a vivement relevé la tête et a souri.

— C'est vrai, n'est-ce pas ? Je suis le mec le plus chanceux de San Francisco.

Mon sourire s'est effacé. Il l'était, putain. Qu'est-ce que je ne donnerais pas pour recevoir un pour cent de cet amour. Jackson était trop imbu de lui-même pour le remarquer, mais je l'avais vu dès mes premiers jours dans l'entreprise. Cooper se languissait de son meilleur ami. Son meilleur ami hétéro et inconscient de tout.

— Vous devriez partir d'ici, ai-je dit d'un ton plat. Je vais appeler la maintenance pour nettoyer tout ça.

— Merci, Ben. Je vais laisser Coop mariner une heure ou deux, et puis je lui parlerai.

Si je connaissais mon patron, il lui faudrait plus d'une heure. Et je supposais qu'il l'obtiendrait lors de son voyage de dernière minute à Boston. Que je devais maintenant organiser.

Putain de merde.

Je trouverais un moyen de prendre de ses nouvelles, même à Boston. Parce que peut-être que Jackson Jones n'en avait rien à foutre de la façon dont il avait bousillé la vie de Cooper, mais moi, si.

———

Commande-Moi est disponible en format poche chez votre détaillant préféré.

À PROPOS DE L'AUTEUR

Michelle McCraw adore lire des romances et travailler dans la technologie. Un jour, elle a décidé de combiner ses deux passions, et maintenant elle écrit des romances contemporaines torrides et geek qui pourraient bien vous faire rire. Ses livres mettent en scène des personnages qui aiment sans complexe la science, l'ingénierie et la technologie.

Auteure américaine et Texane de naissance, Michelle a pelleté de la neige pendant des tempêtes en Nouvelle-Angleterre et a opté pour une souffleuse à neige dans le Midwest. Elle vit maintenant en Géorgie, où la neige ne lui manque PAS DU TOUT. Elle aime lire, voyager, boire du bourbon et gâter son chien extraordinairement mal élevé mais adorable. Elle a été finaliste au RWA Vivian Contest, au Stiletto Contest des Contemporary Romance Writers et au Four Seasons Contest des Windy City Romance Writers.

facebook.com/MichelleMcCrawAuthor
instagram.com/MMOWriter
amazon.com/author/michellemccraw
goodreads.com/MichelleMcCraw
bookbub.com/authors/michelle-mccraw